Sommer 1955. Seit seiner Rückkehr nach München fünf Jahre zuvor hat sich Karl Wieners als Autor und Journalist einen Namen gemacht. Gemeinsam mit seiner Nichte Magda, die ihn als Fotografin begleitet, recherchiert er für eine Reportage über Emigranten, Spione und Schleuser. Auf einen anonymen Anruf hin will Karl einen Informanten treffen, doch der Mann wird vor seinen Augen verschleppt. Magda freundet sich unterdessen mit der jungen Agota aus Litauen an, die Karl merkwürdig vorkommt, ohne dass er sagen könnte, weshalb. Agota ist die Assistentin des umtriebigen Exil-Slowaken Tomáš Čierny, der wiederum von Magdas Ehemann Walter Blohm unterstützt wird. Und wenn Karl einem nicht traut, dann Blohm.
Zur gleichen Zeit ist Privatdetektiv Ludwig Gruber mit dem vermeintlichen Selbstmord eines Jugendlichen befasst und er ahnt nicht, mit was er es zu tun hat. Bis in einem Schwabinger Postamt, in das Karl absichtlich gelockt wurde, eine Paketbombe hochgeht …

»Ein spannender Kosmos, in den Andreas Götz hier eingetaucht ist.« *Brigitte* zu ›Die im Dunkeln sieht man nicht‹

Ursprünglich wollte Andreas Götz seine Kriminalromane in der Nazi-Zeit ansiedeln. Doch bei der Recherche wurde ihm schnell klar, dass sich die 1950er Jahre viel besser eignen. Ein gesellschaftliches Klima von Schuld, Verdrängung und Selbstbetrug, wie es in dieser Zeit herrschte, bringt alle Voraussetzungen mit, die ein fesselnder Roman braucht. Der Handlungsort München hat sich nicht zuletzt deshalb aufgedrängt, weil Andreas Götz ganz in der Nähe als freier Autor lebt und arbeitet und daher Land und Leute gut kennt.

Außerdem bei FISCHER erschienen:
»Die im Dunkeln sieht man nicht«, Band 1 der 1950er-Jahre-Trilogie

Weitere Informationen finden Sie auf www.fischerverlage.de

ANDREAS GÖTZ

Die Nachtigall singt nicht mehr

Kriminalroman

FISCHER Taschenbuch

Aus Verantwortung für die Umwelt hat sich der S. Fischer Verlag zu einer nachhaltigen Buchproduktion verpflichtet. Der bewusste Umgang mit unseren Ressourcen, der Schutz unseres Klimas und der Natur gehören zu unseren obersten Unternehmenszielen.

Gemeinsam mit unseren Partnern und Lieferanten setzen wir uns für eine klimaneutrale Buchproduktion ein, die den Erwerb von Klimazertifikaten zur Kompensation des CO_2-Ausstoßes einschließt.

Weitere Informationen finden Sie unter: www.klimaneutralerverlag.de

FSC
www.fsc.org
MIX
Papier aus verantwortungsvollen Quellen
FSC® C014496

Erschienen bei FISCHER Taschenbuch
Frankfurt am Main, April 2022

Die Zitate auf S. 247 und 320 stammen aus
Françoise Sagan: Bonjour Tristesse.
Übersetzung von Helga Treichl. Edition Büchergilde,
Frankfurt am Main/Wien/Zürich 2011, S. 81 und 155.

Redaktion: Ilse Wagner

Satz: Dörlemann Satz, Lemförde
Druck und Bindung: GGP Media GmbH, Pößneck
Printed in Germany
ISBN 978-3-596-00030-2

Die wichtigsten handelnden Personen

AUS KARL WIENERS' UMFELD

Karl Wieners, ambitionierter Schriftsteller und Journalist.
Gisela, die Frau, mit der Karl in einer sogenannten »Onkelehe« lebt.
Magda Blohm, die Frau, die er liebt und die seine – vermeintliche – Nichte ist.
Peter, genannt Peterle, Magdas vierjähriger Sohn.
Walter Blohm, Magdas Ehemann, reicher Bauunternehmer mit Vergangenheit und vielen Leichen im Keller.
Veit Wieners, Karls jüngerer Bruder und Nachtclub-Besitzer in Schwabing, der mit Magda ein Geheimnis teilt.
Georg »Schorsch« Borgmann, Chefredakteur des Wochenmagazins *Blitzlicht*, für das Karl schreibt.
Inge Borgmann, Georgs Frau und zugleich Giselas Schwester.

AUS LUDWIG GRUBERS UMFELD

Ludwig Gruber, Privatdetektiv, Witwer und Vater von Martin, neun Jahre alt, und Hermann, sieben Jahre alt.
Traudl, Ludwigs Verehrerin und Haushaltshilfe, die gern die neue Frau Gruber wäre.

Elvira Skudelny, kratzbürstige Sekretärin aus Ludwigs Bürogemeinschaft.

Zöllner, ehemaliger Polizeikollege.

Hans Daxenhofer, entweder ein Kriegsheimkehrer mit Erinnerungslücken oder ein russischer Spion.

Rosi Daxenhofer, seine loyale Frau.

Rudi Daxenhofer, ihr zehnjähriger Sohn, der nicht glaubt, dass Hans sein echter Vater ist.

Ferdl Daxenhofer, Rudis abgöttisch geliebter, siebzehn Jahre alter Bruder.

AUS DEM KREIS DER EMIGRANTEN

Tomáš Čierny, slowakischer Exilpolitiker mit verdeckten Aktivitäten, die ihm zum Verhängnis werden.

Agota Vanagaitė, seine junge litauische Assistentin.

Dienstag, 5. Juli 1955

MÜNCHEN

ALS TOMÁŠ ČIERNY das Postamt betrat, ahnte er nicht, dass er auf dem Weg zu seiner Hinrichtung war. Die große Uhr hinter den Schaltern zeigte elf Minuten vor drei, ihm blieben noch acht Minuten zu leben, von denen er zwei damit verbrachte, sein gemietetes Fach aufzusuchen, die Tagespost herauszunehmen und flüchtig durchzusehen. Obenauf hatte ein Zettel mit dem Hinweis gelegen, dass am Schalter zwölf noch eine eingeschriebene Sendung auf Abholung wartete. Er glaubte zu wissen, woher die Sendung kam, und hielt es fälschlich für Glück, dass am Schalter zwölf niemand anstand und er so keine Zeit verlor. Unverzüglich legte er dort den Zettel und seinen Reisepass vor. Da er an jedem Werktag hierherkam, war er bekannt und der Ausweis eigentlich überflüssig. Um der Vorschrift zu genügen, warf der Beamte dennoch einen flüchtigen Blick hinein und verschwand dann in den Raum nebenan. Čierny schaute auf die Uhr. Sieben Minuten vor drei. In Gedanken war er schon bei dem Treffen mit Walter Blohm, zu dem er allerdings ebenso wenig erscheinen würde wie um acht Uhr abends am slowakischen Stammtisch.

Der Schalterbeamte kehrte mit einem Päckchen zurück. »Wenn das Kekse sind, dann ziemlich gehaltvolle«, scherzte er hinter der Glasscheibe und schob die Empfangsbestätigung durch die Luke.

»Kekse wären schön«, antwortete Tomáš Čierny in seinem fast makellosen Deutsch, unterschrieb den Zettel und erhielt im Gegenzug das Päckchen. Es hatte wirklich die Größe und Form einer handelsüblichen Keksschachtel, war mit einer Briefmarke und einer Notopfer-Berlin-Marke beklebt und schwerer, als man erwarten würde. Die ungleichmäßig gezogene Handschrift, in der die Adresse auf das Packpapier geschrieben war, ließ Čierny kurz stutzen, denn er hatte sie noch nie auf einer der Sendungen aus Frankfurt gesehen. Doch der Absender in der linken oberen Ecke beruhigte ihn fürs Erste: *Čierny Rechtsanwalt*. Tomáš Čierny hatte zwar keinen Verwandten in Frankfurt, doch er wusste, wer sich hinter dieser Angabe verbarg. Oder nahm es zumindest an. Sicher würde er erst sein, wenn auch die Parole stimmte.

Čierny glaubte, er habe alle Zeit der Welt, um sich dessen gleich hier im Postamt zu vergewissern. Blohm erwartete ihn schließlich erst um halb vier. Mit einer leicht nervösen Unruhe im Bauch trat er an eines der beiden Schreibpulte in der Mitte der Halle, riss das Packpapier auf und las auf dem Karton den Satz: *Die Nachtigall singt nicht mehr*. Er atmete auf. Nur eine Handvoll vertrauenswürdiger Personen aus seinem engsten Umkreis kannte die Parole, die sich zudem alle paar Tage änderte. Neugierig, was man ihm aus Frankfurt schickte – technisches Gerät? Pässe? –, wollte er wenigstens einen kurzen Blick in das Päckchen werfen.

Während er den Deckel anhob, war ihm, als nähere sich jemand, er blickte hastig auf, und in der Tat: Dieser Journalist Karl Wieners kam schnurstracks auf ihn zu. In dem Moment, in dem er ihn erkannte, schoss aus dem Innern der

Schachtel eine Stichflamme empor, und im nächsten verwandelte sich das Postamt in einen Ort des Schreckens, wie München ihn seit dem Ende des Bombenkriegs nicht mehr gesehen hatte …

Freitag, 15. April 1955

TRAUTES HEIM, GLÜCK ALLEIN.
Wie ein spiessbürgerliches Menetekel leuchtete der gestickte Sinnspruch in seinem Silberrahmen auf, als der Lichtschein eines vorbeifahrenden Autos über die Wand wischte. Ludwig konnte kaum glauben, dass er im Dunkeln durch eine fremde Wohnung tapste wie ein Einbrecher. Wobei er genau das war: ein Einbrecher. Denn so nannte man für gewöhnlich jemanden, der mit einem Sperrhaken fremde Türen öffnete, um mit einer Taschenlampe nach gewissen Wertsachen zu suchen. Der einzige, wenn auch entscheidende Unterschied bestand darin, dass er nicht vorhatte, diese Wertsachen zu stehlen.

Es dauerte nicht lange, bis er fündig wurde. In einer Vitrine standen die kleinen, pausbäckigen Kinderfiguren aus Porzellan aufgereiht, die meisten allein, andere zu zweit oder zusammen in kleinen Gruppen. Die Mädel mit neckischen Kleidchen, die Buben in Lederhosen und karierten Hemden. Hummelfiguren. Ludwig hatte nie verstanden, was der Reiz an diesem Kitsch war. Er holte das Heft mit den Katalogabbildungen aus der Tasche und glich sie mit den Figürchen im Schrank ab. Der Skifahrer. Der Bub, der über einen Zaun klettert. Das Mädel mit dem Korb. Brüderchen und Schwesterchen Arm in Arm. Schließlich der Apfeldieb.

Ludwig hatte genug gesehen. Er verließ die Wohnung auf

dem Weg, auf dem er gekommen war. Im Treppenhaus kam ihm ein ältliches Paar entgegen, er zog den Hut, wünschte einen guten Abend und ging weiter. Erleichtert hörte er schließlich die Haustür hinter sich ins Schloss fallen.

Eine Böe klatschte ihm Schneeregen ins Gesicht. Der April wurde dieser Tage seinem Ruf mehr als gerecht. Nach sonnigem, mildem Osterwetter zeigte er sich nun nass, windig und kalt. Ludwig zog den Hut tiefer in die Stirn und den Mantelkragen zusammen. Über den Dächern schlug eine Kirchturmuhr zehn. Zur Trambahnhaltestelle brauchte er von hier ungefähr fünf Minuten. Bis er zu Hause war, war es Viertel vor elf. Die Buben würden schon schlafen. Hoffentlich.

Die Hände in die Manteltaschen vergraben, den Kopf tief gesenkt, lief er weiter. Er solle ihn anrufen, wenn er etwas herausgefunden habe, hatte Rosen gesagt. Egal, wie spät es sei. Zu wirklich jeder Tages- und Nachtzeit. Der Mann litt. Das war deutlich zu sehen. Und auch wenn es auf den ersten Blick lächerlich wirkte, konnte man es verstehen, wenn man sich nur ein bisschen in ihn hineindachte. Rosen war Jude und mitsamt seiner Familie nicht mehr rechtzeitig aus Deutschland hinausgekommen. Wie auch und wohin, als kleiner Volksschullehrer ohne jede Verbindung ins Ausland. Bevor sie alle ins Lager gebracht wurden, hatte er seinem Nachbarn Matthias Rauberger, den er als einen verlässlichen Menschen und keinesfalls glühenden Nazi kannte, die Hummelfiguren anvertraut. Zur Aufbewahrung. Alles, alles hatte Rosen verloren: Frau, Kinder, Besitz; eingetauscht, wie er selbst sagte, gegen einen gestreiften Anzug aus Sackleinen. Nur die Hummelfiguren, an denen das Herz seiner Frau so sehr gehangen hatte, waren ihm geblieben. Als er sie nach dem Krieg von Rauberger zurückverlangte, weigerte sich der, sie ihm zu geben. Erst behauptete er, sie seien ein Geschenk gewesen, doch als Rosen nicht lockerließ, hieß es auf einmal, sie seien in den Wirren des Krieges verlorengegangen. Genau so hatte es der Maurermeister Rauberger ausgedrückt: *in den Wirren des Krieges*. Als seien die Amerikaner bei der Einnahme Münchens mitten durch seine gute Stube marschiert. Dabei war das gesamte Haus völlig unbeschadet durch alle Bombennächte gekommen und nach der Kapitulation nicht einmal für einen Tag requiriert worden. Keine Polizeidienststelle, kein Amt, kein Gericht wollte sich Rosens Sache annehmen. Nicht zuständig, zu niedriger Streitwert, zu geringfügig die Angelegenheit im Ganzen. Als ginge es dem Mann wirklich bloß um die paar kitschigen Porzellanfigürchen. Alles, was er zu hören bekam, war, dass er die Vergangenheit ruhenlassen und nach vorn schauen solle. Oder wie Rauberger es ausgedrückt habe: »Hängen Sie sich nicht an den alten Zeiten auf.« Woraufhin Rosen ihm angeblich erwidert hatte, es wäre ihm, Rauberger, sicherlich lieber, er würde sich, statt an der Vergangenheit, an einem Dachbalken aufhängen, denn dann wären die Scherereien mit dem lästigen Juden ein für alle Mal erledigt.

Vom Rumpeln einer Straßenbahn aufgeschreckt, schaute Ludwig hoch und erblickte hinter einem Schleier aus Schneeregen das Haltestellenschild. Er fing besser an zu rennen, wenn er die Tram noch kriegen wollte. Manche der Fahrer machten sich einen Jux daraus, einem die Tür vor der Nase zu schließen und frech bimmelnd davonzufahren. Der hier bewies zum Glück Anstand. Ludwig konnte gerade noch reinspringen. Er löste bei der Schaffnerin eine Fahrkarte und fiel auf einen leeren Sitz. Erschöpft nahm er den Hut ab, wischte sich mit der Hand den Regen aus dem Gesicht. Nach Hause. Er wollte nur noch nach Hause. Bei allem Verständnis für Rosens Lage, er würde ihn heute nicht mehr anrufen.

Ein paar Stunden früher oder später sollten keine Rolle spielen. Auch ein Privatdetektiv hatte schließlich irgendwann Feierabend.

NEW YORK CITY

Sollte sie nicht doch lieber das etwas jugendlichere Kleid anziehen? Kritisch betrachtete Magda ihr Spiegelbild. Blohm schwärmte, das Kostüm habe Klasse und stehe ihr ausgezeichnet. Für ihren Geschmack war es ein wenig bieder, Chanel hin oder her. Dazu auch noch der Hut. Damenhüte fand sie meistens nur albern und diesen ganz besonders. Hier in den *States* begegnete man dem Kostüm allerdings öfter, zumindest in gewissen Kreisen. Kreisen, zu denen Blohm Anschluss suchte und zunehmend auch fand. Geld öffnete Türen.

Magda schaute auf die Uhr. Kurz vor halb fünf. Sie musste sich beeilen, wenn sie rechtzeitig am Times Square sein wollte. Zu dumm, dass Simon nicht eher Zeit gehabt hatte. Blohm würde sie um halb acht zum Dinner mit neuen Freunden abholen. Bis dahin musste sie zurück im Hotel sein, damit er keinen Verdacht schöpfte. Und das durfte er auf keinen Fall. Auch wenn es fünf Jahre her war und er all die Zeit kein Wort mehr darüber verloren hatte, wusste Magda, dass Simons Verrat weder verziehen noch vergessen war. Denn Verrat verzieh Blohm niemals. Wobei sie nicht einmal wusste, worin Simons Verrat genau bestand. Weil es zeitlich knapp werden konnte, behielt sie das Kostüm an und setzte sogar den dämlichen Damenhut auf. Im Gehen nahm sie noch die lederne Kameratasche mit ihrer Agfa Silette vom Garderobentischchen, hängte sie sich um und verließ das Zimmer.

Elegant, mit maßvollem Hüftschwung, schritt sie den Hotelflur hinab zum Fahrstuhl, sagte zum Liftboy ihr übliches »reception, please«, woraufhin dieser sein übliches »yes, ma'am« hören ließ. Am Empfang gab sie den Schlüssel ab und sagte zu dem Herrn auf der anderen Seite des blank polierten Tresens in fast makelloser Aussprache: »If Mr. Blohm returns early, please tell him, that I'm out for a walk. I will be back on time for dinner.«

»Very well, Mrs. Blohm. Have a nice walk.«

Magda drehte sich um und bemerkte nur noch aus dem Augenwinkel, wie sich ein Gentleman in einem schwarzen Anzug abrupt von ihr wegdrehte und so tat, als studiere er die riesige Uhr in der Mitte des Foyers, die freilich eine Sehenswürdigkeit war. Mit erhobenem Kinn marschierte sie an ihm vorbei zum Ausgang Lexington Avenue.

Magda genoss nichts so sehr wie den Moment, wenn sie durch die breiten Türen aus der europäisch anmutenden Gediegenheit des *Waldorf Astoria* hinaustrat und beinahe schlagartig erfasst wurde von der energiegeladenen, schrillen Gegenwart der Stadt. Einer Gegenwart ohne Vergangenheit, dafür bis zum Platzen gefüllt mit Zukunft. Autos groß wie Schiffe auf mehrspurigen Avenues, in denen es nach Asphalt, Abgasen und Meer roch. Menschen, immer in Eile, ohne Zeit für Rücksichten und Höflichkeiten. Ein an- und abschwellender, aber niemals endender Strom, in dem man entweder mitschwamm oder ertrank.

Als ein Hotelboy ein Taxi heranwinken wollte, lehnte sie dankend ab. Der kleine Fußweg zum Times Square würde ihr guttun. Und vielleicht würde sie auf das eine oder andere lohnende Fotomotiv stoßen. Es war ja leicht zu finden. Nur eine Straße überqueren, in die nächste – die siebenundvierzigste – rechts einbiegen und dann immer geradeaus bis zur

Seventh Avenue. Dort an der Ecke wartete Simon auf sie. Ob er sie in diesem Aufzug überhaupt erkannte?

Nach wenigen Schritten kam ihr der Verdacht, dass jemand ihr folgte, und ein vorsichtiger Blick über die Schulter ergab, dass es der Gentleman im schwarzen Anzug war, der ihr schon im Foyer aufgefallen war. Sie blieb stehen, öffnete die Objektivabdeckung ihrer Kameratasche und tat so, als wolle sie etwas fotografieren. Der Mann blieb auch stehen und zündete sich eine Zigarette an, wobei er ihr den Rücken zudrehte. Mist, dachte sie. Vielleicht ein Aufpasser, den Blohm für sie engagiert hatte. Was sollte sie jetzt machen? Wie konnte sie ihn abschütteln?

Der Mann hatte seine Zigarette angezündet und ging nun zügig weiter. An ihr vorbei, ohne sie eines Blickes zu würdigen. Magda wartete noch ein wenig, dann setzte sie ihren Weg fort, ließ ihn jedoch nicht aus den Augen. Obwohl das eigentlich unnötig war, denn wie sollte der Mann sie beschatten, wenn er vor ihr herlief? Immerhin, sie schienen fürs Erste denselben Weg zu haben, denn er bog ebenfalls in die siebenundvierzigste Straße ein. Vielleicht musste er auch zum Times Square. Dachte sie. Doch dann war er plötzlich weg. Zumindest sah sie ihn nicht mehr. Und war fast ein wenig traurig darüber, so als habe sich ein neuer Bekannter gerade in dem Moment verabschiedet, in dem er interessant zu werden begann.

Magda beschleunigte nun ihre Schritte. In ein paar Minuten würde sie am Treffpunkt sein. Mit einer Verspätung, die einer Frau in einem sündhaft teuren Chanel-Kostüm allerdings auch zustand.

»Hey, Sie, schöne Lady«, rief plötzlich jemand hinter ihr, »nicht so schnell! Und vielleicht kaufen Sie sich mal eine Brille!«

Magda drehte sich um. Erst mit einer gewissen Verzögerung fiel ihr auf, dass sie auf Deutsch angesprochen worden war. Sie erschrak. Es war der Mann aus der Hotelhalle. Und noch einmal brauchte sie ein wenig, bis der Groschen fiel: »Simon!«

»Ja, verdammt, ich dachte schon, du kennst mich nicht mehr!«

So, wie er vor ihr stand, in seinem blitzsauberen Anzug mit Krawatte und dem akkurat gescheitelten Haar, war er ja auch kaum wiederzuerkennen, der Münchner Bursche von früher, mit dem sie das eine oder andere Schwarzmarktgeschäft abgewickelt hatte. Ein richtiger Gentleman war aus ihm geworden, ein Amerikaner wie aus dem Bilderbuch. Nur die Augen, die waren noch genauso frisch und frech wie früher.

Sie boxte ihn in die Schulter. »Depp! Was soll der Unfug! Schleichst um mich rum wie ein Taschendieb.« Dann schlang sie ihm beide Arme um den Hals. »Wie schön, dich zu sehen. Gut schaust du aus. Wie ein richtiger Mann!«

»Hast du mich deshalb nicht erkannt?«

Sie blinzelte. »Schon möglich. Warum hast du nicht wie verabredet am Times Square gewartet?«

»War mir zu fad.«

»Ach, du! Und auch noch ins Hotel kommen. Hast du keine Angst vor Blohm? Er bringt dich um, wenn er dich erwischt.«

»Du nennst ihn wirklich Blohm? Deinen Ehemann?«

»Hat sich so eingebürgert.«

»Ich kann immer noch nicht glauben, dass du seine Frau bist. Und ein Kind von ihm hast.«

»Musst du ja auch nicht glauben, wenn du nicht willst.«

»Was soll das denn heißen?«

»Gar nichts. Wo gehen wir hin?«

Sie fanden nur einen Platz am Fenster des Diners. Eigentlich hätte Magda lieber einen Tisch im hinteren Bereich gehabt, aus Sorge, Blohm könne ihr jemanden nachgeschickt haben. Doch in dem Fall hätte derjenige sie und Simon längst gesehen, also war es auch egal.

»Hast du solche Angst vor deinem Mann?«, fragte Simon.

»Angst?« Sie winkte ab. »I wo. Einen besseren Ehemann als Blohm könnte ich mir nicht wünschen.«

»Aber einen anderen schon.«

Magda ignorierte die Bemerkung. »Ich habe eher Angst um dich. Mit dir hat Blohm schließlich noch eine Rechnung offen, nicht mit mir. Was war da eigentlich los? Warum bist du so überstürzt fort aus München? Ohne ein Wort. Und deine paar Briefe … also, ich will ja nicht rummeckern, aber …«

Simon packte sie am Handgelenk und drückte es so fest, dass es fast weh tat. »Schluss jetzt!« Er sah ihr tief und ernst, ja beinahe bedrohlich in die Augen. »Wir können gern über alte Zeiten plaudern. Nur nicht über diese Sache. Verstanden?«

»Okay«, sagte Magda auf gut Amerikanisch.

Simon entspannte sich wieder, ließ sich gegen die gepolsterte, mit rotem Leder überzogene Lehne der Sitzbank fallen und nahm Magdas Fotoapparat. »Ist das die Kamera, die ich dir damals in der Möhlstraße besorgt hab?«, fragte er.

»Nein, das ist eine Agfa Silette, die gibt's erst seit letztem Jahr. Klein und handlich, recht praktisch für unterwegs. Aber die Kine-Exakta von dir hab ich natürlich noch.«

Simon legte die Kamera wieder hin. »Gibt's die gute alte Möhlstraße noch?«

»Wenn du damit den Schwarzhandel meinst, nein, den gibt es nicht mehr. Noch im Herbst des Jahres, in dem du weg bist, hat die Polizei alle Händler hochgenommen und die Läden aufgelöst.«

Eine Bedienung kam an den Tisch, Simon bestellte einen Erdbeershake für Magda und für sich selbst einen Kaffee.

»Und wovon lebt ihr dann, Blohm und du?«

»Baugeschäft. Immobilien. Blohm ist ehrlich geworden.«

Simon lachte auf. »Im Baugeschäft? Kann ich mir schwer vorstellen. Nirgends geht's korrupter zu. Aber dumm ist es nicht. Zu bauen gibt's bei euch genug.«

»Da sagst du was. München ist eine einzige Baugrube. Und wie schnell alles geht. Bis du schaust, steht schon wieder ein Mietshaus fertig da.«

»Und du? Was machst du?«

»Bilder. Ich fotografiere viel.«

»Soso. Immer noch für deinen Onkel?«

Die Erwähnung Karls genügte schon, um ihr den wohlvertrauten feinen Stich zu versetzen. »Kaum«, sagte sie. »Ich mache eigene Sachen. Porträts hauptsächlich. Mich interessieren Menschen.«

»Wie geht's ihm denn, deinem Onkel? Schreibt er immer noch für diese … was war das noch mal? Eine Zeitung? Ein Magazin?«

»Er schreibt für unterschiedliche Abnehmer Beiträge. Vor allem aber Romane und Drehbücher. Ist wieder ganz gut im Geschäft. Stell dir vor, für einen Roman hat er Anleihen aus meinem Leben genommen. *Trümmermädchen*. Hat sich wohl ganz gut verkauft. Drum will er jetzt, dass es verfilmt wird. Ob daraus was wird …« Sie lachte in verlegenem Stolz.

»Seh schon, es hat sich alles wieder eingespielt. Good old Germany läuft wieder wie geschmiert.«

Magda hörte den sarkastischen Unterton sehr wohl heraus. Und er war ja auch berechtigt. Von den Nazis und ihren Gräueln las man zwar noch in den Zeitungen, es gab reichlich Bücher und Sendungen im Hörfunk dazu, aber die Leute lebten trotzdem in einer Selbstzufriedenheit, als ginge sie das alles nichts an.

»Und du«, fragte sie, »was machst du? Wie geht es dir?«

»Kann nicht klagen. Obwohl ich eigentlich nur ein Laufbursche bin, wie damals bei Blohm, nur besser bezahlt. Sehr viel besser.«

»In welcher Branche?«

Die Bedienung kam mit einem Tablett an den Tisch, auf dem der Milchshake und der Kaffee standen. Sie stellte beides ab.

»Dienstleistungen aller Art«, antwortete Simon mit Verzögerung auf Magdas Frage.

Das klang merkwürdig vage. Bestimmt wollte er nicht darüber reden, weil seine Dienstleistungen nicht ganz legal waren. So wie damals bei Blohm.

Simon pustete auf seinen Kaffee und nahm einen Schluck, dann fragte er: »Wie gefällt dir Amerika?«

»Großartig. Am liebsten würde ich für immer hier leben!«

»Dann mach es doch einfach. Nimm deinen Sohn, verlass Blohm und fang hier neu an.«

Für einen Moment gab sie sich dem Gedanken hin, sie könne das wirklich tun. Einfach so. Doch rasch holte die Wirklichkeit sie ein. Zu vieles verband sie mit Deutschland. »Ich fürchte, das ist nicht so leicht«, sagte sie.

»Ach was. Alles geht. Das hier ist das Land der unbegrenzten Möglichkeiten!«

»Schon. Aber du weißt auch, dass Verträge mit Blohm auf Lebenszeit geschlossen sind.«

»Na und? Ich bin doch auch hier. Und geht es mir schlecht?«

Magda sah ihn an. Nein, schlecht schien es ihm nicht zu gehen.

»Sauwetter!«, schimpfte Karl beim Anblick der dicken, nassen Kleckse auf den Fensterscheiben, die der Fahrtwind sofort quer über das Glas in die Länge zog wie durchsichtige Spagetti. Dahinter eine verwaschene Gouache des nächtlichen Münchens. Nur im Innern des Abteils war noch etwas von der südländischen Wärme aufbewahrt, aus der sie kamen. Doch nicht mehr lange, dann würde auch dieser letzte Rest entweichen und die teutonische Kälte in den Kurswagen der deutschen Bundesbahn Einzug halten.

Gisela saß Karl gegenüber, eine Straßenkarte von Norditalien auf dem Schoß. Mit dem Finger fuhr sie die Route nach, die ihre Rundreise genommen hatte, und flüsterte an jeder Station den italienischen Namen der Stadt: »Venezia, Firenze, Pisa, Roma, Siena, Milano.« Sie schaute auf. Die südliche Sonne hatte ihre Haut leicht gebräunt und ihr blondes Haar noch ein wenig mehr aufgehellt. Es stand ihr gut, das musste er zugeben. »Ostern in Rom«, sagte sie selig. »War das nicht ein einmaliges Erlebnis? Der Segen des Heiligen Vaters. Urbi et orbi. Der Stadt und dem Erdkreis.«

Wenn der wüsste, was er da alles gesegnet hat, dachte Karl mürrisch. Aber der Heilige Vater war wohl, wie seine gesamte Kirche, im Zweifel weniger dogmatisch, sondern eher pragmatisch. Genau wie Gisela, die, obwohl gut katholisch und beflissene Kirchgängerin, die staatlichen Segnungen einer Oberleutnantswitwenrente dem kirchlichen Ehesegen vorzog.

»Was bist du denn so grantig?« Sie neigte sich vor und nahm Karls Hand. »Immer noch wegen dem Anruf von Desch? Lass dir doch von dem nicht die Laune vermiesen.«

Karl brummte nur, ließ sich gegen die Lehne fallen und

schaute wieder aus dem Fenster. Gisela schüttelte den Kopf wie über einen bockigen Jungen und faltete die Karte auf ihrem Schoß zusammen. Zu gern hätte er jetzt eine Zigarette geraucht, doch bei geschlossenen Fenstern erlaubte es Gisela nicht, und auf den Gang wollte er sich nicht stellen.

Es war nicht nur die Sache mit seinem Verleger Desch, die an seinen Nerven zerrte. Obwohl es ein Zeichen von grobem Undank und Illoyalität war, den Erscheinungstermin des neuen Romans mit fadenscheinigen Gründen ins Frühjahr zu verschieben und ihn so um die Einnahmen aus dem Weihnachtsgeschäft zu bringen. Ein paar Tage davor hatte ihm Filmproduzent Silbermann signalisiert, dass er für das Drehbuch zu dem Film über den Reichstagsbrand nun doch lieber einen richtigen Journalisten als Autor engagieren wolle, der mehr Erfahrung mit politischen Stoffen hatte. Äußerst ärgerlich, das alles!

Karl warf einen Blick zu Gisela, die in ihrer Handtasche herumkramte, dann griff er nach seinen Zigaretten und schüttelte eine aus der Packung. Sie räusperte sich vernehmlich. »Wir sind eh gleich da«, brummte er und ließ sein altes Wehrmachtsfeuerzeug aufflammen. Tief sog er den Rauch in die Lungen. Entspannt sank er zurück in den Sitz.

»Wir zwängen uns mit den Koffern aber nicht in die Trambahn, oder?«, fragte Gisela, die allmählich anfing, ihre Sachen zu ordnen und einzupacken. »Wir genehmigen uns eine Taxe.«

Karl wünschte, es wären wirklich die Querelen um Desch und Silbermann gewesen, die ihn so nervös und übellaunig aus dem sonnigen Süden ins nasskalte München zurückkehren ließen. Aber es war etwas anderes, das ihn aufbrachte. Jemand anderes. Und schließlich konnte er auch nicht mehr umhin, es auszusprechen, es brach förmlich aus ihm heraus:

»Ist doch nicht zu fassen, wie eine Mutter es fertigbringt, ihren Sohn wochenlang allein zu lassen. Wie herzlos muss eine Frau sein?«

Gisela hielt in ihrem Herumkramen inne und schaute ihn an. Verständnislos. Betroffen.

»Also hör mal«, protestierte sie. »Benno ist sechzehn, und dem geht's bei seiner Tante Inge eher zu gut als zu schlecht. Dem kann ich gar nicht lange genug weg sein.«

»Ich rede doch nicht von Benno und dir, sondern von Magda und Peter. Sechseinhalb Wochen Amerika! Das finde ich ganz schön übertrieben. Großkotzig, ums auf den Punkt zu bringen.«

Giselas Miene wurde abweisend. »Ich glaube nicht, dass Peterle sie groß vermisst«, sagte sie kühl. »Dem wird kaum auffallen, dass sie nicht da ist. Er sieht doch auch sonst das Kindermädchen öfter als die Mutter. Überhaupt, ein Kindermädchen. Als hätte sie viel zu tun. Wer ist sie? Eine Baroness?«

Sie ist Walter Blohms Frau, dachte Karl, sagte aber lieber nichts mehr. Er hatte ohnehin schon zu viel gesagt. Sonst kam noch heraus, dass er sich gar nicht um Peter sorgte. Sondern dass er derjenige war, der Magda vermisste. So sehr, wie man einen anderen Menschen nur vermissen konnte. So sehr, dass es weh tat.

NEW YORK CITY

Mit großen Augen betrachtete Magda die Leuchtreklame am Times Square, dem sich das Taxi gerade näherte. Wohin man auch schaute, überall blinkte und glänzte es wie in einem bizarren Traum. Wenn Peterle das sehen könnte, dachte sie, der würde sich überschlagen vor Glück. Wo er doch schon wegen des weihnachtlichen Lichterschmucks in der Kaufingerstraße ganz außer sich geraten war. Peterle. Wie lange hatte sie nicht mehr an ihn gedacht? Viel zu lange. Sie schämte sich vor sich selbst.

»Morgen geh ich einkaufen«, sagte sie zu Blohm. »Oder hast du andere Pläne für uns?«

Er schüttelte den Kopf.

»Ich brauche Spielsachen für Peterle. Schöne Spielsachen. Und ganz viele.«

»Kauf, was dir gefällt. Auch für dich.« Er schwieg einen Moment, dann fügte er hinzu: »Du warst wundervoll heute Abend. Alle waren hingerissen von dir.«

Magda lächelte verlegen.

»Ich am allermeisten.«

Blohm legte ihr die Hand aufs Knie. Schwer lastete sie dort. Langsam schob er sie auf die Innenseite ihres Schenkels und ließ sie nach oben wandern. Die kurzen gepflegten Finger wie Füße eines Tierchens. Sein Atem ging schwer und roch nach Alkohol.

Im Rückspiegel glänzten die Augen des Taxifahrers, ein Zahnstocher bewegte sich in seinem Mundwinkel auf und ab.

»Nicht, Walter«, sagte Magda sanft wie zu einem übermütigen Kind, »du bist betrunken.«

»Ja, von dir.«

»Wohl eher von den Whiskeys nach dem Essen. Wie viele waren es? Vier? Fünf?«

»Ich will dich …«

»Du vergisst, wo wir sind.« Sie schob den Arm zurück auf die Seite, auf die er gehörte.

Blohm lachte. Aber es war kein heiteres Lachen. Magda

zog den Saum ihres Rocks über die Knie und riskierte einen Seitenblick. Statuarisch wie ein kleiner Buddha saß er in dem von diffusem Außenlicht durchwirkten Halbdunkel des Wagens.

»Was waren das eigentlich für Leute, mit denen wir gegessen haben?«, fragte sie.

»Das weißt du doch«, antwortete er. »Hast du nicht zugehört?«

»Ihr habt immer wieder Slowakisch gesprochen. Worum ging es?«

»Geschäfte.«

»Krumme Geschäfte?«

Er schaute sie erstaunt an. »Was interessiert es dich?«

Sie wollte lieber nicht nachbohren und schwieg deshalb, doch dann sagte er auf einmal nebulös: »Wir haben alle unsere Geheimnisse und müssen manchmal Dinge tun, die wir nicht tun wollen, damit sie auch geheim bleiben. Gerade du müsstest das doch am besten wissen.«

»Ich? Wieso?«

»Du bist eine Frau voller Geheimnisse. Genau das macht dich so anziehend. Denn was wären wir schon ohne unsere Geheimnisse? Langweilige Spießer. So wie diese Amerikaner da draußen. Sieh sie dir an, in ihrer Anständigkeit. Sie glauben, sie seien zu keinem Verbrechen fähig. Und gerade deshalb sind sie zu jedem Verbrechen fähig.«

Sie schüttelte den Kopf. »Du hattest wirklich mehrere Drinks zu viel, Blohm. Du musst dringend ins Bett.«

Der Fahrer bog so scharf rechts ab, dass Blohm auf Magdas Seite geworfen wurde. Oder sich gern auf ihre Seite werfen ließ. Sein Kopf lag an ihrer Schulter, seine Hand landete auf ihrem Schoß. »Hoppla!«, rief sie aus. »Nicht so stürmisch, junger Mann!« Es sollte scherzhaft klingen.

Sein Geruch nach Alkohol und Zigarre stach in ihrer Nase. Magda atmete nur noch ganz flach.

»Das ist gut«, schnaufte er. »Ich will dich. Will dich so sehr …«

Ihr war klar, dass sie ihn nicht noch eine Nacht würde abwehren können. »Ich dich auch«, log sie, »aber ich würde unser Hotelbett der Rückbank eines Taxis vorziehen.«

Er lachte und zog sich wieder auf seine Seite zurück. »Braves Mädchen. So anständig.«

Ihre letzte Hoffnung war, dass der Alkohol ihn bald ausknockte und sie so von seinen Zärtlichkeiten verschont bleiben würde.

Samstag, 16. April 1955

MÜNCHEN

LUDWIG STIEG AM STACHUS aus der Tram und trat mitten hinein in das Verkehrschaos, das die Großbaustelle am Lenbachplatz seit ein paar Tagen verursachte. Stoßstange an Stoßstange standen die Autos, zwischen ihnen suchten Radfahrer und Fußgänger ihr Durchkommen, und weil die Autos die Schienen blockierten, kam auch die Tram nur im Schneckentempo voran. Es war ein einziges Bimmeln, Hupen und Schimpfen, das Ludwig so schnell wie möglich hinter sich ließ. Im Zickzackkurs überquerte er den Platz und stellte sich taub, wenn eine Hupe ihn von der Seite anblökte. In der Schützenstraße staute es sich auch, wahrscheinlich bis zum Hauptbahnhof. Und das sollte den ganzen Sommer über so bleiben. Prost Mahlzeit, dachte Ludwig bei der Vorstellung.

Vor dem Eingang zu dem Haus, in dem er ein Büro gemietet hatte, sah er einen jungen Burschen. Zehn Jahre alt, schätzungsweise. Er ging auf und ab, so als würde er sich nicht ins Haus trauen. Oder irgendwas aushecken. Man konnte heutzutage nicht mehr sicher sein. Die Jugend, oder zumindest ein Teil davon, geriet außer Kontrolle. Verwahrloste regelrecht. Immer wieder hörte und las man von Vandalismus und Rowdytum.

»Na«, sprach Ludwig den Burschen an, freundlich, aber auch ein wenig streng, damit er gleich merkte, dass er sich nichts herausnehmen konnte.

Das hatte er wohl auch nicht vor, er drehte sich weg und schlurfte in viel zu großen Stiefeln davon. Lausbub, dachte Ludwig. Aus einem unerfindlichen Grund tat ihm der Bursche leid. Vielleicht wegen der kleinen Füße in den großen Stiefeln.

Ein Blick auf die goldglänzende Messingtafel neben dem Eingang brachte ihn auf erhebendere Gedanken. Er hatte sie erst vor kurzem anbringen lassen, unterhalb der beiden Rechtsanwaltstafeln.

Ludwig Gruber
Private Ermittlungen aller Art
II. Stock.

Wenn Annerl das sehen würde, dachte er, die würde glatt der Schlag treffen.

Zu Ludwigs Überraschung wartete Rosen schon im Treppenhaus. Groß und hager, mit tiefliegenden Augen, den Hut in der Hand. Der würde in seinem Leben keinen Anzug mehr ausfüllen. »Entschuldigen Sie die Verspätung«, sagte Ludwig sofort.

»Sie sind nicht zu spät«, antwortete Rosen, »ich war zu früh.«

Ludwig hatte ihn gestern Nacht doch noch angerufen, ihm aber nur mitgeteilt, dass er die Hummelfiguren gesehen hatte und sie das weitere Vorgehen anderntags in seinem Büro besprechen würden. Halb zehn. Ludwig lugte auf seine Uhr. Es war zwanzig Minuten nach neun.

Er schloss auf und ging voraus, Rosen folgte. Sie gelangten in eine Diele, die an einer Doppeltür mit Milchglasscheiben endete. »Bitte einzutreten«, sagte Ludwig, schob die Milchglastüren auf, und sie gingen hinein. »Da können Sie Ihren Mantel aufhängen.« Ludwig deutete auf den Garderobenständer.

Eigentlich waren die Räume für eine Großkanzlei von Anwälten ausgelegt. Zwei große, ein kleineres Büro, ein Vorzimmer für alle. Das Fräulein, das wochentags hier saß, eine Elvira Skudelny, hatte an den Samstagen frei, weil sich auch die Anwälte freinahmen. Fräulein Skudelny arbeitete eigentlich nur für die großen Büros, die sie schließlich auch bezahlten, und guckte jedes Mal pikiert, wenn das kleine Büro sie um eine Gefälligkeit bat, was Ludwig stets ein diebisches Vergnügen bereitete. Er freute sich schon auf den Tag, an dem er genug verdiente, um das Fräulein mit in Dienst zu nehmen. Zurzeit allerdings war er froh, wenn sein Gewerbe über die Miete hinaus genug einbrachte, um über die Runden zu kommen.

Er führte Rosen in sein Büro, wies auf den Besucherstuhl vor dem Schreibtisch. »Bitte. Kann ich Ihnen was anbieten? Einen Tee vielleicht?«

»Tee ... ja ... einen Tee könnte ich jetzt vertragen.«

Ludwig nahm den Topf, ging rüber zum Abort, füllte am Waschbecken Wasser ein und hängte, als er wieder zurück war, den schon ziemlich verkalkten Tauchsieder hinein. Es gab zwar auch eine kleine Küche, in der Fräulein Skudelny für die großen Büros Kaffee kochte, doch die war, wenn die Anwälte und das Fräulein freihatten, stets abgeschlossen, damit das kleine Büro sich nicht an den Vorräten vergriff. »Das dauert jetzt ein bisschen«, sagte er und ließ sich in den Bürostuhl fallen. Nach einer kurzen Pause setzte er an: »Wie ich gestern schon am Telefon sagte, war ich letzte Nacht in Herrn

Raubergers Wohnung und habe die Figuren in einer Vitrine gesehen. Es gibt sie also noch, und er hat sie.«

»Und wie geht es jetzt weiter?«

»Das ist das Dumme bei der Sache: Wir können mit dieser Information nichts anfangen. Außer ich gebe zu, dass ich eingebrochen bin. Und das mach ich nicht, weil mich das meine Lizenz kostet. Da sind mir die Hände gebunden.«

»Dann sind wir am Ende.«

»Ich hab gesagt, dass *mir* die Hände gebunden sind. Aber ich kenne jemanden, der da freier ist. Wenn Sie wollen, fädle ich das ein.«

Rosen nickte.

»Das kostet allerdings was.«

Rosen räusperte sich gleich mehrfach und sagte dann: »Wegen Ihrem Honorar müssen wir eh noch mal reden. Es ist nämlich so …«

»Sagen Sie nichts.« Ludwig unterdrückte ein Seufzen. Er musste aufhören, Ermittlungen anzustellen, die nichts einbrachten. Andererseits saß er dann wenigstens nicht untätig im Büro herum, unter den spöttischen Blicken dieses Fräuleins im Vorzimmer. »Das regeln wir schon irgendwie«, sagte er. »Und wegen den anderen Ausgaben machen Sie sich keine Sorgen. Der Herr schuldet mir noch einen Gefallen, und er soll sich dann halt anderweitig schadlos halten. Ist eh nötig für die Tarnung, denn welcher Einbrecher klaut bloß Hummelfiguren?«

Rosen lächelte verhalten. Er hatte verstanden und nickte dankbar.

Ludwig hörte, wie hinter ihm das Wasser im Topf zu brodeln anfing. Er stand auf und wollte Tassen und Teebeutel holen, aber dann fiel ihm ein, dass der Tee ja ebenfalls in der Küche war. »Mist«, sagte er. »Ich kann Ihnen doch keinen

Tee machen. Es ist alles weggeschlossen, und ich hab keinen Schlüssel.«

»Das macht nichts«, sagte Rosen. »Ich habe eh schon zu viel von Ihrer wertvollen Zeit beansprucht.« Er stand auf und streckte Ludwig über den Schreibtisch die Hand entgegen. »Vergelt's Gott, Herr Gruber, für alles.«

Ludwig ergriff die Hand und hielt sie fest. »Nur noch eins zur Erklärung«, sagte er, »damit sie nicht denken, solche krummen Touren sind bei mir an der Tagesordnung. Normalerweise achte ich sehr auf Recht und Gesetz. Als ehemaliger Kriminaler. Aber in manchen Fällen steht das Recht gegen eine höhere Gerechtigkeit, und wenn die Sache so liegt, dann schlage ich mich auf die Seite der höheren Gerechtigkeit.«

»Da sind sie einer von wenigen.«

Ludwig ließ Rosens Hand los.

»Wenn es gelingt und Sie Ihre Figuren zurückbekommen haben, dürfen Sie aber nicht gleich aufhören, den Rauberger zu bedrängen. Sonst denkt er sich sofort, dass Sie hinter allem stecken, und zeigt Sie an. Und dass die ganze Sache unter uns bleibt, versteht sich hoffentlich von selbst.«

Rosen nickte. »Freilich. Und dem Saukerl geh ich mit Vergnügen weiter auf die Nerven. Auf Wiederschau'n, Herr Gruber. Und nochmals vielen Dank!«

Da kam Ludwig ein Gedanke. »Warten Sie mal, Herr Rosen. Sie sind doch Lehrer, oder?«

»War ich. Jetzt nicht mehr.«

»Aber einen einzelnen Buben könnten Sie doch wohl unterrichten. Wissen Sie, mein Ältester ist im Rechnen ein bisserl schwach. Dem würden ein paar Stunden Nachhilfe nicht schaden. Und dann könnten wir Ihre Stunden mit meinen verrechnen.«

»Das mach ich gern, Herr Gruber.«

Ludwig begleitete Rosen bis ins Treppenhaus und blieb auch noch stehen, als er nach unten ging. Er wollte zurück ins Büro, da bemerkte er auf dem nach oben führenden Treppenstück jemanden: den Buben mit den zu großen Stiefeln. Er schaute herunter, als wolle er irgendwas. Ludwig blieb stehen und schaute zurück.

»Sind Sie ein Detektiv?«, fragte der Bub. »So wie Nick Knatterton?«

»So ähnlich. Warum?«

»Weil ich einen brauch.«

»Du? Um was geht es denn?«

»Um einen Mord.«

Die Türglocke riss Karl mitten aus einem Traum. Der Traum verpuffte im Moment des Erwachens, alles, was in Erinnerung blieb, war ein Bild: ein Fenster mit Regentropfen gesprenkelt, dahinter zwei Mädchen im Backfischalter, die ihm zuwinkten. Sie hatten beide riesige Schleifen im Haar. Gundi und Gerti. Seine Töchter. In einem Alter, das sie nie erreicht hatten.

Die Glocke schrillte erneut, diesmal anhaltender und durchdringender. Karl fuhr hoch. »Herrgott, wer ist denn das?« Er schaute auf den Wecker. Kurz nach halb zehn. »Um diese Zeit.« Er wandte sich zur anderen Seite des Bettes. Sie war leer.

Schnaufend stand Karl auf und schlurfte barfuß in den Flur, wo die Koffer noch genau so dastanden, wie sie sie gestern abgestellt hatten. Aus dem Bad drang das Plätschern der Brause. Da steckte Gisela also. Erneut hämmerte es gegen die Tür. »Wo seid ihr denn?«, rief jemand von draußen. Georg. Hoffentlich ohne Inge, dachte Karl. Vor dem ersten Kaffee vertrug er keine ehelichen Sticheleien. Sicher brachten sie Benno.

»Komm ja schon!« Karl schloss die Tür auf.

Nur Georg und Benno. Keine Inge.

»Im Schlafanzug? Um die Zeit?«, gab Georg sich erstaunt, obwohl er genau wusste, dass Karl ein Langschläfer war. »Ihr habt ein Leben.«

»Servus«, sagte Benno, ohne Karl anzuschauen. Dann schob er sich an Karl vorbei in die Wohnung, stellte Koffer und Rucksack zu denen, die schon dastanden, und verschwand in sein Zimmer.

»Deine Mutter ist im Bad«, rief Karl ihm nach.

»Jaja.« Die Tür am Ende des Flurs knallte zu.

»Danke, dass ihr ihn genommen habt. War er brav?«

»Musst du die Inge fragen. Ich weiß nicht mal, wie es meinen eigenen Kindern geht, weil ich den ganzen Tag in der Redaktion bin und mich mit den Deppen dort rumärgere. Apropos. Hast du ein paar Minuten? Und Kaffee wäre nicht schlecht.«

Karl ging voraus in die Küche. Auf dem Tisch lag ein Päckchen Zigaretten. Chesterfield, die er noch in Italien gekauft hatte. »Darf ich?«, fragte Georg und nahm sich schon eine. Karl holte die neue Kaffeemühle und die Packung Bohnenkaffee.

»Elektrische Kaffeemühle«, sagte Georg, nachdem er sich die Zigarette angezündet hatte. »Nobel geht die Welt zugrunde.«

»Die Welt? Oder du?«

Die Spatzen pfiffen von den Dächern, dass das *Blitzlicht* nicht besonders gut lief. Sinkende Abonnentenzahlen, sinkender Absatz im freien Verkauf. Wenn das Blatt überhaupt noch Gewinn abwarf, war es sicher nicht viel.

Georg überhörte die Spitze und sagte: »Weißt du noch, wie du hier angekommen bist, Karl? Vor fünf Jahren, aus Berlin? Du warst ein Wrack, seelisch und auch sonst. Und jetzt schau dich an: ein erfolgreicher Schriftsteller. Und wem hast du's zu verdanken? Wer hat dir als Einziger eine Chance gegeben?«

Karl schaute Georg an. Diese Geschichte hatte er irgendwie anders in Erinnerung. Wenn er jemandem zu danken hatte, dann Magda. Sie hatte Georg für sich eingespannt, um Karl von Berlin nach München zu lotsen, und der hatte sich anfangs seine Ausgaben sogar insgeheim von ihr zurückgeholt. Keinen Pfifferling hatte er auf ihn gesetzt.

»Jetzt wird's gleich laut.«

Karl drückte auf den Einschaltknopf der Kaffeemühle.

Als der Kaffee gemahlen war, sagte er: »Rück einfach raus mit der Sprache, Schorsch: Was willst du von mir?«

»Du sollst wieder für mich schreiben. Diesmal keinen rührseligen Kram wie sonst, sondern eine Enthüllungsgeschichte. Mit allen Zutaten, die ein richtiger Knüller braucht: Verrat, Spionage, Bestechung. Und das alles spielt sich hier in München ab, vor unserer Nase.«

»Du meinst, was Politisches?«

»Ganz genau.«

Karl hatte den Kaffeefilter auf die Kanne aufgesetzt und holte die Filtertüten aus dem Hängeschrank. »Erzähl mehr.«

»Vielleicht kannst du deine süße Nichte ja auch wieder einspannen«, sagte Georg und klang dabei so zweideutig wie immer, wenn er Magda erwähnte.

Karl hatte alles fertig, um den Kaffee aufzubrühen, und bemerkte erst jetzt, dass er kein Wasser aufgesetzt hatte. Georg lachte. »Normal macht das dein Weiblein, oder? Den Kaffee, meine ich.«

»Jaja. Red weiter über die andere Sache. Worum geht's da?«

»Aha, hat der Fisch den Köder also geschluckt. Die Sache ist nicht ohne Risiko, das sag ich gleich dazu. Wir legen uns mit jemandem an, der keinen Spaß versteht, wenn's ihm ans Eingemachte geht. Eine graue Eminenz in der Stadt.«

Karl war allmählich genervt. »Kannst du auch mal einen Namen nennen?«

»Kann ich, alter Freund. Was hältst du von diesem: Walter Blohm.«

»Blohm? Du willst Walter Blohm ans Bein pinkeln?«

Im ersten Moment war Karl erstaunt gewesen, im zweiten nicht mehr. Seit Blohm das Geld, mit dem er vor fünf Jahren in das *Blitzlicht*-Projekt eingestiegen war, von heute auf morgen wieder rausgezogen und die Zeitschrift damit an den Rand des Ruins gebracht hatte, sann Georg auf Rache. Und nun war auch noch bekanntgeworden, dass Blohm das ganze Areal samt der ehemaligen Schneiderei, in der die Redaktion noch immer untergebracht war, gekauft hatte und alle Gebäude abreißen wollte, um dort mehrere Wohnblocks mit Geschäften zu errichten.

»Ja«, sagte Georg mit mühsam unterdrückter Wut in der Stimme, »ich will diesem Scheißkerl ans Bein pinkeln, bevor er uns begräbt. Mehr noch, ich will ihn vernichten. Will ihn weghaben. Und es gibt in der ganzen Stadt nur einen Menschen, der das noch mehr will als ich.«

»Wer sollte das sein?«

»Na du!«

»Mord«, wiederholte Ludwig, »soso.«

Der Bub warf sich auf den Stuhl, den eben noch der Volksschullehrer Rosen gewärmt hatte, und wischte sich mit dem Ärmel seiner zerschlissenen Jacke den Rotz unter der Nase weg. Genauer gesagt den Teil davon, der sich nicht aufziehen ließ. Neugierig schaute er sich im Büro um, betrachtete alles eingehend: den Rollladenschrank mit den Leitz-Ordnern, in dem alle Ermittlungen dokumentiert wurden; das Regal, in dem ein paar Gesetzbücher sowie Fachliteratur standen, die Ludwig angeschafft, in die er aber so gut wie noch nie einen Blick geworfen hatte; die verkümmerten Topfpflanzen auf dem Fensterbrett. Am Ende seines Rundumblicks zeigte der Bub auf die Bilderrahmen in einer Ecke des Schreibtisches, wo sie einerseits nicht im Weg standen, andererseits aber gut zu sehen waren. »Wer ist das?«

»Das auf dem einen Foto sind meine beiden Buben. Und das auf dem anderen ist meine Frau.«

»Und warum ist an dem Bild von Ihrer Frau ein schwarzes Band?«

»Das schwarze Band nennt man Trauerflor, und es bedeutet, dass die Person auf dem Bild schon gestorben ist.«

»Dann ist Ihre Frau tot?«

»So ist es.« Ehe das Gespräch in diese Richtung weitergehen konnte, fuhr Ludwig fort: »Aber wir reden jetzt nicht über mich, sondern über dich. Wie heißt du überhaupt?«

»Rudi.«

»Und wie noch?«

»Daxenhofer.«

»Und was hat es mit dem Mord auf sich? Wer ist tot?«

»Der Ferdl. Mein Bruder.«

»Das tut mir leid. Was ist denn passiert?«

»Er ist vor vierzehn Tagen von der Brücke runter, die in Großhesselohe meine ich. Und da war er tot, weil das überlebt keiner.«

Die Selbstmörderbrücke, dachte Ludwig. Er fing an zu begreifen.

»Dann war es vielleicht eher ein Unfall und kein Mord.«

»Doch! Das war Mord!« Unter Rudis Nase ließ sich wieder eine Rotzglocke sehen, die der Bub sogleich schwungvoll hochzog.

»Brauchst du ein Schnäuztuch?«, fragte Ludwig.

»Geht schon.« Rudi wischte die Nase an seinem bereits bis zur Armbeuge hinauf verkrusteten Ärmel ab.

»Was sagt denn die Polizei?«, wollte Ludwig wissen. »Die hat die Sache doch bestimmt untersucht.«

»Schon. Die meinen, dass er gesprungen ist. Weil er nimmer leben wollte. Das hat er auch geschrieben.«

»Es gibt einen Abschiedsbrief?«

»Der ist gefälscht!«, schrie Rudi auf. Seine Augen wurden feucht, die Stimme brach, als er fortfuhr: »Warum hätte der Ferdl denn tot sein wollen? Der hat mir doch versprochen, dass er immer für mich da ist, wenn ich ihn brauch. Dass er nach Amerika geht und mich mitnimmt.«

Ludwig wartete, bis sich Rudi wieder beruhigt hatte, dann fragte er: »Und deine Mama, was ist mit der? Was sagt die dazu? Du hast doch eine Mama? Und einen Papa auch?« Das war ja leider nicht selbstverständlich, bei den Verhältnissen, die der Krieg geschaffen hatte. Mütter und Väter, die entweder keine Zeit für ihre Kinder hatten oder ganz fehlten; Kinder und Heranwachsende ohne eine strenge Hand, die sie auf den rechten Weg führte und dort hielt, und die deshalb sittlich verwahrlosten.

»Eine Mama hab ich. Aber die ist nicht mehr normal. Die ist hypnotisiert oder so.«

Hypnotisiert? Jetzt wurde es abenteuerlich. »Warum denn das?«

»Wegen dem Mann. Dem, der sagt, dass er unser Papa ist.« Rudi fasste in eine Innentasche seiner Jacke und holte eine Fotografie heraus, die er Ludwig über den Schreibtisch reichte. Sie zeigte einen Soldaten in Uniform. Auf der Rückseite stand die Einheit, in der er gedient hatte. »Das ist unser echter Papa, er war im Krieg und dann in Russland, in Gefangenschaft. Und da ist er immer noch. Das hat der andere ausgenützt. Er war auf einmal da und hat gesagt, dass er unser Papa ist. Und die Mama, die glaubt ihm das. Obwohl er überhaupt nicht so ausschaut wie auf den alten Fotos. Der Ferdl hat das auch gesagt. Und wenn man ihn vom Krieg was fragt, den falschen Papa, dann weiß er es nicht.«

»Was soll das heißen: Er weiß es nicht?«

»Er sagt, dass er alles vergessen hat. Drum sollen wir ihn nichts fragen, sagt die Mama. Weil alles so schlimm war, dass sein Kopf nicht mehr daran denken kann.«

So was gab es durchaus. Aber für ein Kind war das sicher schwer zu verstehen.

»Und was hat das damit zu tun, dass der Ferdl von der Brücke gesprungen ist?«

»Ja, weil doch der Ferdl rausgefunden hat, dass der falsche Papa in Wirklichkeit ein …« Rudi neigte sich vor und ergänzte im Flüsterton: »… ein Spion ist. Für die Russen. Drum hat er den Ferdl runtergeschmissen.«

Ludwig lehnte sich zurück und rieb sich bedeutungsvoll das Kinn. »Ein Spion für die Russen, sagst du. Hm.« Die Sache war ziemlich klar. Es war die leider fast schon übliche Geschichte, wie sie seit zehn Jahren tausendfach in Kriegsheimkehrerfamilien passierte. Die strahlenden jungen Männer, die in den Krieg gezogen waren, kamen als körperliche und seelische Wracks zurück, daheim hatte sich die Welt weitergedreht, man verstand einander nicht mehr, war sich fremd geworden, bevor man sich richtig kennenlernen konnte. Das Ergebnis waren nicht zuletzt verwirrte Kinder wie Rudi und sein Bruder Ferdl, und manchmal gingen diese verzweifelten Geschichten tödlich aus, weil einer es einfach nicht mehr aushielt. Wie in diesem Fall. Doch wie sollte er das diesem bedauernswerten Buben beibringen, der zugleich recht und unrecht hatte? Denn der Mann zu Hause war sein Vater, und zugleich war er es nicht. Von einem aber konnte man ausgehen: Er war wohl kein Mörder.

»Wenn der Mann wirklich ein Spion ist«, sagte Ludwig, »dann hat die Polizei ihn bestimmt schon im Visier. Die sagen das natürlich nicht, damit sie ihn besser beobachten können. Ein Spion kommt nämlich niemals allein. Und die Polizei will sie alle erwischen. Drum sollten wir die Polizei einfach machen lassen. Am besten ist es, wenn du mitspielst. Wenn du so tust, als wäre der Mann dein Vater. Damit er keinen Verdacht schöpft. Verstehst du das?«

Rudi schaute Ludwig groß an.

»Oder tut er dir weh? Schlägt er dich? Oder deine Mama?«

»Eine Watschn gibt's hin und wieder schon.«

»Ja, die braucht's halt manchmal, wenn du gar nicht hörst, oder?«

Rudi zuckte mit den Schultern.

Ludwig stand auf und umrundete den Schreibtisch. »Am besten gehst du heim und sagst keinem, dass du hier warst. Und die Sache mit dem Spion behältst du auch für dich, ja?«

Rudi nickte.

Ludwig griff in die Hosentasche, holte sein Taschentuch heraus und presste es Rudi unter die Nase. »Jetzt blas da mal richtig rein, das ist ja nicht zum Aushalten mit deiner Rotzglocke.«

Nachdenklich stellte Karl die Tasse in die Spüle. Er hatte Georg nicht gezeigt, wie sehr ihn die Idee reizte, mal wieder für eine Zeitschrift zu schreiben. Nicht nur schöngeistigen Feuilletonkram oder alberne Klatschgeschichten, sondern etwas Sensationelles. Aufsehenerregendes. Etwas, das später vielleicht sogar den Stoff für einen neuen Roman abgeben könnte. Wobei der eigentliche Reiz – da hatte Georg schon recht – darin lag, mit Magda auf Recherche zu gehen. Was voraussetzte, dass er sie für eine Zusammenarbeit gewinnen konnte, und ginge es um etwas anderes, bestünden berechtigte Hoffnungen. Aber wenn Georg glaubte, sie würde ihnen zuliebe ihren eigenen Mann bespitzeln, der zudem ein äußerst einflussreicher, skrupelloser und damit gefährlicher Mann war, war er auf dem Holzweg. Wieso sollte sie das tun? Ihre Ehe war gewiss nicht perfekt, wenn man bedachte, dass sie den Mann, dessen Ring sie am Finger trug, nicht liebte, doch sie wusste den Lebensstil, den sie ihr bot, sehr wohl zu genießen. Villa in Nymphenburg, ein eigenes Mercedes 220 Cabriolet, Reisen, Feste, schöne Kleider, Pelzmäntel. Magda hatte sich ihr Leben lang auf die eine oder andere Weise an Männer verkauft, notgedrungen, doch niemals zu einem so guten Preis. Sie war viel zu klug, um sich für einen allzu durchschaubaren Plan einspannen zu lassen, dessen oberstes Ziel es war, Walter Blohms Ruf als seriöser Geschäftsmann zu beschädigen. Egal, wie viel von diesem Spionagezeug stimmte, und vermutlich stimmte gar nichts – Walter Blohm öffentlich zu beschuldigen, Teil eines kommunistischen Agentennetzes zu sein, war mindestens journalistischer Selbstmord. Andererseits …

Karl kehrte zum Tisch zurück, fischte die letzte Chesterfield aus der Packung und zündete sie an.

Andererseits hatte Georg recht. Karl hätte nichts lieber gesehen, als dass dieser verdammte Großkotz Walter Blohm mit seinen legalen, illegalen und sonstigen Machenschaften für immer aus ihrer aller Leben verschwand. Vor allem aus

Magdas Leben. Ja, es stimmte, sie war strahlender und begehrenswerter als je zuvor. Doch glücklich war sie nicht, auch wenn sie sich das selbst weismachte. Sie konnte einfach nicht glücklich sein mit einem Mann wie diesem an ihrer Seite. Es war undenkbar. Unmöglich. Eine Beleidigung von allem, an das Karl glaubte, was ja ohnehin nicht viel war.

»Was ist denn hier los?«

Karl schreckte aus seinen Gedanken auf und drehte sich um. Gisela stand vor ihm, frisch geduscht, die Haare unter einem Handtuchturban verborgen.

»Ich denke darüber nach, wie glücklich es mich macht, mit dir *nicht* verheiratet zu sein«, scherzte Karl.

»Und mich erst.« Sie zog eine Augenbraue hoch, so wie sie es stets tat, wenn ihr etwas missfiel. »Immer noch im Schlafanzug, aber schon die ich weiß nicht wievielte Zigarette. T-t-t.«

»Rauchen ist gesund. Erst neulich hab ich gelesen, dass Forscher – ich glaube in England – Versuche mit Mäusen gemacht haben, und dabei kam raus, dass es keinen Zusammenhang zwischen Rauchen und Lungenkrebs gibt.«

»Erstens heißt das noch lange nicht, dass Rauchen gesund ist, und zweitens bist du keine Maus.«

»Deine intellektuelle Brillanz ist einschüchternd und wird nur von deiner Schönheit übertroffen. Ich meine, sieh dich an.«

Sie verkniff sich ein Lächeln. »Sehr witzig. Wieso machst du nicht wenigstens ein Fenster auf?«

Statt zu warten, dass er es tat, ging sie gleich selbst und öffnete das Fenster einen Spaltbreit. Karl schmunzelte. Dann bemerkte er die Regentropfen an der Scheibe, und dabei fiel ihm wieder sein Traum ein. Oder dieses eine Bild, das ihm davon in Erinnerung geblieben war: seine Töchter, winkend hinter einer mit Tropfen gesprenkelten Scheibe. In einem Alter, das sie nie erreicht hatten, weil ihre kindlichen Leiber auf dem Grund der kalten Ostsee lagen. *Wilhelm Gustloff* war der Name des verfluchten Schiffes gewesen. Er hatte ewig nicht von ihnen geträumt. Nicht einmal an sie gedacht.

Er schüttelte sich, als verscheuche er eine Fliege. »Georg hat Benno gebracht, als du im Bad warst«, sagte er.

»Hab die Sachen im Gang schon gesehen. Hat er was gesagt?«

»Der Benno? Freilich. Servus, hat er gesagt. Und dann ist er in sein Zimmer.«

»Saubub. Liest lieber seine Schundheftl, statt dass er seine Mama begrüßt. Na, dem werde ich einen Empfang bereiten.«

Karl drückte die Zigarette aus, verschwand ins Bad und drehte den Schlüssel um. Magda muss ja nicht wissen, dass es gegen Blohm geht, dachte er, während er seinen Pyjama aufknöpfte, zumindest nicht gleich am Anfang.

NEW YORK CITY

Magda legte immer wieder den Kopf in den Nacken, um zur Spitze des Empire State Buildings zu sehen. Ein Berg von einem Gebäude. Unvorstellbar, dass Menschen etwas so Gewaltiges bauen konnten. Und in nur zwei Jahren, wie sie in ihrem *Baedeker* gelesen hatte. Sie trat durch eine der Flügeltüren in die Lobby, die vollständig mit auf Hochglanz poliertem, dunklem Marmor – Lahnmarmor, laut *Baedeker* – ausgekleidet war. Eine Kathedrale der Modernität. Sie stellte sich in die Warteschlange vor der Kasse, um ein Ticket für den Besuch der Aussichtsplattform zu kaufen. Ihr Blick fiel auf eine Uhr. Sie würde ein wenig vor der verabredeten Zeit oben sein. Sollte sie hier unten warten und gemeinsam mit Simon nach oben fahren? Nein, besser, sie hielt sich an das, was verabredet war, sonst verfehlten sie sich am Ende noch. Jedenfalls war der Ort für ein weiteres Treffen mit Simon gut gewählt, denn Blohm hatte Höhenangst und würde sie dort oben bestimmt nicht überraschen.

Die Fahrt nach oben dauerte etwas mehr als eine Minute. Kaum öffneten sich die Aufzugstüren, schon drängte alles nach draußen, hin zu den breiten Glastüren, die zur äußeren Plattform führten. Als Magda ins Freie trat, erfasste sie ein Windstoß, sehr viel kühler als das milde Lüftchen in den Straßen. Sie zog den Mantelkragen enger zusammen. Die Aussicht war trotz des Dunstschleiers überwältigend. Bis hinunter zur Südspitze Manhattans auf der einen und auf der anderen Seite weit über den Central Park hinaus reichte der Blick. Während aus den Häuserschluchten unter ihnen Sirenengeheul heraufdrang – ein Krankenwagen oder ein Polizeiauto –, packte sie ihre Agfa aus und schoss ein paar Bilder.

Wo blieb Simon nur? Er war inzwischen zwanzig Minuten über der Zeit. Sie schaute sich um, drehte mehrere Runden, machte Fotos. Die Aufzüge brachten immer neue Besucher. Doch Simon war nicht darunter. Er würde sie doch nicht versetzen? Es war ihr letztes Treffen für eine sehr lange Zeit, vielleicht sogar für immer.

Weitere zwanzig Minuten später musste sie sich eingestehen, dass sie vergebens wartete. Hoffentlich ist es nichts Schlimmes, das ihn abhält, dachte sie. Zum Beispiel Blohm. Sie ging zum Aufzug.

Wieder unten, suchte sie mit eiligen Schritten all die mit Marmor verkleideten Räume ab, in der Hoffnung, dass er doch hier unten auf sie wartete. An der Stirnseite der Halle, zur Fifth Avenue hin, unter dem alles beherrschenden Relief des Gebäudes, erblickte sie tatsächlich ein bekanntes Gesicht. Aber es war nicht das von Simon. Es war Blohms Gesicht. Also doch er. Den Hut in der Hand, stand er ein paar Schritte von der Information Desk entfernt. Als er sie entdeckte, hellte sich seine Miene auf, und er kam ihr entgegen.

»Da bist du ja«, sagte er.

»Wie … woher weißt du …?«

»Du hast doch gesagt, dass du heute noch auf das Empire State Building willst. Weißt du das nicht mehr? War's denn schön? Ich wäre zu gern auch da oben gewesen. Muss grandios sein. Wenn ich nur diese verdammte Höhenangst nicht hätte …«

Magda war sicher, dass sie ihm nichts von ihrem Besuch hier erzählt hatte. Und da er vermutlich keine Gedanken lesen konnte, blieb nur die Möglichkeit, dass jemand sie in seinem Auftrag überwachte. Dann wusste er auch, dass sie gestern Simon getroffen hatte. Und heute war Simon nicht gekommen. Was hatte das zu bedeuten?

»Ich dachte, ich hol dich zu einem späten Lunch ab«, sagte Blohm vergnügt. »Was hältst du davon? Hast du Hunger?«

MÜNCHEN

Jetzt war es doch wieder elf Uhr geworden, bis er von der Observierung nach Hause kam. Und bloß weil das kleine Flitscherl sich auf einmal geziert hatte. Als wäre nicht von Anfang an klar gewesen, worauf das geheime Stelldichein hinauslief. Dass es nicht beim Händchenhalten und Süßholzraspeln bleiben würde. Das war doch überhaupt der Sinn des Ganzen gewesen. Kopfschüttelnd über so viel menschliche

Widersprüchlichkeit schloss Ludwig die Wohnungstür auf und lauschte. Stille, bis auf das Radio aus der Küche. Aus dem Oberlicht über der Kuchentür fiel mattes, friedvolles Licht in die Diele. Wenigstens daheim war wohl alles gut gegangen. Er schlüpfte nach drinnen und legte den Fotoapparat auf das Schuhschränkchen. Ein paar brauchbare Fotos werden schon dabei sein, dachte er. Im Englischen Garten war das Licht gut gewesen. Das Busserl auf dem Monopteros sollte wohl im Kasten sein. Ins Schlafzimmer hatte er vom Garagendach aus zwar dank seines Opernglases einen guten Blick gehabt, weil diese Leute nicht einmal so viel Anstand besaßen, die Vorhänge zuzuziehen, aber es hatte nur das kleine Nachttischlämpchen gebrannt. Viel zu wenig Licht und außerdem viel zu weit weg. Doch er hatte alles genau protokolliert, mit exakter Angabe der Zeit, die er dank einer nahen Straßenlaterne gut von der Uhr ablesen konnte: *21.32 Uhr – Küsse des Herrn Haderer auf Lippen, Wangen, Hals der Frau Mehltretter, von selbiger inniglich erwidert. 21.38 Uhr – Entblößung erst der rechten, anschließend der linken Brust von Frau Mehltretter; vielmalige Küsse auf selbige*. Und so ging es grad weiter, bis der ganze peinliche Akt um 21.54 Uhr ausgestanden war und die Herrschaften sich wieder anzogen. Herr Mehltretter, Ludwigs gehörnter Auftraggeber, hatte auf einer so detaillierten Auflistung bestanden, um vor dem Scheidungsrichter sattelfest zu sein, wie er, leicht errötend, erklärte. So genau wollte Ludwig die Gründe gar nicht erfahren, ihn interessierte nur, ob er gut bezahlte. Und das tat er, Gott sei Dank. Einen nicht geringen, wenn auch keinen erotischen Spaß hatte es Ludwig allerdings schon bereitet, die wenig aus dem Rahmen fallende Vögelei der Ehebrecher in allerschönster Amtssprache zu protokollieren wie einen halben Staatsakt, ganz so, wie er es auf der Polizeischule gelernt hatte.

Na, wie auch immer, dachte er müde, wieder eine Ehe im Eimer.

Die meiste Zeit war er heute mit dem Kopf sowieso woanders gewesen, nämlich bei dem Buben, der seinen Vater nicht kannte, seinen Bruder verloren hatte und dem die Mutter offenbar keine Hilfe war. Rudi Daxenhofer. Wie war der Bengel überhaupt auf ihn gekommen? Wahrscheinlich über das Inserat, das jeden Samstag in mehreren Zeitungen erschien, mit mäßigem Erfolg. Hätte er nur nach der Adresse gefragt, dann hätte er irgendwann nachschauen können, wie es dem armen Kerl ging. Sonst sprang nach dem großen am Ende auch noch der kleine Bruder von einer Brücke. Herrgottsakra, fluchte er innerlich, man macht so viele Fehler allein aus Nachlässigkeit!

Ludwig ließ das Licht im Flur ausgeschaltet, der Schein aus der Küche reichte ihm für die paar Meter bis zur Tür. Als er sie aufschob und in die mollige Wärme trat, setzten im Radio gerade Streicher ein, der Auftakt eines Schlagers, der im letzten Jahr viel gespielt worden war. Lale Andersen, nicht mit ihrer »Lili Marleen«, sondern etwas Neuem – irgendwas mit der kleinen Nachtmusik –, doch der weiche Klang ihrer Stimme reichte schon, um ein merkwürdiges Gefühl in ihm auszulösen, eine Mischung aus Rührung und Beklemmung, er wusste selbst nicht, was es war.

Traudl saß auf der Bank unter dem Herrgottswinkel und flickte Socken. Nun aber schaute sie auf.

»Entschuldigung, dass es schon wieder so spät ist«, sagte Ludwig.

»Das macht doch nix. Ob ich hier sitz oder bei der Mama oben …« Sie lächelte ihr rotwangiges Lächeln.

Auch wieder wahr, dachte Ludwig. Hier hat sie wenigstens Ruhe vor der alten Beißzange.

»Mit den Buben alles gut gegangen?«, fragte er.

»Ein bisserl haben sie gezankt, aber nicht lang. Und der Martin hat unter der Bettdecke noch gelesen, eine halbe Stunde lang hab ich ihn gelassen. Der kriegt halt nicht genug von seinem Karl May. Dafür ist der Hermann gleich eingeschlafen, dem sind die Augen schon in der Stube zugefallen.«

Ludwig nickte lobende Zustimmung zu allem. Traudl hatte einen guten Draht zu den Buben. Das wusste sie, und sie sah darin wohl ihren größten Trumpf.

Ludwigs Blick fiel zum Buffet. »Wo kommt der denn her?« Ein halber Marmorkuchen stand da wie hingezaubert.

Traudl spitzte die Lippen. »Den hat das Fräulein Mayerhofer aus dem zweiten Stock gebracht. Bei der müssen Sie aufpassen. Das Luder hat gewisse Absichten. Sie verstehen. Aber sie macht auch noch ein paar anderen schöne Augen. Die hat etliche Eisen im Feuer. Wollen Sie einen Tee? Das Wasser hat gerade gekocht.«

Jedes ledige Weibsbild hatte heutzutage gewisse Absichten, allein hier im Haus gab es ihrer gleich drei. Alle drei keine Schönheiten, wenn auch nicht hässlich, und trotzdem fast ohne Aussichten auf eigenes Familienglück, bei dem Männermangel. Tagsüber waren sie tüchtige Lehrerinnen, Stenotypistinnen, Verkäuferinnen, abends blieben sie auf ewig ledige Töchter von verwitweten Müttern, bemitleidete Schwestern verheirateter Geschwister, alleinstehende Nichten von ebenfalls einsamen Onkeln und Tanten, die sie eines Tages bis unter den Grabstein würden pflegen müssen. Was ihnen halt an Familie geblieben war. Und dabei mussten sie hilflos zuschauen, wie sie von Tag zu Tag mehr verwelkten, ehe sie richtig aufgeblüht waren.

»Nein«, sagte Ludwig, »ich mag keinen Tee mehr. Und

Sie müssen nicht bis in die Nacht so stark einheizen, Traudl, Kohlen gibt's nicht umsonst.«

Selbst dieser milde Tadel brachte sie an den Rand der Tränen. Zum Glück hielt sie sich zurück. Ludwig war zu erschöpft, um verletzte Gefühle besänftigen zu können.

»Ich geh dann auch gleich ins Bett. Danke, dass Sie auf die Buben aufgepasst haben.« Er holte den Geldbeutel aus dem Jackett und nahm fünf Mark heraus. »Das ist für Sie«, sagte er.

»Gehn S' zu, Herr Gruber«, wehrte sie ab, »das braucht's doch nicht. Das mach ich doch gern.«

»Das Sockenstopfen auch? Jetzt nehmen Sie das Geld schon. Ist eher zu wenig als zu viel. Für die Wäsche kriegen Sie natürlich extra.«

Sie nahm das Geld, und Ludwig war, als schauten sie beide im gleichen Moment auf das Abbild der barbusigen Europa auf dem Fünf-Mark-Schein, das bei der Einführung damals so manches empfindsame Gemüt erregt hatte. Als Ludwig wieder hochsah, bemerkte er einen flaumigen rosa Schein auf Traudls Wangen, und um sich aus ihrer Verlegenheit zu retten, stürzte sie sich gleich in die nächste, indem sie sagte: »Ich hab Ihnen das Bett aufgedeckt, jetzt brauchen Sie nur noch reinschlupfen.«

Ludwig verschlug es den Atem. »Sie haben was gemacht?«

Sie sah ihn in stummem Schrecken an, den Mund halb offen.

»In meinem Schlafzimmer haben Sie nichts zu suchen, Traudl. Merken Sie sich das!«

»Äh … ja … freilich … Verzeihung …«

»Und jetzt gehen Sie. Na los, raus mit Ihnen. Gute Nacht.«

Sie eilte an ihm vorbei, wenig später fiel die Wohnungstür ins Schloss. Er war vielleicht ein wenig zu schroff gewesen.

Aber so merkte es sich die dumme Gans hoffentlich. Bevor sie auf die Idee kam, ihm das Bett auch gleich noch vorzuwärmen, am besten in einer Pose wie die Europa sie auf dem Fünfer einnahm.

Da schoss ihm ein anderer Gedanke quer. »Sie wird doch nicht …«, murmelte er.

Er lief ins Schlafzimmer, knipste das Deckenlicht an. Nur die rechte Seite des Ehebettes war aufgedeckt, die andere wirkte unberührt. Blieb zu hoffen, dass Traudl die Erhebung unter der Zudecke nicht aufgefallen war. Verlassen konnte man sich nicht darauf. Er setzte sich auf die Seite, auf der bis vor zwei Jahren seine liebe Annerl geschlafen hatte. Sanft legte er die Hand auf die Decke und ertastete darunter die Prothese, die ihr das Bein ersetzt hatte und die ihm nun die ganze Frau ersetzte. Nein, natürlich nicht ersetzte. Aber ihm das Gefühl gab, dass noch etwas von ihr da war. Dabei war das falsche Bein eigentlich schuld an ihrem Tod, denn mit dem echten Bein wäre Annerl wohl nicht vom Trittbrett der Trambahn gerutscht, mitten auf die Straße, wo ein mit überhöhtem Tempo heranschießender Bierwagen sie überrollt hatte.

Ludwig sank auf das Bett, nahm sogar die Füße hoch, obwohl er noch die Schuhe anhatte, und schloss die Augen. Auf einmal war er so unendlich müde. Jetzt bloß nicht einschlafen, dachte er, sonst ist es aus. Er musste noch ins Bad und überall die Lichter löschen, und das Radio in der Küche lief auch noch. Mit diesen Gedanken im Kopf schlief er ein.

Mittwoch, 20. April 1955

ALS KARL DAS *Café Fahrig* betrat, war Georg schon da. Noch ein Zeichen, dass es ihm wirklich wichtig war, denn für gewöhnlich verspätete er sich. Karl ging auf ihn zu, grüßte schon von weitem.

»Was hast du denn da mitgebracht?«, fragte Georg, obwohl es durch das Einkaufsnetz offensichtlich war.

»Einen Fußball«, sagte Karl. »Hab ich beim *Oberpollinger* holen müssen. Seit Deutschland Fußballweltmeister ist, ist der Benno wie narrisch. Er will unbedingt Fußballer werden.«

»Bayern oder Sechzig?«

»Bayern, so wie's ausschaut.«

»Geh zu! Ein richtiger Münchner will doch zu Sechzig.«

Karl winkte ab. Natürlich hatte er die Fußballhelden von Bern im letzten Jahr auch beklatscht, er war danach sogar mit Benno in die Kaufingerstraße, um die Weltmeister bei ihrem Triumphzug durch München zu feiern. Ausgerechnet er, der sonst jeden größeren Menschenauflauf mied. Das Gedränge am Marienplatz hatte er sich, bei aller Begeisterung, dann auch gespart. Er platzierte den Ball auf dem einen freien Stuhl und setzte sich auf den anderen.

»Was trinkst du denn da?«

»Kamillentee. Der Magen.« Georg verzog das Gesicht.

Eine Bedienung eilte herbei, Karl bestellte eine Tasse Kaffee. Dann holte er seine Zigaretten hervor und schüttelte auch gleich eine aus der Packung. »Also, was hast du zu Blohm?«, fragte er und zündete die Zigarette an.

»Hab ich dir doch schon gesagt. Es gibt einen dringenden Verdacht, dass er Teil eines Agentennetzes ist.«

»Und weiter?«

»Vielleicht ist er sogar die fette Spinne im Netz.«

»Und wie sieht's mit Belegen aus? Wer ist deine Quelle?«

»Ich kenne da jemanden ...« Georg schaute über die linke, dann über die rechte Schulter, ehe er sich vorneigte und mit gedämpfter Stimme sagte: »... bei der Organisation Gehlen. Das sagt dir doch was, oder? Die haben ihr Hauptquartier draußen in Pullach, in der ehemaligen Reichssiedlung Rudolf Heß.« Er deutete mit dem Finger zur Tür, als läge Pullach gleich draußen auf der Straße. Ein bisschen weiter war es aber schon.

Organisation Gehlen – ja, das sagte Karl sehr wohl etwas, er erinnerte sich, darüber gelesen zu haben. Es handelte sich um eine Art militärischen Geheimdienst für Aktivitäten im Osten, hervorgegangen aus der Abteilung Fremde Heere Ost der Wehrmacht und nach dem Krieg weitergeführt von den Amerikanern. Ihr Chef damals wie heute und zugleich ihr Namensgeber war ein Offizier – Reinhard Gehlen. Hatte nicht erst vor kurzem in der Zeitung gestanden, dass die Organisation zum Geheimdienst der Bundesrepublik aufgewertet werden sollte? Nun, da Deutschland bald Mitglied des westlichen Verteidigungsbündnisses sei, brauche das Land auch wieder einen Auslandsgeheimdienst.

»Und?«, fragte Karl nur.

»Einige der Gehlen-Leute sammeln seit Jahren, ja fast schon Jahrzehnten, Informationen gegen kommunistische Verschwörer.«

»Und die denken, Blohm ist einer von denen?«

Die Bedienung störte das Gespräch, indem sie auf einem kleinen Tablett Karls Kaffee und ein Kännchen Milch brachte und alles mitsamt Tablett vor ihn hinstellte.

»Sieht ganz so aus.« Georg rückte seinen Stuhl ein Stück näher heran. »Seit eineinhalb, zwei Jahren bewegt Blohm sich in den Kreisen von Exilslowaken. Antikommunisten. Patrioten. Fluchthelfer. Den Kommunisten in Prag und Pressburg sind diese Leute ein Dorn im Auge. Mein Informant in Pullach ist sich sehr sicher, dass Blohm die Exilantenszene in München ausforscht. Namentlich einen Tomáš Čierny, Führer der deutschen Sektion des Nationalrates der Slowakei in Deutschland. Nachgewiesenermaßen ein Freund der Deutschen, der die Vertreibung nach Kriegsende für ein Verbrechen hält und das auch offen sagt.« Georg schaute Karl eindringlich an.

»Gibt es für Blohms Agententätigkeit auch Beweise?«, fragte Karl.

»Wenn ich schon welche präsentieren könnte, bräuchte ich dich nicht«, rief Georg ungehalten aus, »dann hätte ich die Geschichte längst selber geschrieben.«

Die Sache gefiel Karl immer weniger. Ob er es wollte oder nicht, Blohm gehörte zur Familie. Und er würde es sehr schnell bemerken, wenn sein angeheirateter Verwandter Informationen über ihn sammelte. Belastende Informationen. Was, wenn am Ende nichts dabei rauskam? Dann stand Karl schön dumm da. Ein großer Krach wäre vielleicht die Folge, ein Abbruch aller Beziehungen. Was Blohm anging, wäre das sogar eine Erleichterung gewesen. Doch da war ja auch noch Magda.

»Ja, kapierst du das denn nicht?«, rief Georg in Karls zögerliches Schweigen hinein. »Hier geht es um Leben und Tod! Wenn durch Blohms Mithilfe Fluchthelfer, patriotische

Freiheitskämpfer und westliche Agenten in der Tschechoslowakei auffliegen, dann sterben Menschen. Oder verschwinden für immer in finsteren Gefängniszellen. Das kann dir doch nicht egal sein! Dagegen muss man doch was tun!«

Karl nahm einen Schluck Kaffee. Natürlich konnte einem das nicht egal sein. »Und warum tun deine Geheimdienstleute nichts dagegen?«, fragte er. »Das wäre doch deren Aufgabe.«

»Klar. Nur kommen sie leider nicht an Blohm ran. Er ist gewieft. Und hat seine Leute, die auf ihn anpassen. Aber du, du bist ja praktisch Familie. Angeheiratet zwar, aber besser als nichts. Und durch dein … enges und vertrauensvolles Verhältnis zu Magda …« Er ließ es schon wieder so merkwürdig klingen, und war das nicht sogar ein Zwinkern? »Ihr beide kommt an Informationen ran, an die sonst niemand rankommt.« Georg packte Karl am Unterarm. »Es ist praktisch deine menschliche, deine staatsbürgerliche Pflicht, hier zu helfen. Deinen Beitrag zu leisten, dass uns der Russe nicht eines Tages überrollt.«

Und vor allem dir zu helfen, Blohm fertigzumachen, dachte Karl. Mit einer aufsehenerregenden Exklusivstory obendrauf, die für dein notleidendes Blatt endlich wieder Auflage bringt. Sehr schön, wenn sich Landes-, Geschäfts- und Privatinteressen so nahtlos ineinanderfügen.

»Ich will erst mit diesem Geheimdienstmann reden«, verlangte Karl.

»Und wenn der nicht mit dir reden will?«

»Dann wird nichts draus.«

M.S. »BERLIN«

Der Wind war kühl und trieb einzelne verirrte Regentropfen vor sich her. Kein Wetter für einen Morgenspaziergang. Deshalb war das Promenadendeck auch wie leer gefegt. Nur ein paar unverbesserliche Frühaufsteher und Frischluftfanatiker waren unterwegs. Magda war weder das eine noch das andere. Sie hatte die ganze Nacht über wenig geschlafen und irgendwann Blohms schweres Atmen neben sich nicht mehr ertragen. Deshalb hatte sie sich angezogen und die Kabine verlassen. Sie wollte allein sein mit sich und ihren Gedanken. Es war der zweite Tag auf See, vier weitere lagen noch vor ihnen. Vor Antritt der Amerikareise hatte sie Blohms Höhenangst verflucht. Sie wäre zu gern einmal geflogen. Es musste ein unvergleichliches Gefühl sein, hoch über den Wolken zu schweben. Doch nun war sie froh, dass die Rückreise ein wenig dauerte und sie sich dem Daheim ganz langsam wieder annähern konnte. Ihr Leben dort kam ihr unwirklich vor wie ein Traum, von dem sie nicht wusste, ob er ein Glücks- oder ein Albtraum war. Wohl beides, zu gewissen Zeiten.

Sie trat an die Reling und schaute hinab aufs Wasser, wie es schäumend am stählernen Schiffskörper vorüberwischte. Dann hob sie den Blick und ließ ihn über das Meer schweifen, das in der Ferne mit dem Himmel eins wurde. Grau in Grau. Plötzlich musste sie an Peterle denken, und wie immer, wenn sie an ihn dachte, mengte sich ein feiner Schmerz ein. Sie musste es sich eingestehen: Auch wenn sie ihren Entschluss, dieses Kind zu bekommen, nicht bereute, beruhte er doch auf einer Fehleinschätzung, einer Selbsttäuschung. Liebe konnte nicht alles heilen. Die Erinnerung an das finstere Kellerloch, in das man sie verschleppt hatte, blieb und bereitete ihr selbst heute, nach fünf Jahren, noch Albträume. Sie hatte gedacht, es sei gut, ein Glück im Unglück, dass sie keine Erinnerung an den Übergriff selbst hatte. Die Vergewaltigung. So würde das Kind einfach zu einem Geschenk ohne Absender. Doch so leicht war es nicht. Die Tat hatte Spuren in ihr hinterlassen, Schmerzen, die nicht verschwanden, bloß weil sie sie nicht spürte. Sie waren in ihr, und sie betäubten zuweilen sogar ihre Liebe. Zeiten, in denen ihr eigenes Kind ihr fremd und unheimlich war. Zeiten, in denen sie Peterle mied, weil sie sich wie eine Versagerin vorkam. Bis sie die Liebe dann doch wiederfand. Wie lange würde sie dieses Wechselbad noch ertragen, ohne dass es sie in der Mitte auseinanderriss? Sicher wäre es leichter gewesen, wenn sie mit jemandem darüber hätte sprechen können. Doch das konnte sie nicht. Blohm und alle Welt glaubten, Peterle sei sein Sohn, und dabei sollte es auch bleiben.

»Hier bist du.«

Sie zuckte zusammen. Blohms Stimme. Langsam drehte sie sich zu ihm um. Weil ihr nichts einfiel, was sie ihm hätte sagen können, schwieg sie. Er wischte zärtlich die Nässe von ihren Wangen.

»Willst du nicht ins Warme kommen, Schatz? Frühstücken?«

Er bot ihr seinen Arm an, und sie hängte sich ein.

Der Frühstücksraum war zu dieser frühen Stunde noch fast leer, aber die Tische waren alle für das Frühstück eingedeckt. Blohm wählte einen aus, und sogleich eilte ein Kellner herbei und nahm die Bestellung auf: »Zweimal das kontinentale Frühstück mit zusätzlich Rührei und einem Kännchen Kaffee für den Herrn, für die Dame Tee statt Kaffee, Darjeeling, auch ein Kännchen und kein Rührei. Das Brot leicht getoastet. Kommt sofort, die Herrschaften.«

»Unser Plan für die Rückreise hat sich übrigens geändert«, sagte Blohm. »Wir nehmen nicht den Nachtzug von Bremerhaven, sondern haben noch eine Hotelübernachtung.«

»Wo? In Bremerhaven? Oder in Bremen?«

»Nein. Von dort fahren wir ohne Verzögerung los. In Frankfurt übernachten wir im Hotel. Und mit dem Frühzug geht es dann weiter nach Hause.«

»Frankfurt? Was machen wir in Frankfurt?«

»Du machst nichts. Ich treffe … nun ja, Geschäftsfreunde. Bis du dich fürs Abendessen fertig gemacht hast, bin ich wieder da, und wir haben noch einen schönen Abend. Keine große Sache.«

»Also schon wieder Geschäfte. Immer Geschäfte. Und ich darf natürlich von nichts wissen.«

»Willst du denn etwas wissen? Von meinen Geschäften? Oder von mir?«

Der Kellner kam gerade zur rechten Zeit, um Magda eine kleine Atempause zu verschaffen. Er behielt das silberne Tablett mit dem Frühstück auf dem Arm, während er mit einer Hand gekonnt Tassen, Kännchen, Schälchen und Brotkorb auf dem Tisch arrangierte. Mit allem fertig, wünschte er guten Appetit und zog sich zurück. Und Magda wusste noch immer nicht, was sie Blohm antworten sollte. Was wollte sie wirklich von ihm wissen? Interessierte sie irgendetwas an ihm?

Da sie schwieg, ergriff Blohm, während er sich Kaffee eingoss, wieder das Wort: »Über geschäftliche Dinge kann ich nicht mit dir reden, aus verschiedenen Gründen. Und es würde dich vermutlich nur langweilen.« Er stellte das Kännchen ab, gab zwei Löffel Zucker in den Kaffee. »Bei dem anderen weiß ich nicht, ob es dich interessiert. Du fragst mich ja auch nie etwas. Oder fragst du nur deshalb nicht, weil du befürchtest, ich könnte dich dann auch Dinge fragen?«

»Welche Dinge könntest du mich fragen, die du nicht schon weißt?«

Er lächelte. »Dein Tee«, sagte er, »ich denke, er hat lange genug gezogen.«

Sie nahm den Teebeutel heraus. »Eines würde ich dich wirklich gern fragen. Hast du mich in New York überwachen lassen?«

»Wie kommst du darauf?«

»Unsere Begegnung im Empire State Building. Das kann kein Zufall gewesen sein.«

»Du solltest nicht überwacht werden. Nur beschützt. War auch nicht meine Idee, sondern die meiner neuen Bekannten. New York ist eine gefährliche Stadt.«

»Sie waren die ganze Zeit da?«

»Du solltest sicher sein und dich dabei ganz frei fühlen.«

»Frei *fühlen*. Werde ich dann auch in München von deinen Leuten beschützt?«

»Unfug. Da bist du zu Hause. Da kennst du dich aus.« Er wirkte nicht so, als fühle er sich schuldig.

»Danke für dein Vertrauen. Und dir wurde natürlich alles berichtet, was ich getan hab.«

»Was hast du denn getan?«

Magda sah zu, wie er eine Gabel voll Rührei in den Mund schob.

»Darum geht's nicht«, antwortete sie mit Verzögerung.

»Natürlich geht es darum. Keine Sorge, Simon ist nichts passiert, falls dich das beschäftigen sollte. Es wurde ihm nur zu verstehen gegeben, dass er sich besser von dir fernhält.«

Magda spürte, wie sie errötete. Nein, bloß nicht aufregen. Ruhig bleiben. Wie immer. Sie räusperte sich. »Simon ist nur ein alter Freund.«

»Sicher.« Blohm legte die Gabel hin. »Wenn ich dir so wenig über mich, meine Geschäfte und sonstigen Aktivitäten sage, dann ist das zu deinem Schutz. Je weniger du weißt, desto besser für dich.« Er lachte auf. »Mein Gott, wie sich das anhört! Wie aus einem Gangsterfilm. Doch es ist wahr.« Er nahm ihre Hand. »Es geht mir dabei nicht um mich, sondern nur um dich. Wenn ich falle, sollst du nicht mit mir fallen. Du und Peter, ihr sollt es immer gut haben. Egal, was mit mir ist. Ihr dürft niemals Teil von dem sein, was mich angreifbar macht.«

Magda sah ihm tief in die Augen und erkannte keine Verstellung und nichts Falsches darin. Er meinte, was er sagte. Wie konnte ein Mensch zugleich gut und böse sein? Manchmal wünschte sie, er würde sie misshandeln, sie schlagen oder ihr sonst etwas antun, nur damit sie einen Grund hatte, ihn zu hassen und zu verabscheuen. Doch er erstickte sie mit Güte. Mit Liebe. Und das nährte kalten Hass in ihr.

Sie wandte den Blick ab und nahm einen Schluck Tee. »Du hast recht. Der Tee ist jetzt genau so, wie ich ihn mag.«

MÜNCHEN

Wie eine Katze um den heißen Brei schlich Karl um das Telefon herum. Aus dem Radio trällerte Doris Day etwas auf Amerikanisch, das schön klang, und es machte nichts, dass er kaum etwas verstand außer der Titelzeile: *If I Give My Heart to You*. Er drückte seine Zigarette im übervollen Aschenbecher aus und zündete gleich die nächste an. Wieso drängte es ihn derart, in Nymphenburg anzurufen, obwohl er wusste, dass Magda nicht vor Sonntag nach Hause kam? Er würde bestenfalls das Kindermädchen erreichen. Aber sogar die

Aussicht, mit dem hochnäsigen Fräulein ein paar Worte zu wechseln, hatte etwas Tröstliches. Gleichzeitig wäre es ihm wie ein Scheitern, eine unverzeihliche Schwäche vorgekommen, dem kindischen Verlangen in ihm nachzugeben. Er dreht das Radio leise und warf einen Blick auf das leere Blatt, das schon seit einer halben Stunde in die Schreibmaschine eingespannt war. Seltsam, je näher Magdas Heimkehr rückte, desto übellauniger wurde er.

Er legte die Zigarette ab und nahm den Telefonhörer. Das Tuten des Freizeichens war wie eine Aufforderung. Er wählte die erste Nummer. Lauschte auf das Rattern der sich zurückdrehenden Wählscheibe. Wählte die nächste. Lauschte dem Rattern. Wählen. Rattern. Dann läutete es auf der anderen Seite an. Was bin ich doch für ein Narr!, dachte er und wollte schon auflegen, als in Nymphenburg abgehoben wurde. Für eine Sekunde rechnete er damit, gleich Magdas Stimme zu hören, doch es war nur Franzi, das Kindermädchen.

»Bei Blohm.«

»Karl Wieners«, sagte er. »Ich nehme an, die Herrschaften sind noch auf Reisen?«

»Richtig, der Herr. Bis Montag.«

»Montag? Ich dachte, sie kommen Sonntag.«

»Herr Blohm hat ein Telegramm aus New York geschickt, dass sie doch erst am Montag kommen. Mit dem Zug um zehn nach halb fünf. Soll ich der gnädigen Frau was bestellen?«

»Erinnern Sie Magda daran, dass am Mittwoch der Todestag ihrer Oma ist und dass Samstag in Haidhausen eine Messe gelesen wird, zu der sie auch da sein wollte.«

»Das weiß sie. Es steht hier im Kalender.«

»So. Dann ist es ja gut. Dann müssen Sie auch nichts bestellen. Am besten, Sie sagen ihr überhaupt nicht, dass ich angerufen hab.«

»Wie Sie wünschen.«

Es knackte in der Leitung, sie hatte einfach aufgelegt. Den Hörer in der Hand, sackte Karl auf seinen Schreibtisch. Hätte er bloß nicht angerufen. Was war nur mit ihm los? Eigentlich hatte er das zwischen ihnen gut im Griff. Sie hatten ihre Zeiten, und dazwischen lebte jeder sein anderes Leben. Wie Süchtige, die zwischen Rausch und Entwöhnung pendelten und ihr Leben so in der Balance hielten. Doch ihre Reise nach Amerika hatte ihn aus der Bahn geworfen. Dass sie ohne ihn in diese neue Welt aufgebrochen war und dort Dinge sah und erlebte, vor allem aber, dass es Blohm war, der dies mit ihr teilte, setzte ihm mehr zu, als gut war. Er wusste das, doch er war machtlos dagegen. Er hasste es, sich so wehrlos zu fühlen. So besiegt. Nicht von ihr oder Blohm, sondern von den verdammten eigenen Gefühlen.

Karl legte den Hörer auf die Gabel und nahm den Rest der Zigarette, der noch nicht verglommen war, aus dem Aschenbecher. Da schrillte das Telefon. Einen törichten Moment lang glaubte etwas in ihm, dass sie es sei. Er riss den Hörer hoch.

»Karl Wieners hier.«

Es blieb ein paar Sekunden still, dann sagte eine Stimme in gedämpftem Ton: »Sind Sie der Autor Karl Wieners?«

»Der bin ich. Wer spricht da?«

War das Georgs Mann vom Geheimdienst? Das ging ja flott.

»Derselbe Karl Wieners«, fuhr der Mann fort, »der früher in Berlin gelebt hat, Prenzlauer Berg, Kastanienallee 94? Und der jetzt eine Reportage über Emigranten und Spione schreibt?«

»Wer ist da?«, fragte Karl erneut, diesmal aber noch eindringlicher, während ihm eine Gänsehaut über den Rücken kroch. »Was wollen Sie von mir?«

»Wir sollten reden. Aber nicht am Telefon. Treffen wir uns.«

Karl spürte die Hitze der Zigarettenglut an seinem Finger und drückte die Kippe aus. »Meinetwegen sofort.«

»Das geht nicht. Montag.«

Montag war der Tag, an dem Magdas Zug aus Frankfurt kam.

»Gut«, sagte Karl. »Am Hauptbahnhof. Um fünf.«

»Warten Sie am Bahnhofsvorplatz, linke Seite vom Bahnhofsgebäude, vorn an der Ecke, wo ich Sie gut sehen kann, mit der *Abendzeitung* in der Hand. Seien Sie pünktlich. Ich warte nicht. Und noch was: Kein Wort zu niemandem. In unser aller Interesse.«

Damit hängte der Anrufer ein.

Karl überlegte. Ob das wirklich Georgs Mann aus Pullach gewesen war? Irgendwie hatte er nicht so geklungen. Er hatte ja auch keinerlei Bezug auf die Organisation genommen, nicht einmal andeutungsweise. Besser, er fragte bei Georg nach. Karl wählte dessen Durchwahlnummer in der Redaktion. Lange nahm niemand ab, dann meldete sich Heinemann vom Politikressort, den Karl flüchtig kannte. Irritiert fragte Karl nach Georg.

»Der ist nicht da«, kam die Antwort. »Dienstreise. Nur er und sein Vorzimmerfräulein.« Heinemann ließ keinen Zweifel daran, um was für eine Art von Dienstreise es sich handelte.

»Und wann kommt er wieder?«

»Sicher nicht vor Montag.«

Schorsch, Schorsch, Schorsch, dachte Karl und legte auf. Der Krug geht so lange zum Brunnen, bis er bricht.

Samstag, 23. April 1955

EIGENTLICH HATTE LUDWIG nicht vorgehabt, zu der Verabschiedung seines alten Chefs zu gehen, auch wenn auf der Einladungskarte bloß etwas von gemütlichem Beisammensein stand. Den offiziellen Termin im Präsidium Ende März hatte er trotz separater brieflicher Einladung schon sausenlassen, weil er keine Lust gehabt hatte, sich den spöttischen Blicken der alten Kollegen auszusetzen, von ihren süffisanten Bemerkungen ganz zu schweigen. Für die war ein Privatermittler nur ein Hanswurst und einer, der es bei der Polizei weit hätte bringen können und trotzdem eine solche Existenz vorzog, ein bloßer Narr. Obwohl er sich mit einigen Kollegen ja gut verstanden hatte, auf eine beinahe schon freundschaftliche Weise, namentlich mit Amtmann Schmid selbst, der nun in den, wie es dann immer hieß, *wohlverdienten* Ruhestand ging. Aber viel Kontakt hatte man zuletzt nicht mehr gehabt. Schon nach seiner auf eigenen Wunsch erfolgten Versetzung in die Aktenverwaltung hatte Ludwig ein gewisses Abrücken gespürt. Es hatte in den Fluren oder in der Kantine noch Freundlichkeiten gegeben, Alltagsgespräche, die alten Scherze, aber auf einmal hatten die anderen dann angefangen, an ihm vorbei über ihre Fälle zu reden, und ihm so das Gefühl gegeben, dass er nicht mehr dazugehöre. Was ja auch stimmte. Heute noch mehr als damals.

Nein, er ging nicht wegen denen hin oder wegen der alten

Zeiten oder anderer Sentimentalitäten. Das lag hinter ihm. Der einzige Grund, warum er sich das antat, war der Rotzbengel, der ihm nicht mehr aus dem Kopf ging: Rudi Daxenhofer. Auch wenn sein Bruder Ferdl Selbstmord begangen hatte, mussten die alten Kollegen von der Morddienststelle die Sache untersucht und Fremdverschulden ausgeschlossen haben. So war das übliche Verfahren.

Die Feier fand nicht in der *Schwarzwälder Weinstube* gleich beim Präsidium statt, wo die Kriminaler nach Dienstschluss gern noch auf einen Schoppen hingingen, auch nicht im *Hofbräuhaus*, wo einige Abteilungen ihre Stammtische hatten, sondern im *Ratskeller*, direkt im Neuen Rathaus. Prälatenstüberl, stand auf der Einladung. Ludwig nahm nicht den Haupteingang am Marienplatz, sondern den Seiteneingang in der Dienerstraße, weil er so nicht durch die ganze Wirtschaft laufen musste, sondern gleich am richtigen Eck war. Während ihn innerlich noch fror, legte sich von außen feuchtwarmer Wirtshausdunst wie ein zweiter Mantel um ihn. Er kam reichlich verspätet und hörte schon von draußen, dass es drinnen hoch herging. Immer wieder brandete lautes, polterndes Gelächter auf. Ein mulmiges Gefühl stellte sich ein. Wie gern säße er zu Hause auf dem Kanapee, mit der Zeitung in der Hand und bei Musik aus dem Radio. Egal, er war jetzt hier.

»Da schau her!«, hallte es ihm entgegen, als er eintrat, und aus anderen Kehlen: »Ja, wer kommt denn da! – Je später der Abend … – Der Herr Detektiv! Dass Sie sich noch zu uns hertrauen!«

Das Prälatenstüberl war bis auf den letzten Platz voll. Ludwig überschaute es mit einem raschen Blick. Alle waren sie da: Vranitzky, Breitsamer, der unsägliche Dengler vom Raub, etliche alte Kollegen, die schon lange ausgeschieden waren, und natürlich der Chef selbst. Inzwischen ja Chef a.D. Die

Teller vor ihnen waren leer und warteten darauf, abgeräumt zu werden.

»Nur keine Angst«, rief Ludwig mit gespielter Heiterkeit, »ich bleib nicht lang.«

»Musst wohl noch einem untreuen Eheweib nachspionieren, was?«, schrie Vranitzky, der unübersehbar schon einen sitzen hatte.

Ludwig hängte Mantel und Hut an einen Haken, ging zum Amtmann Schmid und gratulierte zum Ruhestand. Der nahm die Glückwünsche dankend entgegen. »Sehr anständig, dass Sie jetzt erst kommen«, sagte er, während er noch immer Karls Hand hielt. »Spar ich mir ein Essen.« Er lachte auf. »Nein, im Ernst, wenn Sie noch was wollen, bestellen Sie ruhig. Geht alles auf mich.« Er schaute Ludwig einen Moment traurig an, sagte dann, und es schwang Enttäuschung mit: »Ewig schade, dass Sie gegangen sind, Gruber. Sie waren mein bester Mann. Hätten mein Nachfolger werden können.«

Ludwig nickte dankbar. »Ist schon recht so, wie es ist, Herr Amtmann.«

»Dahinten ist noch ein Platz frei. Wir reden später.«

Ludwig drehte sich um, und erst jetzt bemerkte er, dass seinem Blick vorhin jemand entgangen war: Zöllner. Ausgerechnet zu dem sollte er sich setzen. War das Absicht? Dass der überhaupt noch dabei war. Eine damals bloß wegen Personalmangels schnell angelernte Kraft, faul, aber mit Karriereambitionen. Er grinste Ludwig an, während der auf den freien Stuhl zusteuerte.

»Habe die Ehre«, sagte er so fröhlich, als würde er sich wirklich freuen, den alten Vorgesetzten, der ihn stets nur gegängelt hatte, wiederzusehen.

Ludwig nickte bloß. Seine Verweildauer bei der Feier würde noch kürzer ausfallen als geplant.

Nachdem er sich gesetzt hatte, kamen zwei Bedienungen im Dirndlkleid herein und trugen die leeren Teller ab. Karl bestellte bei einer von ihnen ein Helles. Klammes Schweigen hüllte ihn und Zöllner danach ein. Was sollte man auch mit so einem reden?

»Das ist jetzt die Strafe«, sagte Zöllner grinsend.

»Strafe? Was denn für eine Strafe?«

»Dass Sie damals so gemein zu mir waren. Drum müssen Sie jetzt hier bei mir sitzen.«

Sollte das ein Witz sein? »Dann ist es auch eine Strafe für Sie.«

Zöllner bot Ludwig eine Zigarette an, aber der hielt sich lieber an seine eigenen. Ihm zumindest Feuer zu geben, das wollte Zöllner sich nicht nehmen lassen. Die Bedienung brachte sein Bier. Ludwig trank sofort einen großen Schluck. Je schneller er den Boden des Glases sah, desto besser.

»Glauben Sie's mir, ich weiß genau, was für eine Nervensäge ich damals war«, sagte Zöllner.

»So? Dann ist's ja gut.«

»Sie waren aber auch ein Arschloch.«

Die grobe Wortwahl erstaunte Ludwig. Offenbar war sein Ansehen so weit unten, dass nicht einmal mehr Zöllner ein Blatt vor den Mund nahm. Doch wenn er ehrlich war: Ein wenig stimmte es schon. Er hatte sich damals selber nur schwer ertragen und das auch an Zöllner ausgelassen. Dass er nicht empört widersprach, musste Zöllner jedoch als Bestätigung genügen. Entschuldigen würde er sich nicht.

»Die Kollegen haben über Sie gelacht, als Sie erst in den Innendienst und dann ganz ausgeschieden sind«, sagte wieder Zöllner. »Ich nicht. Ich hab das bewundert. Privatdetektiv ist bestimmt nicht schlecht. So wie in den Detektivfilmen. Und man ist sein eigener Herr.«

Die Wirklichkeit sieht leider etwas anders aus, dachte Ludwig und beäugte sein Gegenüber misstrauisch. Was sollte das Süßholzraspeln? Es gab nichts mehr, was er Zöllner zu bieten hatte. Außer vielleicht … Ludwig begann zu verstehen. Damals hatte er in Zöllner nur einen unfähigen Wichtigtuer gesehen, aber jetzt, mit etwas Abstand, sah es ein wenig anders aus: Was, wenn Zöllner die ganze Zeit um seine Anerkennung gebuhlt hatte? So wie es zu Hause sein Martin machte, wenn er sich vernachlässigt fühlte. Der schoss dann auch gern übers Ziel hinaus und wurde frech und anmaßend.

»Es gibt da eine Sache, bei der Sie mir helfen könnten, Zöllner«, sagte Ludwig, vorgebeugt und mit gesenkter Stimme. »Ich weiß, Sie haben Schweigepflicht und alles, aber vielleicht …«

»Reden Sie schon.«

Karl erzählte vom Besuch des kleinen Rudi, vom Selbstmord seines Bruders Ferdl, von dem fremden Vater und der hypnotisierten Mutter. »Das ist kein Fall von mir«, schloss er, »ein zehnjähriger Bub kann mich nicht beauftragen. Aber es interessiert mich. Gab's da vielleicht Ungereimtheiten? Irgendwas Auffälliges?«

»Versteh schon, einmal Kriminaler, immer Kriminaler. Sie können es nicht lassen.«

»Ja, ja, kann schon sein. Also?«

»Den Vorgang hab ich mit Vranitzky bearbeitet. Eigentlich ist da draußen in Großhesselohe zwar die Landpolizei zuständig, aber weil es eine Münchner Familie ist, haben sie den Fall an uns abgegeben.« Zöllner stützte die Ellbogen auf den Tisch und beugte sich nun auch vor. »Ich hab von Anfang an ein komisches Gefühl bei der ganzen Sache gehabt. Vranitzky hat bloß gemeint, dass es Zeitverschwendung wäre, da länger rumzustochern.«

Ludwig horchte auf. »Komisches Gefühl? Was meinen Sie?«

»Die Eltern waren merkwürdig. Als hätten sie was zu verbergen. Vor allem der Mann. Kann sich angeblich an nichts mehr erinnern, was im Krieg war. Und in der Zeit davor. Also, an nichts Konkretes. Geht ja vielen so.« Er grinste. »Ist auch irgendwie praktisch, oder?«

»Das hat der Bub auch erwähnt. Na, vielleicht stimmt's ja.«

»Kann sein. Was mir außerdem komisch vorkam: Da läuft der Bursche mitten in der Nacht den ganzen Weg bis Großhesselohe raus und stürzt sich dort von der Brücke. Er muss gelaufen sein, weil das Radl zu Hause stand. Sicher, er kann auch mit dem Zug gefahren sein, vom Isartalbahnhof braucht man bloß noch eine gute Viertelstunde. Zumindest, wenn man den Weg kennt. Allerdings: Viele Züge fahren da in der Nacht nicht mehr, und er ist ja nicht am Tag, sondern in der Nacht gesprungen.«

»Und das alles ist Vranitzky nicht auch aufgefallen?«

»Der hat bloß gesagt: Was weiß man? Und hat sich auf den Abschiedsbrief verlassen, den der Bursche in der Hosentasche hatte.«

»Natürlich. Ein Abschiedsbrief ist ein Fakt. Was steht denn drin?«

»Es ist bloß ein Gekrakel und total verschmiert. Vielleicht weil der Bub beim Schreiben aufgeregt war. Oder weil jemand von vornherein einen Schriftvergleich unterlaufen wollte. Wie auch immer, es steht kein Grund drin, warum er sich das antut.«

»Und darüber ist Vranitzky einfach hinweggegangen?«

Zöllner nickte. »Was soll schon rauskommen, hat er gesagt. Das sind gebrochene Leute. Denen muss man das Leben nicht mit lästigem Nachbohren in ihren Familienangelegenheiten schwerer machen, als es eh schon ist.«

Ludwig nahm einen Schluck Bier und überlegte. Zöllner hatte fein beobachtet. Und gut nachgedacht. »Sie werden doch nicht so was wie Instinkt entwickeln«, sagte er schmunzelnd und stellte das Glas ab. »Am Ende wird noch ein guter Kriminalist aus Ihnen.«

»Ein brauchbarer zumindest.«

»Und auch noch bescheiden. Ich staune.« Ludwig dämpfte die Stimme. »Ich weiß, Sie dürfen mir die Adresse von diesen Leuten nicht geben, aber ...«

»Auswendig weiß ich sie nicht, ich schau nach und ruf Sie an. Es ist irgendwo in Giesing.«

Ludwig hob sein Glas. »Prost!«

Zöllner stieß seines dagegen.

Montag, 25. April 1955

WIE EINE FREMDE schaute Magda auf das am Zugfenster vorüberziehende Land und die Stadt, aus der sie vor über fünf Wochen aufgebrochen war. Die alltäglichsten Dinge, die sie zu der Zeit nicht einmal bemerkt hatte, erschienen ihr nun sonderbar. Wie seltsam doch alles aussah: die Züge, die Autos, die Menschen; die Häuser, Straßen und Landschaften. Und nicht erst beim Anblick der nahezu skelettierten Kuppelruine des ehemaligen Verkehrsministeriums fiel ihr auf, wie viel, trotz aller Geschäftigkeit und allem Wiederaufbau, noch in Ruinen lag.

»Worauf wartest du?«, drängte Blohm, leicht ungehalten. »Wir sind gleich im Bahnhof.«

Sie wandte den Blick ab und begann, ihre Bücher und die amerikanischen Modezeitschriften, die Zigaretten und das goldene Feuerzeug auf ihre verschiedenen Taschen zu verteilen. Blohm kam ihr heute seltsam nervös vor. So als könne er es kaum erwarten, zu Hause anzukommen, und fürchte sich gleichzeitig vor etwas, das ihn dort erwartete. Ob das mit Frankfurt zu tun hatte? Dem konspirativ wirkenden Treffen dort, über das er ihr nur eines gesagt hatte: dass sie niemandem erzählen dürfe, dass es überhaupt stattgefunden habe? Den Telefonaten auf Slowakisch, die er danach vom Hotel aus geführt hatte? Etwas war im Gange, sie war neugierig, und zugleich wollte sie mit nichts von dem in Berührung kommen, was er seine Geschäfte nannte. Allerdings schien er neuerdings in eine Sache verwickelt zu sein, die selbst ihm an die Nerven ging.

»Ich hoffe bloß, der Wagen ist da«, sagte Blohm, hob den ersten Koffer aus der Gepäckablage und danach den zweiten.

»Und ich hoffe, dass das andere Gepäck angekommen ist«, meinte Magda, während sie in die Handschuhe schlüpfte. »Sonst stehen wir vor Peterle ohne Geschenke da.«

Blohm zog die Brauen hoch. »Deine Sorgen möchte ich haben.«

»Ich habe über das nachgedacht, was du auf dem Schiff gesagt hast«, begann sie nach kurzem Schweigen. »Über deine Geheimnisse und dass du mich beschützen willst. Du musst nicht alles mit dir selbst abmachen, Walter. Wenn du etwas von deiner Last teilen willst, kannst du das. Ich bin für dich da, so wie du für mich da bist. Nur, damit du das weißt.«

Er neigte sich zu ihr, küsste sie auf die Wange und flüsterte: »Das weiß ich sehr wohl, mein Schatz.«

Sie fragte sich, ob er selbst unterscheiden konnte, wie viel bei ihm echt und wie viel taktische Verstellung war. Sie glaubte ihm ja, dass er sie von seinen schmutzigsten Geheimnissen fernhielt, um sie zu beschützen. Aber er beschützte natürlich vor allem sich selbst, denn jeder Mitwisser war ein Risiko. Es steckte noch viel von dem alten Gangster Blohm in dem neuen Geschäftsmann und Ehegatten Blohm.

Er nahm die Koffer und ging voraus. Magda, behängt mit Taschen, folgte.

Karl starrte auf den Zug, der nun endlich auf Gleis zweiundzwanzig eingefahren war. Mit gut zehn Minuten Verspätung. In acht Minuten musste er vorn am Bahnhofsvorplatz den Informanten treffen. Wenigstens kurz hätte er Magda gern gesehen, nach so langer Trennung. Er schaute auf die Uhr. Zwei Minuten konnte er noch bleiben, dann musste er wirklich los.

Ihr Anblick traf ihn wie ein Nackenschlag. Obwohl er zwischen all den Leuten nicht viel von ihr sah: das Gesicht im Profil, die locker zusammengesteckten Haare, die Schultern. Und doch vergaß er zu atmen, ja sogar zu blinzeln. Bis er Blohm bemerkte, der, in jeder Hand einen Koffer, hinter Magda herging. Zwei Männer kamen auf sie zu, nahmen Blohm die Koffer und Magda die Taschen ab, die an ihrem Arm baumelten. An der Bahnsteigsperre wandte sie den Kopf in seine Richtung, und ihm war, als träfen sich ihre Blicke.

Gewaltsam riss er sich los. Sausen, dachte er, ich muss sausen. Und rannte auch schon davon, durch die Schalterhalle, vor ihm hing übergroß die Bahnhofsuhr mit den Zeigern, die nur schwarze Striche waren. Eine Minute vor fünf.

Kraftvoll stieß er die Schwingtür auf und sprang regelrecht auf den Vorplatz hinaus, wo ihn das Gebrüll eines Presslufthammers empfing. Was Karl bei der Wahl des Treffpunkts nicht auf der Rechnung gehabt hatte: Seit heute früh war der ganze Platz eine Baustelle. An den Zufahrten standen Absperrungen mit Umleitungsschildern und Polizisten, die den Verkehr regelten. Nur die Tram kam durch und bediente ihre Haltestelle.

Wie vereinbart stellte sich Karl an die Ecke des linken Seitengebäudes, unweit des Eingangs zum Fußgängertunnel, der von hier unterirdisch zur Trambahnstation auf dem Platz und bis rüber zur Schützenstraße führte. Er ließ den Blick über den Platz schweifen, über Lastwagen, die mit laufenden Motoren auf ihre Fahrer warteten, und Arbeiter, die mit

Presslufthämmern den löchrigen Fahrbahnbelag aufstemmten. Eine Gruppe Männer in blauer Arbeitskluft stand beieinander und schien zu beratschlagen. Nicht nur vom Platz her drang Baustellenlärm zu ihm, auch ein Flügel des neuen Bahnhofsgebäudes begann bereits, hinter Bauzäunen und Gerüsten zu entstehen.

Karl lehnte sich an die Wand, zog die *Abendzeitung* aus der Tasche seines Jacketts, breitete sie so aus, dass man von vorn das Titelblatt sah, und gab vor, darin zu lesen, während er weiter alles im Auge behielt. Gerade war wieder eine Tram gekommen, ihre Fahrgäste verschwanden in den dortigen Eingang der Unterführung, tauchten wenig später vor ihm wieder aus der Versenkung auf und eilten in die Bahnhofshalle.

Nach einer Weile fiel Karl ein Mann auf, der auf der Rolltreppe aus dem Fußgängertunnel heraufschwebte. Er trug einen tief in die Stirn gezogen Hut und schlug nun auch noch den Mantelkragen hoch, so dass von seinem Gesicht nur eine dickrandige Brille zu sehen war. Oben angekommen, hielt er sogleich auf Karl zu. Zweifellos sein Mann. Karl ließ die Zeitung sinken und löste sich von der Wand. Doch da eilten von der Seite zwei Kerle in sandfarbenen Trenchcoats heran, packten den Brillenträger und redeten auf ihn ein. Einer der Trenchcoat-Männer hielt etwas in der Manteltasche, eine Waffe, wie sich leicht vermuten ließ. So führten sie den Brillenträger ab, zurück in den Tunnel. Einer der Männer warf einen warnenden Blick über die Schulter zu Karl, der wie erstarrt dastand. Was sollte er tun? Den Männern folgen? Oder war das zu gefährlich? Ach was, dachte er schließlich, als sich die Schockstarre löste, was sollen sie mir schon tun zwischen so vielen Menschen?

Er warf die Zeitung fort und eilte in den Tunnel. Doch die

Männer waren zwischen all den anderen Mänteln und Hüten nicht auszumachen. Ein Stück lief er noch weiter, dann musste er einsehen, dass er zu lange gezögert hatte. Wahrscheinlich stiegen die Entführer mit ihrem Opfer bereits in einen Wagen, der in der Schützenstraße auf sie wartete.

Karl kehrte zurück in die Bahnhofshalle und ging zum nächsten öffentlichen Fernsprecher. Er musste die Polizei rufen. Doch was wollte er denen erzählen? Und was sollten sie tun? Er hatte keinen Namen und hätte wahrscheinlich keinen der Männer so beschreiben können, dass man etwas damit anfangen konnte. Aber vielleicht hatte ja Georg eine Idee, was das alles bedeutete. Karl warf das Zehnerl für ein Ortsgespräch in den Münzschlitz und wählte Georgs Nummer. Blieb nur zu hoffen, dass er von seiner sogenannten Dienstreise wieder zurück war. Seine Sekretärin nahm ab und stellte Karl durch.

»Ich bin am Hauptbahnhof«, sagte er sofort aufgeregt, »hier ist gerade was Merkwürdiges passiert.«

»Ach ja? Was denn?«

»Eine Entführung. Glaube ich.«

»Was? Mal von Anfang an ...«

»Der Geheimdienstmann, dem du meine Nummer gegeben hast ...«

»Langsam, langsam, langsam«, fiel Georg ihm ins Wort. »Ich hab niemandem deine Nummer gegeben.«

»Was?« Karl brauchte einen Moment, um das zu verdauen.

»Erzähl mal alles der Reihe nach«, forderte Georg ihn auf.

»Nach unserem Gespräch letzte Woche hat mich noch am gleichen Tag ein Mann angerufen. Seinen Namen hat er mir nicht genannt. Weil er nicht am Telefon reden wollte, haben wir uns hier verabredet. Aber kaum taucht er auf, schnappen ihn sich auch schon zwei Männer, und ich glaube, mindestens einer von denen hatte eine Waffe.«

»Und was ist mit dir? Geht's dir gut?«

»Ja, ja. Ich wüsste nur gern, was das zu bedeuten hat.«

»Da fragst du wirklich den Falschen. Ich hab keine Ahnung.«

»Und wie kommt der auf mich, wenn nicht über dich?«

»Woher soll ich das wissen? Ich hab deinen Namen an niemanden weitergegeben. Vielleicht wollte dir der Mann etwas über Blohm erzählen, und die beiden Entführer haben ihn aus dem Verkehr gezogen, bevor er reden konnte. Da siehst du, wie heiß die Sache ist.«

»Der Name Blohm ist am Telefon nicht gefallen«, wandte Karl nachdenklich ein.

»Was wirst du jetzt tun?«, fragte Georg in Karls anhaltendes Schweigen hinein.

Karl hatte keine Ahnung. Was konnte er schon tun?

Die Büros der Anwälte waren längst geschlossen, das Geklapper von Fräulein Skudelnys Schreibmaschine schon vor einer Weile verstummt. Ludwig schaute auf die Uhr. Kurz nach halb sechs. Wenn er sich beeilte, schaffte er es noch rechtzeitig zum Abendessen. Traudl machte Krautwickel, und sie machte sie fast so gut wie Annerl früher, vielleicht sogar ein wenig besser, wenn man ehrlich war. Zum Glück hatte sich der kleine Zwischenfall mit dem aufgedeckten Bett bereinigen lassen, eine Entschuldigung für seinen harschen Ton, ein paar Blümchen und etwas Konfekt hatten die verletzten Gefühle, nach einigem Schmollen, wieder besänftigt. Er hätte ungern auf Traudl verzichtet, sie war häuslicher und, abgesehen von ihrem kleinen Ausrutscher vergangene Woche, weniger aufdringlich als das Fräulein Mayerhofer, das ihm nicht nur süßes Gebäck schenkte, sondern auch gewisse Blicke. Mit den Buben konnte Traudl es ohnehin besser, die hatten sie von Herzen gern.

Vielleicht sollte ich sie doch heiraten, dachte Ludwig, zog den Schlüsselbund aus der Hosentasche, ließ den Rollladen am Schrank herunterrauschen und sperrte mit dem kleinen Schlüssel ab. Das Madl wäre erlöst und ich vielleicht auch. So, wie's mit Annerl war, wird's sowieso nie wieder, egal, mit wem. Und hässlich ist sie ja nicht, die Traudl, man sieht's, wenn sie sich sonntags für den Kirchgang ein bisserl herausputzt.

Den großen Schlüssel in der einen, die Aktentasche in der anderen Hand öffnete Ludwig die Bürotür und trat ins Vorzimmer. Er erschrak, als er feststellen musste, dass er nicht allein war. Ein Mann stand neben Fräulein Skudelnys Schreibtisch, und es war kein anderer als Zöllner.

»Habe die Ehre, Herr Detektiv«, grüßte Zöllner, schelmisch grinsend. »Endlich Feierabend?

»Zöllner«, rief Ludwig ärgerlich aus. »Wo kommen Sie denn her?«

»Die Tür war offen.«

»Und wie lange stehen Sie da schon?«

»Bin gerade erst gekommen. Ich hab mir das Bild angeschaut.«

Ludwig fiel erst jetzt auf, dass dort tatsächlich ein Bild an der Wand hing. Sofern man das Gekritzel ein Bild nennen wollte. Moderne Kunst eben.

»Und was wollen Sie?«

»Ich? Nichts. Sie wollen was von mir.«

Natürlich wusste Ludwig sofort, was er meinte: die Anschrift von Rudis Familie. »Dafür hätte ein Anruf gereicht.«

»Aber dafür nicht.« Zöllner fasste in die Tasche, die er

dabeihatte und die Ludwig erst jetzt bemerkte, und zog eine Mappe heraus. Ludwig erkannte sie an der blassgrünen Farbe sofort als Polizeiakte. »Das ist der Akt zum Selbstmord von Ferdinand Daxenhofer. Sie wissen schon, der Bursche, der …«

»Herr Zöllner«, fiel Ludwig ihm ins Wort. »Sie können doch nicht einfach dienstliche Akten aus dem Präsidium raustragen.«

Zöllner zuckte mit den Schultern. »Wieso? Macht doch jeder, irgendwann.«

Stimmte schon. Wenn einem die Arbeit über den Kopf wuchs und man es sich mit seiner Gattin endgültig verscherzen wollte, nahm man sich Arbeit mit nach Hause. Aber erlaubt war es nicht.

»Ich kann sie auch wieder einstecken«, sagte Zöllner.

»Jetzt geben Sie schon her, wenn die Akte schon mal da ist. Bis wann brauchen Sie sie wieder?«

»Dalassen kann ich sie Ihnen nicht. Schauen Sie sie durch und schreiben Sie raus, was interessant für Sie ist. Ich warte solang und steh Ihnen für alle Fragen zur Verfügung.«

Zöllner lächelte.

Ludwig schnaufte. Ade, Krautwickel!

Blohm griff nach Magdas Hand. Woher wusste er, dass sie Angst hatte? Angst vor ihrem eigenen Kind. Es war lächerlich. Nein, nicht lächerlich, vielmehr beschämend. Sie schaute zu ihm, rang sich ein Lächeln ab. Fasste sich. Was für ein Unsinn! Sie hatte doch keine Angst vor Peterle. Sie hatte Angst vor sich selbst. Davor, dass sie ihre Liebe zu ihm unter all den anderen widersprüchlichen Gefühlen in ihr nicht wiederfinden würde. Ihr Sohn würde für sie nie ein Kind wie jedes andere sein, weil sie keine Mutter wie jede andere war. Doch das sollte er nicht spüren. So wenig, wie Blohm spüren durfte, dass sie ihn nicht liebte, ja zeitweise sogar verabscheute. Sie kam sich zuweilen vor wie eine Schauspielerin, die zu viele Rollen zugleich spielen musste und immer in der Angst lebte, irgendwann den falschen Text zu sagen, die falsche Regung zu zeigen. Oder vielleicht die einzig richtige? Die einzig wahre?

Sie zog ihre Hand zurück.

Der Mann am Bahnhof – das war bestimmt nicht Karl gewesen. Reines Wunschdenken von ihr, dass er da sein würde, um sie zu sehen, und sei es nur für eine Sekunde. Weil er sie so sehr vermisste. Karl war der Grausamste von allen. Er hielt sie im Griff, doch am ausgestreckten Arm, so dass sie nicht weg, ihm aber auch nicht nahekommen konnte. Er war ein Schuft. Manchmal wusste sie nicht, ob sie ihn liebte oder hasste.

Der Wagen bog von der Straße am Kanal ab, gleich waren sie in der Tizianstraße. In diesem riesigen Haus innerhalb des riesigen Anwesens, in dem man sich leicht verlieren konnte.

Der Wagen bog noch einmal ab, hinter der Ecke war auch schon die Einfahrt. Der Fahrer hielt an, der Beifahrer stieg aus und öffnete das schmiedeeiserne Tor.

»Man gewöhnt sich schnell wieder ein«, sagte Blohm und tätschelte Magdas Oberschenkel. »Im Nu ist man wieder im alten Trott.«

Sie sah ihn nur an. Seit wann redete er in so schrecklich dummen Gemeinplätzen?

Der Wagen fuhr los, die gekieste Auffahrt hinauf. Vor der Haustür kam er zum Stehen. Hatte es irgendeine Bedeutung, dass niemand herauseilte, um sie zu empfangen? Vor allem Peterle nicht? Die Autotüren wurden geöffnet, Magda und Blohm stiegen aus. In diesem Moment öffnete sich auch die

Haustür. Peterle trat an der Hand von Franzi heraus und blieb gleich wieder stehen, steckte den Zeigefinger in den Mund und schaute Magda ratlos an, so als erkenne er die Frau, die vor ihm stand, nicht wieder.

»Na los, Peterle«, sagte Franzi, »sag grüß Gott zu Mama und Papa.«

Magda lief die paar Schritte auf Peterle zu, ging vor ihm in die Knie und drückte ihn fest an sich. »Peterle, mein Süßer«, sagte sie, und dabei füllten sich ihre Augen mit Tränen, »mein süßer Peterle, wie hab ich dich vermisst!« In dem Moment, in dem sie die Worte aussprach, fiel alle Beklemmung von ihr ab, sie spürte die Liebe zu ihrem Peterle, derer sie sich eben noch unsicher gewesen war, heiß und innig in ihrem Herzen.

»Aua, Mama«, klagte Peterle, »nicht so fest ...«

»Entschuldige, mein Süßer, verzeih mir ...« Sie küsste sein rundes Gesichtchen, die Wangen, die Nase, die Stirn.

»Na, du kleiner Räuber, bist du auch brav gewesen?«

Blohms Schatten fiel über sie beide, seine Hand senkte sich und zerzauste Peterles Haar. »Unsere Geschenke sind hoffentlich angekommen.«

Peterle, das Kuckuckskind, schaute auf zu seinem falschen Papa. »Du musst gleich mit mir spielen, Papa, der Zug und der Tiger und ... und ...« Die Worte überschlugen sich in seinem Mund wie ein Wurf ungestümer Welpen in einem Körbchen.

»Später, Peterle, später«, sagte Blohm. »Der Papa muss vorher in sein Büro und was erledigen.«

»Die Mama spielt mit dir«, versprach Magda.

Sie gingen ins Haus. Peterle rannte voraus ins Spielzimmer, Franzi folgte ihm, während Magda im Flur ablegte und dabei die Männer, die mit ins Haus gekommen waren, anwies, wohin sie das Gepäck bringen sollten. Oben ließ Blohm die Tür seines Büros lautstark hinter sich zufallen. Wenig später hörte sie ihn telefonieren. Was er wohl schon wieder Dringendes zu erledigen hatte?

Mittwoch, 27. April 1955

KARL HATTE GLÜCK. Genau vor dem Eingang zur *Coconut Bar* war ein Parkplatz frei. Ein Blick auf die Uhr: kurz vor halb zehn. Er würde auf die Minute pünktlich sein. Trotzdem stieg er nicht gleich aus. Er hatte noch immer ein ungutes Gefühl dabei, dass das Treffen ausgerechnet im Nachtclub seines kleinen Bruders Veit stattfinden sollte. Doch Georg hatte darauf bestanden. Er schien dort öfter zu Gast zu sein. Gleichzeitig wies er alle Vermutungen zurück, Veit könne irgendwas mit der Sache, wegen der sie sich trafen, zu tun haben, er wisse nicht einmal Bescheid, wen sie in seinem Etablissement träfen. Eigentlich war es auch schwer vorstellbar, dass Veit mit Spionen und Geheimdiensten verbandelt sein sollte. Andererseits wusste man bei ihm nie, wo er überall seine Finger drin hatte und mit welchen Leuten er verkehrte.

Karl stieg aus und schloss den Wagen ab.

»Schickes Auto«, rief jemand herüber. »Ford Taunus. Neu?«

Veit trat aus dem Halbdunkel ins Licht der Straßenlaterne und kam näher.

»Ja«, antwortete Karl. »Das heißt, gebraucht natürlich.«

»Schöne Farbe.«

Karl mochte das helle Blau auch.

Er betrachtete Veit, der ihm von Mal zu Mal fremder wurde. Was auch daran liegen konnte, dass man sich nur selten sah, seit dem Tod der Mutter noch weniger als zuvor. Das dünne Bärtchen über der Oberlippe aber hatte er schon bei der letzten Begegnung getragen. Und die Angewohnheit, ständig auf einem *chewing gum* herumzukauen, hatte er leider auch noch nicht abgelegt. Überhaupt bemühte er sich redlich, dem Klischee eines Nachtclubbesitzers gerecht zu werden: reichlich Brillantine im Haar, den obersten Hemdknopf offen und in all seinen Bewegungen eine Lässigkeit, die er sich bei den GIs und den zwielichtigen Gestalten in amerikanischen Filmen abgeschaut haben musste. Vielleicht sollte ihm mal jemand sagen, dass dieses jugendliche Getue bei einem Mann Mitte dreißig unpassend, ja fast schon lächerlich wirkte. Doch Karl wollte nicht dieser Jemand sein.

»Siehst gut aus, großer Bruder«, sagte Veit. »Und schön, dass du dich mal blickenlässt.«

»Ich wäre eher gekommen, wenn ich überhaupt in solche Läden gehen würde.«

Veit hielt im Kauen kurz inne. Er hatte verstanden, überspielte den Nadelstich mit einem Grinsen. »Ist nicht so schlecht, wie du denkst«, sagte er. »Komm rein, sieh es dir an. Heute haben wir Taxi-Girls. Also, wenn du tanzen willst. Geht aufs Haus.«

»Danke. Du weißt, dass ich nicht zum Tanzen hier bin.«

Veit ging voraus, vorbei an dem Schaukasten, in dem die kommende Attraktion angekündigt wurde, und klopfte im Vorübergehen gegen die Scheibe. »Die da musst du dir ansehen. Das Weib hat Klasse.« Eine kaffeebraune Schönheit, breites Lachen, viel Haut, die delikaten Stellen umhüllte eine Federboa. Karl stellte sich vor, was Gisela wohl sagen würde, wenn sie ihn jemals in so einer Vorstellung erwischen sollte. Nein, er stellte es sich lieber nicht vor.

Das Lokal befand sich im Souterrain, so dass man eine

Treppe hinabsteigen musste. Dicke Wände und eine gepolsterte Tür verhinderten, dass allzu viel Lärm nach draußen drang. »Mir nach«, rief Veit über die Musik der Kapelle hinweg. Für einen Wochentag war ziemlich viel los. Einige Paare tanzten zu einer schmissigen Swing-Nummer, Herren saßen allein oder zu mehreren zusammen, tranken, rauchten, redeten und ließen dabei die Blicke schweifen. Auf den Tischen standen Telefone, ebenso wie an der Bar, an der einige Damen wie Perlen auf einer Schnur aufgereiht saßen. Die Taxi-Girls. Jede von ihnen hatte eine Nummer umgehängt. Rief man eine von ihnen an, wurde man von ihr zum nächsten Tanz abgeholt. Und wie bei einem Taxi bezahlte man hinterher dafür. Diese Attraktion war schon seit einer Weile angesagt, vor allem in den großen Vergnügungstempeln.

Karl tippte Veit auf die Schulter. »Wo hast du die Mädels her?« Er wies mit dem Kopf zur Bar.

»Nicht von der Bordsteinkante, falls du das denkst«, antwortete Veit. »Die meisten sind Studentinnen, die sich ein bisschen was zu Papas monatlichem Scheck dazuverdienen wollen. Und es geht wirklich nur ums Tanzen. Sonst hab ich im Handumdrehen die Sittenpolizei im Haus.«

Karl folgte ihm hinter einen dicken Vorhang. Am Ende eines kurzen Ganges öffnete er eine Tür. »Das ist mein Büro«, sagte er, »hier könnt ihr euch in Ruhe unterhalten.« Er trat zur Seite, und da sah Karl, dass Georg schon da war.

»Grüß dich, Karl.«

»Grüß dich, Schorsch.«

Die Tür schnappte hinter Karls Rücken ins Schloss. Was Veit sein Büro nannte, war der erwartbare Saustall. Ein Schreibtisch voller wild durcheinanderliegender Papiere, Ordner ohne Beschriftung in schiefen Regalen, überall Schuhschachteln, deren Inhalt nicht gerade für eine geordnete Buchführung sprach. In einer Ecke des Tisches stand ein Tablett mit einer Flasche Cognac und drei Gläsern, von denen eines bereits gefüllt war.

Karl ging auf Georg zu, setzte sich aber nicht, sondern schob die Hände in die Hosentaschen und schaute ihn schweigend an. Sie hatten bisher noch kein Wort über dessen kleinen Ausflug mit seiner Sekretärin verloren, Karl hatte auch keine große Lust, darüber zu reden, doch weil Georgs Frau Inge Giselas Schwester war, konnte er sich eine kleine Stichelei nicht verkneifen. »Ich hoffe, deine Geschäftsreise letzte Woche war erfolgreich.«

»Wie man's nimmt.« Georg wich seinem Blick aus. »Reden wir ein anderes Mal drüber.«

»Dann sag mir wenigstens, warum wir uns ausgerechnet hier treffen. In so einem Lokal. Bei meinem Bruder.«

»Weil so alles in der Familie bleibt.« Der Anflug eines hämischen Grinsens umspielte seine Mundwinkel.

Bevor Karl etwas erwidern konnte, ging die Tür auf, und Veit führte den Mann herein, auf den sie warteten. Veit fragte, ob noch etwas gewünscht werde, und als alle nur den Kopf schüttelten, verschwand er.

Ein Blick auf den Mann genügte Karl, um in dem billigen, aber tadellosen Anzug den ehemaligen Offizier zu erkennen. Straffe Haltung, distanzierte Miene, vorgerecktes Kinn. SS oder SD, vermutete Karl. Man merkte ihm die Anstrengung an, die es ihn nach so vielen Jahren immer noch kostete, seinen Reflex zum Zusammenschlagen der Hacken zu unterdrücken. Die Art, wie er einem die Hand hinstreckte, war schon ein halber Hitlergruß. Der Händedruck war kurz und fest. »Konrad Sievering.« Georg stand zur Begrüßung auf, dann setzte man sich.

Georg bot Sievering einen Cognac an, doch der lehnte ab.

»Vielleicht später.« Er musterte Karl eingehend. »Sie sind also der Mann, der es mit Walter Blohm aufnehmen soll.«

»Nicht in erster Linie«, widersprach Karl. »Es geht mehr um die Wahrheit. Über Blohm und andere Dinge.«

»Gewiss doch.« Sievering zog ein Zigarettenetui aus der Tasche seines Jacketts, ließ es aufspringen und bot allen wortlos an. Georg griff zu, Karl lehnte ab und nahm seine eigene Packung heraus. Wenig später stieg der Rauch aus den glimmenden Zigaretten auf. »Die Wahrheit also«, wiederholte Sievering.

»Fangen wir doch bei Ihnen an«, sagte Karl. »Wer sind Sie? Was tun Sie?«

Sieverings Haltung wurde noch ein wenig strammer. »Mein persönlicher Werdegang tut rein gar nichts zur Sache«, sagte er mit gespitzten Lippen. »Ansonsten machen wir das, was alle Geheimdienste der Welt tun: Spionageabwehr und Gegenspionage. Sie verstehen, dass ich nicht weiter ins Detail gehen kann. Eine Gruppe von Männern innerhalb der Organisation, und ich bin einer von ihnen, beschäftigt sich insbesondere mit Feinden im Inland. Der Feind steht im Osten, das ist richtig. Er ist aber auch hier, mitten unter uns. Und das nicht erst, seit es die Bundesrepublik gibt. Doch seit es sie gibt, infiltriert er das Land und seine Institutionen bis hinauf in die höchsten Ebenen. Das zu verhindern haben wir uns zur Aufgabe gemacht.« Er beugte sich ein wenig vor. »Ist Ihnen der Begriff ›Rote Kapelle‹ geläufig?«

Karl lockerte seinen Krawattenknoten ein wenig. Er fühlte sich zunehmend unwohl. Dieser Mensch verströmte etwas, das seinen Puls langsam, aber stetig nach oben trieb. Je schneller diese Unterredung zu Ende war, desto besser.

»War das nicht eine Widerstandsgruppe gegen die Nazis, die …«

»Falsch!«, rief Sievering schroff. »Feindpropaganda ist das! Hier die Dinge geradezurücken, das ist eine unserer wichtigsten Aufgaben. Sehen Sie, viele hier im Westen sind naiv. Sie denken, wer gegen Hitler war, steht auch auf unserer Seite. Doch das gilt nicht für die Kommunisten. Sie waren nur gegen Hitler, weil sie gegen Deutschland sind. Gegen den Westen. Und das sind sie auch heute noch. Es ist ihnen gelungen, sich als Widerstandskämpfer zu inszenieren. Doch es waren allesamt Spione für Stalin. Teile eines großen Netzes. Das ist praktisch erwiesen. Leute wie Harro Schulze-Boysen, Arvid Harnack und ihr gesamter Kreis. Die Ermittlungen, die Verfahren, die Urteile – sie waren richtig und angebracht. Jede Nation dieser Welt hätte so verfahren und urteilen müssen, es war reiner Selbstschutz. Und Sie sehen ja, dass es die richtigen Leute getroffen hat, denn sie werden heutzutage in Ostdeutschland als Helden verehrt. Was sie für die Sache des Bolschewismus ja auch sind. Der einzige Vorwurf, den man der Gestapo machen kann und machen muss, ist der, dass sie nicht energisch genug vorgegangen ist und so viele Verbindungen nicht aufgedeckt hat. Nun, am Ende fehlte uns die Zeit. Aber wir geben nicht auf.«

Wir?, dachte Karl. Der Mann redet, als gäbe es die Gestapo noch. Und vielleicht war es ja auch so, solange Leute wie er weiter im Dienst standen. Alter Wein in neuen Schläuchen.

»Und Sie denken, Walter Blohm war Teil dieses Netzes?«, fragte er.

»Er war es, und er ist es noch. Ich werden Ihnen ein Dossier zukommen lassen, das dies eindeutig belegt. Mit wem aus dem Netz er bekannt ist oder war, wann er sich an welchen Orten aufhielt, die an den oder in der Nähe der Schaltstellen der Verschwörer lagen. Jedes einzelne Detail mag Ihnen für sich genommen harmlos erscheinen oder meinetwegen überbewertet, doch das Gesamtbild ist unverkennbar. Wer Augen im Kopf hat, muss es sehen.«

»Ich bin gespannt.« Da weit und breit kein Aschenbecher zu finden war, ließ Karl seine Zigarettenkippe einfach auf den nackten Estrich fallen und trat sie aus. »Aber eines frage ich mich doch: Wenn Sie all diese Informationen haben, wieso läuft Blohm dann noch frei herum? Wieso machen Sie ihm und all den anderen nicht den Prozess?«

Sievering hob abwehrend die Hände. »Das ist gar nicht unser Auftrag. Wir sammeln nur Informationen. Die Befugnis, weitere Maßnahmen einzuleiten, also etwa Leute vorzuladen oder gar in Haft zu nehmen, Vernehmungen durchzuführen und so weiter, haben wir leider nicht. Alles, was wir tun können, ist, durch unseren Einfluss bei den Mächtigen zu verhindern, dass Kommunisten in höhere Positionen gelangen und so diesen Staat und dieses Land bis hinein in die Spitzen infiltrieren. Dazu brauchen wir manchmal auch Leute wie Sie, die die Öffentlichkeit auf die Bedrohungslage hinweisen.« Er hielt kurz inne, erforschte Karls Miene, um die Wirkung seiner Worte abzuschätzen, und legte dann nach: »Sehen Sie, Walter Blohm ist ein Verräter. Das ist praktisch ein Fakt. Er spioniert hierzulande Emigrantenkreise aus. Also Menschen, die unter Einsatz ihres Lebens für die Freiheit ihrer Heimatländer kämpfen. Damit hilft er, den Bolschewismus in diesen Ländern zu festigen und ihn, in einem zweiten Schritt, über die ganze Welt zu verbreiten. Und er geht dafür genauso über Leichen, wie es die Machthaber jenseits des Eisernen Vorhangs tun. Gerade jetzt werden in Prag und Pressburg wieder Prozesse gegen Männer vorbereitet, deren einziges Verbrechen es ist, ein freies Leben führen zu wollen. Walter Blohm hat seinen Teil dazu beigetragen, dass diese Patrioten aufgeflogen sind. Ich weiß nicht, ob aus innerer Überzeugung oder ob er es einfach nur für Geld tut. Vermutlich beides. Fest steht lediglich: Es ist unsere moralische Pflicht, ihm das Handwerk zu legen.«

Karl stand auf, ging zum Schreibtisch und schenkte sich einen Cognac ein. Es widerstrebte ihm zutiefst, Leuten wie Sievering zuzuarbeiten. Er kippte den Cognac in einem Zug hinunter und drehte sich zu Sievering um. »Ich war vorgestern mit einem Mann am Bahnhof verabredet, der mir Informationen geben wollte. Gehörte der zufällig zu Ihnen?«

Offensichtlich nicht, denn Sievering wirkte sichtlich überrascht, legte dann die Stirn in Falten und rieb sich das Kinn. »Nicht, dass ich wüsste. Sie haben nicht zufällig einen Namen?«

»Leider nein. Am Telefon nannte er keinen, und zu einem Treffen kam es nicht, weil er vor meinen Augen von zwei Herren abgeführt wurde. Gehörten die dann vielleicht zu Ihrem Verein?«

»Sicher nicht. Wie gesagt, wir haben keine exekutiven Befugnisse. Wir sammeln nur Informationen.«

»Verstehe.« Karl bemühte sich nicht, zu verbergen, was er von Sievering und dieser ganzen Organisation hielt.

Sievering schürzte die Lippen, blieb aber stumm. Als das Schweigen länger anhielt, erhob er sich und sagte: »Ich schicke das Dossier über Herrn Blohm. Es würde mich freuen, wenn Sie mit uns für die gute Sache arbeiten würden. Herr Wieners. Herr Borgmann. Ich empfehle mich.« Er deutete bei jedem Namen eine militärische Verbeugung an und verließ den Raum.

Karl schenkte zwei Cognac ein und reichte Georg einen davon. »Bei dem riecht man die Gestapo hundert Meter gegen den Wind«, sagte er. »Vielleicht sollten wir mal nachforschen, wer dieser Herr Sievering ist. Oder war.«

»Unter dem Namen wirst du nicht viel finden. Alles Decknamen. Sie nehmen übrigens immer den ersten Buchstaben des richtigen Namens. Sievering heißt in Wirklichkeit vielleicht Schneider oder Sellmeier.«

»Was du nicht sagst.« Karl trank einen Schluck Cognac. »Er will uns zu seinen Handlangern machen, das hast du hoffentlich bemerkt.«

»Ja, ja.« Georg winkte ab, stürzte seinen Cognac hinunter und hielt Karl das Glas hin. »Das muss nicht heißen, dass wir uns dazu machen lassen. Für uns ist er eine Quelle.«

Karl sah Georg an. Glaubte er, was er sagte? Oder war er gar auf einer Linie mit diesem alten Nazi, der seinen Gestapo-Befugnissen nachtrauerte?

»Hör zu, Karl.« Georg packte Karl am Unterarm. »Eine Wahrheit bleibt eine Wahrheit, auch wenn sie von einem Mistkerl ausgesprochen wird. Wenn ich etwas über die Pflicht der Presse in dieser Zeit gelernt hab, dann ist es das: Wir müssen die Wahrheit ans Licht bringen. Egal, woher wir sie kriegen. Blohm und Leute wie er sind ein Krebsgeschwür im Leib unseres Volkes. Heute liefert er die Feinde der Kommunisten in seiner alten Heimat ans Messer und morgen vielleicht uns, wenn die Roten hier an der Macht sind. Und das ist nur noch eine Frage der Zeit, wenn wir nicht aufwachen. Schau dich doch um! Allein das Geschrei, das es um die neue Wehrmacht gibt.«

»Willst du wieder in den Krieg ziehen?«, brauste Karl auf. »Haben deutsche Armeen nicht genug Elend über die Welt gebracht?«

»Einen Krieg verhinderst du nicht, indem du die Augen vor der Wirklichkeit verschließt, sondern indem du sie weit aufmachst. Wenn wir die bolschewistische Spionage heute aufdecken, verhindern wir den Krieg von morgen. Leute wie

Blohm müssen weg. Es unsere Pflicht als Deutsche, die Verräter aufzuspüren und auszuschalten.«

Schorsch, dachte Karl, du bist und bleibst ein Opportunist.

Als ob es ihm um Freiheitskämpfer, Kommunisten oder gar Deutschland ginge. Nein, er brauchte einen Schuldigen für seine geschäftliche und seine persönliche Misere, die beide auf eine Weise zusammenhingen, für die ihm die Einsicht fehlte. Der wahre Grund dafür lag auf der Hand: Es mangelte ihm an Beständigkeit. Sein eigenes Blatt, seine Ehe, vielleicht sein ganzes Leben langweilten ihn im Grunde. Ihm fehlte die Begabung dafür, Glück und Erfolg jeden Tag aufs Neue zu festigen. Er brauchte stets das Neue, das Außergewöhnliche oder zumindest eine Abwechslung. Zerstreuung. Deshalb trank er. Deshalb hatte er Weibergeschichten. Und weil Blohm das durchschaute, hatte er das Geld aus der Zeitschrift rausgezogen. Vielleicht hielt er Georg sogar auf seine schonungslose Art den Spiegel vor, und es war das, was Georg ihm nicht verzieh. Warum er ihn um jeden Preis vernichten wollte.

Karl fühlte sich plötzlich sehr müde. »Ich muss gehen«, sagte er. »Kommst du mit?«

Georg hob die Cognacflasche. »Erst wenn die hier leer ist. Die geht doch hoffentlich aufs Haus?«

»Da musst du Veit fragen.«

Karl ließ Georg allein zurück.

Aus dem Gastraum drang ein furioses Trompetensolo in den schmalen, schlecht beleuchteten Flur. Karl blieb stehen und zündete sich eine Zigarette an. Georgs Motive dafür, Blohm zu schaden, waren klar. Wie stand es mit seinen eigenen? Wenn er den Auftrag für diese Geschichte annahm, und eigentlich hatte er es ja schon halb getan, dann sicher nicht fürs Vaterland und auch nicht für irgendwelche Freiheitskämpfer in der Tschechoslowakei oder sonst wo. Es ging ihm um Magda und die Aussicht, wieder mit ihr zu arbeiten und mit ihr zusammen zu sein. Immer ging es nur um Magda.

Der Vorhang wurde zur Seite geschoben, Veit kam in den Gang. »Seid ihr fertig?«, fragte er.

Karl nickte. »Sievering ist schon weg.«

»Und du, bleibst du noch? Oder musst du gleich wieder weiter?«

»Muss ich. Ein anderes Mal.«

Karl wollte an Veit vorbei, doch der stellte sich ihm in den Weg. »Wie geht's eigentlich Magda?«, fragte er. »Und meinem kleinen … was ist er eigentlich für uns? Der Sohn unserer Nichte? Gibt es dafür eine Bezeichnung?«

»Das kannst du sie ja am Samstag selber fragen, nach der Messe für unsere Mutter«, sagte Karl schmallippig. »Du kommst doch, oder?«

»Selbstverständlich. Familie geht mir über alles.«

Samstag, 30. April 1955

»MUSS ICH DA auch mit, heute Abend?«, fragte Benno mit vollem Mund.

»Nein, musst du nicht«, antwortete Karl, ohne von der Zeitung aufzuschauen. »Das betrifft eigentlich nur mich.«

»Beeil dich ein bisserl, sonst kommst du schon wieder zu spät in die Schule«, schimpfte Gisela, die eben hereinwehte und mit ihr der Duft von Lavendelseife.

»Ja, ja. Vorher muss ich aber noch aufs Klo.«

»Jetzt muss er auch noch aufs Klo. Dalli, dalli, junger Mann!«

Als sei nur gut getan, was laut getan wird, ließ Benno beim Aufstehen die Stuhlbeine über den Boden scharren, stieß danach mit der Hüfte gegen den Tisch, dass das Besteck in den Tellern klapperte, und schlurfte aus der Küche.

»Dass der Bub immer so trödeln muss«, schimpfte Gisela vor sich hin. »Und seine Pausenbrote hat er auch noch nicht eingesteckt.«

»Schlimm, schlimm.«

Karl nahm einen Schluck lauwarmen Kaffee und schlug die Zeitungsseite um. Sein Blick blieb am Foto eines Mannes haften. *Leiche aus dem Eisbach gefischt*, lautete die Überschrift, und unter dem Foto stand: *Wer kennt diesen Mann?* Er überflog den Artikel. Die Leiche war von Arbeitern der Tivoli-Mühle, eines Elektrizitätswerks im Norden des Englischen Gartens, gefunden worden, sie hatte sich dort im Rechen verfangen. Wie es hieß, hatte sie wohl schon ein paar Tage im Wasser getrieben. Ob ein Gewaltverbrechen, Unfall oder Selbstmord vorlag, sei derzeit noch unklar. Da der Tote keine Papiere und auch sonst nichts bei sich gehabt habe, das auf seine Identität schließen lasse, bat die Polizei die Bevölkerung um Mithilfe bei der Identifizierung. Je länger Karl das Foto betrachtete, desto ähnlicher wurde der Mann demjenigen, mit dem er Anfang der Woche am Bahnhofplatz verabredet gewesen war. Wobei er von ihm eigentlich nicht viel gesehen hatte. Er holte sich von der Ablage im Buffetschrank einen Bleistift und malte dem Gesicht auf dem Foto eine Brille um die Augen.

»Was soll das denn werden?«, fragte Gisela.

Karl reagierte nicht, sondern betrachtete konzentriert das übermalte Foto. Er deckte mit zwei Fingern die Stirn und das Kinn ab. Könnte hinkommen, dachte er.

Er sah wieder die beiden Männer vor sich, die den Brillenträger packten und abführten. Die Hand in der Manteltasche, die vielleicht eine Waffe hielt. Ein flaues Gefühl breitete sich in seinem Bauch aus. Wenn der Mann vom Bahnhofplatz wirklich der Tote aus dem Eisbach war, was folgte daraus? Der Blick fiel ihm wieder ein, den einer der beiden Männer ihm über die Schulter zugeworfen hatte. Möglicherweise eine Warnung: Komm uns bloß nicht in die Quere!

Die Zeitung in der Hand, sprang Karl auf und eilte aus der Küche.

»Was ist denn auf einmal mit dir los?«, rief Gisela ihm nach. »Wo willst du hin?«

Statt zu antworten, schnappte Karl sich das Telefon vom Garderobentisch und verschwand damit in sein Arbeitszimmer. Dort wählte er die Nummer, die in der Zeitung stand. Es läutete mehrmals, ehe endlich abgenommen wurde.

»Polizeipräsidium München, Morddienststelle, Zöllner am Apparat.«

»Karl Wieners hier. Es geht um den Mann in der Zeitung. Den Toten aus dem Eisbach.«

»Sie kennen ihn?«

»Nein, das nicht.« Karl erzählte nun von dem Anruf, dem verhinderten Treffen, den beiden Männern, der Hand, die in der Manteltasche vielleicht eine Waffe gehalten hatte.

»Verstehe ich Sie richtig«, kam es in einem leiernden Ton zurück, »Sie kennen den Namen des Mannes nicht, Sie wissen kaum, wie er ausgesehen hat, Sie haben auch keine Ahnung, wer die anderen Männer waren, ob sie eine Waffe hatten und so weiter. Sonst noch etwas, das Sie *nicht* wissen?«

So wie dieser Zöllner es zusammenfasste, klang es genauso kümmerlich wie befürchtet. »Na, dann nichts für ungut«, sagte Karl kleinlaut und legte auf.

Ludwig warf einen Blick auf die Uhr. Noch nicht mal halb elf. Bis mittags war Rudi bestimmt in der Schule, und länger als eine Stunde würde er sich nicht bei den Daxenhofers aufhalten. Besser, der Bub sah ihn nicht, sonst weckte das nur Erwartungen. Er wollte sich lediglich einen Eindruck von der familiären Situation verschaffen, nicht mehr.

Ludwig blieb stehen. Die Bierflaschen in seiner Tragetasche klimperten verhalten. Er nahm den Hut ab, wischte sich den Schweiß von der Stirn und setzte den Hut wieder auf. Kaum war es mal ein paar Grad wärmer, schon kam man ins Schwitzen. Das Haus hier war die Nummer zwölf, also musste es das übernächste sein. Vermutlich dort, wo sich im

Erdgeschoss eine ältere Frau aus dem Fenster lehnte und ihn gerade ins Visier nahm.

Da hörte er hinter sich ausgelassene Stimmen. Er schaute kurz über die Schulter. Vier Burschen, die heranradelten und so aufgekratzt wirkten, als kämen sie nicht von der Schule oder aus der Lehrwerkstatt, sondern von einem Zechgelage im Wirtshaus. »He, du da, mach mal Platz!«, rief einer. Im nächsten Moment spürte Ludwig einen Schlag am Hinterkopf, der Hut flog ihm vom Kopf und landete auf dem Trottoir. Johlend schossen die jungen Radler zu beiden Seiten an ihm vorbei.

»Hundsbuben, verreckte!«, rief die Frau am Fenster, als die Burschen an ihr vorüberjagten, und schüttelte die Faust.

Ludwig dagegen stand nur sprachlos da und schaute den Burschen wie einer Meute wilder Hunde nach. Erst nach einer kleinen Weile löste sich die Schreckstarre, er hob den Hut auf, wischte den Straßenstaub ab und setzte ihn wieder auf.

»So eine Bagage«, schimpfe die Frau weiter. »Ist Ihnen was passiert?«

»Geht schon«, murmelte Ludwig.

»Das sind die neuen Zeiten. Mir graust jetzt schon, wenn die Generation mal am Ruder ist. Hoffentlich lieg ich dann schon drüben aufm Ostfriedhof. Verstehen Sie mich nicht falsch, Herr, aber denen würde ein bisserl Hitlerjugend nicht schaden.«

Wortlos ging Ludwig weiter zur Haustür. Er hatte in der Zeitung bereits vom Rowdytum dieser Blas'n gelesen, zu denen sich die jungen Leute zusammenfanden. Meist waren es nur Burschen, aber es gab auch welche mit ein paar Mädeln. Ihre bandenmäßig begangenen Pöbeleien, Diebstähle, ja sogar Einbrüche hatten sich in manchen Vierteln zu einer richtigen

Plage ausgewachsen. Das kam halt heraus, wenn die strenge väterliche Hand, die zur rechten Zeit eine Watsche verabreichte, fehlte und die jungen Leute sich selbst überlassen blieben.

»Zu wem wollen Sie denn?«, rief ihm die Frau zu.

»Daxenhofer«, sagte er.

»Gehen Sie nur rauf. Ist schon jemand oben. Wollen Sie zu ihm oder zu ihr?«

»Zu ihm. Alter Kriegskamerad.«

»Ja, ja, hab die Flaschen in Ihrer Tasche schon gehört.«

Ludwig zog den Hut, dann schob er die Haustür auf.

Im Treppenhaus schlug ihm der Mief alter Mietshäuser entgegen, den er nur allzu gut kannte, eine Mischung aus modrigem Keller, dem Gestank der Aschentonnen im Hinterhof, zu dem die Tür aus unerfindlichem Grund immer offen stand, Essensdämpfe aus den Wohnungen und allerlei Gerüche aus den Etagenklosetts. In den Wohnungen selbst sah es meist nicht besser aus. Im Nachhinein hatten die Ausgebombten Glück gehabt, die zogen jetzt in moderne Neubauten, jede Wohneinheit mit Zentralheizung und eigenem Badezimmer nebst Toilette.

Zweiter Stock, hier wohnten die Daxenhofers. Ludwig schnaufte durch. Für seinen Auftritt gleich wollte er sich Daxenhofers angebliche oder echte Gedächtnislücken zunutze machen. Ein paar grobe Angaben zu seiner Zeit im Krieg hatte Daxenhofer bei seiner Vernehmung fallenlassen, und die hatte Zöllner zum Glück brav mitprotokolliert. Daraus hatte Ludwig sich eine Legende gebastelt: Er würde sich als alter Kriegskamerad ausgeben, behaupten, dass sie sich im Osten begegnet seien, dabei Daxenhofers Verwundung erwähnen, einen glatten Oberschenkeldurchschuss. Den Rest musste er improvisieren. Vorausgesetzt,

Daxenhofer schlug ihm die Tür nicht gleich wieder vor der Nase zu.

Ludwig klingelte. Nichts regte sich. Er wartete und klingelte noch einmal. Nun hörte er drinnen Schritte.

»Wer ist denn da?«

»Der Ludwig. Dein alter Kriegskamerad.«

»Was für ein Ludwig?«, fragte Daxenhofer durch die Tür.

»Geh, Hans, jetzt mach schon auf. Wenn du mich siehst, weißt du's bestimmt gleich wieder.«

Es blieb noch ein paar Sekunden still, dann drehte sich der Schlüssel im Schloss, und die Tür öffnete sich ein wenig. Ludwig wusste nicht, was er erwartet hatte, bei Kriegsheimkehrern, die jahrelange Gefangenschaft erlebt hatten, dachte man sofort an abgehärmte Gestalten. Doch der Mann, der im Spalt zwischen Türblatt und Türstock zu sehen war, schien nichts von alldem zu sein. Groß, kräftig, wache Augen. Ein sauberes Hemd, raspelkurzes Haar.

»Entschuldigung«, sagte Daxenhofer abwartend, »ich weiß noch immer nicht ...«

Ludwig hob die Tragetasche hoch. »Vielleicht fällt es dir ja bei einer Halbe Augustiner Edelstoff wieder ein.«

»Das wird nicht viel helfen. Tut mir leid, dass ich mich nicht an dich erinnere. Weißt du, ich kann mich an vieles nicht erinnern. Mein Gedächtnis ist so löchrig wie eine Scheibe Emmentaler.«

»Dann wird es höchste Zeit, dass ich ein paar von den Löchern auffülle. Geh zu, wenn ich schon mal da bin.«

»Na, meinetwegen«, sagte Daxenhofer nach einigem Zögern und ließ Ludwig rein, »auf eine Halbe, aber nicht mehr. In zwei Stunden kommt meine Frau heim, dann bist du weg.«

Als Ludwig in der Diele stand, trat Daxenhofer einen

Schritt vor die Tür, schaute sich im Stiegenhaus um, ob jemand seinen Besucher beobachtet hatte, dann schloss er hinter sich die Tür, drehte sogar den Schlüssel um und steckte ihn ein. Bevor er sich Ludwig zuwandte, ging er zu einer anderen Tür am Ende des Flurs, drehte auch dort den Schlüssel um, zog ihn ab und steckte ihn ebenfalls in die Hosentasche.

»In die Küche«, sagte er und wies Ludwig mit der Hand den Weg.

Magda hatte sich rechtzeitig mit Peterle in den Garten geflüchtet. Das milde Wetter lud ja auch ins Freie ein. Hier saß sie nun im Liegestuhl, beobachtete Peterles selbstvergessenes Spiel im Sandkasten und lauerte, ihre Agfa Silette stets griffbereit, auf schnappschusswürdige Momente. Derweil konnten Blohm und sein Gast drinnen völlig ungestört ihre Besprechung abhalten oder was immer sie taten, um sich wichtig zu fühlen. Wieder ein slowakischer Emigrant. Ein Exilpolitiker, der für die Belange seiner Landsleute in Deutschland und in der Heimat eintrat. Der Reden hielt und Politiker traf. Was Blohm nur immer mit diesen Leuten hatte? Plagte ihn etwa das Heimweh? Nach so vielen Jahren? Angefangen hatte es vor zwei Jahren, da hatte er, wie er es selbst einmal ausdrückte, seine slowakische Seele wiederentdeckt. Welche slowakische Seele, hatte sie sich gefragt, er und seine Familie hatten zur deutschen Minderheit in der Slowakei gehört. Am Ende drehte es sich doch nur wieder um Geschäfte.

Da ging die Terrassentür auf, und jemand trat ins Freie. Magda achtete zuerst gar nicht darauf, sie glaubte, es sei Franzi. Erst auf den zweiten Blick erkannte sie ihren Irrtum.

»Verzeihen Sie die Störung, Frau Blohm«, sagte die junge

Frau, deren ansonsten makellose Aussprache von einem leichten osteuropäischen Akzent aufgeraut wurde, was Magda zusammen mit dem überraschend dunklen Timbre ihrer Stimme ungemein gefiel. »Ich bin mit Herrn Čierny gekommen, aber die Herren brauchen mich nicht. Man sagte mir, ich könne Ihnen Gesellschaft leisten.«

»Natürlich.«

»Ich bin Agota.«

Sie streckte Magda die Hand hin. Erst jetzt betrachtete Magda sie genauer. Blondes, halblanges Haar, blaue Augen, natürlich rote Lippen, die durch den eher blassen Teint des Gesichts umso kräftiger wirkten. Eine hübsche Figur mit zarten Rundungen unter Rock und Pullover. Sie hätte zweifellos als Mannequin durchgehen können. Wie alt mochte sie sein? Sicher kaum zwanzig.

Der Händedruck war kräftiger als erwartet.

»Angenehm. Magda. Setzen Sie sich doch. Agota – was ist das für ein Name? Slowakisch?«

»Nein, litauisch.«

»Kommen Sie von dort?«

Sie nickte. »Eine Zeitlang habe ich mit meinen Eltern in Kaunas gelebt. Danach war ich in Ostdeutschland. Aber dort habe ich es nicht mehr ausgehalten. Wissen Sie, ich verstehe nicht viel von Politik. Aber von Freiheit verstehe ich sehr viel. Und nur hier kann ich endlich frei sein.«

»Ach, wer kann schon wirklich frei sein. Sie sind mit Herrn Čierny gekommen? Arbeiten Sie für ihn?«

Ihr scheues Lächeln war bezaubernd, überhaupt haftete ihr etwas sehr Feines, beinahe Zerbrechliches an, das sogleich mütterliche Beschützerinstinkte weckte.

»Herr Čierny hat mich unter seine Fittiche genommen, wie man so sagt. Er ist so ein gütiger Mensch. Ich helfe ihm bei Büroarbeiten. Darin bin ich wohl recht gut. Ich habe ein gewisses Talent für Sprachen und konnte mir daher das Slowakische rasch aneignen.«

Wieder dieses Lächeln, das so voller Unschuld war, dass sich Magdas aufkommender Verdacht, sie könne für Čierny vielleicht etwas mehr sein als nur Bürokraft, sogleich zerstreute.

»Ich will ehrlich sein«, sagte Agota, »weil ich keine Intrigen mag, selbst wenn sie gut gemeint sind.«

Nanu, dachte Magda.

»Es war die Idee Ihres Gatten, dass ich Herrn Čierny begleite, und zwar Ihretwegen. Herr Blohm und ich sind uns ein paarmal in der Friedrichstraße begegnet, wo Herr Čierny wohnt und arbeitet.«

»So? Erzählen Sie mehr von den gut gemeinten Intrigen meines Gatten.«

»Er dachte wohl, dass Sie ein wenig einsam sind und Ihnen eine Freundin guttäte.«

»Und das wären dann Sie?«

»Ich fürchte, so ist es gedacht. Hoffentlich habe ich mit meiner Offenheit keinen Zwist zwischen Ihnen und Herrn Blohm gestiftet. Doch falls wir wirklich Freundinnen werden sollten, sollte diese Freundschaft nicht mit einer Lüge beginnen.«

Magda unterdrückte ein Lachen, das angesichts von so viel rührender Aufrichtigkeit in ihr aufstieg, beugte sich zu Agota, ergriff ihre Hand und drückte sie. »Ganz recht, Agota, das finde ich auch. Und wegen Herrn Blohm machen Sie sich mal keine Sorgen, dem werde ich das Nötige schon mitteilen. Das hält er aus und unsere Ehe auch.«

»Du musst kommen, Mama«, erklang es da im Befehlston vom Sandkasten her. »Es ist alles fertig.«

Magda wusste, was das zu bedeuten hatte. »Darf ich auch jemanden mitbringen?«, fragte sie.

»Von mir aus.«

»Mögen Sie Sandkuchen, Agota?«

Agota lächelte fein. »Nichts esse ich lieber!«

»Auf die alten Zeiten«, rief Ludwig und hob seine Flasche, in der nur noch ein letzter Schluck Bier herumschwappte. Der große Rest war ohne den Umweg über ein Glas direkt in seine Kehle geflossen. Daxenhofer – oder wer immer der Mann wirklich war – stieß mit seiner Flasche dagegen, und sogleich stürzten sie die Neige hinunter und schlugen dann die Flaschenböden auf den Tisch.

»Mal unter uns alten Kriegskameraden«, sagte Daxenhofer. »Waren das nicht auch schöne Zeiten? Hart, freilich, das schon. Unmenschlich sogar, zuweilen. Aber es war doch ein anderes Leben als das jetzt. Wenn es jeden Tag, ach was, jede Minute aus sein kann … da lebt man doch ganz anders. Da spürst du dich selbst ganz anders. Und die Welt um dich rum. Weißt du, ich hab immer schon ein Auge für die Natur gehabt … der Osten, von der Ukraine bis rauf ins Baltikum, diese Weiten … das hat doch seine ganz besonderen Reize. Das hat es mir richtig angetan. München ist schön. Freilich. Das Voralpenland. Aber eher wie eine Postkartenidylle. Es fehlt das Harte. Das Männliche.«

Schweigend schüttelte Ludwig eine Zigarette aus der Packung. Vielleicht nahm Daxenhofer sein Schweigen für Ergriffenheit, obwohl es doch nur aus Verwunderung und Staunen entstand. Denn das, was der eben gesagt hatte, klang nicht nach jemandem, der vom Krieg seelisch so gezeichnet war, dass er das alles am liebsten vergaß. Zum ersten Mal war Daxenhofer ein wenig aus seiner Rolle gefallen. Vielleicht war das der richtige Moment, um auf andere Sachen zu kommen.

»Was ist eigentlich mit deiner Familie?«, fragte Ludwig und suchte nach seinen Zündhölzern. »Dazu hast du noch gar nichts gesagt. Hast du Kinder? Buben oder Mädel?«

»Buben«, antwortete Daxenhofer und half Ludwig mit einem brennenden Zündholz aus, das er ihm vor die Nase hielt.

Ludwig steckte seine Zigarette an, und dabei fing sein Blick kurz Daxenhofers Gesicht ein, das zu einer Maske geworden war.

»Wie alt?«, fragte er dennoch.

»Was gehen dich meine Buben an?«, erwiderte er. Schroff, beinahe. Das Gesicht noch härter, die Augen kalt und lauernd. Etwas Bedrohliches ging mit einem Mal von dem Mann aus. »Was geht dich mein Leben an? Warum bist du hier? Hat dich jemand geschickt?«

»Nein.«

»Woher hast du eigentlich meine Adresse?«

»Na, von dir. Du hast sie mir gegeben. Du hast gesagt: Wenn ich das nicht überlebe, dann schau nach meiner Familie.«

»Und da kommst du jetzt erst? Nach zehn Jahren? Ein schöner Kamerad bist du!«

»Du hast doch überlebt. Beide haben wir überlebt. Sonst säßen wir nicht hier.«

»Freilich ... wir haben überlebt.« Er beugte sich vor, packte Ludwig am Arm und schaute ihn eindringlich an. »Aber haben wir das wirklich? Haben wir wirklich überlebt?«

Ludwig bemerkte, dass die Stimmung bei Daxenhofer kippte. Die Frage nach den Buben hatte etwas ausgelöst. Vielleicht ein Schuldgefühl, das sich meldete? Ein Gewissenswurm, der nagte? Man wusste nie, wohin es führte, wenn man an solchen Stellen weiterbohrte. Erfahren würde er darüber jedenfalls nichts, so viel stand fest. Ludwig löste seinen Arm aus Daxenhofers Griff. Ihm wurde unwohl bei dem Gedanken, dass die Wohnungstür abgeschlossen war und der Schlüssel in Daxenhofers Hosentasche steckte. Er warf einen Blick zur Küchenuhr. »So spät ist es schon. Ich muss allmählich wieder.«

»Jetzt schon? Schade! Na ja, Reisende soll man nicht aufhalten.« Daxenhofer gab sich keine Mühe, das Bedauern auch nur halbwegs glaubwürdig klingen zu lassen. Er war eindeutig froh, wenn der ungebetene Gast wieder zur Tür hinaus war.

Und das würde Ludwig auch sein. Er drückte die Zigarette, von der er nur ein paar Züge genommen hatte, im Aschenbecher aus und stand auf.

»Lässt du mich raus?«

»Hast du nicht was vergessen?«

Ludwig sah ihn irritiert an.

Daxenhofer packte eine der Bierflaschen am Hals. »Deine Flaschen nimmst du doch wieder mit.«

Die leeren Flaschen klimperten in seiner Tasche, als Ludwig Daxenhofer zur Tür folgte.

»Schau mal wieder vorbei«, sagte Daxenhofer, nahm den Schlüssel aus der Hosentasche, steckte ihn ins Schloss und drehte ihn um. Bevor er die Tür aufmachte, hielt er Ludwig die Hand hin. Der Handschlag war fest und dauerte lange, der Blick hatte etwas Lauerndes.

Als er endlich draußen und Daxenhofer wieder hinter verschlossener Tür in seiner Wohnung war, atmete Ludwig erleichtert durch. Mit diesem Mann stimmte was nicht, das war mit Händen zu greifen. Doch was sollte er tun? Sollte er überhaupt etwas tun?

»Karl? Bist du da?« Gisela klopfte an und drückte im gleichen Moment die Klinke hinunter. »Wieso schließt du dich ein? Was machst du denn Geheimes?«

Karl schreckte aus dem Sinnieren auf, in das er in seinem Lesesessel verfallen war. »Gar nichts. Ich will einfach nur meine Ruhe haben.«

»Du hast aber die Uhr im Blick, ja?«

Natürlich hatte er die Uhr im Blick. Den ganzen Tag schon zählte er die Stunden und die Minuten, bis sie endlich nach Haidhausen aufbrachen; bis er Magda, nach fast drei Monaten Abstinenz, endlich, endlich wiedersehen würde.

Karl musste an den Moment denken, als seine Mutter ihm vor fünf Jahren anvertraut hatte, dass Magda nicht die Tochter seines Bruders Alfons und damit nicht blutsverwandt war. An die Euphorie, als plötzlich alle Hindernisse zwischen ihm und Magda gefallen waren und ein gemeinsames Leben möglich schien. Und dann hatte er ihr gegenübergesessen – im Café *Zur Schönen Münchnerin* war es gewesen, er erinnerte sich noch genau –, und ihm war schlagartig klargeworden, dass er nicht bereit war für eine so tiefe Hingabe, eine so überwältigende Leidenschaft. Lange hatte er sich eingeredet, es sei vor allem die Angst, er könne Magda eines Tages verlieren, so wie er Heidi und die Mädchen verloren hatte. Die Angst vor dem Schmerz, der ihn endgültig vernichten würde. Doch das war es nicht. Vor allem fühlte er sich schuldig. Weil Heidi und die Mädchen tot waren, er aber lebte. Woher hätte er also das Recht genommen, noch einmal glücklich zu werden? Vielleicht sogar glücklicher als mit ihnen?

Karl bemerkte, dass die Zigarette, die er im Aschenbecher abgelegt hatte, fast ganz heruntergebrannt war. Er nahm einen letzten Zug und drückte sie aus.

Mit Magda konnte er über all das, was er nun seit Jahren mit sich herumtrug, nicht sprechen. Sie hätte versucht, ihm seine Schuldgefühle auszureden. Sie, die ihren Toten keine Träne nachweinte, hätte nicht verstanden, dass seine Schuld die letzte Verbindung zu seinen Toten war, die er noch besaß. Eine Verbindung, die verlässlich da war, so dass er sich nicht ständig schmerzhaft an seine Toten erinnern musste, um sie lebendig zu halten. Er brauchte keine Bilder in Geldbörsen, auf dem Schreibtisch oder an der Wand. Kein Blättern in alten Fotoalben Er vermisste es auch nicht, dass es kein Grab gab, an das er gehen konnte. Das Grab – das war er selbst. Und er brauchte diese Grabesruhe in seinem Innern. Sie war das einzige Mittel, das den Schmerz betäubte. Dass er für diesen brüchigen Frieden einen Preis zu bezahlen hatte, war nur gerecht. Ungerecht war, dass er auch Magda dafür bezahlen ließ. Er wünschte, er hätte sie einfach loslassen können wie einen Vogel, dem man die Käfigtüren öffnete. Er hatte es versucht, nachdem sie Blohm geheiratet hatte, und das, obwohl ihm diese Heirat von Anfang gegen den Strich ging. Aber sie war nicht fortgeflogen. Sie war in seinem Käfig geblieben, und nun saßen sie beide darin, die Tür stand offen, und doch konnten sie nicht hinaus.

Karl öffnete das Fenster einen Spaltbreit, um frische Luft hereinzulassen, und schaute in den Hof, wo Benno und ein paar seiner Kameraden mit seinem neuen Fußball herumdribbelten. Dann ging er ins Schlafzimmer, um ein frisches Hemd anzuziehen.

»Kommst du endlich heraus aus deiner Höhle«, sagte Gisela mit leichtem Vorwurf in der Stimme.

»Ist ja noch Zeit.«

Er knöpfte sein Hemd auf und betrachtete sie, wie sie am Schminktisch saß und sich dezent die Wangen puderte. Was für ein schönes, einfaches, beherrschbares Glück sie doch miteinander hatten. Er war froh, Gisela und Benno gefunden zu haben. Bei all den kleinen familiären Zankereien, die sie alle zusammen pflegten, war es doch ein gutes Leben, das sie führten. Eine erträgliche, ja sogar angenehme Form der Einsamkeit.

»Was ist los?« Giselas Blick aus dem Spiegel traf ihn.

»Nichts. Ich merke nur gerade wieder, wie sehr ich dich liebe.«

Sie lächelte, sagte aber nichts, tauschte stattdessen die Puderdose gegen den Lippenstift.

Er warf das getragene Hemd aufs Bett, nahm ein frisches aus dem Schrank, schlüpfte hinein und begann, es zuzuknöpfen.

»Ich würde gern auch einmal für deine Frau und deine Kinder eine Messe lesen lassen«, sagte Gisela.

Er hielt inne. »Wie kommst du denn auf die Idee?«

»Das geht schon länger in mir um. Sie sind irgendwie auch ein Teil unserer Familie. Weil sie ein Teil von dir sind.«

»Aber sie waren nicht katholisch.«

Heidi war Atheistin gewesen. So wie er noch heute. Die Mädchen hatten sie nur aus Rücksicht auf Heidis Familie taufen lassen.

»Das müssen wir Pfarrer Heinzelmann ja nicht auf die Nase binden.«

Gerührt trat er hinter sie, legte ihr die Hände auf die Schultern und küsste sie auf den Scheitel. »Ich danke dir dafür, dass du dir solche Gedanken machst. Aber es ist unnötig. Die Gedanken und die Messen. Ich glaube, Heidi und die Mädchen sind gut aufgehoben an dem Ort, an dem sie jetzt sind. Man sollte sie dort nicht stören mit Weihrauch und Gebeten.«

»Wir müssen auch gleich los«, sagte Blohm. »Ich will einen Schlenker über Bogenhausen machen. Nach dem Rechten sehen.«

Magda rollte mit den Augen. Schlenker war gut. Das war ein ziemlicher Umweg.

»Hopp, hopp!« Blohm gab ihr einen sanften Klapps auf den Hintern. Ein eindeutiges Zeichen, dass die Herren wohl ein Glas Cognac zu viel genossen hatten.

Magda machte sich rasch fertig, verabschiedete sich von Peterle und gab Franzi letzte Anweisungen. Dann verließ sie das Haus. In der Auffahrt stand, mit laufendem Motor, ihr Mercedes Cabriolet, und darin saß Blohm und wartete. Magda stieg ein.

»Wieso nimmst du das Cabriolet?«, fragte sie. »Das Verdeck lässt du aber zu, ja? Zum Offenfahren ist es noch viel zu frisch.«

Das silbergraue Auto war ein Geschenk zu ihrem letzten Geburtstag gewesen, doch wenn sie gemeinsam darin unterwegs waren, setzte Blohm sich stets selbst ans Steuer. Sogar heute, obwohl er nicht mehr ganz nüchtern war. Ihn davon abbringen zu wollen, wäre vertane Liebesmüh, deshalb versuchte Magda es erst gar nicht. Er wollte sich auf keinen Fall dabei erwischen lassen, wie er sich von einer Frau chauffieren ließ.

»Du hast mir eine Freundin besorgt?«, fragte Magda nach einer Weile, in der Blohm leise eine Melodie vor sich hin gesummt hatte.

»Sie ist nett, oder?« Er lächelte wie ein Bub über einen geglückten Streich.

Magda konnte es nicht leugnen. »Sie ist *sehr* nett. Du hättest mich trotzdem fragen können.«

»Wozu denn? Ich wusste, dass du sie mögen würdest. So

wie ich weiß, dass dir ein Ring oder eine Kette oder ein Kleid steht.«

Es stimmte. Er hatte noch nie danebengelegen.

»Hast du sie wirklich für mich ausgesucht oder eher für dich?«

»Jetzt beleidigst du mich aber«, empörte Blohm sich, und Magda konnte nicht unterscheiden, wie viel davon echt und wie viel gespielt war. »Ich schaue keine andere Frau an!«

Manchmal wünschte Magda, er täte es. Würde vielleicht sogar eine Affäre beginnen. Das hätte vieles leichter gemacht. Allerdings war Agota dafür aus dem Spiel. Die gehörte jetzt ihr.

Schweigend schaute Magda aus dem Fenster. Sie hatten den Kanal überquert und folgten nun der Nymphenburger Straße zügig Richtung Innenstadt. Es war wenig Verkehr, das nutzte Blohm aus und trat kräftig aufs Gaspedal. Die Häuser flogen an ihnen vorüber.

Agota, dachte Magda, was für ein Name und wie gut er zu diesem feinen Wesen passt. Sie musste sie unbedingt irgendwann einmal fotografieren.

»Kommt eigentlich dein anderer Onkel auch?«, fragte Blohm. Der andere Onkel – das war Veit.

»Ich fürchte schon«, sagte Magda.

»Sei mir nicht böse, aber ich kann den Kerl nicht leiden. Er hat etwas zutiefst Unseriöses. Geschäftlich sowieso, aber auch menschlich.«

Magda war Blohm kein bisschen böse, obwohl jemand mit seinem Hintergrund wohl nicht dazu berufen war, anderen mangelnde Seriosität vorzuwerfen. Sie konnte Veit auch nicht leiden. Ging ihm so gut wie möglich aus dem Weg. Zu viele hässliche Erinnerungen waren mit ihm verbunden. Veit dagegen versuchte immer, besonders nett zu ihr zu sein, so als müsse er etwas an ihr gutmachen. Und das musste er auch. Sehr viel sogar. Mehr als er in seinem ganzen Leben schaffen konnte. Es würde immer eine Restschuld bleiben.

»Hat er eigentlich dieses Bumslokal in der Leopoldstraße noch?«, fragte Blohm. »Oder ist das auch schon wieder passé?«

»Weiß nicht. Ich glaube, er hat es noch.«

»Wenn er schlau gewesen wäre, hätte er den *Kammererwirt* selbst auf Vordermann gebracht und weitergeführt. Schau dir die Wirtschaft heute an. Steht tipptopp da, weil die Pächter Leute mit Verstand und Geschäftssinn sind. Der Laden brummt, sogar aus der Innenstadt fahren die Leute raus, um dort zu essen. Und die Zimmer sind ständig ausgebucht.«

Wahrscheinlich hatte Blohm recht. Geschäftlich war es von Veit eine Dummheit gewesen, die solide Gaststätte, die ihre Familie über mehrere Generationen geführt hatte, aufzugeben und sein Glück mit halbseidenen Bars und Amüsierläden zu versuchen. Obwohl andere damit erfolgreich waren, denn die Leute hatten wieder Geld und waren nach all den Hungerjahren gewillt, es auszugeben. Es musste an Veit selbst liegen. Wie auch immer, Magda war froh, dass im *Kammererwirt* andere Leute lebten und wirtschafteten. Es war ein wenig, als würde die Vergangenheit mit neuen Schichten übermalt und so allmählich verblassen.

Und das passierte ja gerade überall in München. Blohm wurde nicht müde, sie im Vorüberfahren mit Begeisterung auf all das Neue hinzuweisen, das im Entstehen war. Etwa die Verbreiterung der Straßen für den mehrspurigen inneren Verkehrsring oder der Wiederaufbau kriegszerstörter Gebäude an der Ludwigstraße, der eigentlich mehr ein Neubau nach den alten Plänen war, denn außer den Fassaden hatten die Bomben nichts davon übrig gelassen. Blohms ganzer Stolz war jedoch die in Bogenhausen auf der grünen Wiese entstehende Parkwohnanlage, ein Ensemble aus Wohnblöcken unterschiedlicher Größe, an dessen Bau er selbst mit mehreren seiner Firmen mitwirkte.

»Sieht dir das an«, sagte er tief bewegt, als sie schließlich an den vom Abendlicht beschienenen Rohbauten vorüberfuhren, aus deren Mitte unzählige Kräne in den Himmel ragten. »Wir bauen die Zukunft.«

»Aber jetzt müssen wir langsam nach Haidhausen«, drängte Magda, »zu unserer Vergangenheit. Fahr schon, sonst kommen wir noch zu spät.«

»Kannst es wohl nicht erwarten, deinen geliebten Onkel Karl wiederzusehen«, witzelte Blohm und gab Gas.

Sie ist noch schöner als je zuvor. Das war Karls erster Gedanke gewesen, als er Magda unter dem Klang der Orgel die Reihe der Kirchenbänke abschreiten sah, bis sie in der vordersten angekommen war, bei ihm und Gisela und Veit. Amerika hatte ihr gutgetan, alles, was noch mädchenhaft an ihr gewesen sein mochte, war von ihr abgefallen, sie war endgültig zu einer Frau von Welt gereift. Beinahe einschüchternd. Und noch begehrenswerter als je zuvor. Dann erblickte er Blohm, wie er neben ihr in die Kirchenbank drängte, dabei den Hut abnahm und grüßend herübernickte, so als gehöre er schon immer zur Familie. Etwas kleiner als Magda, mit einem deutlichen Wohlstandsbauch und allmählich schütter werdendem Haar, hätte er kaum weniger zu dieser strahlenden Frau passen können. Das Einzige, wodurch er sich neben ihr Geltung verschaffte, war das schier unbezwingbares Selbstbewusstsein, mit dem er auftrat. Widerwillig rückte Karl auf und starrte geradeaus, wo der Pfarrer mit seinen Ministranten einzog. Karl würde Magda nie verzeihen, dass sie ausgerechnet Blohm geheiratet hatte. Diesen schrecklichen Menschen! Was hatte sie nur dazu bewogen? Die Vorstellung, dass er sie anfasste, machte ihn schier rasend, besser, er dachte nicht daran. Irgendetwas war damals passiert, in den Tagen, in denen sie spurlos verschwunden gewesen war, und es hatte mit Blohm zu tun, auch wenn sie das seit Jahren abstritt, ohne eine glaubwürdige Erklärung für ihr Verschwinden zu liefern. Jedenfalls hatte die Sache mit den beiden kurz danach angefangen, und im Nu waren sie verlobt und verheiratet gewesen, und der Winter war noch nicht einmal vorüber, da wurde Peterle geboren. Eines Tages würde er schon herausfinden, wie eins zum anderen gekommen war, und wenn Blohm sich, wie er vermutete, etwas hatte zuschulden kommen lassen, dann würde er teuer dafür bezahlen.

Der Orgelklang verhallte, und während der Pfarrer am Altar die einführenden Worte sprach, versuchte Karl mehrmals, Magdas Blick zu erhaschen. Doch vergebens, sie schaute strikt geradeaus. *Confiteor Deo omnipotenti*, begann die Gemeinde. Murmelnd stimmte Karl in das Schuldbekenntnis ein: *beatae Mariae semper Virgini, beato Michaeli Archangelo* …

Er hasste Blohm für alles Gemeine, Hinterhältige und Verbrecherische, was er getan hatte. Noch mehr aber hasste er ihn für alles Gute: wie er Magda und Peterle umsorgte und verwöhnte; wie er sich um ihre Oma, Karls Mutter, nach dem ersten Schlaganfall gekümmert hatte und später, nach dem zweiten, tödlichen, ebenfalls zur Stelle gewesen war und alles in Windeseile geregelt hatte. Zu ihren Lebzeiten hatten sich der Gangster und die Gastwirtswitwe sogar auffallend gut verstanden, beinahe wie zwei verwandte Seelen. Doch Karl ließ sich von Blohms Freundlichkeiten nicht täuschen. Sie dienten nur dazu, sich vor Magda in ein besseres Licht zu rücken. Sie sollte vergessen, dass sie einen Verbrecher geheiratet hatte. Einen, der Menschen auf dem Gewissen hatte. Und der jeden, der ihm in die Quere kam, auf die eine oder andere Weise beiseiteräumte. Ja, der sogar das Vaterland verriet, wenn für ihn ein Vorteil daraus erwuchs.

Mea culpa, mea culpa, mea maxima culpa, betete die Gemeinde, Blohm betete mit und schlug sich wie alle anderen dreimal die Hand auf die Brust.

Mit gemischten Gefühlen betrat Magda den *Kammererwirt*. Veit hielt ihr mit großem Getue die Tür auf. Er ließ keine Gelegenheit aus, sich aufzuspielen und ihr näherzukommen.

»Schade, dass du deinen Buben nicht mitgebracht hast«, sagte er, »ich hätte ihn zu gern mal wiedergesehen.«

Deinen Buben, hatte er gesagt. Nicht *euren* Buben. Und dieses merkwürdige Grinsen dabei. So als wollte er eigentlich sagen: *unseren* Buben.

Magda konnte ihn gar nicht ansehen mit seinem Bärtchen über der Oberlippe, das wohl elegant und auch ein wenig verrucht wirken sollte, jedoch nur schmierig aussah. Sie wünschte, sie und Veit hätten nicht dieses Geheimnis geteilt. Das Geheimnis ihrer Entführung vor fünf Jahren, als sie aus der Wohnung, die Blohm ihr verschafft hatte, verschleppt und für mehrere Tage in ein Kellerloch gesperrt worden war. Wo dann auf einmal völlig unverhofft Veit auftauchte, jedoch nicht, um sie zu befreien, er stand vielmehr im Einvernehmen mit ihrem Entführer. Angeblich werde sie nur zu ihrem Schutz weggesperrt, behauptete er, und dass er die ganzen Hintergründe selbst nicht bis in alle Einzelheiten kenne. Karl und sie hatten damals an einer Reportage über Raubkunst gearbeitet und sich dabei mit gefährlichen Leuten angelegt.

Veits Rolle in dieser Sache war für sie keineswegs geklärt, auch wenn er das behauptete, und schon gar nicht war er entschuldigt. Das würde er niemals sein. Dass er Magda nur habe beschützen wollen, ließ sich im Nachhinein leicht behaupten. Sie hatte dennoch beschlossen, niemandem etwas von der Entführung zu erzählen, auch und schon gar nicht Karl. Und wäre da nicht noch diese andere Sache gewesen, hätte sie diese schreckliche Erfahrung vielleicht abhaken können, so wie sie schon so viel Übles in ihrem Leben abgehakt hatte: Jemand hatte sie betäubt und sich an ihr vergangen, und Peterle war das Ergebnis. Nein, sie wollte nicht einmal daran denken, dass ihr eigener Onkel Veit das gewesen sein könnte, obwohl der Verdacht sich aufdrängte, ja tief in ihrem Innern längst Gewissheit war.

»Da sind Sie ja. Meine Herrschaften! Gnä' Frau! Habe die Ehre, Herr Blohm!«

Die Pächter, ein kinderloses Flüchtlingspaar namens Lindemeier aus Oberschlesien, eilten herbei und überschütteten Blohm mit einem Strauß von Nettigkeiten. Er hatte sie nach Veits Entschluss, die Wirtschaft zu verpachten, aufgetrieben, hatte ihnen sogar einen Kredit für die Renovierung gewährt, die seine eigene Baufirma dann zu nur leicht überhöhten Preisen durchführte. Tüchtigen Leuten muss man eine Chance geben, war sein Credo. Magda war es egal, sie nahm ihren Anteil an der Pacht und zahlte ihn Monat für Monat auf ein Sparbuch ein, das auf Peterles Namen lief. Ihr missfiel allerdings die Art, wie die Lindemeiers bei jedem der seltenen Besuche liebedienerisch um Blohm herumscharwenzelten, während sie die Familie Wieners von oben herab behandelten wie Leute, die an der Aufgabe, die sie selbst mit Bravour meisterten, aus reinem Unvermögen gescheitert waren. Dabei war die Wirtschaft schon unter Veits Führung von Jahr zu

Jahr besser gelaufen, es waren nur andere Zeiten und Umstände gewesen.

Magda entzog sich Veit und den Lindemeiers und verschwand zur anderen Seite des Gastraumes hinaus in Richtung der WCs, die seit der Renovierung in einem Zustand waren, der auch für etwas bessere Damen zumutbar war.

»Warte«, rief jemand hinter ihr her. Karl.

Ihr Puls fing an zu jagen. Um Zeit zu gewinnen, tat sie so, als habe sie ihn nicht gehört, und schob die Tür auf, die hinaus aus dem heißen Dampf der Gaststube in einen kühlen Flur führte. Sie hatte Angst vor diesem Wiedersehen gehabt, zugleich hatte sie sich nach nichts und niemandem so sehr gesehnt wie nach Karl.

»Magda, warte doch!«

Erst jetzt, als sie den Blicken der anderen entzogen waren, blieb sie stehen und drehte sich um. Sie ballte die Fäuste, um das Zittern ihrer Finger zu verbergen. Spürte den Herzschlag noch in den Haarspitzen. So war es immer, wenn sie sich lange nicht gesehen hatten. Angst, Verlangen, Zorn, Begehren – alles brach auf einmal über sie herein. Und er? Ging es ihm genauso? Wenn ja, so ließ er es sich nicht anmerken. Stand da, den Hut leicht in den Nacken geschoben, eine Haarsträhne in der Stirn, die warmen braunen Augen auf sie gerichtet.

»Grüß dich«, sagte er. »Wie war Amerika?«

Sie erwiderte den Gruß nur mit einem Nicken, sagte zu Amerika nur: »Aufregend.« Sie hasste ihn dafür, dass er sie durch seine bloße Anwesenheit vollständig entwaffnete.

»Fein«, erwiderte er und lächelte.

Ohne Vorwarnung packte er sie an der Taille, schob sie in die dunkle Nische unter die Treppe und drückte seine Lippen auf ihren Mund. Ganz von selbst schlangen sich ihre Arme um seinen Nacken und stießen ihm dabei versehentlich den Hut vom Kopf. Ihre Finger gruben sich in seine viel zu langen Haare. Ihre Körper drängten sich wie magnetisch aneinander. Diesen Mann zu spüren, seine Arme, seine Hände, seine Lippen; ihn zu riechen; ihn atmen zu hören und dazu das Rascheln seines gestärkten Hemds – das alles versetzte sie in fiebrige Erregung. Beinahe so abrupt, wie sie sich in die Arme gefallen waren, lösten sie sich auch wieder voneinander. Der Spannung hatte sich entladen, und man kam wieder zur Besinnung. Fürs Erste.

»Ich will nichts von Amerika hören«, sagte Karl schroff und bückte sich nach seinem Hut. Er setzte ihn nicht auf, sondern behielt ihn in der Hand. Auch ihre Handtasche, die sie, ohne es zu bemerken, fallen lassen hatte, hatte er aufgehoben und gab sie ihr nun.

»Ich hätte dir sowieso nichts erzählt«, antwortete Magda und ordnete ihm das Haar. »Weil es dich gar nichts angeht.«

Sie traten unter der Treppe hervor.

»Wir müssen uns treffen«, drängte er. »Allein.«

Natürlich allein, dachte sie, sagte jedoch nichts, sondern wischte ihm mit dem angefeuchteten Zeigefinger die Lippenstiftspuren aus dem Gesicht.

»Georg will, dass ich mal wieder was für ihn recherchiere«, erklärte Karl dabei. »Soll eine ganze Artikelserie werden. Wir könnten das zusammen machen.«

Obwohl sie innerlich jubelte, zuckte sie nur mit den Schultern. Er sollte ruhig noch ein bisschen zappeln. Sie holte einen Spiegel aus der Handtasche und überprüfte ihr eigenes Aussehen. »Worum geht's denn?«, fragte sie beiläufig.

»Geheimdienstsachen. Ost-West-Konflikt. Hört sich interessant an. Und ein wenig gefährlich.«

»Gefährlich klingt gut. Ich überleg's mir. Ruf mich an.

Morgen. Oder nein, besser übermorgen. Oder nein, ich ruf dich an. Morgen.«

In diesem Moment flog die Tür auf, und Blohm trat in den Flur. »Hier steckt ihr«, sagte er bester Laune. »Was treibt ihr denn Verbotenes?«

»Wir haben uns ein wenig verplaudert«, sagte Karl rasch. »Über Amerika. Magda kann gar nicht aufhören, davon zu schwärmen.«

»Wir waren beide überwältigt.« Blohm stellte sich vor Karl, beide Hände in die Hosentaschen gestemmt. Obwohl er einen halben Kopf kleiner war, schaute er ständig auf ihn herab. »Sag mal, Karl, kann es sein, dass du am Hauptbahnhof warst, als wir zurückgekommen sind?«

Magda horchte auf. Sie hatte sich also nicht getäuscht. Doch wenn Blohm Karl bemerkt hatte, wieso hatte er nichts gesagt?

Karl war sichtlich verlegen. »Äh ... wann war denn das?«

»Montag, so gegen fünf.«

»Ja ... da war ich mit jemandem verabredet. Einem Informanten für eine Reportage. Für Georgs Blatt. Ist aber nicht gekommen. Der Informant, meine ich.«

»Schön, dass du was für Georg tust. Ich hab wegen ihm ein schlechtes Gewissen. Und weißt du, was, vielleicht will Magda dir ja wieder helfen. Ihr seid doch ein gutes *team*, wie die Amis sagen. Mir scheint, sie langweilt sich ein wenig, seit wir wieder zurück sind.«

Magda sah ihn erstaunt an. Erst die Sache mit Agota, jetzt warf er sie Karl geradezu in die Arme. Sie kam sich vor wie eine Spielfigur, die Blohm gerade für ein Manöver in Stellung brachte. Auf Karls Gesicht konnte sie lesen, dass ihm diese Wendung ihres Gesprächs auch nicht ganz geheuer war.

»Was sagst du dazu, Magda?«, fragte Blohm.

»Ich geh mich frischmachen.«

Sonntag, 1. Mai 1955

SCHNAUFEND BLIEB LUDWIG vor dem Kruzifix stehen, nahm den Hut ab und wischte sich mit dem Taschentuch den Schweiß von der Stirn. Dann schaute er zum überlebensgroßen Heiland hinauf. Der Körper war von den Wunden der Geißelung übersäht, der dornengekrönte Kopf hing schwer auf die Brust herab. Kein Aufbäumen mehr, nur noch der Tod. Unter dem Heiland war eine Inschrift ins Holz geschnitzt:

DAS LITT ICH
FÜR DICH.
UND DU?

Wem die Mahnung galt, lag auf der Hand: all denen, die in selbstmörderischer Absicht an diesen Ort gekommen waren. Und das waren in letzter Zeit einige gewesen. Ferdl Daxenhofer war nur einer von mehreren.

Er schaute vor zur Brücke, auf die Martin und Hermann schon vorausgeeilt waren. Dass sie mir bloß aufpassen, dachte er und folgte ihnen, rief dabei: »Langsam, Buben, langsam!« Zum Glück waren an einem milden Sonntag wie diesem auch andere Spaziergänger unterwegs, so dass die beiden nicht allein auf der Eisenbahnbrücke waren. Allerdings gab es auch Radler, die das Schild mit der Mahnung *Radfahren auf dem Steg verboten!* geflissentlich übersahen und glaubten, es reiche, wild zu klingeln, dann würde man ihnen schon Platz machen, und wenn nicht, dann schaffte man sich mit frechen Ansprachen eben selber Platz. Die Menschheit war verroht, man merkte es an den kleinsten Dingen.

Martin und Hermann warteten brav auf ihren Papa. Er stellte sich zwischen sie und schaute nach Norden, Richtung Stadt, die sich hinter den Baumkronen verbarg. Unter ihnen flossen die Isar und der Isarwerk-Kanal, gesäumt von Kiesbänken.

»Kommt jetzt gleich ein Zug, Papa?«, fragte Hermann.

»Weiß ich nicht. Vielleicht.«

»Der fährt aber so schnell, dass dich der Fahrtwind mitreißt«, feixte Martin. »Dann fliegst du hoch in die Luft, und wenn du unten ankommst, dann bist du bloß noch Matsch.«

»Geh zu«, tadelte Ludwig, »mach deinem Bruder keine Angst.«

Ludwig schaute in Richtung des Kruzifixes. Da vorn musste es gewesen sein. Da war Ferdl Daxenhofer gesprungen. Nicht in die Isar oder in den Kanal, sondern runter auf die Straße, so als sei es ihm wichtig gewesen, dass nur ja kein Knochen in ihm ganz blieb. Als hasse er sich selbst so sehr, dass ihm nur die totale Vernichtung angemessen schien. Doch wenn es so war, wieso hatte davor niemand etwas von diesem Selbsthass an ihm bemerkt? Wieso konnte sich niemand ein Motiv für die Tat vorstellen? In dem merkwürdigen, von Tränen verwischten Abschiedsbrief in seiner Hosentasche hatte er auch nur geschrieben: *Ich mag nicht mehr! Ich halt das nicht mehr aus! Ich spring von der Brücke, dann seht ihr schon, was ihr davon habt.* Außer den Reibereien mit den Eltern, die freilich zeitweise sehr heftig gewesen sein mussten, und dass er sich wohl deshalb viel rumgetrieben hatte, war von den Nachbarn nichts weiter zu Protokoll gegeben worden.

»Hört ihr das?«, fragte Hermann. »Jetzt kommt gleich einer.«

Der Zug näherte sich von der anderen Seite und warnte durch mehrmaliges Pfeifen. Und schon tauchte er auf. Ludwig schob die Buben gegen die Betonbrüstung und ließ sie nicht los, damit ja keiner einen Schritt nach vorn machte. »Haltet eure Kappen fest«, mahnte er. Mit Getöse rauschte der Zug an ihnen vorüber. Der Fahrwind riss Ludwig den Hut vom Kopf, er flog erst hoch in die Luft und dann tief hinunter. Hoffentlich landete er nicht in der Isar, dann war er für immer fort!

Die Buben lachten. Ludwig war erst verärgert, dann musste er auch lachen. »Freut euch bloß nicht zu früh, ihr Lausebengel«, sagte er. »Jetzt müssen wir runter und meinen Hut suchen. Und wir fahren erst heim, wenn wir ihn gefunden haben.«

Schreiend liefen die Buben los. Ludwig folgte gemächlich hinterdrein.

Vor dem Kreuz stand mittlerweile ein Mann, der mit anhaltendem Kopfschütteln zum Leiden Christi hinaufschaute. Er bemerkte rasch, dass er Aufmerksamkeit erregt hatte, sah Ludwig fest, ja beinahe zornig an und sagte: »Mit einem Kruzifix werden sie keinen vom Springen abhalten. Verstehen Sie mich nicht falsch, das Kreuz steht an dieser Stelle schon richtig, aber wenn das alles ist, machen es sich die Herren von der Stadt und von der Bahn sehr leicht.« Während Martin und Hermann zwischen Bäumen und Büschen verschwanden, kam der Mann auf Ludwig zu. »Heinz Kilfitt«, stellte er sich vor. »Vielleicht haben Sie den Namen schon in der Zeitung gelesen. Mir gehört die Optische Fabrik unten an der Brücke. Und ich bin der, der von Pontius zu Pilatus rennt, damit endlich jemand ein Schutzgitter anbringt, über das man nicht mehr hinübersteigen kann. Vor ein paar Wochen war ich sogar in der *Abendzeitung*. Aber es tut sich nichts. Und in der Zwischenzeit springen die Leute weiter in den Tod. Mindestens einer die Woche. Unten müssen wir Anwohner dann zuschauen, wie sie die Überreste zusammenkehren. Sogar Kinder sehen das. Es ist ein Skandal!«

Ludwig hörte nur mit einem Ohr hin. »Schrecklich, ja«, stimmte er zu, »aber ich muss jetzt nach meinen Buben schauen, dass die keinen Unfug machen.«

»Da haben Sie recht, guter Mann. Passiert auch so viel zu viel.«

Ludwig war schon fast weg, da fiel ihm etwas ein. Er wandte sich noch einmal zu Heinz Kilfitt um. »Erinnern Sie sich zufällig an einen Selbstmörder, der Anfang April hier gesprungen ist?«

»Natürlich erinnere ich mich«, sagte Kilfitt sofort. »Das war der erste, nachdem mein Appell in der Zeitung erschienen ist.«

»War an dem irgendwas Besonderes?«

Kilfitt schüttelte den Kopf, rieb sich dann das Kinn und sagte schließlich: »Warum wollen Sie das denn wissen? Sind Sie von der Polizei?«

»Nein. Ein Freund der Familie.«

Zum Glück gab sich Kilfitt mit dieser Erklärung zufrieden. »Etwas Besonderes gab's bei dem nicht.« Er hielt kurz inne, dann fügte er hinzu: »Es hat nur zufällig in derselben Nacht dahinten ein Auto einen Baum gestreift. Die Glasscherben vom Scheinwerfer hab ich weggeräumt, bevor sich jemand verletzt.«

»Solche Zufälle gibt's«, sagte Ludwig. »Aber woher wollen Sie wissen, dass es dieselbe Nacht war? Der Bums mit dem Auto könnte ja auch an einem Tag davor passiert sein.«

»Könnte er, ist er aber nicht. Ich mache hier oben jeden Abend meinen Spaziergang, und da habe ich nichts bemerkt. Obwohl man die Stelle an dem Baum sofort sieht. Da ist eindeutig jemand von der Hochleite abgefahren in den Wald rein. Man hat auch noch die Reifenspuren gesehen.«

Ludwig nickte, dachte aber: Und wenn schon? Das muss alles nichts heißen. Aber das behauptete Kilfitt ja auch gar nicht. »Jetzt sollte ich wirklich meine Buben einfangen, bevor denen ein Unglück geschieht.«

Ludwig verabschiedete sich, ging aber nicht gleich die Buben einfangen, sondern zu den Bäumen, auf die Kilfitt gewiesen hatte. Das, was Kilfitt mit Reifenspuren gemeint hatte, waren jetzt nur noch zwei vom Regen verwaschene Rinnen. Die kräftige Schramme an einem der Bäume war jedoch wirklich schon von weitem zu sehen, und darunter lagen sogar noch ein paar kleinere Scherben, die Kilfitt beim Aufräumen übersehen hatte. Ludwig hob sie vorsichtig auf, wickelte sie in sein Taschentuch und steckte sie ein.

Montag, 2. Mai 1955

KARL PARKTE DEN Wagen an der Straße. Magda hatte zwar gesagt, dass das Tor unverschlossen sein würde und er auf das Grundstück fahren solle, doch man wusste nie, was passierte. Ob man überstürzt aufbrechen musste. Es war jedenfalls besser, auf alles gefasst zu sein. Er hatte erst daran gedacht, Blumen mitzubringen, sich dann aber gefragt, ob ein Onkel seiner Nichte wirklich Blumen brachte. Besser nicht. Stattdessen hatte er seine Aktenmappe bei sich, die aber nur seinen Notizblock, einen Federhalter und einen Bleistift enthielt.

Neben der Klingel stand: Blohm. Kein Vorname, kein Zusatz, einfach nur: Blohm. Das Anwesen war von hohen Hecken umgeben, man sah nur die oberen Stockwerke mit ihren blickdichten Gardinen an den bodentiefen Fenstern. Karl hasste das alles: das Haus, die schicken Autos, den gehobenen Lebensstil. Weil er spürte, wie sehr es Magda verändert hatte. Dabei mochte er die Veränderungen als solche durchaus. Nur dass sie Blohm zu verdanken waren, missfiel ihm. Blohm, neben dem alles andere verblasste. Nicht zuletzt Karls Erfolge. Die Bücher, die sich zwar gut verkauften, aber noch besser verkaufen mussten; die Drehbücher zu den Filmen, die zwar Kasse machten, aber keine alles andere überflügelnde Renner waren; die schöne Neubauwohnung in Neuhausen, die aber kein Anwesen in Nymphenburg war. Immer war alles zu wenig. Immer musste es mehr sein, um neben Blohm nicht unterzugehen.

Karl schritt durch das offene Tor. An der Haustür hatte er kaum geklingelt, da wurde auch schon geöffnet, und Magda stand vor ihm, in einem Pelzmantel, mit roten Lippen und Glanz in den dunklen Augen. Und einem Lächeln, so bezaubernd, dass er es ihr am liebsten aus dem Gesicht gepflückt, eingesteckt und zu Hause eingerahmt hätte.

»Was soll der Mantel?«, fragte er. »Bleiben wir nicht hier?«

»Doch, doch. Komm rein.« Sie zog ihn nach drinnen.

»Ist dir kalt?«

»Jetzt nicht mehr.« Sie küsste ihn. »Franzi und Peterle sind im Tierpark, Resl hab ich zum Viktualienmarkt geschickt. Und Blohm klappert den ganzen Tag Baustellen ab. Oder was immer er macht.«

»Dann haben wir das Haus für uns. Und Zeit.«

»Nicht genug für all das, was ich mit dir vorhabe. Also lass uns keine Sekunde verschwenden.«

Sie öffnete den Mantel, und er sah, dass sie darunter nackt war.

»Lernt man das in Amerika?«, fragte er, von dem Anblick gebannt.

»Das konnte ich schon vorher. Wie du weißt.«

Sie ließ den Mantel zu Boden gleiten und sank darauf. Anmutiger und verführerischer hätte auch eine Hollywood-Diva nicht zu Boden sinken können. Dann nahm sie seine Hand und zog daran. »Komm endlich. Alles andere kann warten.«

»Hab ich Ihnen heute schon gesagt, dass Sie ganz bezaubernd aussehen, Fräulein Skudelny?«, sagte Ludwig.

Elvira Skudelny zog nur eine Augenbraue hoch, ohne den Blick von ihrem Stenoblock abzuwenden oder das Tempo ihrer Finger auf der Schreibmaschine auch nur geringfügig zu verlangsamen.

»Was wollen Sie?«, fragte sie.

»Wären Sie so gut, und würden Sie diese Telefonnummer für mich anrufen? Ein Herr Zöllner von der Kripo.«

»Ich sehe nicht, dass Sie was an den Händen haben. Sie können die Nummer doch selbst wählen. Von Ihrem Apparat aus.«

»Schon. Nur, wissen Sie, ich war früher selbst bei der Polizei, und auch wenn es eine Durchwahlnummer ist, nimmt oft ein anderer Kollege ab, und ich will nicht …«

»Zu viele Einzelheiten!«, unterbrach sie ihn schroff, hielt im Tippen inne und griff sich den Zettel in seiner Hand. »Geben Sie schon her!« Sie schaute ihn streng an. »Nur ein einziger Versuch. Ich stell ihn auf Ihren Apparat durch. Also gehen Sie schön in Ihr Büro und warten Sie dort.«

»Eins noch. Wenn er nicht da sein sollte, nennen Sie nicht meinen Namen, sondern die Anwaltskanzlei, mit meiner Durchwahlnummer. Dann weiß Herr Zöllner später …«

»Hören Sie schon auf mit diesem Unsinn und gehen Sie!«

Schmunzelnd kehrte Ludwig in sein Büro zurück. Es bereitete ihm eine diebische Freude, dem hochnäsigen Frauenzimmer ein wenig auf die Nerven zu gehen. Er ließ sich in seinen Bürostuhl fallen und fragte sich, ob Fräulein Skudelny wohl jemals ihren strengen Dutt löste oder ob sie ihn am Abend nur ausklopfte und damit zu Bett ging.

Sein Telefon schrillte. Das war ja schnell gegangen. Er nahm ab. »Herr Zöllner ist jetzt dran«, sagte sie, »ich stelle durch.« Ein Knacken in der Leitung, dann erklang Zöllners Stimme. »War das eben Ihre Vorzimmerbiene?«, fragte er grußlos. »Sieht sie so aus, wie sie klingt?«

Ludwig hatte keine Ahnung, wie das gemeint war, und

wollte es auch gar nicht wissen. »Es geht um die Todessache Ferdinand Daxenhofer«, kam er sofort zur Sache. »Ich war gestern zufällig mit meinen Buben draußen an der Großhesseloher Brücke und hab einen Mann gesprochen, einen Heinz Kilfitt. Dem ist aufgefallen, dass in der Nacht, in der der junge Daxenhofer angeblich von der Brücke gesprungen ist, jemand da oben mit einem Auto einen Baum touchiert hat. Könnten Sie mal nachschauen, ob ein Unfall gemeldet wurde?«

»Halte ich für unwahrscheinlich. Wer meldet sich schon bei der Polizei, wenn er aus eigenem Verschulden an einen Baum gefahren ist? Womöglich war derjenige nicht mehr ganz nüchtern.«

»Schon richtig, wenn er allein und besoffen war, wär's schön dumm gewesen. Aber vielleicht war ja noch jemand beteiligt, der Anzeige erstattet hat. Ich glaube zwar auch nicht, dass viel herauskommt, doch wie sagt man so schön: Manchmal ist der Teufel ein Eichhörnchen.«

»Na, meinetwegen, ich frag nach, sobald ich Zeit hab. Kann aber ein bisschen dauern, es ist gerade hektisch bei uns.«

»Schon gut, pressiert nicht. Mit Hans Daxenhofer selbst hab ich inzwischen übrigens auch gesprochen. Ganz unverfänglich natürlich.«

»Und? Was sagen Sie?«

»Ganz sauber ist er nicht. Vielleicht ist was dran an dem, was der Bub sagt: dass das nicht sein wirklicher Vater ist.«

»Was meinen Sie?«

»Na ja, eine Menge alter Nazis führen unter dem Namen gefallener oder vermisster Kameraden ein neues Leben.«

»Das würde auch erklären, warum Vranitzky die Ermittlung so schnell abgewürgt hat. Der hält seinen alten Parteigenossen immer noch die Stange. Obwohl die Daxenhofers eigentlich als Sozis verschrien sind. Dass ein alter Nazi ausgerechnet da unterschlüpft. Zumindest die Frau müsste ihn decken.«

»Dort würde ihn jedenfalls keiner suchen, und wer weiß, was er anzubieten hatte.«

»Auch wieder wahr.«

»Noch was anderes, Zöllner«, fuhr Ludwig fort. »Es geht um die Leiche, die letzte Woche aus dem Eisbach gefischt wurde. Habt ihr da schon was? Oder was gibt's dazu, das nicht in der Zeitung stand?«

»Wieso fragen Sie? Hat das was mit den Daxenhofers zu tun?«

»Würde mich sehr wundern. Nein, es interessiert mich nur. Und wer weiß, vielleicht stolpere ich schon morgen über etwas, das euch hilft.«

In Wahrheit hatte Karl ihn frühmorgens angerufen und nach dem unbekannten Toten gefragt. Er vermutete, der Mann könne ein anonymer Informant von ihm gewesen sein, der am Hauptbahnhof vor seinen Augen abgefangen wurde. Wie im Gangsterfilm. Er habe das alles der Polizei erzählt, sei aber von einem gewissen Zöllner am Telefon auf herablassende Weise abgefertigt worden. Zöllner natürlich, wer sonst, hatte Ludwig gedacht. Sein ehemaliger Kollege mochte sich in den letzten Jahren zu seinem Besseren gewandelt haben, aber wie man mit dem Bürger redete, lernte er wohl nicht mehr. Egal, wie viele Wichtigtuer man in der Leitung gehabt hatte, man wahrte die Fassung, denn der nächste Anrufer konnte ein wertvoller Zeuge sein, den man besser nicht vergraulte.

»Bis jetzt haben wir nichts«, sagte Zöllner.

»Wovon gehen Sie aus? Unfall? Selbstmord? Mord?«

»Ist nicht klar. Die Leiche trieb schon ein paar Tage im Wasser. Todesursache war Ertrinken. Aber er hatte auch ein paar Blessuren, die sich nicht durch den Sturz ins Wasser erklären lassen. Möglicherweise eine Rauferei, die vorausging. Und er hatte Alkohol im Blut. Der Kerl war stockbesoffen, als er sein Bad genommen hat.«

»Sagen Sie mir Bescheid, wenn Sie was Neues haben?«

»Sicher.«

Ludwig verabschiedete sich und legte auf.

Keine zehn Sekunden später klopfte es an der Tür. »Herein!«, rief er. Zaghaft wurde die Klinke hinuntergedrückt. Er staunte nicht schlecht. Rudi Daxenhofer stand vor ihm.

»Was machst du denn hier?«, fragte Ludwig. »Müsstest du nicht in der Schule sein?«

»Ich wollte bloß fragen, ob Sie schon was rausgefunden haben«, sagte Rudi.

Ludwig ging zu ihm und machte die Tür hinter ihm zu. Zumindest seine Erkältung war ausgeheilt. Aber er trug immer noch die zu großen Schuhe.

»Setz dich mal hin.« Ludwig lehnte sich an die Schreibtischkante und schaute Rudi streng an. »Ich kann nicht einfach gegen deinen Vater ermitteln. Dafür müsste mich jemand beauftragen. Und bezahlen. Verstehst du das?«

Rudi nickte. Dann kramte er in all seinen Jacken- und Hosentaschen und förderte daraus dreiundsechzig Pfennige, ein schmutziges Taschentuch, das er sofort wieder einsteckte, und ein Comic-Heft aus der Serie *Jochen und Klaus in Afrika* zutage. »Ich will meinen Papa«, sagte er, »meinen echten Papa! Können Sie ihn finden? Und der, der Ferdl umgebracht hat, der muss ins Gefängnis!«

Der Bub brach einem das Herz, wie er so dasaß, die dreiundsechzig Pfennig in der einen, das Comic-Heft in der anderen Hand und diesen flehenden Blick in den Augen.

Nach seinem Besuch bei Daxenhofer war Ludwig zu der Einsicht gelangt, dass er die Sache besser auf sich beruhen ließ. Was ging sie ihn auch an? Das waren fremde Leute. Und trotzdem war er gestern nicht zufällig zur Großhesselo-her Brücke hinausgefahren. Von dem Anruf eben bei Zöllner ganz zu schweigen. Warum ließ ihm das alles keine Ruhe? Weil ihn die Fälle, die er gerade auf dem Tisch hatte, weder zeitlich noch gedanklich ausfüllten? Weil er seinen alten Kollegen eins auswischen wollte, indem er einen Fall löste, den sie nicht mal als solchen eingestuft hatten? Oder einfach, weil ihm der Rudi leidtat?

»Was hat das eigentlich mit deinen Schuhen zu bedeuten?«, fragte Ludwig. »Gibt's in deiner Größe keine?«

»Das sind die Schuhe vom Ferdl. Die zieh ich erst aus, wenn mein echter Papa da ist und der Mörder vom Ferdl gefasst und bestraft ist.«

Ludwig nahm die dreiundsechzig Pfennig und das Comic-Heft – Letzteres nur, da er fand, dass Kinder solchen Schund nicht lesen sollten, weil er sie nur auf dumme Gedanken brachte –, ging um den Schreibtisch herum, legte sie in eine Schublade und nahm den Quittungsblock heraus. »Ich quittiere dir den Empfang«, sagte er in hochoffiziellem Ton, »danach machen wir den Vertrag. Und wenn die Formalitäten erledigt sind, erzählst du mir alles über deine Eltern und was du über die Geschichte weißt. Und außerdem, wo und wie ich dich finden kann, falls es was zu bereden gibt.«

Magda griff nach ihrer Agfa, die zufällig auf dem Nachttisch lag. Das wäre bestimmt ein prima Foto, so wie Karl jetzt am Fenster stand und nach draußen in den Garten schaute und wie gerade der Rauch von der Zigarette zwischen seinen Fingern an seinem Arm emporkroch. Im Gegenlicht würde man kaum mehr als seine Silhouette erkennen, was schade war, da er einen äußerst wohlgeformten Körper hatte. Sie hatte jüngere Männer gesehen, nackt, wie ihn jetzt, die nicht so gut in Form waren. Auch die Narben der Kriegsverletzungen störten nicht. Im Gegenteil. Klick, machte es, als sie den Auslöser drückte. Karl fuhr herum.

»Du hast doch wohl kein Foto von mir gemacht? So wie ich bin.«

»Du siehst gut aus. Wie eine antike Statue.«

»*Deshalb* frage ich nicht. Wenn Blohm …«

»Angsthase! Blohm interessiert sich überhaupt nicht für mein Geknipse. Er tut zwar manchmal so, aber das ist nur gespielt. Außerdem ist überhaupt kein Film drin. Hier, willst du nachsehen?« Sie hielt ihm die Agfa hin.

Karl winkte ab. Er vertraute ihr. Sein Fehler. Lächelnd machte sie noch ein paar Bilder und legte die Kamera dann zurück auf den Nachttisch.

Magda streckte die Hand nach seiner Zigarette aus. Er kam näher und steckte sie ihr zwischen die Finger. Es war nicht mehr viel dran, eigentlich nur noch ein Zug. Heiß brannte der Rauch ihre Luftröhre hinab. Sie ließ ihn ein paar Sekunden in den Lungen, ehe sie ihn ausatmete. Danach drückte sie die Glut im Aschenbecher aus. Karl sank aufs Bett und legte seinen Kopf an ihre Schulter. Ihre Finger begannen sofort, in seinem Haar Locken zu drehen.

»Hilfst du mir nun bei der Reportage?«, fragte er. »Wir sind uns lange genug aus dem Weg gegangen, wir haben es verdient, wieder ein wenig zusammen zu sein.«

»Du meinst so, wie man sich den Osterbraten nach der Fastenzeit verdient?«

Er schwieg. Wahrscheinlich lächelte er über ihren gewagten Vergleich. Sie musste selbst lächeln.

Ihre Hände glitten seinen Nacken hinab, über die Schulterblätter, bis zu seinen Lenden. Ihr Osterlamm. Ihr Erlöser.

War er das? Oder schien es nur so, während er in Wahrheit lediglich die Leiden von ihr nahm, die er selbst verursachte? Und auch das nur für begrenzte Zeit. Doch sie wollte jetzt nicht daran denken. Nicht, solange er bei ihr war.

»Hab ich dir erzählt, dass Blohm mir eine Freundin besorgt hat?«, fiel ihr ein.

»Im Ernst?«

»Eine Lettin. Oder Litauerin. Ich weiß es nicht mehr genau. Sie heißt Agota. Ein schöner Name, oder?«

»Auf jeden Fall besonders. Wie ist sie?«

»Klug. Und hübsch. Aber nicht auf eine billige Weise.«

»Du meinst, genau mein Geschmack?«

Sie gab ihm einen Klaps auf den Hintern. »Denk nicht mal daran, alter Mann! Sie ist viel zu jung für dich. Ich bin schon zu jung für dich, und sie ist noch jünger als ich. Vergiss nicht: Du wirst im Herbst vierundvierzig. Sie könnte also deine Tochter sein.«

Sie spürte, wie das Wort *Tochter* etwas in ihm berührte. Es war ein leichtes Zucken oder vielleicht nicht einmal das, nur ein Echo von etwas in ihm oder ein Schatten davon. Er sprach nie über seine toten Töchter, aber sie waren immer da, wie eingesperrt in einem fensterlosen Raum nebenan, zu dem niemand einen Schlüssel besaß.

»Agota«, wiederholte er den Namen und brach damit das Schweigen. »Wirklich ein besonderer Name.«

»Ich komme nur wegen unserer Reportage auf sie. Weil es darin doch um Spione aus dem Osten geht. Sie arbeitet nämlich für einen Slowaken, der hier im Exil lebt und politisch aktiv ist in so einer Organisation von Emigranten. Blohm hat mit ihm zu tun. Vielleicht kann Agota uns mit ihm zusammenbringen. Wäre doch interessant, mit so einem Mann zu reden, oder? Und sie selbst weiß sicherlich auch dies und das.«

»Klingt gut. Am besten aber klingt für mich, dass du *unsere* Reportage gesagt hast.«

Draußen im Flur schlug die Standuhr elf.

»Wir müssen uns anziehen«, sagte Magda. »Resl kommt gleich zurück vom Viktualienmarkt, ich hab ihr gesagt, sie soll um Viertel nach elf wieder da sein.«

»Fünf Minuten noch«, bat Karl.

Magda streichelte seinen Rücken. Die Uhr im Flur ging ein paar Minuten vor. Geschenkte Zeit.

Auch wenn man ihn schon ewig kannte, verlor der Blick auf Schloss Nymphenburg, so wie er sich hier vom Kanal aus bot, niemals an Reiz. Man ging auf einem schmalen, schnurgeraden Weg darauf zu, in ein, zwei Monaten würden über einem sogar die Linden blühen, und es fehlten dann eigentlich nur noch Damen in Reifröcken und Herren in Pluderhosen und Rüschenhemden, um das Rokoko-Ambiente zu komplettieren. Karl schmunzelte und warf einen Seitenblick auf Magda. Das Leben könnte perfekt sein, dachte er. Warum ist es das so selten? Hinter ihnen, fast schon außer Hörweite, gingen Franzi und Peterle. Die beiden fielen immer weiter zurück, weil Peterle so gut wie jeden Stein und jeden abgebrochenen Zweig genauestens untersuchen musste. Einiges davon würde sich zu Hause in den Taschen seiner Jacke und Hose wiederfinden und durfte keinesfalls weggeworfen werden.

»In die Verfilmung von *Trümmermädchen* kommt allmählich Schwung«, behauptete Karl, obwohl sich seit Wochen nichts in der Sache tat, und brach so das Schweigen zwischen ihnen. »Neuwirth vom Verleih hatte neulich einen Besetzungsvorschlag für die Hauptrolle. Ein süßes Mädel aus Wien, ganz groß im Kommen, du kennst sie bestimmt. Romy Schneider, die Tochter von Magda Schneider. Sie war letztes Jahr als die junge Königin Viktoria zu sehen, und gerade steht sie als Kaiserin von Österreich vor der Kamera. Der Film kommt Weihnachten raus, Marischka führt Regie, das wird sicher ein Renner, er hat ein Händchen für solche Stoffe. Wenn wir die Schneider-Tochter jetzt schon verpflichten könnten, hätten wir wahrscheinlich einen Star für die Rolle, und das für eine vertretbare Gage.«

»Hab ich dir erzählt, dass ich Simon in New York getroffen hab?«, fragte Magda. Hatte sie ihm überhaupt zugehört? »Du weißt schon, Simon Herzberg, der junge Kerl aus der Möhlstraße, mit dem ich befreundet war, bis er plötzlich verschwand.«

Natürlich erinnerte Karl sich an Simon. »Wie geht es ihm?«

»Das weiß ich nicht. Zu unserem letzten Treffen ist er nicht mehr erschienen. Stattdessen war Blohm da. Der alles andere als gut auf Simon zu sprechen ist. Gelinde gesagt.«

Karl nickte bloß. Welche Rolle Simon in den Ereignissen um die Führerbau-Kunstwerke vor fünf Jahren gespielt hatte, war nach wie vor unklar. Und es kümmerte Karl längst nicht mehr. So wenig wie alles andere von damals. Nur dass er mit Magda zusammengekommen war, zählte noch.

»Blohm behauptet«, fuhr Magda fort, »er habe ihm nichts getan. Doch würde er es mir sagen, wenn es anders wäre?«

»Sicher nicht.«

»Manchmal wünschte ich, er würde etwas Schlimmes tun. Etwas, für das ich ihn hassen kann. Aber zu mir ist er immer gut. Sanft. Deshalb muss ich ihn für seine Sanftheit hassen. Für das Gute, das er mir antut. Das ist doch verrückt, oder?«

»Du hasst Blohm? So schlimm ist es?« Sie hatte das noch nie so deutlich ausgesprochen. Im Gegenteil. Bis jetzt hatte sie ihm stets das Gefühl gegeben, dass sie, wenn schon nicht glücklich, so zumindest zufrieden mit ihrem Leben sei.

»Natürlich hasse ich ihn. Dich hasse ich übrigens auch. Euch alle, die ihr mir das antut.«

Karl sah Magda erstaunt an. Meinte sie das ernst? Wenn ja, was veranlasste sie, so zu reden? Nachdem sie gerade so glücklich miteinander gewesen waren und so vertraut. Wahrscheinlich war es genau das. Er kannte diesen Schmerz ja auch. Was war das für ein Glück, das nie lange anhielt und sie ständig zu Lügnern und Betrügern machte?

Sie war stehen geblieben und drehte sich nach Franzi und Peterle um. Die beiden hatten inzwischen aufgeschlossen, Peterle musste seiner Mama sofort jedes einzelne Stück zeigen, das er auf dem Weg gefunden hatte, und Magda bestaunte jeden Stein und jeden Zweig wie ein Weltwunder. Nachdem sie alles gesehen hatte, nahm sie Peterle an der Hand, und sie gingen voraus, während nun Karl und Franzi die Nachhut bildeten.

Karl nahm seine Zigaretten aus der Jacketttasche, bot Franzi eine an.

»Danke, ich rauche nicht«, sagte sie.

»Sehr vernünftig.«

Er zündete sich eine an.

Lüge, Wahrheit, dachte er mit einem Mal, ist das wirklich so wichtig?

Magda und Peterle – das war eine Wahrheit. Er und Magda, ihre Körper, die sich liebten – das war auch eine Wahrheit. Blohm, der wegmusste aus ihrer aller Leben – noch eine Wahrheit. Alles andere war Schall und Rauch.

Donnerstag, 5. Mai 1955

LIEBE OHNE ILLUSION. Wenn Traudl mit der Auswahl dieses Films eine Botschaft hatte übermitteln wollen, dann fragte Ludwig sich, welche es wohl sein könne. Ein kriegsversehrter Mann zwischen zwei Schwestern, ein Ehebruch mit Folgen, am Ende aber siegte die eheliche Treue. Was sollte ihm das sagen? Wahrscheinlich gar nichts. Traudl war eine einfache Frau mit schlichten Gedanken und leicht zu durchschauenden Absichten. Sie hatte in einem dunklen Raum mit ihm sitzen wollen und gehofft, seine Hand würde die ihre finden. Er hätte ihr den Gefallen zu gern getan, doch er brachte es einfach nicht über sich. Was natürlich eine große Enttäuschung für sie sein musste, denn schließlich war er derjenige gewesen, der vorgeschlagen hatte, sie könnten zusammen ins Kino gehen, während Lehrer Rosen zu Hause am Küchentisch mit Martin Bruchrechnen übte. Am liebsten hätte Ludwig sich bei ihr für sein Versagen entschuldigt, aber damit hätte er sie natürlich erst recht bloßgestellt, daher unterließ er es und sagte am Ende, als das Licht wieder anging, nur: »Wie fanden Sie den Film?« Er fragte lieber erst nach ihrer Meinung, bevor er sich äußerte, denn er wollte sie nicht auch noch dadurch kränken, dass er eine Geschichte, die sie vielleicht tief berührt hatte, einen ziemlichen Schmarrn nannte. Was der Film in seinen Augen gewesen war.

»Ganz gut«, sagte sie, »obwohl mir diese Ursula von Anfang an unsympathisch war. Und als sie daran gedacht hat, das Kind abzutreiben, war es für mich ganz aus. So was ist doch … Eine deutsche Frau! Wer so was tut, gehört für mich aufgehängt.«

»Na, na«, beschwichtigte Ludwig.

Sie sah ihn empört an. »Das Kind wegmachen lassen ist eine Todsünde. Das wissen Sie doch hoffentlich.«

»Ja, ja, freilich.«

»So was kommt davon, wenn die Ehefrau meint, sie muss Ärztin oder sonst was werden. Eine Frau muss doch zuerst für ihren Mann da sein, oder?«

»Sollte man meinen.«

Ludwig hoffte, sie werde den Film auf dem Heimweg nicht noch eingehender mit ihm besprechen wollen, denn dann hätte er zugeben müssen, dass er über weite Strecken mit seinen Gedanken ganz woanders gewesen war. Die echte Geschichte mit den Daxenhofers hatte ihn weit mehr beschäftigt als die erfundene auf der Leinwand. Ludwig fragte sich, wo er bei den Daxenhofers am besten ansetzen sollte. Bei Hans? Bei der Frau? Oder bei Ferdl, der, wie Rudi erzählt hatte, oft mit der Giesinger Blas'n unterwegs gewesen war und dabei mit seinen Spezln sicher so einiges an Unfug angestellt hatte? Wenn man es richtig angehen wollte, musste man überall gleichzeitig bohren, aber wenn man allein war, war das nicht zu schaffen, also musste man sich eine umso bessere Strategie überlegen.

Sie ließen sich im Strom der anderen Kinobesucher mit nach draußen schieben. So groß war das Gedränge, dass Ludwig einer Frau vor ihm versehentlich in die Hacken trat. Erbost wandte sie sich um und fuhr ihn an: »Entschuldigung, der Herr, aber in meinen Schuhen ist kein Platz für Sie!«

Ludwig musste ein Lachen über diese gewitzte Bemerkung

unterdrücken, entschuldigte sich eiligst und merkte erst dann, wen er vor sich hatte. »Fräulein Skudelny? Sind Sie das?«

»Ich wünschte, ich wär's nicht«, schnappte sie erneut und sah ihn dabei auf eine Weise von oben herab an, wie nur sie es konnte, »denn dann müsste ich jetzt dieses überflüssige Gespräch nicht mit Ihnen führen.«

»Sind Sie ganz allein?«

»Leider nicht allein genug. Einen schönen Abend.«

Sie gelangten durch große Seitentüren hinaus ins Freie.

»So ein freches Frauenzimmer«, schimpfte Traudl. »Wer ist denn das?«

»Niemand«, sagte Ludwig bloß.

Es regnete, daher spannte er seinen Schirm auf. Traudl drängte sich darunter und hakte sich mutig bei ihm ein. Ihre Hand fühlte sich fremd in seiner Armbeuge an, aber keineswegs unangenehm. Einmal noch erhaschte er unverhofft einen Blick auf Fräulein Skudelny, wie sie ohne Schirm, aber hochaufgerichtet durch den Regen schritt. Das Letzte, was er von ihr sah, war ihr Dutt. Dass sie nass wurde, machte ihr offensichtlich nichts aus. Vielleicht wohnt sie gleich hier in der Nähe, dachte er. Sie ging jedenfalls nicht zur Trambahnhaltestelle am Sendlinger-Tor-Platz.

»Wenn Sie mich noch auf ein Glaserl Wein einladen würden«, gurrte Traudl neben ihm, »würde ich nicht nein sagen.«

Ludwig löste den Blick von der Stelle, an der Fräulein Skudelnys Dutt zwischen den auseinanderstrebenden Leuten verschwunden war.

»Meinen Sie nicht, wir sollten den armen Herrn Rosen von den beiden Lausbuben erlösen?«, fragte er, obwohl es eigentlich keine Frage war, denn er wandte sich bereits in Richtung Trambahn. »Der Mann hat genug gelitten.«

»Die sind bestimmt brav.« Ihre abermalige Enttäuschung war schwer zu überhören.

»Wir können ja bei mir noch ein Glas trinken. Oder auch zwei.«

Sie schaute zu ihm hoch, und er kannte diesen Blick, auch wenn er ihn schon lange nicht mehr gesehen hatte. Er bemerkte, wie etwas in ihm in Bewegung kam. Nach Annerls Tod hatte er nicht mehr gespürt, wie es war, wenn sein Körper sich nach dem Körper einer Frau sehnte. Nach Nähe und Berührung. Die Trauer hatte alles in ihm abgeschaltet, wie man den Motor eines Kraftfahrzeugs abschaltete. Doch jetzt kehrte zumindest eine Ahnung davon zurück, was für eine Macht diese Gefühle hatten. Einmal entfacht, konnten sie einen beherrschen. Verhexen. Hypnotisieren.

Hypnotisieren. Das Wort beschäftigte Ludwig, während sie über den Platz zur Haltestelle gingen. Das Wort hatte der kleine Rudi im Zusammenhang mit seiner Mutter auch gebraucht: dass sie von dem falschen Mann hypnotisiert sei. Dabei war es einfach nur ihr Verlangen danach, überhaupt wieder einen Mann an ihrer Seite zu haben. Denn er konnte sich nicht vorstellen, dass sich eine Frau ernsthaft darüber täuschen ließ, wer der Mann war, mit dem sie ihr Bett teilte. Möglicherweise wusste sie nicht, wer der Mann war, aber sie wusste mit Sicherheit, wer er nicht war. Da war Ludwig klar, wo er mit seiner Ermittlung als Nächstes ansetzen musste: bei Frau Daxenhofer. Der besorgte alte Kriegskamerad ihres Gatten würde wohl noch mal in Erscheinung treten müssen.

Freitag, 6. Mai 1955

»SEHEN SIE ZU, dass die Aufgabe erledigt wird«, hatte die Frau am Telefon gesagt. Blohm hatte die Stimme noch im Ohr, obwohl das Gespräch schon über zwei Monate her war. Gesehen hatte er die Frau noch nie, sie war erst seit einem halben Jahr seine Kontaktperson und nannte sich Danuta, aber ob das ihr richtiger Name war?

Missgelaunt und tief in Gedanken, stapfte Blohm über die verlassene Baustelle, mitten durch Pfützen und Schlamm. Wie lange würden diese Leute ihn noch quälen mit immer neuen Aufgaben, die er für sie erledigen sollte? Würden am Telefon Namen von Menschen nennen, die zu kontaktieren, zu observieren oder zu liquidieren waren. Vermutlich würde das bis an sein Lebensende so gehen. War ja auch bequem. Keine Spur führte zu ihnen, und selbst wenn er sie verraten wollte, konnte er es nicht, denn was wusste er schon über sie? Er war kaum mehr als ein Handlanger, und das beleidigte ihn bei all dem am meisten. Die Ironie war, dass gerade sein Erfolg als Unternehmer ihn erpressbar machte. Je mehr er zu verlieren hatte, desto wertvoller wurde das Druckmittel, das sie gegen ihn hatten.

Blohm ging zum Eingang eines Wohnblocks, zog die provisorische Eisentür auf. Man brauchte Kraft dafür, denn sie klemmte, wenn sie fest zugeschlagen wurde. Im Rohbau sog er die Luft tief ein. Er liebte den Geruch von Beton, Mörtel und Ziegelsteinen. So roch der Neuanfang. So rochen Zukunft und Wohlstand. Doch ihm hingen die Sünden der Vergangenheit wie Mühlsteine am Hals.

Blohm verließ den Neubau und stapfte weiter durch den Schlamm. Zu allem Überfluss musste Karl ausgerechnet jetzt auch noch für Georg Borgmanns notleidende Zeitschrift eine Reportage über Emigranten schreiben. Dass Magda mitwirkte, war immerhin ein Vorteil, wenn auch nur ein kleiner. Sie verehrte ihren Onkel auf eine Weise, dass sich nicht mit Gewissheit sagen ließ, wem im Zweifel ihre Loyalität galt. Man musste allerdings kein Genie sein, um zu durchschauen, dass hinter Borgmann die Riege der alten Nazis in der Organisation Gehlen steckte, die es schon lange auf ihn abgesehen hatten. Er würde das beobachten, aber nichts unternehmen, solange Karl und Magda nur ein wenig im Nebel herumstocherten. Erst wenn sie auf etwas stießen, das ihm gefährlich werden konnte, würde er handeln. Mit Augenmaß, aber, wenn erforderlich, auch mit Härte. Familie hin oder her.

Leichter Nieselregen setzte ein. Zum Glück war der Bauwagen nicht weit. Dort angekommen, klopfte er den Lehm von den Stiefeln und ging nach drinnen. Auf einer Art Tapeziertisch lagen die Pläne ausgebreitet, die er vorhin noch mit den Architekten besprochen hatte. Er schaute auf die Uhr. Hoffentlich war der Mann pünktlich.

Genau zur verabredeten Zeit hörte er Schritte auf den Stufen vor dem Eingang, dann klopfte es auch schon.

»Nur herein!«

Ein groß gewachsener Mann trat herein.

»Hans Daxenhofer?«

Der Mann nickte.

Blohm warf einen Blick auf seine Hände. Feingliedrig,

gepflegt. Genau die Hände, die man brauchte, um sensible Apparaturen zu bauen.

»Es heißt, Sie kennen sich mit Sprengstoffen aus?«

Wieder ein Nicken. »Was wollen Sie?«

»Eine Paketbombe. Können Sie das?«

»Können schon.«

»Aber?«

Daxenhofer trat von einem Bein auf das andere. »Ist gerade ein bisschen schwierig. Wegen der Familie. Ein Bub … der älteste … hat sich …« Er rang sichtlich mit seinen Gefühlen.

»Hab ich gehört. Schlimm, so was.« Blohm fühlte ehrlich mit. Es war vermutlich das Schlimmste, ein Kind zu verlieren, und auch noch auf diese Weise. Trotzdem sagte er: »Das Leben geht weiter. Sie werden gebraucht. Da müssen private Belange, so ernst sie auch sein mögen, zurückstehen.«

Ergeben beugte Daxenhofer das Haupt. »Was schwebt Ihnen vor?«

»Etwas, groß genug, um ein Zeichen zu setzen, das jeder versteht.«

Samstag, 7. Mai 1955

»KOMMEN SIE HEREIN«, sagte die junge Frau, die Karl und Magda die Tür geöffnet hatte, »Herr Čierny telefoniert noch, aber danach hat er Zeit für Sie.«

Die junge Frau – das musste Agota sein. Karl verstand auf Anhieb, was Magda an ihr fand. Sie war bezaubernd in ihrem schlichten dunkelblauen Kleid, das ihre weiblichen Vorzüge auf dezente Weise zur Geltung brachte.

Karl stellte sich vor und sagte: »Magda schwärmt schon die ganze Zeit von Ihnen, und wenn ich Sie so sehe, muss ich sagen: Sie hat kein bisschen übertrieben.«

Agota schlug verlegen die Augen nieder, doch sie errötete nicht.

»Ich habe Ihnen was mitgebracht«, sagte Magda, kam damit weiteren Komplimenten zuvor und überreichte ein Buch. Agota betrachtete den Umschlag. Françoise Sagan, *Bonjour Tristesse*. »Alle Welt liest es gerade«, erklärte Magda. »Es geht um eine junge Frau, die nach ihrem Platz im Leben sucht. Sehr radikal. Sehr gewagt. Sehr französisch.«

»Und moralisch äußerst fragwürdig«, wandte Karl ein.

»Genau!«, pflichtete Magda begeistert bei.

»Ich werde es lesen und mit Ihnen beiden darüber diskutieren«, versprach Agota und legte es an der Garderobe ab. Danach ging sie voraus ins Wohnzimmer. Auf dem Weg dorthin hörte Karl hinter einer verschlossenen Tür jemanden sprechen. Wenn außer ihnen nicht noch weitere Gäste in der Wohnung waren, konnte das nur Tomáš Čierny sein. Dass Magda Blohms engsten Kontakt zur slowakischen Emigration als Gesprächspartner vorgeschlagen hatte, war eine glückliche Fügung gewesen, denn so hatte Karl es nicht tun müssen und war später über jeden Verdacht erhaben, wenn sie bei der Recherche zu Čiernys Aktivitäten scheinbar zufällig über Blohms verräterische Tätigkeit stolperten. Im Wohnzimmer angekommen, wies Agota Magda und Karl Plätze auf dem Sofa zu, um sogleich wieder in die Küche zu verschwinden und Kaffee aufzubrühen.

»Was sagst du?«, fragte Magda. »Ist sie nicht reizend?«

»Reizend, ja«, gab Karl zu. Dennoch fand er es merkwürdig, wie vernarrt Magda in das Mädchen war. Sie nannte es selbst Liebe auf den ersten Blick. Was sollte das bedeuten? Außerdem durfte sie in niemanden verliebt sein. Bis auf ihn natürlich. Und dass Blohm die Freundschaft gestiftet hatte, machte es nicht besser. Schon wieder Blohm. Jetzt musste Karl sich also schon gegen zwei Konkurrenten behaupten. Aber mit etwas Glück erledigte sich das Problem Blohm auf ganz andere Weise. »Nur zur Erinnerung«, fügte er hinzu, »wir sind nicht wegen deiner neuen Freundin hier«

Magda grinste nur.

Karl schaute sich im Zimmer um, doch er fand auch auf den zweiten Blick nichts Auffallendes. Möbel aus der Vorkriegszeit, ein Radio, ein paar gerahmte Postkartenansichten vermutlich slowakischer Landschaften und einer Stadt. Nichts, was einem viel über den Mann verraten hätte, der hier wohnte. Die Informationen zu seinem Hintergrund, die Karl besaß, hatte ihm Georg beschafft. Karl holte Block und Bleistift aus der Innentasche seines Jacketts und warf einen Blick auf seine Notizen:

Tomáš Čierny, Jahrgang 1903, ausgebildeter Lehrer, Anhänger d. polit. Katholizismus, glühender Patriot (Demokrat? Nationalist?), setzte sich aber auch für die Minderheitenrechte der Sudetendeutschen ein. Nach Anschluss d. Tschechei 1938 Minister in der slowak. Regierung Tiso (wer ist Tiso?), später Gesandter in Berlin. (Nazikollaborateur?) Strikter Antikommunist. Nach 45 Verfolgung, Gefängnis, Flucht. Familie in der Slowakei. Exfrau angebl. mit kommunist. Funktionär verheiratet (wahr?). Seit 1950 in Deutschland. Vorsitzender des Slowakischen Nationalrates im Ausland.

Verbindungen zu Geheimdiensten?

Spion?

Im Flur knarrte das Parkett. Es waren zweifellos nicht Agotas leichte Schritte. Karl schaute von seinen Notizen auf, schlug das Blatt um und legte den Block auf den Tisch. Als Čierny den Raum betrat, erhoben er und Magda sich. Der Slowake war von mittlerer Größe, leicht untersetzt, mit ausgeprägten Geheimratsecken. Zielstrebig begrüßte er Magda zuerst, drückte dann Karl die Hand. Seine Stimme war weich, aber fest, der osteuropäische Akzent hörbar. Abgesehen davon war sein Deutsch ausgezeichnet. Man setzte sich, und im nächsten Moment brachte Agota den Kaffee, dessen Duft schon seit einer Weile aus der Küche herübergeströmt war. Sie goss allen ein, dann zog sie sich zurück, was Magda sichtlich bedauerte, denn ihr Blick blieb an ihr haften, bis sie durch die Tür verschwunden war, allerdings ohne diese zu schließen.

Karl bedankte sich bei Čierny, dass er sich die Zeit für das Gespräch nahm.

Der quittierte die Höflichkeit mit einem verbindlichen Nicken. »Was kann ich für Sie tun?«

»Das heute ist nur ein Hintergrundgespräch«, sagte Karl. »Sie können also ganz frei sprechen, nichts von dem, was Sie sagen, wird veröffentlicht. Wir wollen in unserer Reportage die menschliche Seite des Ost-West-Konflikts beschreiben. Durch die Augen von Menschen sehen, die es erlebt haben. Es muss schwer für Sie sein, nicht mehr in Ihre Heimat zurückzukönnen.«

Čierny hatte eine Zigarette aus einem Etui genommen und zündete sie nun an. »Natürlich ist es schwer. Die vertraute Kultur, die Sitten, das fehlt einem. Vor allem die Familie, die alten Freunde. Und die Sprache. Aber Deutschland ist sehr gastfreundlich. Man ist gut zu uns, und wir sind dankbar dafür.«

»Apropos Familie«, hakte Karl ein. »Ist es richtig, dass Ihre geschiedene Frau einen kommunistischen Funktionär geheiratet hat?«

Čierny nahm einen tiefen Zug von der Zigarette. Was die Frage in ihm auslöste, war ihm nicht anzusehen. Er behielt die gleichmütige, entspannte Miene bei, die er die ganze Zeit schon zeigte. Nachdem er den Rauch langsam in die Luft geblasen hatte, antwortete er: »Ich bin Katholik. Die Ehe ist für mich heilig. Unauflöslich. Deshalb bin ich vor Gott noch verheiratet und bleibe es bis in den Tod. Aber, wie sagt man hier bei Ihnen? Es gehören immer zwei dazu. Und nicht alle sind fähig, die Heimat zu verlassen. Sie würden in der Fremde verkümmern wie ein Baum, dem man die Wurzeln abgeschnitten hat. Also leben sie weiter, wo sie sind, und passen sich an. Ist das nun Verrat? Und wer ist der Verräter? Derjenige, der geht, oder derjenige, der bleibt? Wer bin ich also, andere zu verurteilen? Und gar Menschen, die ich liebe.«

Sehr nobel, dachte Karl. Und wirklich die ganze Wahrheit?

»Wollen Sie uns erzählen, wie Ihre Flucht verlaufen ist?«

Während Čierny sich in seinem Sessel bequemer hinsetzte, warf Karl einen Seitenblick auf Magda, die ihrerseits verstohlen zur Tür schaute, wo offenbar Agota stand und lauschte.

»Bevor ich dazu komme, will ich Ihnen eines sagen: Sämtliche Anklagen, die nach dem Krieg vor diesem sogenannten Volksgericht gegen mich vorgebracht wurden, waren falsch. Man warf mir vor, ich sei ein Volksverräter, hätte Volksvermögen unterschlagen und verbrecherisch an Staat und Volk gehandelt, weil ich ein gutes Auskommen mit Hitlerdeutschland angestrebt habe. Man nannte mich deshalb einen Faschisten und einen Kollaborateur. Doch ist es ein Verbrechen, für sein Land das Beste zu wollen, auch in schwierigen Zeiten? Manchmal muss man eben mit dem Teufel verhandeln, und manchmal ist das Beste, was man dabei erreichen kann, Schlimmeres zu verhindern. Mein Todesurteil war eine ausgemachte Sache. Doch dann sagten alle Zeugen der Anklage zu meinen Gunsten aus. Es wurde anerkannt, dass ich niemandem geschadet, sondern im Gegenteil durch meine guten Kontakte nach Deutschland vielen Menschen das Leben gerettet hatte. So konnte man mich nur zu dreißig Monaten Haft verurteilen. Die Haftbedingungen waren hart, ich wurde krank. Nach meiner Freilassung führte ich ein einfaches, unauffälliges Leben. Doch die Kommunisten wollten sich erst zufriedengeben, wenn ich ausgelöscht war. Liquidiert. Ich erhielt Warnungen, dass wieder etwas gegen mich geplant sei. Also tauchte ich unter. Doch es würde nicht lange dauern, bis meine Feinde mich finden würden. Also entschied ich mich zur Flucht. Im Kofferraum eines Autos gelang es mir, über die Grenze nach Österreich zu kommen. Es war ein herrliches Gefühl, die Last der Diktatur und den Druck der Verfolgung abzuschütteln. Den Wind der Freiheit zu spüren.

Und doch ist nur ein Teil von mir froh. Der andere Teil fühlt sich schuldig, weil ich genieße, was so vielen meiner Landsleute verwehrt bleibt. Das zu ändern, diese Schuld abzutragen, ist mein von Gott gegebener Auftrag.«

Karl wartete, bis Čierny einen Zug von seiner Zigarette genommen hatte, ehe er einhakte: »Glück im Unglück ist es sicher, dass Sie in München nicht allein sind. Ich habe mich informiert. Nirgends gibt es so viele Emigranten aus Osteuropa wie hier.«

Čierny lachte auf. »Mit allen Vor- und Nachteilen. Es ist wie in einer Familie. Man hilft sich. Und man ist sich nie einig. Also streitet man unentwegt.«

»Auch die Slowaken untereinander?«

»Natürlich! Wir sind ein streitlustiges Völkchen!«

»Erzählen Sie mehr.«

»Oh, ich will Sie nicht mit unserem internen Zwist langweilen.«

»Sie gelten als Gegner einer gänzlich unabhängigen Slowakei und befürworten eine Autonomie innerhalb eines Staatenbundes mit der Tschechei.«

Čierny winkte ab. »Die Slowakei ist bäuerlich geprägt, die industriellen Zentren liegen alle bei den Tschechen. Nationaler Stolz allein macht die Leute nicht satt. Aber solche Diskussionen sind ohnehin verfrüht, solange die Bolschewiken meine Landsleute beherrschen, als Statthalter Moskaus. Das sind die wahren Kollaborateure und Landesverräter.«

Karl bemerkte, wie sich Čiernys Wangen röteten. Sein Zorn war echt. Und vielleicht verleitete er ihn dazu, ein wenig mehr preiszugeben, als er es für gewöhnlich in Pressegesprächen und Interviews tat.

»Aber was kann ein Patriot wie Sie dagegen machen?«, fragte Karl. »Ist es nicht schrecklich, tatenlos hier sitzen und zusehen zu müssen, wie in der Heimat weiterhin freiheitsliebende Menschen verhaftet und verurteilt werden, manche sogar zum Tode?«

»Ja, das ist schrecklich.« Čierny seufzte. »Niemand weiß so gut wie ich, was das bedeutet. Es raubt mir in der Nacht den Schlaf. Aber man ist ja nicht ganz machtlos. Man kann helfen. Im Kleinen.«

»So? Was meinen Sie damit?«

Čierny zögerte. So als wäge er ab, wie viel er preisgeben konnte, ohne sich selbst und seiner Sache zu schaden. Karl hoffte darauf, dass die Bescheidenheit nur aufgesetzt war und darunter genug Eitelkeit lag, die ihn gesprächig machen würde.

Čierny drückte seine Zigarette im Aschenbecher aus. »Nun«, sagte er, »man darf nicht aufhören, über die Zustände in der Heimat zu sprechen. Offen und hinter den Kulissen der Macht, mit Politikern, die helfen können. Deutschen, Franzosen, Amerikanern. Wir haben alle ein gemeinsames Interesse: die Freiheit Europas.«

Karl sackte etwas zusammen. Also doch nur Politikerfloskeln. Doch er gab noch nicht auf. »Es heißt, Sie würden helfen, Menschen über die Grenzen zu schleusen. Stimmt das?«

Menschen, ergänzte Karl in Gedanken, die den westlichen Geheimdiensten wertvolle Informationen über die Verhältnisse und militärischen Strukturen in den Heimatländern geben können.

Čierny lehnte sich zurück. »Sehen Sie«, sagte er mit samtiger Stimme, »wir sind unseren Gastländern zu großem Dank verpflichtet und halten uns von allen Aktivitäten fern, die für sie zu diplomatischen oder sonstigen Verwicklungen führen könnten. Der Slowakische Nationalrat im Ausland ist weder eine Schleuserorganisation noch ein Agentenring, falls Sie das annehmen. Da muss ich Sie enttäuschen. Wir wollen nur, dass das slowakische Volk nicht vergessen wird.«

»Bekommen Sie denn Hilfe von deutscher Seite?«, fragte Karl.

»Vielfältig.«

»Ach ja? Welcher Art?«

»Diplomatisch, durch staatliche Vertreter. Aber auch menschlich, durch Bürger dieses Landes. Man hört uns zu. Nimmt Anteil. Das hilft uns sehr.«

Karl begriff, dass er Čierny heute keine tieferen Einsichten in seine wahren Aktivitäten oder gar Geständnisse entlocken würde. Die Wand aus verbindlicher Freundlichkeit und höflicher Bescheidenheit war undurchdringlich.

»Jemand wie Sie«, schaltete sich da Magda in das Gespräch ein, dem sie bisher, wie Karl durchaus bemerkt hatte, nicht immer aufmerksam gefolgt war, weil sie stets auch bei der Lauscherin im Flur gewesen war, »jemand also, der sich Regierungen und Geheimdienste zum Feind gemacht hat, der muss doch in ständiger Angst leben.«

Čierny schwieg einen Moment, dann antwortete er: »Angst nicht, aber Wachsamkeit. Ich erhalte viele Drohbriefe. Es werden Lügen in die Welt gesetzt, die meinen Ruf schädigen sollen. Und wer weiß, vielleicht wird auch gerade in Bratislava, Prag oder Moskau ein Mordkomplott gegen mich geschmiedet. Trotzdem darf ich mich nicht der Angst ergeben. Angst lähmt. Ich aber muss weitermachen. Und wenn es Gottes Wille ist, dass meine Feinde mich töten, dann ist es so, und ich werde dieses Opfer bringen. Denn ich weiß, dass am Ende nicht die gottlose Tyrannei siegen wird, sondern die Freiheit!«

Ludwig trat an Fräulein Skudelnys Schreibtisch, der wie jeden Samstag verwaist war, und betrachtete die Ordnung darauf. Mit pochendem Herzen, so als könne Fräulein Skudelny jeden Moment durch die Tür hereintreten und ihn bei etwas Verbotenem ertappen. Doch was wäre verboten daran gewesen, ein paar Augenblicke vor ihrem Schreibtisch zu verweilen und die geradezu ornamentale Strenge in der Ordnung der Dinge darauf zu betrachten, wenn nicht gar zu bewundern? In der Mitte thronte die Triumph-Schreibmaschine, jetzt natürlich geschützt von einer Haube, daneben ruhte, immer griffbereit, der Stenoblock. Er sah Bleistifte, sortiert nach Härtegraden, einen Füllfederhalter, Schälchen mit Büro- und Aktenklammern. Zur Linken das Telefon und die Sprechanlage. Nirgends auch nur ein Staubkorn. Selbstverständlich. Er fragte sich, wie es wohl in den Schubladen aussah. Genauso wohlgeordnet? Oder versteckte sie dort ein Chaos? In eine hineinzusehen hätte er nie gewagt. Außerdem waren sie vermutlich abgeschlossen. Ob Fräulein Skudelny auch persönliche Dinge darin hortete? Haarnadeln, vermutlich, falls ihr mal eine aus dem Dutt rutschte. Taschentücher. Einen Lippenstift? Sie trug Lippenstift, das war ihm schon aufgefallen, auch wenn es ein sehr dezenter war. Was du dir auf einmal für Gedanken machst, tadelte er sich selbst. Im Wegdrehen fiel sein Blick auf das Gemälde an der Wand hinter dem Schreibtisch und ließ ihn in der Bewegung innehalten. Sicher hatte einer der Anwälte es ausgesucht, doch Ludwig amüsierte die Vorstellung, dass Fräulein Skudelny diesem Gewirr aus Linien, Punkten und Farbklecksen über ihrem Kopf ebenso aufrecht und stramm begegnete wie vorgestern Abend dem Regen.

Ludwig wandte sich ab und verschwand in sein Büro. Dass er sich nun schon Gedanken über Fräulein Skudelny machte, verdankte er eigentlich Traudl. Er hätte nicht mir ihr ins Kino gehen und schon gar nicht daheim auf dem Kanapee noch zwei, drei Gläser Wein trinken sollen, bei einschmeichelnder Musik aus dem Radio. Das hatte ein Begehren in ihm geweckt, das seit Annerls Tod wie ein müder Hund tief in seinem Innern gedöst hatte. Und natürlich schossen bei Traudl sofort Hoffnungen ins Kraut, von denen er noch längst nicht wusste, ob er sie erfüllen wollte und konnte. Zumindest an diesem Abend, in dieser aufgeladenen Situation, wäre er zu einigem bereit gewesen wäre, was er hinterher sicher bereut hätte, und so war es nur Martins Magen zu danken, dass es nicht dazu kam. Oder besser gesagt den üppig gezuckerten Schmalznudeln, die Lehrer Rosen aus der Bäckerei mitgebracht hatte, um dem Buben das Bruchrechnen zu versüßen, und von denen der wohl mindestens eine zu viel und bestimmt viel zu gierig in sich hineingestopft hatte, so dass er mit argem Bauchweh in der Nacht aufgewacht und klagend zu ihnen in die glutwarme Stube geschlichen war. Traudl hatte sich sofort seiner angenommen, hatte ihm zur Förderung der Verdauung einen Löffel Klosterfrau Melissengeist auf einer Prise Zucker verabreicht und eine Wärmflasche zur Linderung des Bauchwehs gemacht sowie eine Tasse Kamillentee zur Entkrampfung. Danach hatte Ludwig Martin übernommen, es war ja auch schon spät. An der Tür hatte Traudl ihm ein Busserl auf die Wange gedrückt, er hatte sich nicht gewehrt, im Gegenteil, er hatte sie sogar einen Moment festgehalten. Vielleicht war das ein Fehler gewesen.

Ach, Annerl, dachte er beim Blick auf das Foto in der Ecke des Schreibtisches, warum hast du mir das angetan? Ich wollte doch nur dich, und das will ich noch.

Und jetzt musste er schon wieder zu einem Weibsbild. Allerdings in einer vollkommen anderen Angelegenheit, und dass es dabei zu romantischen Verwicklungen kommen könnte, war so gut wie ausgeschlossen.

Den *Ochsenwirt* hatte es wohl schon gegeben, als Giesing noch ein Bauerndorf vor den Toren Münchens gewesen war. Zumindest wirkte er von außen so, mit dem bröckelnden Putz, den kleinen Fenstern in den dicken Mauern und der schweren Eingangstür. Ludwig mochte diese einfachen alten Bierwirtschaften, in denen jeder, der nicht in den umliegenden Straßen wohnte, als Fremder angesehen wurde, den man selbst als zahlenden Gast nur duldete. Er schob die Tür auf und gelangte in einen breiten Flur. Linker Hand ging es unüberhörbar in die Wirtsstube. Als er eintrat, verstummten die Gäste, ein knappes Dutzend rotwangiger Männer, und schauten sich zu ihm um. Auch der Wirt, der am Ausschank über einer Zeitung stand, blickte auf. Ludwig zog den Hut. »Grüß Gott, miteinander.« Dann setzte er sich, und das Gespräch der anderen hob wieder an.

»Rosi«, rief der Wirt, der hinter dem Tresen lehnte. »Es ist wer zum Bedienen da.« Und an Ludwig gewandt sagte er: »Kommt gleich wer.«

»Pressiert net«, erwiderte Ludwig und legte seine Zigaretten auf den Tisch.

Wenig später erschien eine Bedienung, die offenbar aus der Küche kam, und hielt auf Ludwig zu. Es konnte nur Rudis Mutter Rosmarie sein. Kräftig von Statur, die langen braunen Haare in einem Flechtkranz um den Kopf gewunden, trat sie an den Tisch und brachte aus der Küche den Geruch von Blaukraut und Bratensoße mit. Sah so eine Frau aus, die sich von einem Mann hypnotisieren ließ?

»Was darf's sein?«, fragte sie grußlos.

»Ein Helles, wenn's recht ist.«

»Was zu essen auch?«

Es war Viertel vor fünf. Noch zu früh fürs Abendessen, der Mittagsbraten war kaum verdaut. »Erst mal bloß ein Helles«, sagte Ludwig und nahm eine Zigarette aus der Packung.

»Ein Helles«, rief Rosi zum Ausschank hinüber und wollte gleich wieder weg, doch Ludwig sagte: »Warten Sie! Das ist noch was anderes.«

Sie blieb stehen und schaut misstrauisch auf ihn herab.

»Es geht um den Hans. Ihren Mann.«

Ihre Augen wurden noch ein bisschen schmaler. »Was wissen Sie vom Hans? Und woher wissen Sie überhaupt, dass ich seine Frau bin?«

»Setzen Sie sich kurz.« Ludwig legte die Zigarette hin, ohne sie anzuzünden.

Rosi Daxenhofer blieb stehen und verschränkte die Arme vor der Brust. »Reden Sie schon, ich muss wieder in die Küche 'naus.«

»Na gut, ich mach's kurz. Der Hans und ich kennen uns vom Krieg her. Ich hab ihn vor ein paar Tagen besucht, vielleicht hat er es ja erzählt. Ludwig heiße ich, und ich mach mir Sorgen um den Hans. Er war … wie soll ich sagen … irgendwie ein ganz anderer als im Krieg.«

»Sie und mein Hans … im Krieg …«, wiederholte sie nur und schaute Ludwig argwöhnisch an. »Erzählt hat er schon, dass einer da war, ein angeblicher Kriegskamerad. Aber wissen Sie … meinem Hans kann man viel erzählen, der hat nämlich auch viel vergessen, wenn Sie verstehen.«

Ludwig nickte. »Sie meinen die Gedächtnislücken.«

»Er hat schlimme Dinge im Krieg mit anschauen müssen. So wie Sie auch, wenn die Geschichte stimmt, die Sie erzählen. Für den Hans war es zu viel. Drum hat sein Verstand aufgehört, sich an Sachen zu erinnern. Der ganze Krieg ist in seinem Kopf ein Matsch aus Blut, Schweiß und Scheiße. Bloß in der Nacht reißt es ihn, dann träumt er davon und wacht schreiend auf. Von Ihnen, so viel hat er mir gesagt, weiß er nix mehr. Aber vielleicht kommen Sie in seinen Albträumen vor.«

Auf den ersten Blick mochte Rosi einfältig wirken, mit ihrem bäuerlich-rotwangigen Gesicht, doch das zu glauben hätte bedeutet, sie zu unterschätzen. Ludwig erkannte in ihr eine dieser Frauen, die viel ausgehalten und geleistet hatten und die so leicht nichts mehr aus der Bahn warf. Bei denen man aber auch nie wusste, wie es in ihnen drin aussah. Schwer zu knacken, so viel war sicher. Und schlau.

Ludwig begegnete ihren misstrauischen Blicken mit betonter Gelassenheit. Sie konnte ihm nicht nachweisen, dass er log. Und da er bislang nichts von ihrem Mann verlangt hatte, fehlte ihr dafür auch das Motiv. Ludwig war entschlossen, seine Karten noch nicht aufzudecken, sondern im Spiel zu bleiben, um vielleicht noch ein bisschen mehr über diese Familie zu erfahren.

»Wissen Sie«, sagte er und fing an, die Zigarette zwischen seinen Fingern zu drehen, »da draußen im Feld, da rückt man auf eine Art zusammen, wie man es sich als Zivilist nicht vorstellen kann. Weil von deinem Kameraden dein Leben abhängt und sein Leben von dir. Da wird einer dem anderen ein Bruder. Das ist nicht bloß Gerede. Man sagt nicht umsonst Waffenbruder. Drum gibt da einer den anderen auch nicht auf.«

»Rosi!«, rief der Wirt vom Ausschank herüber, wo er das frisch gezapfte Helle hinstellte.

»Ich wollte bloß sagen«, fuhr Ludwig fort, ehe Rosi verschwinden konnte, »dass ich den Hans jetzt auch nicht aufgebe. Ich möchte ihm helfen. Sich zu erinnern. Und wieder der zu werden, der er war.«

Wortlos drehte Rosi sich um, holte das Bier und stellte es vor Ludwig hin.

»Der Krieg ist zehn Jahre aus, und Sie kommen jetzt erst daher?«, sagte sie mit vibrierender Stimme. »Und das nennen Sie nicht aufgeben? Und wissen Sie, was: Vielleicht will ich den Hans, der er mal war, ja gar nicht zurück, sondern den behalten, der er jetzt ist.«

»Das glaub ich nicht. Weil ein Mensch an Leib und Seele gesund sein will. Und das wünschen Sie sich doch auch für den Hans.«

Rosi schwieg, dann sagte sie: »Ich muss in die Küche.«

»Ich weiß übrigens auch von der anderen Geschichte«, sagte Ludwig noch rasch. »Die von euerm Buben, meine ich.«

»Gar nix wissen Sie«, fuhr sie ihn barsch an. »Und es geht Sie auch nix an! Und wenn Sie nichts mehr bestellen wollen, trinken Sie jetzt am besten ihr Bier, und dann schauen Sie, dass Sie weiterkommen.«

In diesem Moment wurde die Tür geöffnet, und vier junge Burschen polterten herein. In einem von ihnen erkannte Ludwig denjenigen wieder, der ihm bei seinem Besuch bei Daxenhofer auf der Straße den Hut vom Kopf geschlagen hatte. Sofort wallte Zorn in ihm auf. Die Sache war noch nicht erledigt. Er war allerdings nicht sicher, ob der Bursche ihn auch erkannte. Die vier stellten sich an den Ausschank und verlangten vier Flaschen Bier, die ihnen der Wirt auch gleich aus der Kühlung holte. Rosi grüßte sie auf eine vertraut wirkende Weise – natürlich, hier kannte jeder jeden –, und sie grüßten überraschend freundlich zurück. Vom Alter her konnten sie Ferdls Kameraden aus der Blas'n gewesen sein. Ludwig erinnerte sich nicht, in der Akte zu Ferdl gelesen zu haben, dass einer von denen eingehender befragt worden wäre. Wozu auch, wenn eh alles klar war.

Nachdem die vier das Bier bezahlt hatten, trampelten sie wieder hinaus. Dabei schaute der Bursche, mit dem Ludwig noch eine Rechnung offen hatte, zu ihm herüber. So wie er grinste, erinnerte er sich jetzt auch. Doch er sagte nichts, sondern zog mit den anderen ab.

Dem wird das Grinsen schon noch vergehen, dachte Ludwig, nahm einen Schluck Bier und zündete sich endlich seine Zigarette an.

»Ihr Chef ist hoffentlich nicht böse, dass wir Sie entführt haben«, sagte Magda und tätschelte Agotas zarte Hand, die in ihrer Armbeuge lag.

»Aber nein«, antwortete Agota, »er findet ohnehin, dass ich zu viel arbeite.«

»Oh, wenn Sie lernen wollen, wie man das Nützliche mit dem Angenehmen verbindet, sind Sie bei uns genau an die Richtigen geraten.«

»Soso«, sagte Agota scherzhaft, »erzählen Sie mehr.«

»Eines nach dem anderen.«

»Ich lerne schnell, wissen Sie.«

Ihr schelmisches Lächeln löste in Magda heitere Zuneigung aus. »Das glaube ich Ihnen sofort.«

Magda schaute zu Karl, der vor ihnen herging, als habe er mit den beiden quasselnden Damen in seinem Schlepptau nichts zu tun. Gerade zündete er sich eine Zigarette an. Schwer zu sagen, was er von Agota hielt, doch es fiel auf, dass er in ihrer Nähe merkwürdig befangen wirkte. Während Agota ihn mit großem Interesse beobachtete, auch wenn sie das zu verbergen suchte. Vielleicht ist sie eines von diesen jungen Dingern, die eine Schwäche für deutlich ältere Männer haben, weil sie einen Vaterersatz suchen, dachte sie. So wie ich.

Magda schüttelte den Gedanken sofort wieder ab und

lobte: »Übrigens eine wunderbare Idee, zum Elisabethplatz zu gehen und ein wenig über den Markt zu laufen. Ich war schon so lange nicht mehr dort, und es ist ja von Ihnen aus nur ein Katzensprung. Da vorn ist es schon.«

»Ist wohl eine ziemliche Weile her, dass du selbst so was Profanes wie Lebensmittel einkaufen musstest«, sagte Karl vor ihnen. Es sollte wohl witzig sein, klang aber nur mürrisch.

»Manche von uns haben sich eben verbessert.« Magda stupste Agota verschwörerisch an. »Besser, er kriegt schnell was zu essen, so ist er immer, wenn er was in den Magen braucht.«

»Was für ein Unfug.« Karl schnippte die Zigarette in den Rinnstein.

Sie hielten dann aber doch gleich auf das *Milchhäusl* zu, einen ockergelben Pavillon, in dem es früher tatsächlich nur Milch zu trinken gegeben hatte. Doch die Zeiten waren lange vorbei, heute gab es Bier und Limonade und einfache Gerichte. Da die Plätze im Innern alle belegt waren, mussten sie draußen an den Biertischen Platz nehmen. Obwohl von Zeit zu Zeit die Sonne zwischen den Wolken hindurchlugte, war es noch zu frisch, um hier länger zu verweilen als für ein Getränk und einen Imbiss. Karl holte sich Bratwürste mit Kraut und ein Bier, Magda und Agota jede eine Limonade und eine Laugenbrezel.

»Ich habe vorhin Ihr Gespräch mit Herrn Čierny teilweise mit angehört«, begann Agota beim Essen, »und wollte noch etwas ergänzen.«

Karl blickte auf, und es schien Magda, als schaue er Agota zum ersten Mal direkt ins Gesicht.

»Auch wenn er es gern abtut«, fuhr sie fort, »Herrn Čiernys Einsatz bringt sehr wohl große Gefahren mit sich. Und das weiß er nur zu gut. Er bekommt Drohbriefe, mehrere in der Woche. Und er hebt sie alle auf. Neulich erst kam ein Päckchen an, von einem unbekannten Absender. Herr Čierny war außer sich. Für gewöhnlich erhält er seine Korrespondenz postlagernd im Postamt in der Agnesstraße. Dieses Päckchen aber kam an seine Adresse. Als ich es ihm ins Büro brachte, sah er mich erschrocken an, riss es mir aus der Hand und warf es aus dem Fenster.«

»Und was war in dem Päckchen?«, fragte Karl.

»Nur Gebäck. Als Dank für finanzielle Hilfe.«

Magda tauschte einen Blick mit Karl. Offenbar dachte er dasselbe wie sie: Herr Čierny war weit nervöser, als er zugeben wollte.

»War er wegen dieser Drohbriefe schon bei der Polizei?«, fragte Karl weiter.

Sie schüttelte heftig den Kopf. »Das würde er nie tun. Er will den Behörden hier keine Probleme machen. Unauffällig bleiben. Zumindest, was solche ... Bedrohungen angeht. Wir sind hier nur Gäste und wollen nicht als Quelle möglicher Unruhen gelten.«

»Heißt das, Sie leben in dauernder Angst?«, fragte Magda.

»Die Angst ist unser ständiger Begleiter. Wie ein Schatten. Mal nur grau, mal tief schwarz, aber immer da.«

Armes Ding, dachte Magda und legte ihre Hand auf die von Agota. Am liebsten hätte sie die junge Frau in den Arm genommen, doch sie wollte sie nicht in Verlegenheit bringen.

»Wenn Herr Čierny wirklich Angst vor einem Attentat hat«, meinte unterdessen Karl in einem kühl abwägenden Ton, der Magda ärgerte, »dann wird er auch Grund dazu haben. Vielleicht können Sie uns ja erzählen, was er sonst noch so treibt. Außer seiner Propaganda für eine freie Slowakei, meine ich.«

Agota schlug die Augen nieder. »Dazu kann ich Ihnen nichts sagen.«

»Weil es nichts zu sagen gibt? Oder weil Sie nichts sagen dürfen?«

»Jetzt lass sie, Karl«, tadelte Magda ihn. Was versprach er sich davon, sie auf eine derart provozierende Art anzugehen?

»Da ist nichts«, erklärte Agota.

»Warum erzählen Sie uns dann von den Drohungen? Und von Herrn Čiernys und Ihrer Angst? Sie wollen damit doch auf etwas hinaus.«

Agota errötete. »Keineswegs. Ich weiß auch nicht … Vergessen Sie einfach, was ich gesagt habe.«

Männer, dachte Magda erbost und sah Karl vorwurfsvoll an. Einfühlsam wie ein Fleischerhaken. Er bemerkte es und verstand. Oder zumindest tat er so, indem er sagte: »Entschuldigen Sie, ich wollte Sie nicht bedrängen. Doch eine Frage hätte ich noch.«

Er holte seine Brieftasche aus seinem Jackett, zog einen Zeitungsausschnitt mit einem Foto heraus und reichte ihn Agota über den Tisch. »Kennen Sie zufällig den Mann auf dem Bild?«

Noch immer nichts Neues zum Toten aus dem Eisbach, las Magda die Überschrift und betrachtete dann das Bild in Agotas Hand, die ein wenig zu zittern schien. Wer war dieser tote Mann? Was hatte es mit ihm auf sich? Und vor allem: Wieso hatte Karl ihn ihr gegenüber nie erwähnt, wenn er anscheinend mit der Sache zu tun hatte? Fragen, die Magda sich für später aufhob, wenn sie unter sich waren.

Agota betrachtete das Foto so eingehend, dass sie sich damit selbst Lügen strafte, als sie nach einer Weile sagte: »Nein, den habe ich noch nie gesehen.«

»Schade.« Karl nahm den Zeitungsausschnitt zurück und steckte ihn wieder in seine Brieftasche.

Agotas Blick wurde unstet, sie räusperte sich, trank einen Schluck Limonade und fragte dann: »Wie kommen Sie darauf, dass ich ihn kennen könnte?«

»Der Mann hat mich angerufen. Er wollte mich treffen und mit mir reden. Aber bevor es dazu kam, führten ihn zwei Männer ab. Und das hat damit zu tun, dass ich diesen Artikel schreibe. Somit hat es auch mit Herrn Čierny zu tun. Ich dachte, er könnte Ihnen schon mal begegnet sein.«

»Das ist er aber nicht.« Agota erhob sich. »Entschuldigen Sie mich, bitte.« Damit verschwand sie in Richtung der Toilettenhäuschen.

»Was hat es mit diesem Mann auf sich?«, fragte Magda streng. »Und wieso erfahre ich so was nicht früher?«

Karl seufzte. »Das ist der Informant, den ich am Hauptbahnhof treffen wollte, als ihr aus Amerika zurückgekommen seid. Du erinnerst dich, ich hab dir und deinem Gatten davon erzählt.«

Und ob Magda sich erinnerte. Es war bei ihrem Wiedersehen im *Kammererwirt* gewesen, kurz nachdem sie sich unter der Treppe geküsst hatten. »Der nicht gekommen ist«, ergänzte sie.

»Gekommen ist er schon. Aber dann waren da plötzlich zwei Männer und haben ihn mitgenommen. Eine Woche später war das erste Mal ein Foto in der Zeitung. Ich kann nicht beschwören, dass der Tote wirklich der vom Hauptbahnhof ist, aber ich bin ziemlich sicher.« Er holte seine Zigaretten aus dem Jackett, fummelte eine aus der Packung und zündete sie an. »Ich hätte es dir schon noch erzählt. Wenn ich mir sicherer gewesen wäre, dass es was mit unserer Geschichte zu tun hat. Ich wollte nicht, dass du dir Sorgen machst.«

»Ich mach mir keine Sorgen«, versetzte sie schnippisch. »Du bist schließlich erwachsen. Glaubst du, ich denke die ganze Zeit nur an dich?«

»Natürlich, was sonst?«

Er zwinkerte ihr zu, auf diese jungenhafte Art, mit der er sie immer herumkriegte. Dabei wäre sie gern noch ein wenig länger böse auf ihn gewesen. Zu dumm nur, dass er auch noch recht hatte. In Amerika hatte sie wenig an ihn gedacht, doch seit sie wieder in München war, andauernd. Du bist schrecklich, dachte sie, nahm ihm die Zigarette aus den Fingern, zog einmal daran und steckte sie zurück.

»Ist dir übrigens Agotas Reaktion aufgefallen?«, fragte Karl. »Ich denke, sie kennt den Mann.«

»Das denke ich auch. Und es hängt wohl mit Herrn Čierny zusammen. Ihm hättest du das Foto zeigen sollen.«

»Stimmt. Das hole ich bei Gelegenheit nach.«

»Pst! Agota kommt.«

Schon im Flur duftete es intensiv nach Tomatensauce, dazu drang aus dem Wohnzimmer eine Opernarie. Donizetti, »Lucia di Lammermoor«. Die Aufnahme mit Maria Callas, die sie aus Italien mitgebracht hatten.

»Italienischer Abend, was?«, sagte Magda und zwinkerte Karl zu.

»Sieht so aus.« Er ließ die Wohnungstür vorsichtig einschnappen. Am besten, Gisela bekam von Magda, die ja nur auf einen Sprung heraufgekommen war, gar nichts mit. Doch ehe er sie aufhalten konnte, war Magda schon in die Küche spaziert. »Grüß dich, Gisela«, sagte sie. »Was gibt's denn Feines?«

Gisela zuckte erschrocken zusammen. Einen Moment war zu sehen, wie wenig Magdas Anblick sie erfreute, doch rasch hatte sie wieder jenes freundliche Gesicht aufgesetzt, mit dem sie allen begegnete, die sie entweder nicht mochte oder die ihr gleichgültig waren. Wobei auf Magda Ersteres zutraf.

»Du hättest sagen müssen, dass du jemanden zum Essen mitbringst.« Gisela sah Karl, der Magda in die Küche gefolgt war, vorwurfsvoll an. »Ich weiß nicht, ob es für einen mehr reicht.«

»Keine Sorge, ich bleibe nicht zum Essen«, antwortete Magda. »Ich hab Karl nur heimgebracht. Genauer gesagt wollte er unbedingt mal wieder mein Cabriolet fahren. Und jetzt müssen wir noch kurz was bereden.«

»Soso.« Gisela rührte in einem Topf. »Dann redet schnell, das Essen ist gleich fertig.«

Karl zog Magda sanft, aber bestimmt aus der Küche hinaus. Die feinen Spitzen, die sie abgeschossen hatte, würde er nachher zu büßen haben. »Georg war hier«, rief Gisela ihnen nach. »Er hat was gebracht. Den großen Umschlag, der an der Garderobe liegt. Ist wichtig, hat er gesagt.«

Das mussten die Akten über Blohm sein, die dieser Geheimdienstler Sievering ihnen versprochen hatte. Nichts, was für Magdas Augen bestimmt war. Zumindest noch nicht. Doch wieder war Magda schneller und schnappte Karl den Umschlag weg.

»Das ist dann wohl für uns beide«, sagte sie.

Mit einem Seitenblick auf den Umschlag in ihrer Hand holte Karl seinen Schlüsselbund aus der Hosentasche und schloss sein Büro auf.

»Ich bewundere immer wieder das tiefe Vertrauen, das du zu deinen geliebten Menschen hast«, kommentierte Magda das Knirschen des Schlüssels im Schloss.

»Es geht nicht um Vertrauen. Das ist mein Arbeitsplatz. Da hat keiner was zu suchen.«

Er ließ Magda den Vortritt, behielt den Umschlag aber im Auge. Zum Glück hatte Georg ihn zugeklebt. Doch ihre Finger nestelten schon daran herum. Und ihr Blick glitt zum Schreibtisch, wohl auf der Suche nach einem Brieföffner.

»Gib das mal schön her«, sagt er und zog ihr den Umschlag aus den Händen. »Das hat mit unserer Sache gar nichts zu tun. Ist rein privat.«

Magda sah ihn erstaunt an. »Privat? Schreibt Georg Borgmann dir neuerdings Liebesbriefe? Und der hier scheint ziemlich lang zu sein.«

Statt zu antworten, nahm Karl den Schlüsselbund aus der Hosentasche, ging auf die andere Seite des Schreibtisches und schloss die einzig abschließbare Schublade auf.

»Oh, noch ein Schlüssel«, sagte Magda derweil belustigt und folgte ihm, »und noch viel mehr Geheimnisse. Jetzt verstehe ich, warum du mich nur so selten hierherbringst.«

Als sie hinter ihm stand, war alles schon wieder gut verschlossen und der Schlüssel in seiner Hosentasche verschwunden. Er drehte sich zu ihr um und legte ihr die Hände auf die Hüften. Ihre Augen leuchteten vor ihm wie Bernstein.

»Küss mich!« Sie spitzte die Lippen.

»Gisela könnte jeden Moment reinkommen.«

»Vergiss sie. Küss mich.«

Er küsste sie.

Sie trat einen Schritt zurück, klimperte mit dem Schlüsselbund vor seiner Nase herum und grinste ihn spitzbübisch an. Er hatte ihre Hand in seiner Hosentasche kaum gespürt. An ihr war offenbar eine begnadete Taschendiebin verloren gegangen.

»Weg da!«

»Sei nicht kindisch. Gib her!« Er streckte die Hand aus.

»Nur wenn du mir zeigst, was in dem Umschlag ist.«

»Das kann ich nicht. Ich hab Schorsch versprochen, dass es unter uns bleibt. Es hat nichts mit uns zu tun. Ich schwör's dir.« Das entsprach zwar nicht ganz der Wahrheit, aber in diesem Fall heiligte der Zweck die Mittel, fand Karl.

Magda ließ den Schlüsselbund in seine Hand fallen und verzog dabei den Mund, als habe sie in eine faulige Frucht gebissen. »Eigentlich will ich es gar nicht wissen«, sagte sie. »Georg Borgmann war schon immer ein schmieriger Typ, und mit den Jahren ist er es noch mehr geworden.«

Karl winkte ab. »Ein hoffnungsloser Fall. Säuft auch viel zu viel. Aber er ist halt ein alter Schulkamerad. Was will man machen?« Er nahm seine Zigaretten aus der Tasche. »Reden wir über wichtigere Sachen. Wir sind uns also einig, dass wir an Čierny und Agota dranbleiben? Du an ihr, ich an ihm?«

»Sie und ich sind schließlich Freundinnen von Blohms Gnaden.« Lächelnd lehnte sie sich neben ihm an die Schreibtischkante. »Und ich hab sie wirklich gern wie schon lange niemanden mehr. Sie hat etwas, das mich an dich erinnert.«

Karl zuckte unmerklich zusammen, sagte aber nichts dazu, sondern nahm den ersten Zug von der Zigarette. »Wir sollten uns noch in anderen Emigrantengruppen umhören. Es gibt ja viele, ich hab mich schlaugemacht. Und nicht zu vergessen Radio Free Europe. Gerade Čierny ist mit der dort vertretenen politischen Haltung nicht einverstanden. Vielleicht weiß jemand bei denen mehr über ihn.«

Karl versprach sich nicht viel davon. Der Sender wurde angeblich von amerikanischen Spendern finanziert, um das westliche Freiheitsversprechen in die Staaten jenseits des Eisernen Vorhangs zu verbreiten, doch eigentlich hatte der US-Geheimdienst oder das Militär den Daumen darauf, damit niemand, der wirklich über sensible Informationen verfügte, etwas davon preisgab. Solche Leute wussten, wie man mit vielen Worten nichts sagte. Außerdem war bis jetzt keine Verbindung Blohms, um den es ihm ja im Grunde ging, zu dem Sender erkennbar.

»Wie ist es eigentlich mit deinem Gatten?« Karl ließ die Frage so beiläufig wie möglich klingen. »Er ist gut Freund mit Čierny. Vielleicht könnte er was zu unserer Reportage beitragen. Von seinen Kontakten und Verbindungen ganz abgesehen.«

»Er weiß bestimmt eine Menge«, antwortete Magda, »aber es ist nie eine gute Idee, ihn nach irgendwas zu fragen. Und wenn er dir etwas erzählt, dann nur Dinge, die du schon weißt.« Sie lieh sich seine Zigarette, nahm einen Zug und gab sie zurück. »In Amerika haben wir viele seiner Landsleute getroffen. Dorthin hatten die Slowaken schon immer starke Verbindungen.«

»Warst du bei den Treffen dabei?«

»Bei einigen. Belanglose Gespräche. Wie schön die alte Heimat war und so weiter. Zwischendurch wurde Slowakisch gesprochen. Keine Ahnung, vielleicht schmutzige Witze, es wurde viel gelacht. Um was es bei den Treffen ohne mich ging, weiß ich natürlich nicht. Geschäfte, vermutlich.«

Es klopfte, und beinahe im gleichen Moment ging die Tür auch schon auf. »Wo bleibst du denn«, fragte Gisela gereizt. »Wenn die Spaghetti matschig sind, bin nicht ich schuld!«

Karl und Magda drehten sich zu ihr um.

»Ich komm ja schon.«

Gisela beäugte sie misstrauisch. Dann ging sie zum Fenster und öffnete es einen Spaltbreit, damit der Rauch abziehen konnte. Zu dritt verließen sie das Büro. Karl unterließ es für den Moment, die Tür hinter ihnen abzuschließen.

Magda küsste ihn zum Abschied auf die Wange, dann war

sie fort. Gisela schüttelte den Kopf. »Was ist das nur zwischen euch beiden. Normal ist es jedenfalls nicht.«

»Was ist schon normal, heutzutage.« Karl ging ins Wohnzimmer und stellte die Musik leise. Er hoffte, dass er mit dieser Floskel durchkam. Doch Gisela blieb hinter ihm stehen und sah ihn bohrend an.

»Da ist etwas Ungutes zwischen euch«, beharrte sie, »und es geht von ihr aus.«

»Wie oft soll ich es dir noch sagen: Sie sucht in mir den Vater, der mein Bruder Alfons nie war. Und auch sonst niemand. Das ist alles.«

»Geh zu! Sucht einen Vater – so ein Schmarrn! Eine verheiratete Frau und Mutter sollte was anderes im Kopf haben. Pass bloß auf, Karl, mit der Magda stimmt was nicht, das spür ich.«

Karl schüttelte den Kopf, so wie er es immer tat, wenn Gisela das Thema aufbrachte, und beendete damit das Gespräch. »Was ist jetzt mit deinen Spaghetti?«, erkundigte er sich übellaunig.

In diesem Moment flog die Wohnungstür auf, und Benno stürmte, den Fußball unter dem Arm, herein – wie immer zu spät. »Hab grade die Magda im Treppenhaus getroffen«, sagte er atemlos. »Mei, hat die wieder bombig ausg'schaut!«

Immerhin hatte Rosi Daxenhofer ihm verraten, wann sie Feierabend machte. Ob es ihr recht sei, wenn er sie abhole und ein Stück auf ihrem Heimweg begleite, hatte sie zwar offengelassen, doch da sie ihn nicht rundweg abgewiesen hatte, hoffte Ludwig, dass sie auch mit ihm reden würde. Also fand er sich um zehn Uhr abends vor dem *Ochsenwirt* ein. Reingehen wollte er nicht, je weniger Leute etwas mitbekamen, worüber sich später tratschen ließ, desto besser.

Getratscht wurde auch so schon genug. Neuerdings konnte er selbst ein Lied davon singen. Im ganzen Haus wähnte man ihn auf Freiersfüßen. Ein Kinobesuch mit Traudl hatte gereicht, um ihn bis zur fünften Etage hinauf zum Tagesgespräch werden zu lassen, zumal Traudl wohl mit allerhand Anspielungen, verschämtem Augenniederschlagen und Erröten das Ihre dazu beitrug, die Gerüchte zu befeuern. Doch es war nicht ihre, sondern seine Schuld. Er hatte in Traudl Hoffnungen geweckt, die er, das wurde ihm immer klarer, nicht erfüllen konnte. So ein lediges Frauenzimmer war ja wie trockenes Stroh, ein Funke genügte, und es brannte lichterloh. Er hatte den Funken geschlagen, und nun brannte es, und da war sie jetzt, die Traudl, auf Rauchwolke sieben. Wie kam er aus dieser misslichen Lage nur wieder heil heraus? Umso dankbarer war er, dass er heute einen guten Grund gehabt hatte, spät am Abend noch mal aus dem Haus zu gehen. Traudl hatte sich schon darauf gefreut, mit ihm zusammen die Radiostunde anzuhören, später, wenn die Kinder im Bett waren.

Rosi Daxenhofer verließ um Viertel nach zehn die Wirtschaft und riss Ludwig aus seinen Gedanken. Als sie ihn erblickte, blieb sie stehen und sah ihn erstaunt an. »Sie sind ja wirklich gekommen«, sagte sie und klang dabei wenig erfreut.

»Freilich«, sagte Ludwig. »Seine Versprechen muss man halten.«

»Schade, dass immer bloß die gehalten werden, bei denen man drauf verzichten könnte.«

Ludwig lächelte. Schlagfertig war sie ja, die Rosi. Das musste eine Bedienung wohl auch sein. Als sie losging, gesellte er sich an ihre Seite. Er wünschte, er hätte jetzt wie früher eine Polizeimarke ziehen und sie mittels amtlicher Autorität zum Sprechen bringen können. Doch die besaß er nicht mehr.

Es musste anders gehen. Seine Hoffnung war, dass diese Frau seit Jahren Geheimnisse mit sich herumtrug, zuletzt die Sache mit ihrem Buben, über die sie eigentlich reden wollte. Damit es leichter wurde. Hier musste er ansetzen.

»Ich will dem Hans bloß helfen«, versicherte Ludwig gleich wieder, »und das hilft auch Ihnen. Ich merke doch, dass da was ist in euch beiden, das rauswill. Die Sache mit dem Ferdl ...«

»Die geht Sie jetzt in der Nacht so wenig an wie vorhin am Tag«, fuhr sie ihm über den Mund.

»Gerade deshalb können Sie doch mit mir drüber reden. Ich bin kein Polizist, kein Nachbar, kein Pfarrer. Niemand, dem sie später dauernd über den Weg laufen. Ich bin nicht ewig in München. Irgendwann geh ich wieder meiner Wege, und wenn ich fort bin, ist's für Sie gerade so, als hätt's mich nie gegeben. Und als hätten Sie nie was von sich erzählt.«

Sie blieb stumm. Dachte nach. Anscheinend hatte er den richtigen Nerv getroffen.

»Wie ist das denn passiert, mit Ihrem Buben?«, begann Ludwig vorsichtig. »Ferdl hieß er, gell?«

Rosi seufzte. »So richtig wissen wir es selber nicht.« Sie schaute kurz hoch zu Ludwig, ein letzter prüfender Blick, wie ihm schien, dann sah sie wieder auf das Pflaster zu ihren Füßen. »Dass er sich so was antut. Es gab kein Anzeichen. Freilich ... schwierig war es schon mit ihm ... und mit dem Hans. Als sein Vater weg war, erst im Krieg, dann in Gefangenschaft, da hat der Ferdl viel gemacht, obwohl er noch ein kleiner Bub war. Die Jahre gleich nach dem Krieg mein ich, als es nix gab. Wegen ihm hätte der Papa nicht zurückkommen müssen. Aber irgendwann stand er halt in der Tür. Und von da an gab's jeden Tag irgendwas. Der Hans ist kein Schlimmer so wie manch anderer. Er hat seine Eigenarten, das schon, aber er war immer gut zu den Buben. Ich weiß auch nicht, was die so gegen ihren Vater aufgebracht hat. Und am Ende auch gegen mich. Dass es fürn Ferdl so schlimm war, dass er … sich das antut … nein, das hätte ich nie für möglich gehalten.«

Ludwig rechnete damit, dass Rosi jeden Moment in Tränen ausbrechen würde, doch auch wenn sie zuweilen ins Stocken geriet, wirkte sie merkwürdig kontrolliert. Ludwig kannte das von Verdächtigen oder Zeugen, die ihre Geschichte schon mehrfach auf ähnliche Weise erzählt hatten. Es musste nicht heißen, dass die Aussage einstudiert oder gelogen war, doch Vorsicht war geboten.

»Und Ihr anderer Bub?«

»Der Rudi? Was soll mit dem sein?«

»Wie kommt er mit allem zurecht?«

»Es ist hart für ihn. Der Ferdl war sein Ein und Alles. Mehr als irgendjemand sonst. Sogar mehr als ich. Er hat alles gemacht, was der Ferdl gesagt hat. Und jetzt steht er da, der Rudi, und weiß nicht ein und aus. Dass ich ihm nicht helfen kann, bricht mir schier das Herz. Aber er wird schon noch damit fertigwerden. Kinder halten mehr aus, wie man denkt. Hat man in der Kriegszeit ja gesehen. Oder bei den Flüchtlingen, wenn man hört, was die alles erleiden mussten. Und sie vergessen auch schneller als wir Erwachsenen. Sie haben ja das ganze Leben noch vor sich. Da kann noch so viel Gutes und Schönes passieren.«

»Dass der Ferdl freiwillig von der Brücke gesprungen ist, ist das eigentlich sicher?«

Rosi schaute erstaunt auf und blieb stehen. »Warum fragen Sie das? Sagt wer was anderes?«

»Nein. Ich dachte nur. Könnte ja auch ein Unfall gewesen sein. Dass er gestürzt ist.«

»Er hat einen Brief geschrieben.«

Der sogenannte Abschiedsbrief. Ludwig hatte ihn in der Akte, die Zöllner ihm gebracht hatte, mit eigenen Augen gesehen: ein verwischtes Geschmiere, untauglich für ein graphologisches Gutachten und auch inhaltlich völlig nichtssagend. Das konnte von jedem stammen. Seltsam nur, dass die Eltern ihn, ohne den geringsten Zweifel zu äußern, als echt akzeptierten. Gab es noch ganz andere Gründe für einen Selbstmord? Gründe, die besser nicht zur Sprache kamen, weil die sie selbst, namentlich Hans Daxenhofer, in ein schlechtes Licht rückten?

In diesem Moment hörte Ludwig hinter sich das Scheppern von Fahrrädern auf dem Kopfsteinpflaster der Straße. Er ahnte Schlimmes und sollte recht behalten: Es waren die Burschen, denen er nun schon mehrfach begegnet war und die offenbar zur Giesinger Blas'n gehörten, mit der sich auch Ferdl herumgetrieben hatte. Vielleicht war es ratsam, den Hut festzuhalten. Doch diesmal hatten sie es nicht auf seinen Hut abgesehen. Sie hielten bei ihnen an, ja, sie umzingelten sie regelrecht mit ihren Fahrrädern.

»Grüß dich, Rosi«, sagte derjenige, mit dem Ludwig noch ein Hühnchen zu rupfen hatte, die anderen klangen wie sein Echo.

»Grüß dich, Seppi«, sagte Rosi.

Seppi hieß der Hut-weg-Schläger also. Karl schätzte ihn auf siebzehn oder achtzehn Jahre; er trug eine dieser amerikanischen Nietenhosen, die ihm allerdings ein wenig zu groß war.

»Wer ist denn der Herr da?« Seppi sah Ludwig nicht an und redete über ihn, als sei er gar nicht da. »Belästigt er dich?«

»Nein, nein«, beschwichtigte Rosi. »Wir reden bloß.«

»Und über was, wenn man fragen darf?«

»Nichts Besonderes. Er ist ein alter Kriegskamerad vom Hans.«

Zum ersten Mal schaute Seppi Ludwig an. »Soso, ein alter Kriegskamerad«, wiederholte er.

Ludwig packte Seppis Fahrradlenker und versetzte dem Burschen einen leichten Stoß. »Blas dich nicht so auf, Bürscherl«, herrschte er Seppi an, »sonst rauschen wir mal richtig zusammen, wir beide. Bloß weil ihr zu mehreren seid, du und deine Spezln, hab ich keine Angst.«

Seppi kicherte frech in sich hinein. Ludwigs Groll wuchs sich zu einer regelrechten Wut aus. Wenn das Bürscherl weiter so hartnäckig um eine Watschn bettelte, würde er auch eine bekommen, und zwar eine, die er so schnell nicht vergaß. Er hatte nicht fünf oder sechs Jahre Krieg überstanden, um sich von einem Halbstarken wie dem da dumm anreden zu lassen.

»Ist schon recht«, sagte Seppi und schaute Ludwig überheblich an, »man begegnet sich immer zweimal.«

Ludwig lachte gallig. »Das ist aber jetzt schon das dritte Mal. Kannst du nicht bis drei zählen?«

Seppi verzog den Mund. Das würde er sich merken. Aber Ludwig bereitete das keine Sorgen. Der sollte ruhig kommen, dann würden er und seine Blas'n was erleben.

Für den Moment schien Seppi an weiterem Streit nicht gelegen zu sein. Er nickte Rosi einen Gruß zu, stieg auf sein Rad und fuhr davon. Die anderen folgten ihm.

»Wer war das?«, fragte Ludwig, obwohl er es wusste.

»Freunde von Ferdl«, sagte Rosi nur.

»Die führen sich hier auf, als wären sie die Herren.«

»Steht's ihnen nicht auch zu? So schrecklich, wie wir uns an ihnen versündigt haben? Nein, wir haben kein Recht, das Maul aufzureißen, nach allem, was wir angerichtet haben.«

Ludwigs Rücken erstarrte. »Wir haben nur unsere Pflicht getan.«

»Das ist es ja. Wenn wir so aufbegehrt hätten wie der Seppi und die anderen, vielleicht wäre dann alles anders gekommen.«

Ludwig schwieg. Eigentlich stimmte er Rosi zu, und doch fiel es ihm schwer, das offen zu bekunden. Er wäre sich wie ein Verräter an seinen Kameraden vorgekommen, vor allem an denen, die ihr Leben gelassen hatten.

Montag, 9. Mai 1955

SEHR ERGIEBIG WAR das Dossier über Blohm nicht gerade. Karl lehnte sich in seinem Bürostuhl zurück und zündete sich eine Zigarette an. Blohms angebliche Verbindungen zum kommunistischen Untergrund in der Hitlerzeit wirkten ziemlich konstruiert. Von belastbaren Beweisen keine Spur. Nicht einmal die jahrelange Inhaftierung im Konzentrationslager Buchenwald, von der Karl bis jetzt nichts gewusst hatte, war aus politischen Gründen erfolgt. Blohm war als gewöhnlicher Krimineller geführt worden. Dass in Buchenwald, wie in allen Lagern, Kommunisten interniert waren, reichte trotzdem aus, ihn zum Gesinnungsgenossen zu stempeln. Und in dieser Weise ging die Beweisführung weiter: Nur weil er jemanden gekannt hatte, der wiederum jemanden kannte, der Mitglied in dieser oder jener Gruppe war, wurde er selbst dieser oder jener Gruppe zugerechnet; nur weil er zeitweise in derselben Straße gewohnt hatte wie jemand, den die Gestapo später als sowjetischen Agenten enttarnte oder bloß verdächtigte, galt auch er als mutmaßlicher Agent und Komplize. Das meiste Material stammte unverkennbar aus den Akten der Gestapo.

Karl nahm die Broschüre in die Hand, die Georg dem Dossier über Blohm beigelegt hatte. Sie sollte ihm das gesamte Ausmaß dieser kommunistischen Verschwörung gegen Deutschland vor Augen führen. Ein ehemaliger Militärrichter namens Roeder hatte sie verfasst. Karl erinnerte sich daran, von diesem Mann schon in der Zeitung gelesen zu haben. Der Titel der Broschüre lautete: *Die Rote Kapelle*. Diesen Namen hatte die Gestapo, wie Roeder ausführte, einem kommunistischen Spionagenetz gegeben, das Sowjetrussland seit Beginn der dreißiger Jahre über Funk geheime Informationen aus dem Reich zukommen ließ, zum Schaden Deutschlands. Roeders Anliegen war es zu beweisen, dass dies kein legitimer Widerstand gegen Hitler, sondern ein heimtückischer Verrat an Deutschland war, die Verfolgung durch die Gestapo und die Aburteilung durch Volks- und Militärgerichtshöfe daher berechtigt und sogar geboten gewesen sei.

Karl legte die Broschüre wieder weg und kehrte zum Dossier zurück, überflog einzelne Stellen, die er markiert hatte. Neuere und fundiertere Erkenntnisse als die, die unverkennbar von der Gestapo stammten, lagen weder über diese sogenannte Rote Kapelle noch über Blohm vor, sie stammten von Spitzeln und Zuträgern, die Decknamen trugen und sich stets nur auf Hörensagen beriefen. Dass Blohm noch bis Anfang der fünfziger Jahre eine Größe im Schwarzmarkt und beim Schmuggeln gewesen war, pfiffen die Spatzen von den Dächern, ohne dass es je gerichtsfest bewiesen worden wäre. Und harte Beweise fehlten auch in dem Dossier. Die neuesten Informationen besagten, Blohm treffe seit etwa zwei Jahren oppositionelle Emigranten aus der Tschechoslowakei, unter ihnen Tomáš Čierny, und unterstütze ihre Tätigkeit mit beträchtlichen Geldspenden. Besonders hervorgehoben wurde, dass im letzten Jahr viele Oppositionelle in der Tschechoslowakei verhaftet worden waren. Allein daraus wurde ein Verrat durch Blohm abgeleitet, natürlich ohne Hinweise auf Informationswege, Kontaktleute im Osten und dergleichen. Fast schien es, als scheue man vor jeder echten Beweisführung regelrecht zurück, um sich – unbehelligt von der Wirklichkeit – seinen Mutmaßungen und Spekulationen hingeben zu können. Karl schwante, dass er unter dem Vorwand einer Reportage zu einer Art informellem Mitarbeiter gemacht werden sollte, der für Sievering und die anderen Herrschaften in Pullach die Schnüffelei vor Ort erledigte, zu der dem Dienst selbst das Personal, der Antrieb oder die Befugnis fehlte. Dieser Beigeschmack an der Sache gefiel ihm gar nicht. Und doch war die Aussicht, auf etwas zu stoßen, mit dem er Blohm von seinem hohen Ross stürzen konnte, nach wie vor verlockend genug, um sein Interesse wachzuhalten.

Das Klingeln des Telefons riss Karl aus seinen Gedanken. Er nahm ab. Es war Georg. Schon zum zweiten Mal heute. »Der Tscheche, von dem ich dir vorhin erzählt hab«, knüpfte Georg an das vorherige Gespräch an, »dieser Michal Hašek – du kannst heute noch mit ihm reden. Musst dazu nur um halb eins vor dem Gebäude von Radio Free Europe auf ihn warten. Du weißt ja, wo das ist, oder?«

»Gleich am Englischen Garten. Ich gehe übrigens gerade noch mal das Geheimdienstdossier über Blohm durch. Ein bisschen dünn, das Ganze, findest du nicht?«

»Dann sieh zu, dass du es fetter machst. Dafür bezahle ich dich. Du, ich muss aufhören. Redaktionssitzung. Montagslage und nur laue Themen.«

Karl legte auf und wandte sich wieder dem Blohm-Dossier zu. Die Beweise für eine Spionagetätigkeit waren wirklich dünn. Andererseits: Wo Rauch war, da musste auch Feuer sein. Ein überzeugter Kommunist war Blohm sicher nie gewesen, aber wenn man ihn gut bezahlte, war er zu allem bereit und fähig. Wieso also nicht auch zu Landesverrat? Karl nahm einen tiefen Zug von der Zigarette und blies den Rauch in die Luft.

Schon seltsam, dachte er. Es ist gut, dass wir den Krieg verloren haben, weil wir für Verbrecher den Kopf hingehalten haben. Trotzdem fiel es mir bisher schwer, in diesen Kommunisten Helden zu sehen. Wer seine Kameraden hintergeht und ans Messer liefert, wie sollte der ein Held sein? Oder bestand gerade darin ihr Heldentum: dass sie diese Hemmung überwanden und handelten, statt den Dingen treulich ihren Lauf zu lassen? Wie viele Kameraden ein nur um Tage oder gar Wochen kürzerer Krieg gerettet hätte, unterschlugen die Herren Roeder, Sievering und wie sie alle hießen geflissentlich.

Karl blätterte weiter in den Papieren herum, bis er am Namen eines heutigen Informanten der Organisation hängenblieb: *Wirt*. Der Betreiber eines Nachtclubs in Schwabing, hieß es. Eines Nachtclubs in Schwabing, echote es in Karls Kopf. Er fixierte den Namen Wirt, als erwarte er, dass der sein Geheimnis durch bloßes Anstarren preisgeben würde. Und das tat er auch. Hatte Georg nicht gesagt, dass der erste Buchstabe eines Decknamens auch der erste Buchstabe des Klarnamens war? Hier wären es sogar die ersten beiden Buchstaben: *Wirt* wie *Wieners*!

Als Karl aus dem Auto stieg, bemerkte er die Luftveränderung sofort. Von den Brauereien wehte ein malziger Duft herüber, mischte sich mit den Ausdünstungen der Metzeler Gummiwerke, und das Ganze wurde grundiert von dem Aroma von Ruß und Kohlenstaub, dem man inzwischen auch andernorts in der Stadt kaum noch entkam, das hier aber besonders deutlich war. Willkommen im Westend, dachte Karl. Um ihn herum ragten graue Fassaden auf, und genauso grau war wohl auch das Leben der Familien in diesen tristen Mietshäusern. Karl schaute sich um. Er war lange nicht hier gewesen. Veit wohnte in einem Rückgebäude, das wusste er noch, doch wo war der Durchgang? Außerdem erinnerte er sich, dass die Wohnung nur ein finsteres Kellerloch war.

Schließlich fand er den Weg zum Hinterhof. Jetzt musste er nur noch dem Gestank der Abfalltonnen folgen, denn die standen neben der Treppe zum Souterrain, auf der sich Kisten und Schachteln stapelten. Wirklich eine feine Adresse, bei der ein Namensschild an der Klingel reinster Luxus gewesen wäre. Karl drückte auf den Knopf und hielt den Finger darauf, bis sich drinnen etwas regte.

»Herrgottsakra, wer ist denn das?!«, hörte er Veit schimpfen. Sekunden später flog die Tür auf, und Veit stand im Unterhemd vor ihm, ein Viertel seines Gesichts war von Rasierschaum bedeckt. Er starrte Karl an, ehe er sagt: »Du?«

Karl ging an ihm vorbei in den Raum, die unangenehm feuchtwarme Luft war zum Schneiden dick. Das Bett glich einer zerklüfteten Landschaft, Kleidungsstücke lagen herum, doch das alles nahm Karl nur am Rande wahr, denn etwas anderes fesselte seinen Blick: eine Frau mit Kurzhaarfrisur, die im Unterrock an einem schmalen Tisch saß und bei seinem Eintreten den heruntergerutschten Träger über die Schulter schob. Es war fast schon Mittag, doch was aufgetischt war, sah nach Frühstück aus: ein Becher Margarine, ein Glas Marmelade, ein Zipfel Wurst, dazu Mohnsemmeln. Eine Kanne Kaffee und Dosenmilch. Über dem Tisch prangte ein Erbstück aus der alten Wohnung in Haidhausen: das Kreuz, das im Elternschlafzimmer über dem Bett gehangen hatte.

»Die Uschi wollte eh grade gehen«, sagte Veit.

»Ach so?«, fragte Uschi.

»Auf geht's, schleich dich!« Veit machte eine Kopfbewegung zur Tür.

Uschi legte ihre angebissene Marmeladensemmel auf den Teller, erhob sich langsam und schlüpfte erst in das karierte

Wollkleid, das am Bettpfosten hing, dann in die Schuhe. Zuletzt nahm sie den Mantel von einem Haken an der Tür und zog ihn an.

»Da«, sagte Veit und steckte ihr einen Fünf-Mark-Schein zu, »fürs Taxi.«

Sie schob das Geld ein und verschwand grußlos.

»Nicht, dass du denkst, ich könnte mir noch immer nichts Besseres leisten als das hier«, sagte Veit und wies mit der Hand in das Zimmer. »Das Nachtclub-Geschäft brummt so sehr, dass ich einfach keine Zeit finde, mir was anderes zu suchen. Aber ich halte die Augen offen. Speziell in Neuhausen. Vielleicht sind wir bald schon Nachbarn.«

Bloß nicht, dachte Karl und zündete sich eine Zigarette an.

»Was verschafft mir überhaupt die Ehre?«, fragte Veit, kehrte zurück ans Waschbecken, über dem eine nackte Glühbirne schwaches Licht spendete, und fuhr fort, sich zu rasieren.

»Es hatte einen Grund, warum wir diesen Sievering bei dir getroffen haben«, fragte Karl. »Du stehst bei denen auf dem Lohnzettel.«

Veit hielt mitten in der Bewegung inne, sein Spiegelbild schaute Karl an, dann rasierte er sich weiter. »Woher willst du das wissen?«

»Du bist der Informant mit dem Decknamen *Wirt*. Stimmt doch, oder?«

Veit grinste. »Dann bin ich wohl aufgeflogen.«

»Sieht so aus. Jemand wie du ist für die natürlich einiges wert.«

»Das kannst du laut sagen. Bei mir gehen viele Leute ein und aus. Geschäftsleute, Künstler, Zeitungsmenschen, Stadträte. Es gibt auch Séparées, wenn Gäste unter sich sein wollen. Zum Reden. Oder zu was anderem. Manche reden gern und viel. Ich muss nur meine Ohren offen halten, die Geheimnisse tropfen von ganz allein rein.« Er erzählte das nicht ohne Stolz.

»Und du wirst fürs Ohrenoffenhalten bestens bezahlt, nehme ich an.«

»Nur für Geld mach ich das nicht. Wir leben in gefährlichen Zeiten, Karl. Der Feind ist überall. Infiltriert alles. Presse, Rundfunk, den Staat bis rauf in die obersten Etagen. Wenn wir nicht wachsam sind, steckt uns der Iwan irgendwann in den Sack. Oder er löscht uns mit ein paar Atombomben aus, wahlweise.« Während er gesprochen hatte, hatte er das Rasieren unterbrochen, jetzt machte er wieder weiter.

Gut möglich, dass Veit glaubte, was er sagte. Als Patriot hatte er sich ja schon immer verstanden. Umso mehr, wenn er damit ganz generell auf seine Kosten kam. Wie brauchbar seine Informationen wirklich waren, ließ sich schwer beurteilen. Ihm war zuzutrauen, dass er den Leuten in Pullach einfach erzählte, was sie hören wollten, um in ihrem Ansehen zu steigen und so mehr für sich rauszuholen. Ohne Rücksicht darauf, wem er damit schadete. Dass es seinen Hintermännern nicht so sehr auf nachprüfbare Fakten ankam, das war ihm vermutlich schon aufgefallen, und er wäre nicht Veit gewesen, wenn er diesen Umstand nicht zu seinem Vorteil zu nutzen gewusst hätte.

Nachdenklich stippte Karl die Asche von der Zigarette und bemerkte erst zu spät, dass er statt des Aschenbechers Uschis kalten Kaffee getroffen hatte.

»Sind unter deinen Gästen auch Emigranten und Ausländer?«, fragte er.

Veit war mit dem Rasieren fertig und betrachtete das Ergebnis im Spiegel. »Weniger«, sagte er, »nur wenn sie Geld haben. Ansonsten hauptsächlich Amerikaner.« Er wusch sich letzte Seifenreste aus dem Gesicht.

»Und wie ist es mit unserem lieben Walter Blohm?«, fragte Karl weiter.

Veit zögerte einen Moment, warf durch den Spiegel einen kurzen Blick auf Karl. »Wie meinst du das? Was soll mit ihm sein?«

»Spionierst du ihn auch für die aus?«

Veit drehte sich um und erwiderte eindringlich: »Ich kann Blohm genauso wenig ausstehen wie du. Aber er ist Magdas Mann, und damit ist er Familie. Ich verpfeife niemanden aus der Familie, darauf kannst du dich verlassen.«

»Schön. Trotzdem hörst du was über ihn, oder?«

»Sicher.«

Veit drehte sich um und griff nach der Flasche Old Spice auf dem Waschbeckenrand.

»Mir kannst du es ja erzählen.« Karl kam einen Schritt näher.

»Ich muss um eins in Schwabing sein, da ist der Bierfahrer mit der Lieferung bestellt. Komm doch um drei ins *Coconut,* dann hab ich mehr Zeit, und wir können reden.«

»Gut. Also um drei. Eines kannst du mir aber noch schnell sagen.« Karl legte die Zigarette in den Aschenbecher, holte seine Brieftasche heraus, zog den Zeitungsausschnitt hervor, den er auch schon Agota gezeigt hatte, und hielt ihn Veit hin. »War der schon mal bei dir?«

Veit klatschte sich das Rasierwasser ins Gesicht, trocknete danach die Hände ab und nahm dann den Zeitungsausschnitt. »Der Kerl sieht auf dem Foto ziemlich tot aus«, sagte er.

»Das kommt daher, dass er tot ist. Hat ein paar Tage im Eisbach getrieben.«

»Verstehe. Kann sein, dass der mal bei mir war. Irgendwie kommt er mir bekannt vor. Ich denke darüber nach. Aber jetzt muss ich gleich sausen, Karl. Tut mir leid.«

Radio Free Europe
Englischer Garten 1
Made possible by American Contributions to the
CRUSADE FOR FREEDOM

So stand es auf dem Schild vor dem Gebäude des Senders. Karl verstand genug Englisch, um die Bedeutung zu verstehen. Offiziell wurde behauptet, der besagte Kreuzzug für die Freiheit werde von privaten Spendern finanziert, um den Menschen jenseits des Eisernen Vorhangs, die tagein, tagaus nur die Propaganda ihrer Regierungen zu hören bekamen, die Wahrheit des Westens zu bringen und mit ihr die Sehnsucht nach Freiheit in ihnen wachzuhalten. Sie sollten wissen, dass sie nicht vergessen waren. Doch jeder war sicher, dass der Löwenanteil der Zuwendungen für den Sender vom amerikanischen Geheimdienst stammte. Irgendwie mischten diese Dienste überall mit. Nicht einmal ein billiger Nachtclub wie der von Veit war ihnen zu unbedeutend, um ihre Aktivitäten darin zu entfalten.

Er schaute hinüber zum Eingang, wo ab und zu Leute aus und ein gingen. Männer in dunklen Anzügen und Mänteln, Frauen in grauen Kostümen. Die Front des Gebäudes war beinahe vollständig aus Glas, über dem Eingang baumelte eine amerikanische Flagge im lauen Wind dieses wetterwendischen Tages. Karl zündete sich gerade eine Zigarette an, als ein hochaufgeschossener Mann auf die Freitreppe trat. Nicht nur durch seine Knickerbockerhosen mit Kniestrümpfen und dem karierten Pullover, der unter dem offenen Wollmantel hervorschaute, wirkte er sehr jugendlich. Sein jungenhaftes Gesicht mit den Pusteln am Kinn verstärkte diesen Eindruck. An seiner Hand baumelte ein Henkelmann, während er zielstrebig auf Karl zukam.

»Herr Wieners vom *Blitzlicht*? Grüß Gott. Michal Hašek.«

Karl ergriff die ausgestreckte Hand, musste jedoch den Kopf leicht in den Nacken legen, um in die klaren wasserblauen Augen schauen zu können, denn Hašek war mindestens einen Kopf größer als er. »Danke, dass Sie sich die Zeit nehmen.«

Hašek schlug einen kleinen Spaziergang im Englischen Garten vor, wo er, sofern das Wetter es zuließ, stets seine Mittagspause verbrachte. »Es stört Sie doch nicht, wenn ich während unseres Gesprächs esse?«

»Tun Sie sich keinen Zwang an.«

»Herzlichen Glückwunsch, übrigens.«

»Zu was?«

»Deutschland ist seit heute Mitglied des westlichen Verteidigungsbündnisses.«

»Ach so, *das* meinen Sie.«

Karl hatte Mühe, mit Hašek mitzuhalten, denn der junge Mann legte ein ordentliches Tempo vor. So munter, wie er ausschritt, so munter erzählte er auch: von seiner Herkunft aus Karlovy Vary, seiner Frau und dem kleinen Töchterchen, von seiner segensreichen Arbeit für das Radio. »Alle Menschen sollen so glücklich und frei leben dürfen wie ich«, sagte er. »Dafür zu arbeiten sehe ich als meine Verpflichtung an.« Er war schon seit acht Jahren in München. »Ich sehe jünger aus, als ich bin«, erklärte er lächelnd.

»Gibt's das«, entgegnete Karl. »In meiner Generation schauen wir alle älter aus, als wir sind. Oder hätten Sie gedacht, dass ich erst dreiundvierzig bin?«

Hašek lachte. »Ich hätte Sie keinen Tag älter geschätzt.«

Karl dachte zuerst, sie gingen zum Chinesischen Turm hinüber, der ja nur ein paar Minuten entfernt war, doch sie bogen vorher auf einen Weg ab, der über eine Brücke führte und an einem kreisrunden Platz endete, dessen eine Hälfte von einer langen aus Stein gehauenen Bank eingefasst war, auf der zahlreiche Menschen Platz gefunden hätten. Doch außer ihnen war niemand hier. Die einzigen Geräusche, die man hörte, waren das Singen der Vögel in den Bäumen und das leise Plätschern der beiden Bäche, die hier aufeinandertrafen.

Kaum hatten sie sich gesetzt, öffnete Hašek seinen Henkelmann, und während er dem Behälter in Butterbrotpapier gewickelte Wurstbrote entnahm, fragte er Karl, was er wissen wolle.

»Alles, was Sie mir an Emigrantengeschichten erzählen können«, antwortete Karl, während er Block und Bleistift aus dem Jackett zog. »Vor kurzem habe ich mit Herrn Tomáš Čierny gesprochen. Was können Sie mir zum Beispiel über ihn erzählen?«

Hašek lachte auf. »Oh, so einiges. Die Slowaken vom Radio und er streiten sich gern und heftig. Die einen wollen eine unabhängige Slowakei, die anderen, wie Čierny, treten dafür ein, den Staatenbund mit der Tschechei beizubehalten. Ich als Tscheche halte mich da lieber raus. Herr Čierny und wir vom Radio haben aber ein Gentlemen's Agreement: Wir heben uns diesen Streit auf, bis unsere Länder frei sind. Vorher ziehen wir alle an einem Strang.«

»Es gibt Gerüchte, nach denen Herr Čierny sich als Fluchthelfer und auch nachrichtendienstlich betätigt. Stimmt das?«

Hašek hörte auf zu kauen und sah Karl einen Moment prüfend an. »Ich nehme an, Herr Čierny hat Ihnen das nicht bestätigt.«

Karl lächelte nur und zuckte mit einer Schulter. »Er bekommt Drohbriefe.«

»Die bekommen wir alle.« Hašek legte sein Brot auf das Papier neben sich. »Man bemerkt es vielleicht nicht immer, weil keine Schüsse fallen und keine Bomben in die Luft gehen, aber wir befinden uns in einem Krieg. Einem Krieg, der weitgehend im Verborgenen abläuft. So wie ein Bach, der unterirdisch durch das Gestein fließt und nur manchmal an die Oberfläche tritt. Die Nachrichtendienste sind die Armeen dieses Krieges. Jeder, der sich in diesen Kampf begibt, wird früher oder später ihren Weg kreuzen.«

»Verstehe«, sagte Karl. Das war wohl ein Ja, was Čiernys Aktivitäten anging.

Hašek holte aus der Innentasche seines Mantels eine kleine Thermoskanne heraus und goss sich dampfenden Tee ein. »Damit Sie eine Ahnung bekommen, wie dieser Krieg gekämpft wird, will ich Ihnen etwas erzählen. Es stand auch hier in den Zeitungen, denke ich, doch kaum jemand hat davon Notiz genommen.« Hašek trank einen kleinen Schluck Tee. »Im vergangenen Herbst verschwand einer unserer Mitarbeiter beim Radio, ein noch sehr junger Mann und guter Sprecher, um den Herr Čierny und sein Kreis sich lange gekümmert hatten. Obwohl manche gewarnt hatten, weil dieser junge Mann charakterlich unzuverlässig wirkte. Eines Tages, über Nacht, verschwindet der junge Mann also, und nur wenige Tage später ist seine Stimme im tschechischen Rundfunk zu hören und verkündet die Parolen der kommunistischen Machthaber.«

»Ein Überläufer.«

»Oder von Anfang an ein feindlicher Agent. Eine Waffe, die nun entsichert wird, denn der Oberste Gerichtshof in Bratislava bereitet gerade einen Prozess gegen zwölf Männer vor, wegen Spionage, Hochverrat und wer weiß, was sonst noch. Der junge Mann wird der Anklage reichlich Material für diesen Schauprozess geliefert haben. Und auch für weitere Prozesse dieser Art. Ob seine Aussagen stimmen oder nicht, ob sie übertrieben und verzerrt sind, interessiert niemanden. Je mehr Material er liefert, desto besser für ihn und die Ankläger. Es geht ja auch nicht darum, Recht zu sprechen. Die Urteile liegen längst in den Schubladen der Richter, die nur verkünden, was andere entscheiden. Auch über uns wurde längst entschieden. Noch kann der Feind uns nicht erreichen, um seine Urteile zu vollstrecken. Doch er lässt uns wissen, dass er uns im Visier hat. Und wenn ihm jemand allzu gefährlich oder auch nur lästig wird, schickt er seine Schergen aus, die das Urteil vollstrecken. Auch mit dem Ziel, uns andere einzuschüchtern. Wir sollen uns niemals sicher fühlen. Diese Art der Bedrohung ist aber noch nicht einmal das Schlimmste.«

Hašek nahm noch einen Schluck Tee, sein Blick verlor sich für einen Moment in der Ferne, ehe er fortfuhr: »Das Schlimmste ist, dass man niemandem trauen kann. Wer heute noch an deiner Seite steht, kann dich morgen schon an den Feind verraten. Oder war vielleicht schon immer ein Verräter. So wie dieser junge Mann, unser Mitarbeiter. Wie soll man sich dagegen schützen? Das ist unmöglich. Doch wenn man niemandem mehr vertraut, hat der Feind gewonnen.« Hašek griff nach seinem Brot und biss ab. »Ich fürchte, meine Auskünfte sind wenig hilfreich für Sie.«

»Keineswegs. Eine Frage hätte ich noch. Kennen Sie Walter Blohm?«

Hašek zögerte einen Moment, dann sagte er: »Sicher. Nicht persönlich, aber der Name ist mir bekannt.«

»Was sagt man über ihn? Welche Rolle spielt er in diesem Krieg?«

»Man fragt sich, was eigentlich sein Interesse ist. Schließlich ist er weder Tscheche noch Slowake, sondern Karpatendeutscher. Außerdem fragt man sich, was ihn und Čierny eigentlich zusammengeführt hat.« Er lächelte. »Wer wen in der Hand hat: Čierny Blohm oder Blohm Čierny.«

»Was denken Sie?«

»Dazu habe ich keine Meinung. Da müsste ich schon Čiernys geheime Akten kennen.«

Geheime Akten. Karl ließ das einen Moment sacken, ehe er fragte: »Und sonst? Was hört man sonst noch über Blohm?«

»Nur noch, dass das ein Mann ist, über den man am besten nicht spricht.«

Es war schon fast vier Uhr, als Karl seinen hellblauen Ford Taunus vor der *Coconut Bar* parkte, zwischen zwei schwarzen Limousinen, die daneben wie Leichenwagen wirkten. Die Stunde davor hatte er mit Georg bei einem späten Mittagessen im *Donisl* zugebracht. Obwohl noch früher Nachmittag, war Georgs Alkoholfahne schon von weitem zu riechen gewesen. Karl berichtete von seinem Gespräch mit Hašek und fragte Georg so beiläufig wie möglich über seine eigenen Verbindungen zur Organisation Gehlen in Pullach aus. Georg beharrte darauf, dass es nur ein einfacher Kontakt sei, nichts weiter, und drängte, endlich mehr über Blohm in Erfahrung zu bringen, um den es doch schließlich ginge. »Blohm ist unser Moby Dick«, sagte er, sichtlich enttäuscht über die mageren Ergebnisse, »der Weiße Wal, den wir zur Strecke bringen müssen. Halt dich daran, alles andere ist wurscht!«

»Du weißt schon«, hatte Karl zu bedenken gegeben, »wie die Geschichte ausgeht, oder? Für Kapitän Ahab und seine Walfänger, meine ich.«

Karl stieg die Stufen zum *Coconut* hinab, von unten schlug ihm der intensive Geruch von kaltem Rauch und Bier entgegen. In der Bar saß Veit an einem der Tische, inmitten eines Wäldchens aufragender Stuhlbeine, denn an allen anderen Tischen waren die Stühle noch hochgestellt. Der Boden glänzte feucht.

»Karl«, rief Veit, »na endlich! Du bist die Erlösung von diesem Mist.« Er schob die Papierstapel zur Seite.

»Du meinst die Buchführung?«

Veit machte ein Gesicht, als habe er in eine Zitrone gebissen. »Sobald der Laden genug abwirft, stell ich mir jemanden dafür ein.«

»Was ist mit der Uschi?« Karl grinste.

Doch Veit winkte ab. »Die Uschi hat viele Talente. Buchführung gehört leider nicht dazu. Was willst du trinken?«

»Gar nichts.« Karl setzte sich zu Veit, und während er die letzte Zigarette aus der Packung fischte und anzündete, packte Veit einen Kaugummistreifen aus und schob ihn in den Mund. »Hast du inzwischen nachgedacht? Über den Mann auf dem Foto?«

»Ach das. Lass es mich noch mal anschauen.«

Karl holte den Zeitungsausschnitt aus seiner Brieftasche und rauchte, während Veit sich das Foto genau ansah. Oder auch nur so tat, um sich wichtigzumachen. Das wusste man bei ihm nie.

»Es wundert mich«, sagte Karl nach einer Weile, »dass du das Foto nicht kennst, so gründlich, wie du jeden Tag die Zeitung liest. Es war schon öfter drin.«

Veit lachte auf wie über einen schlechten Witz. »Das war einmal, Karl. In einem Nightclub weht ein anderer Wind als seinerzeit im *Kammererwirt*, da musst du auf Zack sein. Zum Zeitunglesen bleibt einem da keine Zeit mehr.«

»Wie lange willst du das Foto eigentlich noch anstarren?« Je länger Veit darauf schaute, desto mehr wuchs bei Karl der Verdacht, dass sein kleiner Bruder absolut nichts wusste. Es war wie immer die reinste Zeitverschwendung.

»Es hat mal Ärger gegeben mit einem, der ungefähr so ausgesehen hat wie der da«, sagte Veit und klopfte mit dem Zeigefinger auf das Foto. »Das ist drei oder vier Wochen her. Er hat eine junge Frau belästigt. Der Konrad – das ist der, der am Abend die Bar macht – hat ihn rausgeschmissen und Hausverbot erteilt. Ich hab es nur von weitem gesehen. Kannst du mir das Foto dalassen? Dann frag ich den Konrad nachher.«

Karl nickte. Zum Glück hatte er noch einen anderen Zeitungsartikel mit dem Foto ausgeschnitten. »Ich brauche es aber zurück«, sagte er trotzdem.

»Kriegst du, Karl, kriegst du«, versicherte Veit.

Karl drückte seine Zigarette im Aschenbecher aus. »Was du heute Vormittag gesagt hast, geht mir die ganze Zeit im Kopf rum. Dass du« – er suchte ein anderes, etwas weniger hässliches Wort für Spitzel – »ein Informant bist für …«

»Davon darf niemand was erfahren«, fiel Veit ihm ins Wort, »klar? Das hätte ich dir eigentlich gar nicht sagen dürfen.«

»Zu spät, Bruderherz. Außerdem bin ich selbst darauf gekommen. Keine Sorge, von mir erfährt keiner was. Aber eines musst du mir noch sagen: Steht der Borgmann Schorsch bei denen auch auf der Gehaltsliste?«

Veit wiegte den Kopf hin und her. »Möglich wäre es. Aber sicher weiß ich es nicht. So was wird einem nicht gesagt. Eigentlich wird einem überhaupt nichts gesagt.«

»Dann kommen wir zu Blohm. Was weißt du über den?«

Veit stand auf und ging zum Tresen hinüber. »Nichts Genaues«, erwiderte er, und während er zwei Getränke einschenkte, fuhr er fort: »Es heißt, dass in seinem Keller ein paar Leichen zu viel liegen. Und ich rede nicht von seinen Schwarzmarkt- und Schmuggelgeschäften nach dem Krieg.«

»Sondern?«

»Wenn ich das wüsste, wäre ich wahrscheinlich schon tot. Aber vielleicht wissen es die Kommunisten in Prag, in Ostberlin oder in Moskau und zwingen ihn damit, für sie zu arbeiten. Vielleicht weiß dieser Slowake, mit dem er viel verkehrt, dieser Čierny oder wie er heißt, auch darüber Bescheid und hat ihn für sich eingespannt, als Doppelagent.«

»Hast du für irgendwas davon einen Beweis? Oder wenigstens eine halbwegs verlässliche Quelle?«

»Brauche ich nicht. Ich bin nur Betreiber eines Nachtclubs. Aber ich höre, was geredet wird.«

Veit kehrte mit zwei Whiskey-Gläsern an den Tisch zurück, außerdem brachte er für Karl eine Packung Chesterfield-Zigaretten mit. Karl musste an die Frage denken, die Michal Hašek aufgeworfen hatte: Hatte Blohm Čierny oder Čierny Blohm in der Hand? Die Antwort ließ sich vielleicht in Čiernys Akten finden. Karl kippte den Whiskey in einem Zug hinunter. Höchste Zeit, sich diese Akten anzusehen.

Das Hofgartencafé war vielleicht doch keine so gute Idee gewesen. Eine Viertelstunde kurvte Magda nun schon auf der Suche nach einem Parkplatz um den Odeonsplatz herum, in die Residenzstraße hinein und die Theatinerstraße wieder herauf. Es gab einfach zu viele Autos in München. Und zu viele Dauerparker. Wenn das so weiterging, kam man bald nur noch mit der Tram in die Innenstadt oder gleich mit dem Taxi. Irgendwann verlor sie die Geduld und stellte den Wagen einfach im Halteverbot ab.

Karl wartete bereits im Café. Er hatte am Telefon besorgt gewirkt, und auch jetzt war seine Miene ernst. Worüber musste er so dringend mit ihr reden, dass es nicht einmal einen Aufschub bis morgen duldete? Zur Begrüßung küsste er sie auf die Wange, ein eilfertiger Kellner stand, kaum dass sie den Mantel abgelegt und sich gesetzt hatte, neben dem Tisch und nahm ihre Bestellung auf. Nur eine Tasse Kaffee, so wie Karl sie schon vor sich stehen hatte.

Sie holte ihre Zigaretten aus der Handtasche und zündete sich eine an. Karl nahm die Schachtel und betrachtete sie. HB – eine ganz neue Filterzigarette. Nachdem Karl sie wieder hingelegt hatte, sagte er: »Du rauchst neuerdings wieder mehr, ist mir aufgefallen.«

»Wie immer, wenn wir uns öfter sehen. Eine schlechte Angewohnheit, die sich zum Glück nie lange hält.«

Karl lächelte über die Spitze hinweg und nahm eine von seinen Zigaretten. Dann sagte er: »Ich hab mit Veit gesprochen.«

Es reichte ihr, den Namen zu hören, und schon zog sich beinahe reflexartig etwas in ihrem Bauch zusammen.

»Und?«, fragte sie knapp.

Karl wartete, bis der Kellner, der gerade ihren Kaffee und ein Kännchen Milch brachte, beides abgestellt hatte, ehe er sagte: »Es geht um Blohm.«

Magda horchte auf. »Blohm? Was hat Veit mit Blohm zu tun?«

»In Veits Bar gehen die unterschiedlichsten Leute ein und aus, und da hört er so einiges. Zum Beispiel auch, dass dein Gatte mit östlichen Geheimdiensten im Geschäft ist.«

Die Art, wie Karl lächelte, ließ vermuten, dass er auf etwas Bestimmtes hinauswollte. Etwas, das ihr nicht gefallen würde.

»Was meinst du mit *im Geschäft*?«

»Dass er für sie arbeitet. Vielleicht nicht ganz freiwillig.«

Was sollte das nun wieder heißen? »Kannst du dich nicht klarer ausdrücken?«, fragte Magda genervt.

Karl neigte sich vor und sagte mit gedämpfter Stimme: »Er

wird erpresst. Mit einer besonders üblen Sauerei aus seiner Vergangenheit.«

Daher wehte also der Wind. Sie begann zu begreifen. »Fragst du mich, ob ich weiß, was das sein könnte?«

Er ließ sich gegen die Lehne des Stuhls sinken. »Eigentlich nicht«, sagte er betont lässig. »Aber da du es selbst ansprichst: Weißt du was?«

»Tut mir leid, da muss ich dich enttäuschen.«

Magda gab zwei Löffel Zucker und etwas Milch in ihren Kaffee und rührte um. Sie musste an das Gespräch mit Blohm auf der Überfahrt von Amerika denken. Dass er Geheimnisse vor ihr hatte, war normal. So wie sie vor ihm. Es war die Grundlage ihrer Ehe, dass jeder diese Geheimnisse haben durfte.

Karl beugte sich wieder zu ihr und legte seine Hand auf die ihre. »Ich muss mehr über Blohms Aktivitäten rausfinden. Ich kann verstehen, wenn du dich nicht daran beteiligen willst. Er ist schließlich dein Mann. Du musst dich entscheiden.«

Magda sah in seinem Blick, wie sehr er sich wünschte, dass sie weitermachte. Aus vielen Gründen. Einer davon war sicher, dass sie Blohms Frau war und vielleicht Dinge herausfinden konnte, die er andernfalls nie erfahren würde. Aber das war nicht das Entscheidende, und nur deshalb antwortete sie: »Natürlich bleibe ich dabei. Wer sollte sonst auf dich aufzupassen?«

Freitag, 13. Mai 1955

DER NEUE AUFTRAG KLANG LUKRATIV und reizvoll obendrein. Ludwig hatte auch schon einen Plan: Zunächst musste er den besagten Herrn überwachen und sehen, ob sein Lebensstil seiner Gehaltsklasse entsprach. Falls Ersterer Letztere deutlich überstieg und keine sonstigen Einkünfte oder Vermögen vorhanden waren, lag der Verdacht nahe, dass wirklich Betriebsgeheimnisse an Konkurrenten verkauft wurden. Dann wurde es erst richtig interessant. Sicher schadete es auch nicht, wenn er sich wenigstens grob über Kühltechnik schlaumachte. Das war es nämlich, was die Firma herstellte, und es machte immer einen guten Eindruck, wenn der Auftraggeber sehen konnte, dass man sich gründlich vorbereitete. Doch zuallererst musste er etwas anderes erledigen, und das duldete keinen Aufschub.

Aus dem Vorzimmer drang das Stakkato von Fräulein Skudelnys Schreibmaschine zu ihm. Er trat hinaus, sah ihr eine kleine Weile zu und näherte sich ihr dann. Sie ließ durch nichts erkennen, dass sie ihn bemerkte.

»Danke«, sagte er.

»Ich wüsste nicht, wofür«, antwortete sie, ohne den Blick vom Stenoblock zu heben.

»Leugnen hat keinen Sinn. Sie haben mich Herrn Wackwitz empfohlen. Sie persönlich.«

»Papperlapapp. Er hat gefragt, ob ich jemanden wüsste,

der private Ermittlungen durchführt, und ich habe geantwortet. Machen Sie nicht mehr daraus, als es ist. Am besten verschwinden Sie rasch in Ihr kleines Büro und fangen mit der Arbeit an. Husch, husch! Gehen Sie schon.«

Doch Ludwig bewegte sich keinen Zentimeter von der Stelle.

Fräulein Skudelny hörte auf zu tippen, erhob sich und schritt in die Teeküche, wo, wie man erst jetzt vernahm, kochendes Wasser in einem Kessel brodelte. Ludwig folgte ihr, lehnte sich an den Türrahmen und sah zu, wie sie zwei Tassen aus einem Hängeschrank nahm, in jede einen Teebeutel hängte und diesen mit dem Wasser übergoss.

»Woher kennen Sie Herrn Wackwitz?«, fragte er.

Sie fuhr herum. »Was denken Sie denn, woher ich ihn kenne?«, empörte sie sich. »Aus einer Tanzbar? Er ist natürlich ein Mandant der Kanzlei.«

»Verzeihen Sie, ich wollte nicht …«

»Wenn Sie es nicht tun wollen, dann tun Sie es doch einfach nicht!«, fiel sie ihm ins Wort. »Und bilden Sie sich bloß nichts ein. Ich hatte nur Mitleid mit Ihnen. Den ganzen Tag sitzen Sie in Ihrem Büro und haben nichts Richtiges zu tun.«

Mitleid war sicher nicht das Gefühl, das er erwecken wollte. Aber vielleicht sagte sie das auch nur, weil sie mit ihrer netten Geste mehr Sympathie für ihn gezeigt hatte, als ihr lieb war.

Fräulein Skudelny griff sich eine Zitrone aus einem Körbchen, in dem noch ein paar weitere lagen, teilte sie in zwei Hälften und schnitt von einer einen Schnitz ab. Diesen drückte sie über beiden Tassen aus.

»Woher wollen Sie wissen, dass ich meinen Tee mit Zitrone trinke?«, wandte er ein.

»Woher wollen Sie wissen, dass der Tee für Sie ist?«, versetzte sie. Und dann schlich sich doch tatsächlich etwas in ihre

Mundwinkel, das stark einem Lächeln ähnelte. Und ehe es richtig da war, war es auch schon wieder fort wie ein Sonnenstrahl, der sich versehentlich zwischen zwei Wolken gemogelt hatte. Sie schob ihm die Tasse hin. »Er ist für Sie. Zucker ist hier in der Dose. Einen Löffel finden sie dort in der Schublade. Wenn Sie keine Zitrone im Tee mögen, lassen Sie ihn einfach stehen. Wie auch immer, die Tasse sollte nachher wieder genau an dieser Stelle stehen. Am besten gespült.«

Sie nahm ihren Tee, kehrte damit an den Schreibtisch zurück und begann sogleich zu tippen.

Mit seiner Tasse in der Hand machte Ludwig sich auf den Rückweg in sein Büro. Auf halber Strecke sagte er: »Seien Sie nicht überrascht, wenn Sie an einem der nächsten Tage Blumen auf Ihrem Schreibtisch vorfinden.«

Das Klappern brach abrupt ab. »Unterstehen Sie sich, mich derart bloßzustellen!«

»Na gut. Dann werden die Blumen also an Ihre private Adresse geschickt.«

»Sie kennen meine Adresse doch gar nicht.«

Ludwig lachte auf. »Ich wäre wahrlich ein schlechter Detektiv, wenn ich nicht einmal eine Adresse herausfinden könnte.«

»Ich warne Sie«, sagte sie noch einmal und fing wieder an zu tippen.

Ungeduldig ging Karl unter den Arkaden vor dem *Café Fahrig* auf und ab. Natürlich hätte er genauso gut drinnen auf Ludwig warten können, aber er blieb lieber an der frischen Luft, auch wenn es empfindlich kalt war. Die Eisheiligen machten ihrem Namen gerade alle Ehre, sogar mit Nachtfrösten warteten sie auf. Da endlich sah er Ludwig die Gleise der Trambahn überqueren, so schwungvoll, wie er ihn lange nicht erlebt hatte. Karl winkte ihm zu, Ludwig nickte bloß und ließ die Hände vorerst in den Manteltaschen. Wenig später war er bei ihm und begrüßte ihn per Handschlag. Karl zog die Tür zum Café auf. Ein Schwall warmen Dunstes, gefüllt mit dem Gebrumme und Geklapper einer vollen Gaststube, schwappte ihnen entgegen. Mit Mühe fanden sie an der überfüllten Garderobe Haken für ihre Mäntel und Hüte und auch einen freien Tisch, auf dem allerdings noch das schmutzige Geschirr der Vorgänger stand.

»So gut wie heute hast du schon lange nicht mehr ausgesehen«, sagte Karl vergnügt. »Fast wie frisch verliebt.«

»Geh zu«, wehrte Ludwig ab, wurde aber ein bisschen rot. Hoppla, dachte Karl, ist da vielleicht was im Busch? »Mir geht's heute bloß so gut«, fuhr Ludwig rasch fort, »weil ich einen vielversprechenden Auftrag gekriegt hab. Verdacht auf Werksspionage.«

Mit dem Wort »Auftrag« lieferte Ludwig Karl das passende Stichwort. »Damit wären wir auch schon bei meinem Thema«, hakte Karl ein, wurde dann jedoch zu einer Pause gezwungen, denn die Bedienung kam herbei, nahm die Bestellung auf – zweimal Schweinebraten und jeweils ein Helles – und trug das Geschirr der Vorgänger ab. Karl hatte die Unterbrechung genutzt, um sich eine Zigarette anzuzünden, nun fuhr er fort: »Du könntest mir bei einer Sache helfen.«

»Geht's immer noch um den Toten aus dem Eisbach?« Ludwig holte ebenfalls seine Zigaretten hervor.

»Vielleicht auch, obwohl ich nicht recht weiß, wie. Aber weil du es erwähnst: Es schaut so aus, als wäre dieser Mann bei meinem Bruder Gast gewesen, weißt schon, in dem Nachtclub, den Veit in Schwabing betreibt.« Natürlich hatte Veit sich ein paar Tage Zeit gelassen, bis er Karl die Mitteilung machte, dass sein Barmann Konrad den Mann erkannt hatte, fifty-fifty, wie er meinte, ganz sicher war er sich nicht, weil der besagte Mann in der Bar eine Brille getragen hatte. Was ebenso auf denjenigen zutraf, mit dem Karl am Hauptbahnhof verabredet gewesen war.

Die Bedienung brachte die beiden Hellen, warf zwei Bierfilzl auf den Tisch und stellte die schwitzenden Gläser darauf ab.

»Soll ich wieder meine Polizeiverbindungen spielen lassen?«, nahm Ludwig das Gespräch nach der neuerlichen Unterbrechung auf.

»Nein, diesmal nicht.« Karl beugte sich vor und senkte die Stimme. »Ich will einbrechen.«

Ludwig sah ihn erstaunt, aber keineswegs erschrocken oder gar entsetzt an. Man kannte sich lange und gut genug und teilte die Meinung, dass ungewöhnliche Situationen manchmal ungewöhnliche Maßnahmen erforderten.

»Und ich soll dir dabei zur Hand gehen?«, fragte Ludwig.

»Du sollst mir nur einen Dietrich leihen. Und sicher hast du als Detektiv auch eine von diesen kleinen Kameras, mit denen man Dokumente abfotografieren kann.«

»Die hab ich zwar, aber … willst du mir nicht erst sagen, worum es geht?«

Karl erzählte von seiner Reportage für Georg, von Tomáš Čierny und dessen mutmaßlichen verdeckten Aktivitäten. »Ich will einen Blick in seine Akten und Karteien werfen«, schloss Karl. »Das ist der einzige Weg, um etwas über ihn rauszukriegen.« Dass eigentlich Blohm das Ziel seiner Nachforschungen war, behielt er erst einmal für sich.

Ehe Ludwig etwas erwidern konnte, wurde das Essen aufgetragen. Zwei dicke Scheiben Braten mit ordentlich Kruste und Schwarte, in der dunklen Soße schwamm ein Semmelknödel, den Rest des Tellers bedeckte eine große Portion

Blaukraut. Die Bedienung wünschte guten Appetit. Karl und Ludwig drückten nacheinander die Zigaretten aus.

»Du sollst mir nur die Ausrüstung leihen«, sagte Karl, während er anfing, den Knödel zu zerteilen. »Den Rest mach ich allein.«

»Wann soll der Streich denn über die Bühne gehen?«, fragte Ludwig nach einer Weile.

»Am Pfingstsonntag, mittags.«

Ludwig schaute überrascht von seinem Teller auf. »Du willst dort am helllichten Tag einsteigen?«

»Es ist die beste Gelegenheit. Der Mann hat das Büro in seiner Wohnung, ist also auch nachts da. In der Zeitung hab ich gelesen, dass er am Pfingstsonntag bei einem deutsch-slowakischen Treffen eine Rede hält. Es gibt Mittagessen und später Kaffee und Kuchen, das Ganze wird also eine Zeitlang dauern.«

»Und er wohnt allein. Ich gehe davon aus, dass du das überprüft hast.«

Ludwigs Frage brachte Karl für einen Moment aus dem Konzept. Konnte er da wirklich sicher sein? Wo wohnte eigentlich Agota? Sicher nicht bei ihrem Chef, einem alleinstehenden Mann. »Äh … ja«, sagte er und dachte: Bis es so weit ist, kläre ich das.

»Hast du überhaupt eine Ahnung, wie man einen Dietrich benutzt?« Ludwig schob sich ein Stück Braten in den Mund.

Magda wüsste es, dachte Karl sofort. Aber die konnte er nicht fragen. Sie sollte von der ganzen Sache nichts erfahren. »Du wirst es mir zeigen. Muss ich eben ein wenig üben. Wie schwer kann es sein?«

Ludwig verzog das Gesicht und kaute seinen Braten.

Karl verstand seine Zweifel, er hatte selbst ein mulmiges Gefühl. Gleichzeitig beflügelte ihn eine jungenhafte Abenteuerlust, wie er sie in seinem gesetzten Leben schon lange nicht mehr verspürt hatte.

»Wir machen es gemeinsam«, bestimmte Ludwig nach einer Weile. »Anders hat es keinen Sinn.«

Karl war erleichtert, als er das hörte, und hatte zugleich ein schlechtes Gewissen. Wenn etwas schiefging, hing Ludwig mit drin, dann war er wahrscheinlich seine Lizenz als Detektiv los, von allen anderen Folgen ganz abgesehen.

»Das musst du nicht tun, Wig. Ich schaff das schon.«

»Nur damit das klar ist: Ich mach das nicht umsonst.«

»Freilich. Trotzdem …«

»Ich will, dass du über mich einen Artikel schreibst.«

Nun war Karl der Überraschte, umso mehr, als er Ludwig eher als einen bescheidenen Menschen kannte, der sich nicht ins Rampenlicht drängte. »Da schau her«, sagte er.

»Ich könnte ein bisschen Reklame gebrauchen. Und ich hab da gerade einen sehr interessanten Fall.«

»Dann erzähl mal.«

»Vorher hätte ich noch eine andere Sache, bei der mir dein Rat recht wäre.«

»So? Um was geht's denn?«

»Was für Blumen schenkt man einer Frau, bei der man sich für etwas bedanken will?«

Karl hörte auf zu kauen. Ich wusste es, dachte er, deshalb hat der heute so rote Backen. Wurde auch langsam Zeit, dass sich bei ihm an dieser Front wieder was tut.

»Kommt drauf an, wofür du dich bedanken willst.« Er zwinkerte.

»Geh zu«, verwahrte sich Ludwig vehement, »nicht für das, was du denkst. Es geht um das Fräulein bei mir im Vorzimmer. Sie hat mich für den Auftrag empfohlen, und da dachte ich mir, ich zeige ihr meine Dankbarkeit.«

Karl versuchte, sich auf die Dame zu besinnen. Es gelang ihm nur leidlich. Sicher keine Erscheinung, die einem sofort ins Auge sprang, aber auch nicht ohne Reiz. Ein bisschen dünn war sie, daran erinnerte er sich noch, aber das war Geschmackssache, und Annerl war ja auch eine eher zierliche Person gewesen. Und einen Dutt hatte sie gehabt, fiel ihm noch ein. Ein Bleistift mit einem Dutt. Das beschrieb sie.

»Brauchst gar nicht so zu grinsen«, sagte Ludwig. So feuerrot hatte Karl ihn zuletzt in ihrer gemeinsamen Zeit als Pennäler gesehen. »Da läuft nix, und da wird auch nix laufen. Das Fräulein war nur ein Mal nett, sonst ist sie eine richtige Kratzbürste.«

»Tulpen kommen immer gut an«, riet Karl in stillem Vergnügen. »Aber wenn du Eindruck machen willst, dann investierst du ein bisschen mehr und schenkst Pfingstrosen.«

»Rosen? Bist du narrisch? Das wäre wirklich übertrieben. Tulpen sind mehr als genug. Und jetzt zu der anderen Geschichte. Angefangen hat es mit einem Buben in viel zu großen Schuhen …«

Mit gemischten Gefühlen verließ Ludwig das *Café Fahrig* und nahm die Tram Richtung Giesing. Wenn Karl wirklich über seine Ermittlung in Sachen Daxenhofer einen Artikel schreiben würde, war das hoffentlich genau die Reklame, die seiner Karriere als Privatdetektiv den dringend nötigen Schwung gab. Doch wenn er vorher als Einbrecher geschnappt wurde, war es mit der Karriere aus, ehe sie richtig angefangen hatte. Andererseits hatte er Übung. Sein Einbruch für Volksschullehrer Rosen lag gerade einmal einen Monat zurück.

Bimmelnd fuhr die Tram in die Haltestelle Sendlinger-Tor-Platz ein, wo die Fünfzehner nach Giesing, die hier startete, schon bereitstand. Ludwig stieg um und betrachtete, während er auf die Abfahrt wartete, die neu gebaute Matthäuskirche, die gerade ihren letzten Schliff erhielt. So richtig anfreunden konnte er sich mit dieser modernen Bauweise nicht, schon gar nicht für eine Kirche. Es wirkte, als würde man Christus in einen Anzug stecken. Ob Fräulein Skudelny evangelisch war? Eine gebürtige Münchnerin war sie nicht, das hörte man an ihrer Aussprache, wahrscheinlich stammte sie nicht mal aus Bayern. Vielleicht eine Vertriebene. Oder ein Flüchtling aus Ostdeutschland. Er musste an ihr feines Lächeln heute Vormittag denken, als sie ihm den Tee gemacht hatte, und ihm wurde ganz warm dabei. So gutherzig wie die Traudl ist sie zwar nicht, besann er sich im nächsten Moment, eher von oben herab wie ein besseres Fräulein. Und wie sie es mit Kindern konnte, stand auch dahin. Sicher war sie streng, was ja kein Nachteil sein musste. Nanu, dachte er auf einmal, was ich mir für Gedanken mache! Ob Fräulein Skudelny evangelisch oder eine Vertriebene war, ob sie ein gutes Herz hatte und es mit Kindern konnte, war doch völlig einerlei.

Die Tram schloss die Türen und fuhr an, folgte der Müller- und dann der Fraunhoferstraße, ehe sie auf der Reichenbachbrücke die Isar überquerte und in die Au gelangte. Etliche Stationen später erreichte sie die Haltestelle Silberhornstraße, und dort stieg Ludwig aus. Der kalte Wind ließ ihn sogleich frösteln. Er zog den Hut tiefer ins Gesicht, stellte den Mantelkragen auf und ging los.

Eigentlich waren Ludwig Leute, die ihre Nase grundlos in die Angelegenheiten anderer steckten, zuwider. Niemand mochte so jemanden. Doch in jedem größeren Mietshaus gab es mindestens eine solche Person. Manche führten regelrecht Protokoll über alle Personen und Ereignisse. Sie baten jeden Hausierer herein, kauften jedoch nie, ließen sich aber mit Neuigkeiten versorgen, die sie entweder sofort weiterverbreiteten oder wie einen Schatz hüteten, bis die Sache bekanntwurde und sie dann in bescheidenem Triumph erklärten, sie hätten all das schon längst gewusst. So unangenehm diese Leute sein konnten, wenn man mit ihnen einen Hauseingang teilte, so wertvoll waren sie für jede Art von Ermittlung. Das wusste Ludwig noch aus seiner Zeit als Kriminaler. Wer diese Person im Haus der Daxenhofers war, wusste er bereits. Sie hatte aus ihrem Fenster heraus die Burschen beschimpft, die ihm bei seinem ersten Besuch den Hut vom Kopf geschlagen hatten.

An der Wohnung stand der Name Radlmaier. Ludwig drückte auf den Klingelknopf. Die Schelle war laut und deutlich bis ins Stiegenhaus zu vernehmen. Es dauerte ein wenig, bis er hinter der Tür Geräusche vernahm. Ein Glück, sie war zu Hause. Zunächst öffnete sie nur einen Spalt, so schmal, dass er bloß ein Auge von ihr sehen konnte. Natürlich erkannte sie ihn sofort und öffnete die Tür dann weiter. Ludwig grüßte, sie erwiderte den Gruß und fragte: »Ist bei den Daxenhofers keiner daheim?«

»Weiß ich nicht«, antwortete Ludwig. »Ich will mit Ihnen reden.«

Das verblüffte sie sichtlich und machte sie misstrauisch. »So? Warum?«

»Können wir das drinnen bereden? Muss ja nicht jeder zuhören.«

Sie überlegte kurz, die Neugier überwog schließlich die Vorsicht. »Da haben Sie recht«, sagte sie, bat ihn herein und schloss leise die Tür hinter ihm.

»Ich hab Gebäck mitgebracht.« Er hob den Beutel an. »Aus der Konditorei vorn am Eck. Ich hoffe, sie mögen Amerikaner.«

»Zum Essen schon, sonst eher nicht. Obwohl Freitag eigentlich Fasttag ist. Aber wenn Besuch kommt …«

Die Wohnung war trotz des anhaltend kalten Wetters unbeheizt, deshalb ließ Ludwig den Mantel an. Nur den Hut legte er an der Garderobe ab. Die Radlmaierin dirigierte ihn in ihre gute Stube. Diese wurde auf der einen Seite von einem großen Ohrensessel beherrscht, in dem gleich mehrere Wolldecken aufgeschlagen lagen; auf der anderen Seite dominierte eine Galerie gerahmter Bilder an der Wand, auf Kommoden und sonstigen freien Plätzen, die alle ein und denselben Mann zeigten. Einen adretten Uniformierten, Waffen-SS, wie Ludwig auf den ersten Blick erkannte.

»Ihr Gatte?«, fragte er.

»Mein Bruder. Den Osten hat er überlebt, aber vor Berlin hat ihn der Russe erwischt.«

Sie wies ihm einen Platz auf ihrem Kanapee zu, holte Teller für das Gebäck und eine zweite Tasse. Den Tee in der Kanne hatte sie, wie sie sagte, eben erst aufgegossen. Als alles am Platz war, setzte sie sich in ihren Sessel und wickelte sich bis über die Hüften in ihre Wolldecken.

»Es geht um die Daxenhofers, oder?«, fragte sie.

»Allerdings. Schauen Sie, ich bin ein alter Kriegskamerad vom Hans, und wenn man einmal miteinander so im Dreck gelegen hat wie wir, dann kümmert sich einer um den anderen, und zwar ein Leben lang.«

»Meine Ehre heißt Treue«, flüsterte die Radlmaierin den Wahlspruch der SS.

Ludwig ignorierte die Bemerkung. »Ich komme irgendwie nicht an ihn ran. Ich hab auch schon mit seiner Frau gesprochen, aber die ist genauso verschlossen. Vor allem die Sache mit ihrem Buben, dem Ferdl, macht ihnen beiden zu schaffen. Vielleicht können Sie mir ja weiterhelfen. Mir wäre schon gedient, wenn ich genau wüsste, was da passiert ist. Warum hat der Bursche das gemacht?«

Die Radlmaierin hob beide Hände und ließ sie wieder in den Schoß fallen. Ludwig hoffte, dass sie von selbst ins Reden kam, ohne dass er viele Fragen stellen musste. Dabei erfuhr man stets am meisten.

»Wenn Sie mich fragen, ist der Ferdl auf die schiefe Bahn geraten und hat sich am Ende keinen Rat mehr gewusst, wie er da wieder rauskommt.«

»Auf die schiefe Bahn? Was meinen Sie damit?«

»Na, diese Blas'n, die hier ihr Unwesen treibt. Sie haben die Saubande ja selber erlebt. Glauben Sie bloß nicht, dass die nur ein bisserl über die Stränge schlagen. Da passieren noch ganz andere Sachen. Überfälle. Prügeleien. Betrug. Nichts Genaues weiß ich auch nicht. Aber die Jugend heutzutage ist außer Rand und Band. Die kennen keine Ordnung mehr. Alles geht zum Teufel, wenn die nicht wieder jemand an die Kandare nimmt. Damit sie aufgehoben sind und einen Sinn sehen.«

Wohin dieses Rezept beim letzten Mal geführt hat, weiß man ja, dachte Ludwig, schwieg aber. Obwohl er als Vater zweier Söhne durchaus zugestand, dass die Jugend Führung brauchte. Doch wohin sollten sich die jungen Leute wenden, nach all den inneren und äußeren Verwüstungen, mit denen sie konfrontiert waren? Woran sollten sie glauben? Und vor allem: Wem sollten sie glauben?

»Bevor der Hans aus der Gefangenschaft zurückkam«, fuhr die Radlmaierin fort, »haben die Rosi und ihre Buben ein gutes Einvernehmen gehabt. Als der Krieg aus war, war der Ferdl zwar noch ein kleiner Bub, und der Rudi ist ja da erst auf die Welt gekommen. Aber mit jedem Jahr hat der Ferdl seiner Mama mehr abgenommen. Hat was zu essen organisiert und alles, was man sonst zum Leben braucht. Hat sich viel bei den älteren Buben abgeschaut. Bis der Hans auf einmal wieder da war.«

»Sie haben den Hans schon vor dem Krieg gekannt?«

Die Radlmaierin zuckte mit den Schultern. »Was heißt gekannt ... Gewohnt hat hier immer die Rosi mit ihren Leuten, Unterpriller war der Familienname, der Hans war der, der eingeheiratet hat.« Sie dämpfte die Stimme. »Das waren alles Rote, die Unterprillers. Kommunisten. Ihren Vater haben sie dreiunddreißig gleich einkassiert und nach Dachau 'naus. Als er wieder da war, hat der das Maul nicht mehr aufgerissen. Da war es vorbei mit der Weltrevolution.« Die Befriedigung darüber war ihr noch heute anzumerken.

Ludwig hatte nichts übrig für die Kommunisten, er hielt sie für eine Bedrohung und eine Gefahr für die ganze Welt, doch diese Schadenfreude, nachdem man inzwischen wusste, was den Menschen in Dachau angetan worden war, widerte ihn an.

»Und später«, fuhr die Radlmaierin fort, »haben sie ihn zur Wehrmacht eingezogen, obwohl er da schon Ende vierzig war. Gefallen ist er gleich neununddreißig. Die Mutter ist zweiundvierzig gestorben, Krebs, die Bauchspeicheldrüse.« Sie machte eine kleine Pause, ehe sie weitersprach: »Da hat die Rosi den Hans schon gekannt, sie hat ihn kurz vor dem Krieg kennengelernt, und bevor er eingerückt ist, haben sie schnell geheiratet, und da war die Rosi auch schon schwanger. Ein sauberer Bursche war er, der Hans, schneidig, das muss man schon sagen. Aber gesehen hab ich ihn nur selten. Manchmal hat er zwar Fronturlaub gehabt, aber da waren sie und er mehr für sich. Außer es kam Besuch. Seltsame Leute waren das. Wenn Sie mich fragen: alles Kommunisten. Die Rosi ist ganz nach dem Vater geraten in ihren Ansichten. Und einmal haben sie sie auch einbestellt ins Wittelsbacher Palais, wegen Wehrkraftzersetzung. Jemand hat gehört, wie sie den Führer einen Verbrecher geschimpft hat und dass der Krieg verloren ist, und der hat sie hingehängt bei der Gestapo. Weil sie schon wieder schwanger war und den kleinen Ferdl gehabt hat, haben sie sie wieder heim gelassen, sonst wäre sie nach Dachau gegangen.«

»Dann kennen Sie den Hans also gar nicht so gut?«, hakte Ludwig nach.

»Eigentlich nicht.«

Das bedeutet, überlegte Ludwig, während er einen Schluck dünnen Tee nahm, ihr wäre wohl nicht aufgefallen, wenn der Hans, der aus Krieg und Gefangenschaft heimgekehrt ist, nicht derselbe war wie derjenige, der in den Krieg gezogen war.

»Was macht der Hans eigentlich den ganzen Tag?«, fragte Ludwig. »Eine regelmäßige Arbeit hat er anscheinend nicht, oder?«

»Das nicht, nein. Hin und wieder springt er als Bierfahrer ein. Ansonsten hockt er oben in der Wohnung. Das Geld verdient die Rosi im *Ochsenwirt*. Manchmal geht er fort, mit einer braunen Tasche. Die hat er jedes Mal dabei. Ich hab ihn schon mal gefragt, was er da Wichtiges drin hat, aber er hat mich bloß angeschnauzt, dass ich mich um meinen eigenen Kram kümmern soll.«

»Sonst geht er nicht weg? Am Abend, in eine Wirtschaft?«

»Nicht, dass ich wüsste.«

Ludwig hatte die Tasse bis jetzt in der Hand gehalten, nun setzte er sie ab und ermahnte sich, nicht allzu sehr wie ein Kriminaler zu reden, sondern wie ein besorgter Freund. »Haben Sie in der Nacht, in der sich der Ferdl umgebracht hat, irgendwas Besonderes gehört oder gesehen? Hier im Haus? Oder an den Tagen davor? War irgendwas los?«

»Bei denen war dauernd was los. Der Ferdl und seine Blas'n haben schon für Ärger gesorgt. Und der Rudi auch. Der hat immer zum Ferdl gehalten und seinem Vater sauber Kontra gegeben. In der Nacht ist der Ferdl irgendwann davon, und nach einer guten Stunde ist auch der Hans weg. Der ist dann irgendwann zurückgekommen, ohne den Ferdl.«

»Und die Rosi? Wo war die?«

Die Radlmaierin kniff plötzlich die Augen zusammen und schaute Ludwig misstrauisch an. »Sie fragen ja wie bei einer Polizeivernehmung. Sie sind nicht zufällig von der Polizei?«

Dumm war sie nicht, das musste man ihr lassen.

»Nein, nein«, versicherte Ludwig wahrheitsgemäß, »ich hab nichts mit der Polizei zu tun. Wirklich nicht.«

»Mir können Sie es ruhig sagen«, meinte sie verschwörerisch. »Ich hab nichts gegen die Polizei. Im Gegenteil.«

Sie nahm nun auch einen Schluck Tee. Ludwig hoffte, dass ihr Redestrom nicht versiegt war. Zum Glück fuhr sie, nachdem sie die Tasse abgestellt hatte, fort: »Die Rosi ist an dem Tag ungefähr um zehn Uhr aus dem *Ochsenwirt* heimgekommen. Sie ist oben geblieben. Mehr weiß ich nicht. Aber eines sag ich Ihnen: Die Bagage versteckt was. Wenn da einer mal genauer nachschauen würde, da würde sich bestimmt was finden.«

»Und was, meinen Sie, würde man bei denen finden?«

»Woher soll ich das wissen?« Sie schaute plötzlich empört, als sei es abwegig, ausgerechnet sie danach zu fragen. »Die da oben gehen mich doch gar nichts an. Ich meine ja bloß.«

Ludwig wusste, dass die Grenze ihrer Gesprächigkeit erreicht war. Rasch leerte er die Tasse, in der der Tee längst kalt geworden war, und bedankte sich für die Auskünfte. Während er sich vom Kanapee erhob, entging ihm nicht, wie die

Radlmaierin einen verstohlenen Blick auf die beiden unberührten Amerikaner warf. Offenbar fürchtete sie, er könne sein Gastgeschenk wieder mitnehmen. Er ließ es liegen, was ihr ein zufriedenes Lächeln auf das Gesicht zauberte.

»Seien Sie so gut und sagen Sie dem Hans und der Rosi nicht, dass ich hier war«, bat er sie an der Tür.

»Freilich. Ich rede mit denen sowieso nicht.«

Donnerstag, 19. Mai 1955
Christi Himmelfahrt

BLOHM STAND BREITBEINIG IN DER HAUSTÜR. Magda spürte seine Blicke in ihrem Rücken, als sie zu Karls Ford ging, der mit laufendem Motor in der Auffahrt wartete. Peterle drückte sich hinter Blohm herum. Den ganzen Morgen über hatte der Bub kaum einen Mucks gemacht, und je näher die Abfahrt rückte, desto stiller war er geworden. Hatte sie ihn gefragt, ob er ihr etwas sagen wolle, hatte er den Kopf geschüttelt. Der kleine Trotzkopf. Am Auto angekommen, legte sie den Mantel, den sie über dem Arm getragen hatte, auf den Rücksitz, drehte sich um, winkte und warf Kusshände. »Samstag bin ich wieder da«, rief sie und stieg gemeinsam mit Karl ein, der ihr Gepäck und die Fotoausrüstung im Kofferraum verstaut hatte. Während er rückwärts auf die Straße setzte, winkte und lächelte sie weiter, bis Blohm und Peterle hinter der hohen Hecke verschwunden waren. »Nichts wie weg«, sagte sie dann und atmete auf.

»War doch eine prima Idee von mir.« Karl grinste wie über einen gelungenen Lausbubenstreich. »Wir haben drei Tage nur für uns. Und das Beste: Georg Borgmann zahlt für alles.«

»Ich hoffe sehr, dass das nicht das Beste daran sein wird.« Sie tätschelte sein Knie. »Und außerdem hoffe ich, dass dort das Wetter etwas angenehmer ist als hier.«

Obwohl sie schon auf halbem Weg zum Sommer waren,

konnte der Frühling sich noch immer nicht entscheiden, ob er nicht doch lieber den Rückweg in den Winter antreten wollte. Zumindest, was die Temperaturen anging, es war seit Tagen empfindlich kalt. Den Himmel aber teilten Sonne und Wolken heute geschwisterlich unter sich auf. Doch Magda wollte nicht wegen des Wetters meckern. Sie freute sich auf die kommenden Tage. Nicht nur, weil sie endlich mit Karl allein war. Der würde sich über ihren Arbeitseifer noch wundern. Dass sie an die tschechische Grenze fuhren, um am Eisernen Vorhang Fotos für die Reportage zu machen, war für sie kein bloßer Vorwand für einen romantischen Ausflug. Sie nahm die Aufgabe ernst.

Wegen des Feiertags war es auf den Straßen ruhig. Karl stellte das Autoradio an. Während sie am Nymphenburger Kanal entlangfuhren, sang Paul Kuhn sein Lied vom Mann am Klavier.

»Wie entwickelt sich eigentlich deine Freundschaft zu Agota?«, fragte Karl nach einer Weile.

Magda wiegte den Kopf hin und her. »Langsam.« Wie es schien, war Agota eine vielbeschäftigte junge Frau. Tagsüber nahm Tomáš Čierny sie in Beschlag, die Abende verbrachte sie zu Hause. Sie müsse ihr Slowakisch noch verfeinern, behauptete sie. »Wir haben uns bis jetzt immer nur kurz gesehen, in einem Café«, erklärte Magda. »Immerhin hab ich ihr das Versprechen abgerungen, dass sie sich von mir fotografieren lässt.« Sie wandte sich ihm zu, stieß ihn sanft in die Seite. »Übrigens herzlichen Glückwunsch.«

Er schaute sie erstaunt an. »Wieso?«

»Heute ist doch Vatertag.«

Seine Miene verhärtete sich. »Was geht mich das an? Ich bin kein Vater mehr.«

»Wie kannst du das sagen. Du tust so, als hätten deine

Töchter nie existiert. Das ist doch schrecklich herzlos von dir!«

Karl trat aufs Gaspedal und starrte stur nach vorn auf das graue Band aus Asphalt, das schnurgerade neben dem Kanal verlief. »Lass uns von was anderem reden. Zündest du mir eine Zigarette an?«

Magda griff in seine Jacketttasche und holte erst die Zigaretten, dann das Feuerzeug heraus. Wieso hatte er eigentlich immer noch dieses alte Wehrmachtsding? Daran hielt er fest, seine Töchter aber stieß er weg. Doch es stimmte ja gar nicht, er stieß die beiden nicht weg. Es war reiner Selbstschutz, dass er so redete, der Verlust tat einfach zu weh. Trotzdem schenke ich ihm mal ein neues Feuerzeug, dachte sie.

Sie zündete die Zigarette an, nahm einen tiefen Zug und steckte sie Karl zwischen die Finger.

»Wie hat Blohm es eigentlich aufgenommen, dass wir ein paar Tage wegfahren?«, fragte Karl nach kurzem Schweigen. »Besonders froh hat er auf mich nicht gewirkt.«

»Ist er auch nicht.«

Karls Hand griff an ihren Oberschenkel. »Ich kann es kaum erwarten …«

»Ich auch nicht. Aber wir müssen vorsichtig sein. Auch wenn wir so weit weg von München sind. Blohm wirkt schon eine Weile sehr nervös auf mich. Fragt mich auffällig oft nach dir und der Reportage.«

»Was sagst du ihm?«

»Dass wir noch bei der Hintergrundrecherche sind. Keine Ahnung, ob er mir das glaubt.«

»Ich pass schon auf.«

Magda bemerkte, dass er in den Rückspiegel schaute. War dort etwas? Sie drehte sich um, konnte aber niemanden sehen.

Vatertag, dachte Ludwig, während die Trambahn die Waisenhaus Straße hinabrollte Richtung Westfriedhof. Oder Muttertag. Das waren so die Anlässe, an denen einem das Herz besonders schwer wurde. Und nicht bloß ihm allein, wie es schien. Für einen Feiertag war die Tram gut gefüllt. Ja, an solchen Tagen merkte man es besonders, wenn jemand fehlte. Daran, dass am Morgen keine Blumen auf dem Tisch standen und das Frühstück nur aus dem üblichen Marmeladenbrot mit lauwarmem Kaffee bestand. Vor allem aber merkte man es daran, dass sich beim Aufwachen nicht gleich jemand zu einem herüberdrehte, einem ein Busserl gab und flüsterte: Schön, dass es dich gibt. Worauf man antwortete: Schön, dass du da bist.

»Setzt euch hin, Buben«, ermahnte Ludwig Martin und Hermann, die es vor lauter Hummeln im Hintern kaum auf ihren vier Buchstaben hielt. »Und gebt Obacht auf die Blumen, sonst sind sie nachher für die Mama nicht mehr schön.«

»Wie weit ist es denn noch?«

»Ein paar Haltestellen.«

Traudl hätte ihn gern an Annerls Grab begleitet. Nachdem er ihr letzte Woche erzählt hatte, dass er den Vatertag nicht damit verbringe, mit anderen Vätern rauszufahren und sich langsam, aber stetig zu betrinken, sondern dass er nach der Messe auf den Friedhof ginge, hatte sie immer wieder Bemerkungen dazu gemacht: Wie schön sie dieses Angedenken fände, wie rührend seine Treue über den Tod hinaus sei, wie glücklich Annerl ihm wohl jetzt von dort droben aus zuschaue. Ihre Augen waren jedes Mal feucht geworden. Noch vorhin in der Kirche hatte sie sich beim Hinausgehen am Weihwasserkessel an ihn gedrängt, sich fast schon bei ihm untergehakt und gemeint, ob es jetzt so weit sei, ob er jetzt fahre, und ihre stille Hoffnung, er werde sie in letzter Minute doch noch einladen, ihn und die Buben zu begleiten, war zum Greifen gewesen. Sie hätte zu gern mit ihnen an Annerls Grab gestanden und sich so deren Segen geholt, weil sie sich wohl sagte, dass die Treue, die er seinem Weib über den Tod hinaus hielt, das größte Hindernis auf dem Weg in ihr eigenes Glück war. Eben in der Kirche, er hatte es deutlich gespürt, hätte sie ihn am liebsten geküsst, doch stattdessen hatte sie ihren Finger in den Weihwasserkessel getaucht und hatte erst den Buben und zuletzt auch ihm ein Kreuzzeichen auf die Stirn gezeichnet. Und danach war sie, Tränen in den Augen, eilig fortgegangen.

Die Trambahn erreichte die Endstation Westfriedhof, alle Leute stiegen aus und verloren sich wenig später auf den Wegen des Gräberfeldes. Annerls Grab lag ein gutes Stück vom Eingang entfernt. Die Buben liefen vor Ludwig her, Martin erzählte Hermann die Karl-May-Geschichten, die er gerade las. Ludwig schmunzelte. Die beiden waren ganz in ihrer Welt. Der Tod ihrer Mutter war sicher ein Einschnitt in ihrem Leben, doch er hatte sie nicht aus der Bahn geworfen. Egal, was passierte, Kinder blieben immer dem Leben zugewandt. Nein, nicht immer, widersprach er sich selbst. Rudi Daxenhofer kam über den Tod seines Bruders nicht hinweg. So wenig wie über den Verlust seines Vaters. Das hatte schon für Ferdl gegolten. Woher kam diese Verzweiflung? Rosi Daxenhofer schien eine liebende Mutter zu sein, und ob Hans nun wirklich derjenige war, für den er sich ausgab, mochte dahinstehen, für einen Unmenschen, der Kinder drangsalierte, hielt Ludwig ihn nicht. Woran lag es also? Daran, dass diese Leute alle Kommunisten waren, schon in der zweiten oder gar dritten Generation? Ludwig wusste nicht viel über den Kommunismus, eigentlich nur, dass er alles umstürzen wollte, um von Grund auf eine neue Welt zu erschaffen, einen neuen Menschen. Seine Anhänger versprachen das Paradies auf Erden. Gerechtigkeit für alle. Frieden. Leuten, die einem so viel versprachen, sollte man besser nicht vertrauen. Das war schon immer seine Meinung gewesen. Und wie es in diesem Paradies hinter dem Stacheldraht zuging, hörte und las man ja allenthalben.

Sie kamen am Grab an. »Grüß dich, Annerl«, sagte Ludwig und sprengte etwas Weihwasser aus einem kleinen Kessel an der Einfassung über das Grab. Die Buben taten es ihm gleich, »grüß dich, Mama«, murmelten sie. Es war auch das Grab von Annerls Eltern, ein eigener Platz war nach ihrem plötzlichen Tod auf die Schnelle nicht zu bekommen gewesen, und sie hätte es wohl auch selbst so entschieden. Ludwig entfernte die welken Blumen von seinem letzten Besuch aus der halb in den Boden versenkten Vase, nahm den Buben die frischen Blumen ab und steckte sie hinein. Dabei bemerkte er, dass Martin etwas in der Hand hielt und damit spielte.

»Leg das wieder hin«, befahl er ihm und sah dann, dass es nur ein kleiner Stein war, wie sie an den Rändern der Friedhofswege lagen.

Martin legte ihn auf den Grabstein.

Ludwig stutzte. »Da hat er gelegen?«

»Ja, Papa. Soll ich ihn runterschmeißen?«

Ludwig wusste, dass es bei den Juden eine Tradition gab, an einem Grab, das man besucht hatte, einen Stein zu hinterlassen. Was das genau bedeutete, wusste er indes nicht. Wer hatte den Stein da hingelegt? Früher hatten sie einige Juden gekannt, doch die waren alle fort. Heute kannte er keinen mehr. Nein, fiel ihm da ein, das stimmt nicht. Einen kannte er. Den Lehrer Rosen.

Seine Kehle wurde eng. Der gute Rosen.

»Lass den Stein, wo er ist«, sagte er.

War der schwarze Mercedes noch da? Karl schaute in den Rückspiegel. Natürlich war er noch da. Wo sollte er auch hin? Das war schließlich die Bundesstraße, über die der gesamte Durchgangsverkehr rollte. Vor ihnen quälte sich schon seit einer Ewigkeit ein Lastwagen die Steigung hinauf und hüllte alles hinter sich in schwarze Abgaswolken. Karl wünschte, er hätte ein paar Pferdestärken mehr unter der Motorhaube, doch so war bei der Steigung an Überholen nicht zu denken. Für den Mercedes dagegen wäre es sicher ein Leichtes gewesen, an ihnen beiden vorbeizuziehen. Wieso also hielt er den immer gleichen Abstand?

Endlich tauchte vor ihnen das Ortsschild von Bayerisch Eisenstein auf. Der Ferienort bestand aus wenig mehr als ein paar über die Berghänge gestreuten Bauernhöfen und Pensionen, mit einer Kirche, die über allem thronte. Laut der Wegbeschreibung, die man ihm im Reisebüro gegeben hatte, mussten sie an einer Tankstelle rechts abfahren. Karl entdeckte sie auch gleich, sie war nicht zu übersehen. Obwohl der Pfeil der Tankanzeige noch gut in der Mitte stand, steuerte Karl eine Zapfsäule an. Er wollte sehen, ob der schwarze Mercedes durchfuhr. Sogleich spurtete ein pausbäckiger Tankwart aus dem Glashäuschen und kam ans Fenster. »Vollmachen«, sagte Karl und behielt über den Innenspiegel die rückwärtige Straße im Auge.

»Ist etwas?«, fragte Magda. »Du wirkst nervös.«

Er versuchte, seine innere Unruhe wegzulächeln. »Das ist die Vorfreude auf dich.«

Der Mercedes kam die Straße herauf, wurde langsamer und steuerte ebenfalls die Tankstelle an. Im Rückspiegel konnte Karl die beiden Männer genau erkennen. Sie saßen nur da, rauchten und schauten nach vorn. Allerweltsgesichter, die man schon vergaß, während man sie noch ansah. Karl musste plötzlich an Blohm denken, wie er bei ihrer Abfahrt in München in der Haustür gestanden hatte. Und wie er vor allem ihn mit Argusaugen beobachtet hatte. So, als wisse er längst Bescheid. Nicht nur über Magda und ihn, sondern auch, dass er und Georg vorhatten, ihn zu Fall zu bringen.

Der Tankwart war fertig und kam ans Fenster, um zu kassieren. Karl bezahlte, startete den Motor und fuhr los. Im Rückspiegel sah er, wie der Mercedes an die Zapfsäule rollte und dort anhielt. Wenn Blohm – oder wer auch immer – ihnen die beiden hinterhergeschickt hatte, dann sicher absichtlich so, dass sie gesehen wurden. Als eine Botschaft, die lautete: Fühlt auch nicht zu sicher. Wir haben euch im Auge!

Bis zur *Pension Bergblick*, wo Karl die Zimmer reserviert hatte, war es nur noch ein Steinwurf. Eigentlich handelte es sich mehr um eine Wirtsstube mit Fremdenzimmern. Als sie eintraten, saß ein einzelner Gast an einem Ecktisch und schaute kurz von seiner Zeitung auf, ehe er sich wieder in die Lektüre versenkte. Aus einem Nebenraum schlurfte eine beleibte Dame herein, murmelte etwas, das wohl ein Gruß sein sollte, und verschwand hinter einem Tresen, der Rezeptions- und Schanktisch in einem war. Nachdem sie die Formalitäten erledigt hatten, holte die Frau zwei Schlüssel aus einer Schublade und sagte: »Waschgelegenheit ist im Zimmer, Bad und Abort auf der Etage. Einmal die Treppe rauf, die Nummer zwei für die Dame, die vier für den Herrn liegt am Ende des Flurs.«

Die Stiege war eng und steil und beschwerlich mit dem Gepäck. In seinem Zimmer angekommen, ließ Karl sich auf das schmale Bett fallen, das mit einem lauten Knarren antwortete. Eigentlich war es nur eine Kammer. Das einzig Große darin war das Kruzifix an der Wand. Karl vernahm draußen Schritte, wenig später klopfte es an seiner Tür.

»Hat da jemand Sehnsucht nach mir?«, rief er.

Die Tür ging auf, es war jedoch nicht Magda, die vor ihm stand, sondern die Pensionswirtin. Sie sah Karl scharf an. »Eines wollte ich Ihnen noch sagen, Herr«, begann sie. »Ob die gnädige Frau wirklich Ihre Nichte ist, weiß ich nicht und geht mich auch nix an. Aber das hier ist ein christliches Haus, mit anständigen Leuten. Bloß dass Sie es wissen. Der Frau Blohm werde ich's auch noch sagen.«

Karl stand auf und trat so dicht an die Frau heran, dass sie einen Schritt zurückwich. »Und bloß dass Sie es wissen: Was Sie da andeuten, ist unerhört, eine unglaubliche Frechheit! Und jetzt raus aus meinem Zimmer, sonst kracht's!« Solchen Leuten musste man immer mit gleicher Münze zurückzahlen.

Ein wenig verunsichert zog die Frau die Tür auf. »Nix für ungut«, sagte sie und verschwand.

Regungslos verharrte Karl. Dann zog er seine Zigaretten heraus und schüttelte eine aus der Packung. Was für ein merkwürdiger Tag. Erst dieser Blick von Blohm, dann die beiden Männer im Mercedes, jetzt dieses bigotte Weib. Kleine Nadelstiche, die ihn daran erinnerten, an welch dünnem Faden er mit all seinen Heimlichkeiten hing. Er ließ sein Feuerzeug aufflammen, zündete die Zigarette an. Und wenn schon. Was ließ er sich davon die Laune verderben? Hing nicht die ganze Welt an einem dünnen Faden?

Unglaublich, was man sich alles bieten lassen muss, dachte Magda, nachdem ihr die Pensionswirtin wie einem Schulmädel ins Gewissen geredet hatte. Sich woanders ein Zimmer zu suchen hätte nichts gebracht, es war überall dasselbe. Da heißt es immer, wir leben in einem freien Land. Sie schüttelte die Ermahnung ebenso rasch ab, wie sie schon früher alle Ermahnungen, Forderungen und Gemeinheiten abgeschüttelt hatte.

Es klopfte, im nächsten Moment trat Karl ein, um sie zu einem kleinen Spaziergang abzuholen. Er schaute sich um. »Du hast ja noch weniger Platz als ich.«

»Nicht nur das. Das Bett ist hart wie ein Brett, der Schrank klapprig, und der Wasserhahn am Waschbecken tropft. Und unsere Wirtin mag mich nicht.«

»Mich auch nicht. Dafür mag ich dich umso mehr.«

Karl tupfte ihr einen Kuss auf die Lippen. Als er sich schon wieder entfernen wollte, packte sie seine Krawatte, holte ihn zurück und küsste ihn lang und intensiv. Dann ließ sie ihn los und schlüpfte in ihren Mantel. Auch wenn das Licht schon am Abnehmen und somit nicht ideal zum Fotografieren war, steckte sie die Agfa und einen Ersatzfilm in ihre Tasche. Man wusste nie, was einem begegnete, und sie war lieber vorbereitet.

Vor der Pension empfing sie ein kühler Wind. Magda knöpfte den Mantel zu. Sie folgten der Straße, die sie gekommen waren, etwas später zweigte ein schmaler Fußweg ab, der zum Bahnhof führte. *Achtung! Sie nähern sich einer Staatsgrenze!,* warnte ein Schild schon jetzt. Wie Karl ihr erzählt hatte, verlief die deutsch-tschechische Grenze mitten durch das Bahnhofsgebäude hindurch. Was beim Bau im letzten Jahrhundert als völkerverbindend gedacht war – einen Bahnhof genau auf die Grenze zu setzen –, zeigte nun umso deutlicher die Trennung Europas. Sie war gespannt, das zu sehen.

Für einen so kleinen Ort wie Eisenstein war das Bahnhofsgebäude eindeutig mehrere Nummern zu groß. Ein langer Gebäudetrakt mit großzügiger Schalterhalle und Warteraum, an jedem Ende ein großes Gebäude für die Bewirtung der Reisenden. Nur dass in dem einen mit deutscher Mark, in dem anderen mit tschechischen Kronen bezahlt wurde. Der Grenzzaun lief darauf zu und schnitt das Gebäude in der Mitte entzwei. Dahinter erstreckte sich in einem Abstand von wenigen Metern ein weiterer, mit Stacheldraht bewehrter Zaun. Magda holte die Agfa heraus und machte erste Bilder. Hinter dem Stacheldraht tauchte ein Grenzbeamter auf und schaute grimmig herüber.

»Soll ich ein Foto von Ihnen beiden machen?«, fragte jemand hinter ihnen. »Sie sind so ein schönes Paar.«

Magda und Karl drehten sich gleichzeitig um. Ein Mann in Wanderjacke, Kniebundhosen und Schnürstiefeln stand vor ihnen. Magda brauchte ein wenig, dann fiel ihr ein, dass es der Gast aus der Pension war, der bei ihrem Eintreffen Zeitung gelesen hatte.

»Sie meinen von mir und dem Grenzbeamten?«, scherzte sie.

Der Mann lachte. »Sehr witzig. Nein, von Ihnen beiden.«

»Wir sind kein Paar«, würgte Karl das aufkommende Gespräch ab. »Einen schönen Tag noch.« Er zog Magda mit sanfter Gewalt fort und raunte ihr zu: »Eine Spur zu aufdringlich, der Kerl.«

Im Schalter- und Warteraum mutete das Bild noch grotesker an. Stahlplatten und Maschendraht teilten den Raum. Magda machte auch hier Fotos, genau wie danach von den Gleisen, an denen Prellböcke die einst freie Fahrt beendeten.

Wenige Meter dahinter dasselbe Bild wie auf der Vorderseite des Bahnhofs: Zäune, Stacheldraht, auf den Bahnsteigen hin und wieder grimmig schauende, schwer bewaffnete Grenzbeamte in lehmbraunen Uniformen.

»Morgen kommen wir noch einmal her«, sagte Magda, als ihr Film voll war, »bei besserem Licht.«

Karl nickte stumm. Eigentlich hatte er die ganze Zeit über kaum etwas gesagt. Dafür rauchte er unablässig. Magda kannte das an ihm. Er sog die Atmosphäre dieses Ortes in sich auf, um sie später treffend wiedergeben zu können. Die Belichtungszeit für innere Bilder war eben viel länger als die ihrer Kamera. Schließlich schnippte er seine Kippe auf den Bahnsteig, berührte sie am Arm und sagte: »Gehen wir. Für heute ist es genug.«

Was für ein Bild, dachte Karl. Ein Bahnhofsgebäude, erbaut über eine Landesgrenze hinweg, um die Völker zu verbinden – und nun geht eine Mauer aus Stahlplatten und Stacheldraht mitten hindurch. Besser ließ sich der Riss durch Europa wirklich nicht zeigen. Das hatte eine grausame Poesie. Doch es war obszön, an Poesie zu denken, wenn Menschenleben zerstört wurden. Karl stippte die Asche von seiner Zigarette. Er hatte nicht erwartet, dass ihn der Anblick der Grenze so tief beeindrucken würde. Plötzlich verstand er auf ganz neue Weise, was Michal Hašek mit dem Krieg gemeint hatte, der lautlos tobte, und dass Tomáš Čierny, der Menschen dabei half, diese Grenze zu überwinden, wahrscheinlich ein Held war. Und auch, was es bedeutet hätte, wenn sich der Verdacht bestätigte, dass Blohm diese ehrenwerte Sache wirklich verriet. Auf jeden Fall war das etwas, worüber geschrieben werden musste, und dass er derjenige sein würde, der das tat, erfüllte ihn mit Stolz.

Als es in München noch jeden Abend Schlägereien zwischen Kommunisten und Nazis gegeben hatte, war Karl eindeutig auf der Seite der Kommunisten gewesen. Obwohl er nie wirklich ein politischer Mensch war. Marx hatte er nie gelesen, der Ruf nach Revolution betraf eher sein eigenes kleines Leben als die gesellschaftlichen Verhältnisse. Mit kommunistischen Parolen konnte er seine Nazifamilie nun mal am besten provozieren. Doch auch jenseits seiner verkorksten Familie hatte ihn an den Nazis mit all ihrem Hass und ihrem Geifer alles abgestoßen, während er unter den Kommunisten, die er in München und später in Berlin kennenlernte, sehr viele vernünftige Menschen getroffen hatte. Und im Gegensatz zu den Nazis, die keinen Hehl daraus gemacht hatten, dass sie nur auf Unterwerfung und Vernichtung aus waren, hatten die Kommunisten wenigstens ein humanistisches Anliegen, das freilich von machtbesessenen Politikern missbraucht und auf vielfache Weise ins Gegenteil verkehrt wurde. Einig war man sich damals nur darin gewesen, dass die Demokratie kaum mehr als eine Leiche auf Urlaub war.

Ein Geräusch unterbrach Karls Gedanken. Vom Abort her war die Spülung zu hören. Wenig später ein leises Knarren der Dielenbretter auf dem Gang. Und schon wurde die Klinke heruntergedrückt, und Magda schob sich ins Zimmer. In einem hellblauen Nachthemd.

»Ich hab so getan, als sei ich auf dem Abort gewesen«, sagte sie. »So hat die Alte einen Grund dafür, wenn sie Schritte hört. Und die hört bestimmt alles, auch in der Nacht.«

»Wie schlau du doch bist.«

»Bin ich, oder?«

Sie lächelte auf diese unwiderstehliche Art. Dann knöpfte sie ihr Nachthemd auf, schob es über die Schultern und stand nackt vor ihm. Schlau und schön obendrein. Eine unschlagbare Mischung. Er hätte sie unentwegt ansehen können.

»Brrr«, machte sie. »Es ist eisig hier drin. Wärmst du mich?«

Er schlug die Decke zurück, sie legte sich zu ihm, schmiegte ihren Rücken an seine Brust. Er zog die Decke über sie beide und legte seinen Arm um sie.

»Wir müssen ganz leise sein«, flüsterte sie.

»Das wird schwer.«

»Sehr schwer.«

Sie drehte sich in seinem Arm um. Ihre Augen waren groß und offen und schön. Sie schob einen Schenkel über seine Hüfte. Ihr Atem ging schwer. So wie seiner. Sie würden kein Wort mehr sprechen.

Das schrille Klingeln des Telefons riss Blohm aus der Mitte eines Traumes. Er brauchte ein paar Sekunden, ehe er begriff, dass er an seinem Schreibtisch eingenickt war. Abgesehen von dem Lichtschein, den die Leselampe warf, war es im Zimmer dunkel.

Blohm nahm das Telefon ab. Der Anruf kam aus Bayerisch Eisenstein. Sein Mann, der sich schon am Tag vor Magda und Karl in der *Pension Bergblick* eingemietet hatte und alles im Auge behielt, was sich dort tat. Frau Blohm habe ihr Zimmer verlassen, berichtete er, und sei in dem von Herrn Wieners verschwunden. Dort sei sie immer noch. Er habe Geräusche gehört, nicht sehr laut, aber durch die dünne Wand dennoch vernehmbar. Eine knarrende Bettstatt, unterdrücktes Stöhnen. Blohm bedankte sich, dann legte er auf.

Im nächsten Moment schoss er hoch und wischte mit dem Arm den Schreibtisch leer. Papiere, Schreibunterlage, Füller, ja sogar Telefon und Lampe flogen zu Boden, der Sessel kippte polternd nach hinten.

Wie konnte er es wagen. Dieser Schuft! Kannte er denn überhaupt keine Scham? Sie war seine Nichte, die Tochter seines im Krieg gefallenen Bruders!

Schnaufend wie ein wilder Stier stützte Blohm die Fäuste auf die leer gefegte Tischplatte. Der Stachel in seinem Fleisch saß tief, und er würde dort auch bleiben.

Wie hatte er so blind sein können? Ausgerechnet er, der eigentlich niemandem je ganz vertraute. Er hatte es sich einfach nicht vorstellen können, dass ein Onkel mit seiner Nichte ins Bett stieg. Hatte deshalb die Geschichte vom Vaterersatz, der Seelenverwandtschaft und was Magda ihm sonst noch an Erklärungen und Lügen aufgetischt hatte, geglaubt. Sand in seinen Augen. Er wünschte, er hätte sie von Schuld freisprechen können, doch er kannte sie zu gut, um zu wissen, dass sie mehr als nur die arme Verführte war.

Er hatte ihr all die Lügen geglaubt, weil er sie liebte. Und er liebte sie noch, selbst jetzt, in diesem Moment, er spürte es deutlich. Sie war wie ein Virus, von dem man, einmal befallen, nie mehr ganz gesundete.

Nun, da die Wahrheit unverstellt sichtbar war und er sich nicht länger etwas vormachen konnte, führte ein schmerzlicher Gedanke zum nächsten. Hatte sie seine Liebe jemals erwidert? Oder bestand dieses schändliche Verhältnis zu ihrem Onkel etwa schon seit Jahren? War alles von Anfang an Berechnung gewesen? Und wollten sie ihn gemeinsam zu Fall bringen, mit dieser angeblichen Reportage als Vorwand? Spionierte Magda ihn aus?

Aufgewühlt lief Blohm im Zimmer auf und ab. Er durfte nichts Unbesonnenes tun. Durfte sich nicht von Zorn und Eifersucht treiben lassen. Alles musste kühl abgewogen werden.

So wie er es immer getan hatte, wenn der Einsatz in einem Spiel hoch war. Und wann wäre er jemals höher gewesen als jetzt?

Er bückte sich und begann, die Sachen, die er vom Tisch gefegt hatte, aufzusammeln.

Rache ist ein Gericht, das am besten kalt serviert wird. So sagte man doch. Und so war es auch. Niemand wusste das besser als er.

Freitag, 20. Mai 1955

LUDWIG HOLTE DEN Ordner mit den Verträgen aus dem Regal, um seinen neuen abzuheften. Eben war er bei der Kühltechnikfirma gewesen, an die Fräulein Skudelny ihn empfohlen hatte, um seine Strategie, wie er den mutmaßlichen Spion überführen wollte, Herrn Wackwitz darzulegen. Zunächst wollte er den finanziellen und sonstigen Hintergrund des Mannes abklären und ihm dann ein lukratives Lockangebot unterbreiten. Griff die Maus nach dem Käse, schnappte die Falle zu. Sein Plan überzeugte auf Anhieb, seine Honorarvorstellung auch, was bei Ludwig den Verdacht weckte, dass er wahrscheinlich zu billig war. Sei's drum, das Papier war unterzeichnet, der Vorschuss in bar ausgezahlt, er konnte anfangen.

Während er den Ordner wieder zuklappte, hörte er jemanden im Vorzimmer. Die Anwälte hatten ihre Büros wegen des gestrigen Feiertages geschlossen und gönnten sich ein verlängertes Wochenende, also wer mochte das sein? Ein möglicher Kunde? Oder doch einer der Anwälte? Oder Fräulein Skudelny? Sogleich beschleunigte sich sein Puls. Er wollte hinausgehen, um nachzusehen, ob sie es war, doch dann zögerte er. Es hatte sich eine gewisse Verlegenheit zwischen ihnen eingeschlichen, denn sie hatte die ganze Woche über nichts zu den Pfingstrosen gesagt, die er ihr mit einer Dankeskarte nach Hause geschickt hatte. Angekommen waren sie, er hatte bei der Blumenhandlung eigens nachgefragt. Das Fräulein selbst habe den Empfang quittiert. Ludwig hatte eher mit Peinlichkeit oder Zurückweisung gerechnet. Doch nicht mit diesem Schweigen. Dieser Missachtung, deren Zweck es wohl war, seine freundliche Geste ungeschehen zu machen. Sollte er die Sache ansprechen? Oder wurde das Ganze dadurch nur wichtiger, als es war?

Er wollte gerade hinausgehen, um das Fräulein wenigstens zu begrüßen, da klingelte sein Telefon. Also kehrte er hinter den Schreibtisch zurück und nahm ab.

»Schönen guten Morgen, Herr Privatdetektiv.«

Zöllner.

»Guten Morgen. Haben Sie was für mich?«

»Hab ich. Wegen dieser Sache an der Großhesseloher Brücke. Sie wissen schon. Der Autounfall in der Nacht, als Ferdl Daxenhofer von der Brücke gesprungen ist.«

Die Schrammen am Baum. Die Scherben am Boden. Natürlich erinnerte sich Ludwig. »Und?«

»Wie Sie wünschten, hab ich mir alle Anzeigen aus der Nacht angesehen. Da war nichts.«

»Wäre auch zu schön gewesen.«

»Nicht so voreilig. In meinem Übereifer hab ich mir auch die Anzeigen der nachfolgenden Tage angesehen, und da ist mir was ins Auge gesprungen. Drei Tage später hat ein Spengler einen Sachschaden an seinem Fahrzeug gemeldet. Ein Goliath GD 750. Sie wissen schon, diese Karren mit drei Rädern. Sein Besitzer, ein Herr Walchinger, hat ihn an Ferdl Daxenhofers Todestag abends heil an der Straße vor seiner Werkstatt abgestellt, am nächsten Morgen waren der Scheinwerfer und der Seitenspiegel auf der Beifahrerseite zerbrochen und verbogen, die Tür war leicht eingedrückt und der Lack verkratzt.«

»Hat das jemand näher untersucht?«

»Ach was. Sie wissen selber, dass wegen so einem Bagatellschaden keiner einen Finger krumm macht. Anzeige gegen Unbekannt. Sachbeschädigung mit Fahrerflucht. So was wird nur angezeigt, damit die Versicherung den Schaden bezahlt. Drum hat es dem Spengler damit auch nicht pressiert.«

»Und in der besagten Nacht ist sicher keiner damit gefahren?«

»In der Anzeige steht dazu nichts. Vielleicht fragen Sie den Herrn selbst. Sebastian Walchinger aus Giesing.«

Giesing, hallte es in Ludwigs Kopf nach. So ein Zufall. Genau wie die Daxenhofers.

Zöllner gab Adresse und Rufnummer und das Kennzeichen des Fahrzeugs durch, Ludwig schrieb alles mit.

»Danke, Zöllner, gut gemacht. Mal schauen, ob das irgendwohin führt. Haben Sie eigentlich schon was zu dem Toten aus dem Eisbach?«

»Rein gar nichts. Niemand scheint ihn zu vermissen. In ganz Deutschland nicht.«

»Im Westen, meinen Sie wohl.«

Zöllner klang plötzlich wie aufgeweckt. »Was soll das heißen? Wissen Sie was?«

»I wo. War nur so ein Gedanke.« Die Sache mit dem Westen hatte er wirklich völlig unbedacht gesagt, doch wie er nun feststellte, ergab das vielleicht Sinn. »Zeigen Sie den Leuten in der *Coconut Bar* in Schwabing ein Foto des Mannes«, fuhr Ludwig fort. »Vielleicht kriegen Sie eine Auskunft. Aber das haben Sie nicht von mir. Schönen Tag noch, Zöllner.«

Ludwig hatte gerade aufgelegt, als er von draußen das Klappern einer Schreibmaschine hörte. Also war es doch Fräulein Skudelny, die gekommen war. Er legte den Hörer auf die Gabel und ging hinaus. Wie immer schaute sie nicht auf, das Tempo ihres Stakkatos verlangsamte sich nur kurz, ehe es sich wieder beschleunigte. Im Schirmständer tropfte ihr nasser Schirm vor sich hin.

»Guten Morgen«, grüßte Ludwig. »Ich dachte, Sie hätten frei.«

»Es sind Sachen liegengeblieben«, antwortete sie.

Er blieb einen Moment stehen und sah ihr zu, wie sie ihn geflissentlich ignorierte, dann kehrte er in sein Büro zurück. Seltsam, die Frau, dachte er. Ein unbehagliches Gefühl beschlich ihn, von dem er nicht wusste, was es genau war. Enttäuschung? Bedauern? Traurigkeit? Wohl von allem etwas. Was ging's ihn an? Das Fräulein hatte ihm die Grenzen aufgezeigt, er würde sie künftig beachten.

Sie waren so nahe wie möglich an die Grenze herangefahren, dann hatten sie den Wagen stehen gelassen und waren zu Fuß weitergegangen. Durch den Wald, über Stock und manch einen glitschigen Stein. An den Steigungen bot Karl ihr galant die Hand, obwohl er selbst hechelte wie ein ganzes Rudel Wölfe. »Ich hätte nicht gedacht, dass du dich letzte Nacht so verausgabt hast«, zog Magda ihn auf. Er lächelte nur müde, war zu sehr außer Atem, um etwas erwidern zu können. Man musste ihm allerdings zugutehalten, dass er den Rucksack für sie beide schleppte. Und ihr ging es nicht viel besser als ihm, sie kaschierte es nur geschickter. Dabei sahen sie beide in ihrer Wanderkleidung aus, als wären sie geradewegs aus einem Heimatfilm herausspaziert. Feste Schnürschuhe, Kniebundhosen und Kniestrümpfe, Karl mit einer Joppe und einem Filzhut wie der Förster vom Silberwald höchstpersönlich. Das hatte sie natürlich als Erstes fotografieren müssen.

Dass sie sich ihrem Ziel näherten, merkten sie an den Hinweisschildern, die vor der nahen Grenze warnten. Als Karl, der ein paar Schritte vor ihr ging, beinahe über einen Grenzstein stolperte, erkannten sie, dass sie angekommen waren. Dann entdeckten sie die Grenzpfosten und eine Grenztafel. Etwas nach hinten versetzt befanden sich die eigentlichen Grenzanlagen: ein einreihiger Maschendrahtzaun mit Stacheldraht, damit niemand darübersteigen konnte. Schon vor dem Zaun gab es Stolperfallen, hatte Karl Magda gewarnt, sie blieben also besser auf der deutschen Seite.

Magda packte ihre Kamera aus und fotografierte die Grenztafeln, die Steine, den Zaun. Seiner eigenen Warnung zum Trotz näherte Karl sich dem Maschendraht.

»Bist du verrückt«, rief Magda. »Komm zurück!«

Trotzdem machte sie eine ganze Reihe von Fotos.

»Hey!« Eine Grenzpatrouille erschien auf der anderen Seite. Die Grenzer sahen wenig freundlich aus. Einer nahm das geschulterte Gewehr ab. Karl stand da und sah den Mann durch den Zaun hindurch an. Was war mit ihm los? Wieso bewegte er sich nicht? Es war fast so, als wolle er es darauf ankommen lassen, dass der Tscheche schoss. Magda vergaß im ersten Moment zu fotografieren, doch dann knipste sie wieder, suchte die beste Position, drehte am Objektiv herum.

Als der tschechische Grenzer das Gewehr bedrohlich hob, wandte Karl sich endlich um und eilte zu Magda. Gemeinsam brachten sie einen sicheren Abstand und etliche Baumstämme zwischen sich und die Grenze. Erschöpft ließen sie sich auf einen bemoosten Felsen nieder.

»Hast du ihn drauf?«, fragte Karl. »Mit dem Gewehr im Anschlag?«

»Deshalb hast du das gemacht? Für ein Foto?« Sie boxte ihn in die Schulter. »Keine Ahnung, ob ich es verwackelt habe, solche Angst, wie du mir gemacht hast.« Doch sie wusste, dass ihre Hand ruhig gewesen war.

»Ich hab's nicht für das Foto gemacht«, sagte er.

»Sondern?«

»Ich weiß nicht. Im Krieg hat tausendmal jemand auf mich angelegt. Es war einem fast schon egal. Vielleicht wollte ich sehen, wie es jetzt ist.«

»Und? Wie ist es?«

»Beängstigend. Gehen wir zum Auto und fahren wir ein Stück weiter.«

Beim Wagen erwarteten sie bereits zwei deutsche Grenzbeamte, die kaum weniger gut bewaffnet waren als ihre tschechischen Kollegen. »Ist das Ihrer?«, fragte einer, und als Karl bestätigte, sagte er: »Sie wissen schon, dass das hier Grenzgebiet ist, oder?«

»Papiere, und zwar ein bisschen dalli!«, verlangte der andere schroff.

»Wir sind von der Presse«, sagte Karl, »*Blitzlicht*, München.«

Sie zeigten beide ihre Pässe vor, auch die Presseausweise. Georg hatte zum Glück auch für Magda einen ausstellen lassen. Trotzdem befürchtete sie, ihre Fotos könnten beschlagnahmt werden. Doch die beiden Beamten gaben die Ausweise zurück, und einer schnarrte: »Sehen Sie zu, dass Sie weiterkommen. Hier gibt's nichts zu fotografieren.«

Magda und Karl stiegen ein und fuhren unter den argwöhnischen Blicken der Grenzer weiter.

Der Goliath stand an der Straße, vor dem Rohbau eines Mietshauses in der Schellingstraße. Es war ein grauer Pritschenwagen mit einem von einer Plane überzogenen Aufbau auf der Ladefläche. Über die hintere Bordwand ragten Eisenrohre heraus. Obwohl Ludwig sicher war, dass es das richtige Fahrzeug war, verglich er noch einmal das Kennzeichen mit dem, das er aufgeschrieben hatte. Passte. Als Ludwig um das Fahrzeug herumging, sah er die Aufschrift auf der Plane über der Ladefläche: *Spenglerei Sebastian Walchinger*. Der Scheinwerfer war inzwischen erneuert worden, die Blechschäden an der Tür notdürftig ausgebeult. Ludwig nahm sie genau in Augenschein auf der Suche nach fremden Lackspuren, die darauf hingewiesen hätten, dass ein anderes Fahrzeug den Schaden verursacht hatte. Er fand keine.

»Suchen Sie was Bestimmtes?«

Ludwig schaute auf. Vor ihm stand ein untersetzter Mann in einem blauen Arbeitsanzug. Auf dem runden Kopf trug er eine Schiebermütze. Ein Mond mit Mütze, dachte Ludwig belustigt.

»Wie ist das da passiert?« Er deutete auf die Schäden.

»Warum interessiert Sie das?«

»Ich suche nach einem Auto, das vor ein paar Wochen in der Nähe der Großhesseloher Brücke einen Baum gestreift hat. Sie haben ein paar Tage danach einen Schaden an Ihrem Auto angezeigt. Der Scheinwerfer war auch kaputt, oder?«

Der Mann kam einen Schritt näher. »Kann schon sein. Sind Sie von der Polizei?«

»Nicht ganz. Privatdetektiv. Gruber ist mein Name. Ludwig Gruber. Und Sie sind Sebastian Walchinger?«

Der Mann nickte. »Höchstselbst. Wie kommen Sie auf die Idee, dass das Fahrzeug, das Sie suchen, mein Goliath ist?«

»Weil der Schaden bei Ihnen laut Polizeiprotokoll genau in derselben Nacht entstanden ist. Sie haben ja alles schnell wieder herrichten lassen.«

»Ich brauch den Wagen jeden Tag. Und ein paar Häuser weiter ist gleich eine Autowerkstatt, die das sofort gemacht hat.«

Ludwig nickte. »Sie haben angegeben, dass der Goliath immer an der Straße vor Ihrer Spenglerei parkt. Könnte in der Nacht jemand damit gefahren sein? Ohne Ihr Wissen?«

Walchinger nahm die Mütze ab und kratzte sich am Kopf. »Ich wüsste nicht, wer. Aufgebrochen war der Wagen jedenfalls nicht. Und auch sonst war alles in Ordnung. Ich dachte halt, dass irgendein Besoffener mit seinem Auto den Goliath gestreift hat.«

»Gut möglich. Wo bewahren Sie denn den Schlüssel auf?«

»In der Werkstatt, da hängt er an einem Brett.«

»Und die Werkstatt ist abgeschlossen?«

»Freilich. Was glauben Sie denn. Da wären jeden Tag in der Früh die Rohre weg und beim nächsten Alteisenhändler. Oder gleich irgendwo im Eigenheim verbaut.«

»Und wo bewahren Sie den Schlüssel auf?«

»Bei mir im Haus. Ich wohn ja gleich nebendran.«

Ludwig überlegte. Ihm fielen auf Anhieb fünf Leute ein, die den Goliath ganz ohne Schlüssel zum Laufen bringen würden. Aber das waren Profis. Berufsverbrecher. Oder Automechaniker.

Aus der Baustelle wurde gerufen. »Wastl, wo bleibt das Rohr?«

»Kommt gleich«, antwortete Walchinger.

Die Frage nach einem Fahrtenbuch brauchte Ludwig gar nicht zu stellen, es gab sicher keines, denn sonst hätte Walchinger sofort bemerkt, dass der Goliath in der Nacht bewegt worden war. »Und Ihnen ist außer dem Schaden am nächsten Tag wirklich nichts aufgefallen?«, fragte Ludwig. »Zum Beispiel, dass weniger Sprit im Tank war, als Sie gedacht haben?«

»Dazu kann ich nix sagen, die Tage ist mein Geselle gefahren. Aber eine Sache war da, die ist mir schon ein bisserl komisch vorgekommen.«

»Und was?«

»Da lagen keine Glasscherben herum. Von dem Scheinwerfer.«

Ludwig holte das Taschentuch mit den Scherben, die er bei der Großhesseloher Brücke aufgesammelt hatte, aus der Hosentasche und zeigte sie vor. »Wenn ich mir den neuen Scheinwerfer anschaue, könnten die doch passen, oder was meinen Sie?«

»Könnten sie.« Walchinger rieb sich das Kinn und beäugte Ludwig auf einmal misstrauisch. »Ein Privatdetektiv sind Sie also. Und wer, haben Sie gesagt, schickt Sie?«

»Das kann ich Ihnen leider nicht verraten.«

»Ist es die Versicherung? Schicken die Sie, damit Sie was finden, dass sie nicht zahlen müssen?«

»Da kann ich Sie beruhigen. Von einer Versicherung komme ich nicht. Ich schwöre!«

Walchinger schien Schwüren nicht zu vertrauen. Sein Gesichtsausdruck wurde immer abweisender. »Ich muss zurück auf die Baustelle. Und Sie verschwinden von meinem Fahrzeug. Wiederschau'n, der Herr.«

Ludwig verabschiedete sich ebenfalls und ging davon. Und er wusste genau, was sein nächstes Ziel sein würde.

Er fuhr mit der Tram nach Giesing, in die Unterbergstraße, wo die Spenglerei Walchinger ihren Sitz hatte. Zur Werkstatt gehörte auch ein Geschäft, in dem allerlei Zubehör fürs Bad und den Abort verkauft wurde und verschiedene Einbauten zur Ansicht ausgestellt waren. Die Autowerkstatt, von der Walchinger gesprochen hatte, musste in der Nähe sein. Ein paar Häuser weiter bemerkte Ludwig ein Schild an einer Durchfahrt, das den Weg zur Autowerkstatt im Hof wies: Autowerkstatt Adolf Riedl. Ludwig folgte dem Hinweis und hörte schon von weitem ein Radio mit neumodischer amerikanischer Musik, die gelegentliches Hämmern und Fluchen eines Mechanikers untermalte. Ludwig war noch nicht ganz um die Ecke in den Hof gegangen, da fiel ihm der Bursche ins Auge, der rauchend im offenen Werkstatttor stand und anscheinend auf den Feierabend in vier oder fünf Stunden wartete.

»Herrgottsakrament, Seppi«, zeterte in der Halle der Meister, »wo bleibst du denn? Glaubst, der Ölwechsel an dem VW macht sich von allein!«

Noch bevor der Name gefallen war, hatte Ludwig ihn schon erkannt. Seppi – das war der Bursche aus Ferdls Blas'n. Der Hutwegschläger, der sich zu Rosi Daxenhofers Beschützer aufgeschwungen hatte.

Vielleicht nur ein Zufall, dass er so nahe dran an Walchingers Goliath arbeitete, dachte Ludwig, aber auf jeden Fall ein interessanter.

Samstag, 21. Mai 1955

JE NÄHER SIE München kamen, desto stiller wurden sie. Magda legte ihm die Hand aufs Knie, es fühlte sich gut und richtig an. So, wie es sich letzte Nacht gut und richtig angefühlt hatte, mit ihr in dieser schmalen, knarrenden Bettstatt einzuschlafen, und so, wie es sich gut und richtig angefühlt hatte, am Morgen neben ihr aufzuwachen. Es war sehr früh gewesen, der Tag selbst noch im Halbschlaf. Ihr müdes Blinzeln, ihr Lächeln und dieser unvergängliche Glanz in ihren Augen. Ein Wesen wie erträumt und doch echt. Ihre Haut auf seiner Haut. Sie sagte nichts, er sagte nichts, sie berührten einander. Leise knarrte das Bett unter ihnen. Ihr warmer Atem in der Kälte der Kammer. Ihr Gurren, Stöhnen, Seufzen; ihr erlöstes Lachen. Er sah sie so gern an, wenn sie glücklich war, satt und zufrieden, streichelte ihre Wangen, küsste sie auf die vollen Lippen.

»München«, sagte Magda am Ortsschild und riss ihn damit aus seinen Gedanken. Sie zog die Hand weg, die bis eben noch auf seinem Knie geruht hatte.

Von Ferne hörte Karl Kirchenglocken. Drei Uhr nachmittags, der Beginn der Sonntagsruhe. Er hoffte, dass Blohm es nicht so genau nahm und noch auf irgendeiner Baustelle herumkroch.

Sie fuhren am Kanal nach Nymphenburg zurück. Er spürte, wie Magda sich veränderte, wie aus seiner Geliebten langsam wieder Blohms Frau wurde. Die Mutter von Blohms Sohn. Als sie in die Tizianstraße einbogen, war die Metamorphose vollendet.

Das Tor zum Anwesen stand offen, Blohms Wagen parkte vor dem Haus. Mist, dachte Karl. Blohm war also zu Hause. Langsam ließ er den Ford in die Einfahrt rollen und hielt hinter dem schwarzen Mercedes an.

»Du musst nicht mit reinkommen«, sagte Magda.

Karl stieg aus, holte ihr Gepäck aus dem Kofferraum und trug es zum Eingang. Genau in diesem Moment öffnete sich die Tür. Franzi stand vor ihm, hinter ihr tauchte Peterle auf. Als der Bub Magda sah, stürmte er auf sie zu. Nun, da er sie zurückhatte, war alles Schmollen vergessen. Sie wirkte ebenso glücklich, ihn wieder in den Armen zu halten. Nach der ausgelassenen Begrüßung gingen sie ins Haus. Karl stellte das Gepäck ab. Er roch Zigarren und hörte Stimmen.

»Ist Besuch da?«, fragte Magda.

»Ein Herr Čierny und das Fräulein, das schon mal hier war«, teilte Franzi mit.

In diesem Moment kam Blohm heraus, und sogleich war der Raum von ihm erfüllt. Er nahm Magda in den Arm, Karl hörte den Schmatz nur, hinschauen wollte er nicht, der Stich ging auch so tief genug. Dann wandte Blohm sich ihm zu. Karl erwiderte seinen Blick ohne ein Blinzeln. »Wieder da«, sagte Blohm nur und gab ihm die Hand. Karl schlug ein. »Immer rein mit euch. Franzi, nehmen Sie den Buben.«

»Agota ist auch da?«, fragte Magda, an Blohm gewandt.

»Das arme Ding sitzt im Wohnzimmer vor dem Fernsehgerät und muss sich mit Peterle das Kinderprogramm ansehen. Sie ist nur deinetwegen mitgekommen, Magda. Wir dachten halt, ihr seid früher zurück. Was habt ihr noch den ganzen Tag gemacht? Ach, das erzählst du mir später, geh jetzt zu ihr und unterhalte sie ein bisschen. Und du, Karl, du kommst zu uns. Auf einen Cognac und eine Zigarre.«

»Mit dem Stumpen kannst du mich nicht locken, aber zum Cognac sag ich nicht nein.«

Karl wandte sich zur Seite, um Magdas Blick noch einmal aufzufangen, doch sie war schon auf dem Weg ins Wohnzimmer. Er ließ sich von Blohm in ein Zimmer führen, das man in früheren Zeiten wohl einen Herrensalon genannt hätte. Ein gediegen eingerichteter Raum, in dem er vermutlich Geschäftsfreunde und sonstige mehr oder weniger wichtige Männer empfing. In einem Sessel saß Tomáš Čierny. »Die Herren kennen sich.« Blohm wies Karl einen Platz zu und ging hinter seine Hausbar, um ihm einzuschenken.

Ein merkwürdiges Gefühl, hier mit dem Mann zu sitzen, in dessen Wohnung ich in gut einer Woche einbrechen werde, dachte Karl, während er Čierny ansah. Sein Blick wanderte zu Blohm, der mit einem Schwenker nahte, in dem der Cognac schwappte, bernsteinfarben wie Magdas Augen. Und mit dem Mann, dachte Karl weiter, mit dessen Frau ich in den letzten Nächten geschlafen habe. Ich bin ein Schuft, und es ist großartig!

Der Ledersessel knirschte, als Blohm sich schwer hineinfallen ließ. »Erzähl schon«, drängte Blohm, »wie war euer Besuch am Eisernen Vorhang?«

Obwohl Agota sich anfangs zierte, hatte Magda einen Riesling für sie beide aufgemacht. Jede von ihnen saß mit angezogenen Knien an einem Ende des Sofas, und vor ihnen auf dem Boden malte Peterle mit Buntstiften Tiere auf seinen Zeichenblock. Magda hatte von dem Ausflug an die Grenze erzählt, von der bigotten Pensionswirtin, dem geteilten Bahnhof, den Zäunen und dem Stacheldraht und der Begegnung mit den Grenzpatrouillen. »Wahrscheinlich hätten sie nicht auf uns geschossen«, sagte sie, »aber in dem Moment hatte ich Angst.«

Sie nahm eine Zigarette aus ihrem Etui und zündete sie an. Erst wollte sie ihrem Gast auch eine anbieten, doch dann fiel ihr ein, dass Agota nicht rauchte. Was sehr vernünftig war, sie selbst sollte es besser auch wieder einschränken. Agota nippte an ihrem Wein, so zaghaft, dass sie wohl nur feuchte Lippen davon bekam.

»Sie verstehen sich sehr gut mit Ihrem Onkel«, sagte Agota dann, wobei ein feines Lächeln ihre Mundwinkel umspielte.

Was wollte sie andeuten? Magda ließ sich mit der Antwort Zeit, blies Rauch in die Luft. Die süße Agota, dachte sie, gibt sich so harmlos, so bescheiden und ist doch hellwach. »Karl und ich ... es ist etwas ... ja etwas Besonderes zwischen uns«, erwiderte Magda vage.

Agota tat so, als entferne sie einen Fussel von ihrem Rock, während sie sagte: »Wenn er nicht Ihr Onkel wäre ...«

Sie weiß es, dachte Magda mit einem Schrecken, oder ahnt zumindest etwas. Ist es so offensichtlich? Aber wie konnte Blohm, der doch das Gras wachsen hörte, dann ahnungslos sein? Hitze stieg in ihr auf. Sie musste an Karl denken, der jetzt mit Blohm zusammensaß.

»Er ist aber mein Onkel«, gab Magda kurz angebunden zurück und beugte sich vor, als seien Peterles Zeichenkünste für sie gerade interessanter als Agotas Frage. Sie lobte ihn, dann fiel ihr Blick auf Agotas halb volles Glas.

»Trinken Sie aus«, sagte sie und griff nach der Flasche, »damit sich das Nachschenken lohnt. Und da wir gerade über Männer reden: Wie ist es mit Ihnen und Herrn Čierny? Er ist ein stattlicher Mann, und wenn man Tag für Tag so viel Zeit miteinander verbringt ...«

»Hören Sie auf«, empörte sich Agota. »Wie können Sie so was auch nur denken!«

Magda lachte und legte die Hand auf Agotas Knie. »Seien Sie nicht gleich beleidigt, Liebes. Wir plaudern ja nur.«

Je länger Karl die beiden Männer beobachtete, desto weniger wurde er aus ihnen schlau. Michal Hašeks Worte fielen ihm wieder ein. Wer hatte hier wen in der Hand? Was verbarg sich hinter dieser ausgewählten Höflichkeit? Karl spürte eine subtile Spannung, doch er hätte nicht sagen können, wie die Machtverhältnisse waren. Hoffentlich schaffte ein Blick in Čiernys Aktenschränke etwas mehr Klarheit.

Nachdem das Geplauder eine Weile wie ein Bach vor sich hin geplätschert war, wollte Čierny aufbrechen. »Ich muss noch ein paar Artikel durchsehen«, erklärte er.

Da Blohms Fahrer schon Feierabend hatte, ging Blohm hinaus zum Telefon, um ein Taxi zu rufen. Für ein paar Sekunden schwappte amerikanischer Jazz durch die Tür herein. Die Cognacschwenker in der Hand, saßen Karl und Čierny sich gegenüber. »Mal im Ernst«, begann Karl, »hatten Sie wirklich nie Kontakt zu einem Geheimdienst? Jemand wie Sie, mit so vielen Verbindungen nach drüben? Sie müssten für diese Dienste doch hochinteressant sein.«

Čiernys Augen waren schon ein wenig glasig. Er war nicht sturzbetrunken, aber vielleicht doch angetrunken genug, dass die Fassade unverbindlicher Höflichkeit, hinter der er sich gewöhnlich verbarg, ein wenig aufbrach, zumal ihn die Eitelkeit spürbar kitzelte. »Sie schreiben das aber nicht in Ihrer Zeitung«, begann er mit gedämpfter Stimme.

Karl nickte. »Mein Ehrenwort.«

»Es gab Angebote. Von den Amerikanern. Den Franzosen. Man bot mir Geld. Ich habe alles ausgeschlagen.«

»Warum? Sie haben doch denselben Feind.«

»Ja, aber sie bezahlen alle schlecht. So verdammt schlecht!« Er lachte wie über einen Witz. Wieder ernst, fügte er hinzu: »Die denken, nur weil einer ein Patriot ist, gibt es alles umsonst. Und ich will das Geld ja nicht für mich.«

Da fiel Karl noch etwas ein. »Bevor Sie gehen, möchte ich Ihnen gern etwas zeigen.«

Er holte den Zeitungsartikel mit dem Foto des Toten aus dem Eisbach hervor. Langsam kam er sich damit wie ein Hausierer vor, aber von Ludwig wusste er, dass sich Hartnäckigkeit manchmal auszahlte. Čierny betrachtete das Foto und meinte dann: »Den habe ich schon mal gesehen.«

Karl horchte auf. »Wo?«

»In der Zeitung. Sonst nicht. Tut mir leid.«

Genau in dem Moment kehrte Blohm zurück. »Taxi kommt in fünf bis zehn Minuten. Das gnädige Fräulein darf aber noch nicht fort. Verfügung der Dame des Hauses. Die will erst noch ihre Garderobe vorführen. Du sollst Agota später heimbringen«, sagte Blohm, an Karl gewandt. »Das heißt, du musst auch noch bleiben.«

Karl lächelte schicksalsergeben, während Čierny sein Glas leerte und sich erhob. »Dann gehe ich mal und verabschiede mich von den beiden. Herr Wieners. Es war mir eine Ehre.«

Blohm begleitete seinen Gast, Karl blieb allein zurück. Durch die offene Tür hörte er Stimmen und Schritte auf Treppen und steinernen Fußböden, dazu wieder amerikanischen Jazz, der wie eine laue Brise durch das Haus wehte. Nach einer Weile stand er auf, ging zur Hausbar und schenkte sich Cognac nach, schwenkte ihn im Glas und schaute sich um. Ein Herrenzimmer, dachte er. Wie zu Kaisers Zeiten. Völlig überzogen, heutzutage. Und doch hätte es ihm gefallen, so zu wohnen. Wem nicht? Eigenes Personal. Mehrere Automobile. Und eine mit Schmuck und Pelzen behängte, bildschöne Ehefrau.

Karl setzte sich wieder und zündete sich eine Zigarette an.

Im nächsten Moment kehrte Blohm zurück.

»Wie ich sehe, hast du dich schon bedient«, sagte er mit Blick auf Karls Glas.

»Ich war so frei.«

Blohm schenkte sich selbst nach. »Was hast du Čierny gezeigt?«

»Ein Foto.«

»Darf ich es auch sehen?«

Karl holte es heraus und zeigte es Blohm. Der betrachtete es eingehend. »Wieso interessiert dich der Mann?«

»Hat mit der Reportage zu tun. Vielleicht.«

Blohm gab das Bild zurück und setzte sich. »Apropos Reportage«, sagte er, ohne weiter auf das Foto einzugehen. »Erzähl mir von eurer Fahrt an die Grenze.«

»Hab ich doch schon.«

Blohm nahm seine erloschene Zigarre aus dem Aschenbecher, riss ein Streichholz an und entzündete sie erneut. Er paffte ein wenig in das Schweigen hinein, dann fixierte er Karl unvermittelt und sagte: »Nur die halbe Geschichte. Jetzt will ich die andere Hälfte hören.«

Karl schaute irritiert. Sein Puls ging plötzlich schneller. »Ich verstehe nicht, was du meinst.«

»Na, ich rede von der Geschichte mit Magda und dir.«

Endlich waren die Männer weg, und sie konnten sich wieder dem Kleiderschrank zuwenden. Vorher hatte Magda die Schallplatte umgedreht. Billie Holidays *Solitude*, die sie aus Amerika mitgebracht hatte. Sie liebte die schwere Süße dieses Klangs, träge und klebrig wie amerikanischer Ahornsirup. Dagegen wirkten deutsche Schlagernummern wie billige Brause. Agota gingen beim Anblick all der wunderbaren Kleider schier die Augen über. Für jeden Anlass war etwas dabei. Luftig leichte Sommermodelle, flotte Cocktailkleider, Kostüme, schwere Abendroben, ideal für den Besuch eines Balls oder der Oper. Magda genoss die bewundernden Blicke, sie trug die Kleider gern, aber eigentlich bedeuteten sie ihr nichts. So wie ihr nichts von all dem, was Blohm ihr bot, etwas bedeutete, außer dem einen: Sicherheit für Peterle.

»Probieren Sie etwas an«, forderte Magda Agota auf. »Sie haben ungefähr meine Größe, wir müssten also etwas finden, das Ihnen passt.«

Magda leerte ihr Glas, nahm die Weinflasche und verteilte den Rest, der noch darin war, auf die beiden Gläser. Sie war beschwipst, und es gefiel ihr ganz ungemein, zumal Agota auch ein wenig beschickert wirkte. Ihre Wangen glühten wie feines Abendrot. »Und hören wir endlich mit diesem dummen Sie auf. Ich bin Magda.«

Sie streckte Agota ihr Glas entgegen.

»Agota.«

Sie stießen an und tranken.

»Jetzt weiß ich, was für ein Kleid zu dir passt. Warte!«

Magda stellte das Glas ab und suchte im Kleiderschrank. Schließlich fand sie es: das Dior-Kleid. Blohms erstes Geschenk, das sie zunächst zurückgewiesen hatte. Damals hätte sie sich nicht vorstellen können, jemals mit diesem Mann verheiratet zu sein. Nicht wegen seines zweifelhaften Rufes, einen solchen hatte sie auch gehabt. Er kam als Mann nicht in Frage. Und doch war sie nun hier.

Sie hielt Agota das Kleid hin. »Anziehen.«

»Es ist … wunderschön.«

»Nicht wahr? Also, bitte!«

Agota zögerte noch, aber die Versuchung war zu groß.

Magda holte ihren Fotoapparat aus dem Rucksack, den Franzi zusammen mit dem Koffer heraufgetragen hatte, und knipste Agota, wie sie sich nach und nach auszog, bis sie in ihrem blütenweißen Büstenhalter und einem Schlüpfer vor ihr stand. Da sie Magda die ganze Zeit den Rücken zugekehrt hatte, bemerkte Agota erst, als sie sich nach dem Kleid umdrehte, dass sie fotografiert wurde.

»Tun Sie das bitte nicht«, sagte Agota, mit leichtem Schrecken im Blick.

»Wir waren schon per du«, ermahnte Magda sie. »Es sind nur ein paar Schnappschüsse, niemand wird sie sehen.«

»Trotzdem. Ich will das nicht. Bitte!«

Magda ließ die Kamera sinken. »Na gut. Wir machen es richtig. Du kommst vorbei, wir kleiden dich ein und schießen dabei wunderbare Aufnahmen. Nur für dich, damit du dir, wenn du einmal alt bist, ansehen kannst, wie schön du warst. Versprochen?«

»Ich denke darüber nach.«

Agota schlüpfte in das Kleid, es passte wie maßgeschneidert. Sie sah großartig aus.

»Wenn deine Verehrer dich so sehen könnten«, sagte Magda.

»Es gibt keine Verehrer«, widersprach Agota. »Und es reicht doch, wenn ich mir selbst gefalle.«

Magda lachte. »Da hast du recht!«

Karl wurde es langsam heiß. Als würde er unter Blohms glühenden Blicken auf kleiner Flamme gegart. »Ich weiß nicht, welche Geschichte zwischen Magda und mir du meinst«, antwortete er, bemüht, möglichst gelassen zu klingen. Wie jemand, der nichts zu verbergen hatte.

»Na, es versteht sich ja nicht von selbst, dass eine Frau so für einen älteren Verwandten schwärmt«, sagte Blohm. Der Ledersessel unter ihm knirschte. »Ist es, weil du Künstler bist? Ich weiß, Frauen lieben das.«

»Mag sein, dass es eine Rolle spielt. Und Magda ist ja auch eine Künstlerin in ihrem Metier. Ich meine die Fotografie.«

»O ja, das ist sie. Ich sollte dem mehr Aufmerksamkeit schenken.« Blohm nahm einen Zug von der Zigarre, behielt Karl im Blick wie einen Verbrecher.

Karl stippte die Asche von seiner Zigarette in einen schweren gläsernen Aschenbecher. Wie gern hätte er den Blohm jetzt über den Schädel gezogen. Doch stattdessen sagte er betont beiläufig: »Magda hatte ein … nun ja, sagen wir, schwieriges Verhältnis zu ihren Eltern. Das weißt du sicher. Sie hat schon als Kind all ihre Sehnsüchte, ihre Bedürftigkeit in mich hineinfantasiert. Obwohl sie mich gar nicht kannte.«

»Oder gerade deshalb.« Blohms Ledersessel knirschte. »Muss schwer sein, dem gerecht zu werden. Ich meine, wenn man dann aus Fleisch und Blut dasteht. Das kann ja eigentlich nur in einer Enttäuschung enden. Aber bei dir und ihr …«

Karl hatte einen Zug von der Zigarette genommen, ließ den Rauch entweichen, während er sagte: »Ich denke, das war ich auch. Eine Enttäuschung. Auf die eine oder andere Art.«

»Oh, da irrst du. Sie verehrt dich!« Blohm wedelte mit dem Zeigefinger herum wie ein Schuldirektor. »Ich gebe sogar zu, dass ich manchmal ein wenig neidisch auf dich bin. Wenn Magda bei dir war, ist sie danach immer anders. Sie wirkt so … ich weiß nicht, wie ich es beschreiben soll. Hilf mir doch! Du bist der Mann der Worte, ich bin nur der mit dem Geld.«

Die Worte sind nicht so schwer zu finden, dachte Karl,

nicht ohne den Anflug eines Triumphgefühls. Sie ist glücklich, befriedigt, voller Liebe.

»Am Ende hängen die Frauen mehr am Geld als an den schönen Worten«, sagte Karl.

Blohm lachte auf. »Wie treffend formuliert. Ein Bonmot. Könnte fast von Oscar Wilde stammen.«

Karl gelang lediglich ein säuerliches Grinsen. »Ja, ja, mach dich nur über mich lustig.« Er drückte seine Zigarette im Aschenbecher aus und bezwang das Verlangen, sich sofort eine neue anzuzünden.

»Wieso hast du mich eigentlich nie für deine Reportage befragt?«, brach Blohm das entstandene Schweigen. »Ich könnte dir sicher ein paar interessante Dinge erzählen.«

»Das könntest du bestimmt. Und du stehst auch auf meiner Liste.« Das stimmte sogar. Nur würde Blohm die Dinge, die Karl wirklich interessierten, niemals preisgeben. »Allerdings weiß ich, dass du ein vielbeschäftigter Mann bist.«

»Für Familie ist immer Zeit. Ich könnte dir Dinge erzählen, die du von Herrn Čierny nicht erfährst.«

Ehe Karl antworten konnte, flog die Tür auf, und Magda stand im Raum. »Schluss mit euren Männergesprächen!«, verkündete sie. »Agota will nach Hause, und du« – sie deutete auf Karl – »fährst sie.«

»Wenn du meinst.« Karl erhob sich betont lässig. Innerlich dankte er Magda tausendmal dafür, dass sie ihn von Blohm erlöste. »Es ist für mich auch höchste Zeit.«

Agota wartete schon an der Haustür. Karl umarmte Magda und wollte gehen, doch Blohm packte ihn am Arm und hielt ihn fest. »Wir reden noch«, sagte er, und es klang nicht mehr wie ein Angebot, sondern wie eine Drohung.

Karl wartete im Auto, bis Agota im Haus verschwunden war. Erst dann sah er seine Aufgabe als erfüllt an und fuhr zurück nach Neuhausen. Die Fahrt war in tiefem Schweigen verlaufen, unterbrochen nur von gelegentlichen belanglosen Wortwechseln. Agota wirkte verlegen, wusste offenbar nicht so recht, was sie sagen sollte. Und Karl ging es ähnlich. Er verstand, was Magda an ihr anzog; allein mit ihr im Auto, leichte Schlagermelodien aus dem Radio, fühlte er sich selbst auf eine unbestimmte Art zu ihr hingezogen. Doch ihm wurde klar, dass seine Gründe andere waren als die von Magda, auch wenn es kein männliches Begehren war, das die Anziehung bestimmte, eher eine leise Sehnsucht nach etwas, das unwiederbringlich verloren war und mit ihr eigentlich nichts zu tun hatte. So wie die Jugend. Oder die Art, wie die Liebe sich anfühlte, wenn sie neu war. Vielleicht kam es aber auch von Agotas blondem Haar und den blauen Augen, die ihn an Heidi erinnerten. Agota ähnelte seiner Frau, auch wenn sie ein etwas anderes Temperament gehabt hatte. Die Liebe zu Magda hatte ihn vergessen lassen, wie es gewesen war, Heidi zu lieben. Kinder mit ihr zu haben. Ein Leben.

Während Karl den Wagen zurück nach Neuhausen lenkte, stellte er sich Magda in diesem Haus mit Blohm vor, wie sie mit ihm in einem Bett lag. Die Vorstellung ließ sich nur schwer ertragen. Und wie Blohm ihn ins Verhör genommen hatte. Doch je mehr Karl darüber nachdachte, desto mehr kam es ihm vor, als habe Blohm nicht etwa aus einer Position der Stärke, sondern eher der Schwäche heraus gesprochen. Als greife etwas ihn an. Als sei er aus seinem sonst stets so sicheren Tritt geraten. Das musste keine gute Nachricht sein. Verwundete Tiger waren noch gefährlicher.

Samstag, 28. Mai 1955

ALS SICH LUDWIG um kurz vor drei der Autowerkstatt Riedl näherte, um Seppi abzupassen und ins Gebet zu nehmen, stellte er fest, dass er nicht der Einzige war, der auf den Burschen wartete. Einer aus der Blas'n stand mit seinem Fahrrad da und rauchte eine Selbstgedrehte. Punkt drei Uhr, mit dem Geläut von St. Martin, das über den Giesinger Dächern den Beginn der Sonntagsruhe verkündete, kam Seppi, ebenfalls mit einem Radl, heraus. Nach einer knappen Begrüßung begannen sie sofort einen heftigen Wortwechsel, den Seppi beendete, indem er auf sein Radl sprang und losfuhr. Genau in Ludwigs Richtung. Der huschte in letzter Sekunde hinter ein Lieferauto, das am Bordstein parkte, und konnte dann nur noch den Burschen nachschauen.

»Mist!«, schimpfte er, als sie um die Ecke bogen. Dann eben beim nächsten Mal.

Zur Trambahn musste er in dieselbe Richtung, in der die beiden Burschen verschwunden waren. Sie hatten es ziemlich eilig gehabt. Wo es sie wohl hintrieb? Sicher nicht nach Hause zu den Eltern. Diese Blas'n hatten ja alle ihre geheimen Treffpunkte, wo sie gemeinsam tranken und rauchten und ihre nächsten Aktionen ausheckten. Vermutlich ging es dorthin.

An der Ecke blieb Ludwig stehen. Er hatte noch ein wenig Zeit. Wenn er die Gegend erkundete, stieß er ja vielleicht auf einen Ort, der solche Tunichtgute anzog. Kurz entschlossen ging er los. Der Zufall kam ihm schon wenig später zu Hilfe. Noch einer der Burschen aus der Blas'n schoss auf seinem Radl an ihm vorbei und bog ein paar hundert Meter vor ihm in eine Seitenstraße ein.

Ludwig folgte ihm, und es war auch nicht mehr weit. Gleich hinter der Ecke lag ein ausgebombtes Mietshaus, an dem Türen und Fenster im Erdgeschoss mit Brettern vernagelt waren. *Betreten verboten!*, stand auf einem Schild, und darunter: *Einsturzgefahr!* Kein Zweifel, das musste der Treffpunkt sein. Durch eine Durchfahrt kam man auf einen Hinterhof, und hier entdeckte Ludwig die Fahrräder der Burschen, notdürftig hinter einem wild wuchernden Holunderbusch versteckt.

Da hörte Ludwig das monotone Scharren eines Pedals an einem Schutzblech. Er konnte gerade noch rechtzeitig hinter einen Schutthaufen springen, als der Verursacher des Geräusches auch schon in den Hinterhof rollte, sein Radl zu den anderen stellte und durch ein Schlupfloch am vernagelten Eingang ins Innere der Ruine verschwand.

Ludwig kam hinter dem Haufen hervor. Er hatte große Lust, die Versammlung zu sprengen. Doch bei der Überzahl würde er vermutlich den Kürzeren ziehen. Klüger war es, sich erst das Versteck näher anzusehen und dann den Burschen auf den Zahn zu fühlen.

Ein paar Stunden später betrat Ludwig wieder den Hinterhof des ausgebombten Hauses. Die Fahrräder unter dem Holunderbusch waren verschwunden. So wie er es bei den Burschen gesehen hatte, schlüpfte er durch den Verschlag an der Tür in die Ruine. Selbst nach jahrelangem Verfall roch es hier noch eindringlich nach Holzkohle und Ruß, gesättigt durch den Gestank von verrottendem, schimmligem Gemäuer. Die Holzstiege war teilweise noch vorhanden, sie zu betreten allerdings lebensgefährlich. Man musste es nicht gesehen haben, um zu wissen, wie es in den Räumen dort oben aussah: eingestürzte Wände und Decken, was noch stand, von Ruß geschwärzt; das Mobiliar zertrümmert, angesengt, verbrannt. Was die Plünderer übrig gelassen hatten, hatten Regen und Frost zerstört.

Ludwig sah sich um. Wo hielt die Blas'n wohl ihre Treffen ab? Der Kellerabgang fiel ihm ins Auge. Er trat näher heran. Die Stiege nach unten war schmal, falls es jemals einen Handlauf gegeben hatte, so war er verschwunden. Die obersten beiden Stufen fehlten vollständig. Vorsicht war geboten. Man wusste nie, wie viel so eine Treppe noch aushielt. Er stieg über die Lücke und tastete sich Stufe für Stufe nach unten, tauchte, wie in einem trüben Tümpel, tiefer und tiefer in die Düsternis. Unten angekommen, verharrte er für einen Moment, bis sich seine Augen an das fahle Licht gewöhnt hatten. Dann schaute er sich um.

Das bisschen Helligkeit, das es hier unten gab, sickerte durch Kellerschächte herein. Unter einem von ihnen fanden sich ein paar Matratzen, einige leere Bierflaschen, einige Schundheftchen und auf dem Boden Unmengen zertretener Zigarettenkippen – offenbar der Tagungsraum. Ob das schon alles war, was es hier zu finden gab?

Ludwig entdeckte hinter den Matratzen eine unverschlossene Metallkiste. Sie enthielt jede Menge Zigaretten, Streichhölzer und obendrauf eine Taschenlampe. Und wie er feststellte, funktionierte sie sogar. Damit ausgerüstet, drang er in die hinteren, in völligem Dunkeln liegenden Bereiche des Kellers vor und warf in jedes Abteil einen Blick. In einem von ihnen stieß er auf eine verschlossene Kiste. Doch das Schloss war so alt und rostig, dass ein verbogener Nagel genügte, um es zu öffnen.

»Na also«, murmelte er.

In der Kiste befanden sich noch mehr Zigaretten, dazu Herrenuhren, Damenhandtaschen, Lederhandschuhe, Zeitschriften und sonstiger Kram, wie er einem in die Hände fiel, wenn man Autos knackte und in Kioske einbrach. Eine Schatulle enthielt die Barschaft: mehr als hundertfünfzig Mark, wie Ludwig überschlägig zählte. Er legte alles zurück und ließ das Schloss wieder einschnappen.

Er wollte schon in das Kellerabteil mit den Matratzen gehen, um auch die Taschenlampe an ihren alten Platz zu bringen, als deren Lichtfinger auf etwas unter der Treppe deutete. Zwei Bretter, wie er rasch erkannte. Er besah sie sich genau und stellte fest, dass es die beiden Stufen waren, die oben an der Treppe fehlten, allerdings in vier Teilen. Sie waren größtenteils durchgesägt, der Rest war durchgebrochen. Jemand – vermutlich die Burschen, die hier verkehrten – hatte diese Stufen von der Treppe entfernt und hier hingeworfen.

Ludwig richtete sich auf. Allmählich begann er zu ahnen, was hier geschehen war. Er sah sich nun die Treppe näher an. Auf dem Boden davor fand er eine dunkle Stelle, die ihm erst jetzt, im Schein der Taschenlampe, ins Auge fiel. Eingetrocknetes Blut, wie er vermutete. Er hatte in seinem Leben schon zu viele Plätze gesehen, an denen Verbrechen geschehen waren, um nicht zu wissen, dass er sich hier an einem Tatort befand.

Pfingstsonntag, 29. Mai 1955

»VON DIESEM MOMENT an«, las Agota laut vor, »haben meine Erinnerungen eine Deutlichkeit, die mich erstaunt. Ich begann, die anderen und mich selber mit gesteigerter Aufmerksamkeit zu beobachten. Bisher hatte ich mir immer den Luxus erlaubt, spontan und egoistisch zu sein. Ich fand das natürlich und kannte nichts anderes. Diese wenigen Tage aber hatten mich so aufgewühlt, dass ich …«

»Wie findest du es?«, unterbrach Danuta sie.

Agota hob den Kopf und betrachtete Danuta, die sich in ihrem hübschen Sommerkleid vor ihr präsentierte. »Perfekt«, sagte sie. »Da Magda das schon mal an mir gesehen hat, wird sie den Unterschied zwischen uns noch weniger bemerken.«

»Welchen Unterschied?«, fragte Danuta.

»Du weißt genau, was ich meine.«

Danuta lachte nur.

Äußerlich glichen sie und ihre Schwester sich wie ein Ei dem anderen. Zwillingsschwestern eben. Doch wer sie näher kannte, wusste immer, wen er vor sich hatte, denn während Agota eher zurückhaltend und vorsichtig war, war Danutas Auftritt forscher und ihr Charakter dominanter.

Agota legte das Buch auf das Beistelltischchen neben dem Sessel, sprang auf und trat zu ihrer Schwester. »Mach bloß keinen Unsinn«, ermahnte sie sie. »Du gefährdest sonst alles.

Jeder hat seine Rolle, und dabei sollte es bleiben. Es hat schon einen Grund, warum uns solche Spielchen strengstens …«

»… verboten sind, ich weiß.« Danuta lachte und stupste Agota sanft in die Seite. »Aber wieso sollst du den ganzen Spaß haben?« Plötzlich schlang sie die Arme um Agotas Hals und zog sie an sich. »Ach komm, Schwesterherz, hab Mitleid! Mir fällt die Decke auf den Kopf. Von früh bis spät sitze ich hier fest, bewege mich wie ein Mäuschen von Zimmer zu Zimmer, damit mich ja keiner hört.«

Agota bezweifelte, dass Danuta sich wie ein Mäuschen bewegte. Und sie stahl sich sehr wohl auch nach draußen. Wenn ihr jemand im Treppenhaus begegnete, war sie eben Agota. Der Tag würde kommen, an dem jemandem auffiel, dass die gleiche Frau zweimal das Haus verlassen hatte.

»Ich bin so gespannt auf deine Kapitalisten-Freundin«, sagte Danuta nun. Dann ließ sie Agota wieder los, schaute kritisch an sich hinab und schüttelte den Kopf. »Nein, tut mir leid. Das bin ich nicht.« Sie verschwand ins Schlafzimmer, aus dem das Knarren der Schranktüren herüberklang.

Agota setzte sich, nahm das Buch und las laut genug weiter, dass es auch im Schlafzimmer zu hören war: »Ich durchlebte alle Schrecken der Selbstbetrachtung, ohne mich aber deshalb mit mir selbst auszusöhnen …«

Ludwig gab Traudl letzte Anweisungen, dann schlüpfte er in seinen Mantel und nahm die Ledertasche mit dem Spionagewerkzeug aus dem Garderobenschrank. Karl hatte schon zum zweiten Mal gehupt. Im Radio sang Peter Alexander: *Du bist die Richtige, die einzig Richtige …*, und Traudl ließ verhalten, aber unübersehbar, die Hüften im Takt der Musik schwingen. Ludwig war dafür keineswegs unempfänglich. Doch er fühlte sich auch ungut an ihr Ansinnen erinnert, bald einmal mit ihm auszugehen, irgendwohin, wo man tanzen konnte. Dabei war schon der Kinobesuch vor drei Wochen zu viel gewesen. Wenn man heutzutage einer Frau den kleinen Finger gab, fraß sie einen sofort mit Haut und Haaren auf. Die Einzige, die keinen Appetit zu haben schien, war das Fräulein Elvira Skudelny.

»Um zwei kommt Lehrer Rosen und übt Rechnen mit Martin«, sagte Ludwig zum wiederholten Mal.

»Aber es doch Pfingstsonntag«, meinte Traudl.

»Es dauert ja bloß eine Stunde. Sonst vergisst der Tropf wieder alles. Gleich nach den Ferien ist eine Probe angesetzt. Die darf er auf keinen Fall verhauen, der faule Strick. Buben«, rief er durch die Wohnung, »der Papa geht jetzt. Seid anständig und folgt der Traudl brav.«

»Servus, Papa«, antworteten die Buben aus den Spielecken, in denen sie sich seit einer Stunde festgesetzt hatten wie kleine Zecken.

Traudl sah Ludwig an, als erwarte sie, zum Abschied von ihm geküsst zu werden. Ludwig murmelte ein Abschiedswort und sah zu, dass er hinauskam. Als er die Tür hinter sich zugezogen hatte, atmete er erleichtert durch.

Am Bordstein parkte mit laufendem Motor Karls blauer Taunus und blies graue Abgaswolken in die Luft. Ludwig stieg ein und bewunderte die Ausstattung von Karls Wagen. Sogar ein Autoradio gab es. »Nobel, nobel«, lobte Ludwig.

»Der größte Teil davon gehört noch der Sparkasse.« Karl legte den Gang ein und fuhr los.

Ludwig schüttelte den Kopf. Ihm war es unvorstellbar, etwas zu kaufen, das er nicht sofort auf Heller und Pfennig bezahlen konnte. Das waren wohl die neuen Zeiten. Man lebte auf Pump.

Auf der Fahrt nach Schwabing erklärte Ludwig den Ablauf der bevorstehenden Aktion. Sie warteten, bis Čierny die Wohnung verließ, danach fuhren sie zu einer Telefonzelle in der Nähe und riefen von dort aus Čiernys Nummer an, um sicherzugehen, dass wirklich niemand in der Wohnung war. Falls diese Probe gelang, kehrten sie zurück, betraten zügig das Haus und die Wohnung. Sollte ihnen auf der Treppe jemand begegnen und sie ansprechen, würden sie mit einem gespielten Akzent grüßen, sich aber auf nichts weiter einlassen.

»Ich gehe voran«, bestimmte Ludwig, »und du machst genau das, was ich dir sage.«

»Okay, Boss«, erwiderte Karl scherzhaft, als wären sie in einem amerikanischen Gangsterfilm.

Noch durfte Karl seine Witzchen machen. Aber später war er hoffentlich ernsthaft bei der Sache, denn das, was sie vorhatten, war keiner der Streiche aus ihrer Jugendzeit.

Je näher sie der Friedrichstraße kamen, desto angespannter wurde das Schweigen zwischen ihnen. Karl hielt den Wagen nicht direkt vor dem Haus mit der Nummer einundzwanzig an, sondern auf der gegenüberliegenden Straßenseite. Sie mussten nicht lange warten, bis eine schwarze Limousine älterer Bauart vorfuhr. Ein Mann stieg aus und ging ins Haus, der Fahrer blieb sitzen. Wenig später kam der andere zusammen mit Tomáš Čierny zurück, sie stiegen beide im Fond ein und fuhren davon. Karl wollte schon den Motor starten, um zur Telefonzelle zu fahren, doch Ludwig hielt ihn zurück. »Warten wir noch ein paar Minuten«, sagte er. »Manchmal hat man was vergessen und kehrt noch einmal um.«

»Du denkst wirklich an alles«, meinte Karl anerkennend. »Falls du es als Detektiv nicht schaffen solltest, könntest du bestimmt als Einbrecher Karriere machen.«

»Ach was. Ich hab nur aus den Fehlern meiner früheren Kundschaft gelernt.«

Als auch nach fünf Minuten niemand aufgetaucht war, fuhren sie los zur Telefonzelle.

Agota wirkte heute anders als sonst. Magda hätte nicht benennen können, woran es lag, doch es war kaum zu übersehen. Schon was sie unter ihrer leichten Jacke anhatte: eine ärmellose hellgelbe Bluse, eine mintgrüne Dreiviertelhose und flache Sandalen. Dazu hatte sie ein gepunktetes Halstuch umgebunden. Selbst ihre tiefblauen Augen strahlten intensiver.

»Du siehst zauberhaft aus«, sagte Magda. »Wie eine Frau, die ein Mann letzte Nacht sehr glücklich gemacht hat.«

Agota lachte auf. »Schön wär's!«

Magda wunderte sich über diese freche Antwort. War heute der Tag, an dem Agota die Zügel endlich ein wenig locker ließ? Wurde auch langsam Zeit, dass sie aufhörte, das brave Mädchen zu sein. Und vielleicht würde sie ja auch ein bisschen über Tomáš Čierny ins Plaudern kommen.

»Wir sind ganz für uns«, sagte Magda, während sie Agota aus der Jacke half und die feine blumige Note ihres Parfums in sich aufnahm, »mein Mann ist mit unserem Sohn im Deutschen Museum. Das kann dauern.«

»Ist die Katze aus dem Haus, tanzen die Mäuse auf dem Tisch. Sagt man nicht so bei euch?«

Magda lachte, und Agota fiel in ihr Lachen ein, und sie sahen sich an wie zwei, die schon bald Geheimnisse teilen würden.

Agota löste ihr Halstuch, schob es in die Hosentasche, schritt ins Wohnzimmer und schaute sich um, als wäre das alles völlig neu für sie. Magda folgte ihr.

»Willst du die Fotos hier machen?«, fragte Agota.

»Wo du möchtest. Wir können auch nach draußen gehen. Oder in den Wintergarten, den ich großspurig mein Atelier nenne. Das Licht ist dort sehr weich. Ich dachte … nun ja, wir heben uns das auf für die etwas … intimeren Aufnahmen.«

Agota schaute sie an. Lächelte. Sagte aber weiter nichts dazu, außer: »Du bist wohl auf alles vorbereitet.«

»Das solltest du auch sein.«

Wie eine Königin schritt Agota durch die offene Terrassentür in den Garten, wo Schmetterlinge, Bienen und Hummeln aufgeregt von Blüte zu Blüte schwirrten. Sie breitete ihre Arme aus und atmete tief durch. Danach drehte sie sich zu Magda um und sagte: »Die Fotos sind wirklich nur für mich?«

»Ja. Sie sind mein Geschenk an dich.«

»Niemand außer uns wird sie sehen?«

»Niemand.«

»Gut.«

Agota streifte ihre Sandalen ab und trat barfuß ins Gras. Sie lächelte mit einer beinahe schon kindlichen Freude. Was für ein hübsches Bild! Magda ärgerte sich, dass sie die Kamera nicht bei sich hatte.

»Zu einem Glas Wein würde ich übrigens nicht nein sagen«, rief Agota. »Zum Lockerwerden.«

Wie locker will sie noch werden?, dachte Magda amüsiert.

»Drinnen sind wir schon mal«, sagte Ludwig, als die Tür hinter ihnen ins Schloss schnappte.

Bis jetzt hatte alles reibungslos geklappt. Im Treppenhaus war ihnen niemand begegnet, die Türen besaßen keine Spione, durch die jemand sie hätte beobachten können. Nun übernahm Karl die Führung. Von seinem Besuch mit Magda wusste er noch, wo Küche und Wohnzimmer waren, und er erinnerte sich auch, hinter welcher Tür bei ihrem Eintreffen telefoniert worden war. Dort musste das Büro sein.

»Hier hinein«, sagte er zu Ludwig.

Die Tür war nicht abgeschlossen und knarrte leise in den Angeln, als Karl sie öffnete und eintrat. Die Mitte des Raumes wurde von einem ordentlich aufgeräumten Schreibtisch eingenommen, ein zweiter stand in der Nähe des Fensters. Auf beiden befanden sich Schreibmaschinen. Karls Aufmerksamkeit richtete sich jedoch sogleich auf die Regale voller Ordner und vor allem auf einen Aktenschrank, der mit einer Rollladentür verschlossen war.

»Bekommst du die auch auf?«, fragte Karl.

Ludwig trat vor, und während er sich an dem Schloss zu schaffen machte, schaute Karl die anderen Ordner flüchtig durch. Obwohl sämtliche Texte auf Slowakisch waren, war offensichtlich, dass es sich um ein chronologisches Archiv der von Čierny herausgegeben Exil-Zeitschrift *Slobodne Slovenska* handelte. Weitere Ordner enthielten eine akribische Presseschau deutschsprachiger Veröffentlichungen zur Tschechoslowakei. Auf den ersten Blick interessanter war ein Ordner mit Korrespondenz in verschiedenen Sprachen, auch auf Deutsch, doch es fand sich nichts, das in irgendeiner Weise verdächtig gewesen wäre. Während Ludwig leise in sich hineinfluchte, weil das Schloss offenbar nicht so wollte wie er, wandte Karl sich den Schreibtischen zu und durchsuchte alle Schubladen.

Nach einer Weile erklang hinter ihm ein kurzes, trockenes Knacken, gefolgt von einem ebenso trockenen »Na also« von Ludwig. Er schob den Rollladen nach oben, weitere Ordner kamen zum Vorschein sowie ein kleiner Koffer. Karl trat heran. »Kannst du das nachher auch wieder abschließen?«, fragte er.

»Ich kann es versuchen«, meinte Ludwig, »aber hexen kann ich nicht.«

»Was ist in dem Koffer?«

»Machen wir ihn auf, dann wissen wir es.« Ludwig zog ihn heraus und öffnete ihn. Er enthielt technische Geräte mit Knöpfen, Kabel, ein Mikrophon und einen Kopfhörer. »Eine Funkausrüstung.«

»So wie Spione sie verwenden. Mach ein Foto davon.«

Ludwig stellte den Koffer in besseres Licht und schoss ein paar Aufnahmen. Unterdessen wandte Karl sich den Ordnern zu. Er schlug den ersten auf. Wieder war alles auf Slowakisch. Natürlich. Karl blätterte flüchtig durch die Akten, die von eins bis siebenundzwanzig durchnummeriert waren, außerdem gab es eine Nummer hundertzwei und eine hundertdrei.

»Fotografier davon, so viel du kannst«, bat er Ludwig.

Ludwig kam herüber und warf einen Blick in den Ordner. »Wie willst du wissen, ob das wichtig ist, wenn alles auf Slowakisch ist?«

»Intuition.«

»Du meinst, auf den Zufall hoffen.«

»Nicht ganz«, sagte Karl. »Ich suche vor allem Dokumente, auf denen der Name Walter Blohm steht.«

Dann ließ er Ludwig allein im Büro zurück, um sich in den anderen Räumen umzusehen.

Golden wie Honig lag das Licht dieses späten Nachmittags auf Agotas nackter Haut. Agota lag entspannt auf der Chaiselongue und schaute in die Kamera, ein Bein war leicht angezogen und verbarg ihre Scham, der Oberarm verdeckte halb ihre Brüste. Magda staunte noch immer, dass es keiner großen Überredungskunst bedurft hatte, damit Agota auch die letzten Hüllen fallen ließ. Ohne jede Scheu, aber auch ohne jedes kokette Posieren zeigte sie sich vor Magda, die von der Agfa zur größeren Hasselblad-Mittelformat-Kamera gewechselt hatte, einem teuren Mitbringsel aus Amerika. Magda hatte bereits Aktaufnahmen gemacht, von Männern wie Frauen, doch kaum jemand hatte sich dabei so natürlich bewegt wie Agota.

»Kleine Pause«, sagte Magda. »Filmwechsel.« Sie hatte zuletzt mit einem Farbfilm gearbeitet, nun wollte sie wieder auf Schwarz-Weiß umsteigen.

Agota erhob sich und ging zur Kommode. Als Magda wieder aufblickte, stand sie mit der Agfa in der Hand vor ihr. »Jetzt knipse ich dich mal. Bitte frei machen, Frau Blohm! Zeigen Sie mir etwas von sich.«

Magda lächelte wie über einen Scherz, doch Agota meinte es ernst. »Na los! Das ist nur gerecht. Ich zeig dir meins, du zeigst mir deins.«

Magda spürte, wie sich ihr Puls beschleunigte. Freches Ding, du, dachte sie, durchaus mit Bewunderung. Und wieso eigentlich nicht? Sie drehte Agota den Rücken zu. »Hilfst du mir aus dem Kleid?« Wenig später lösten Agotas zarte Finger die Häkchen. Das Kleid rutschte zu Boden und gleich danach auch der Unterrock. Zuletzt fielen der Büstenhalter und der Schlüpfer. Magda fröstelte ein wenig, als Agotas Blick über sie hinwegstrich wie ein kühler Lufthauch. Gefiel ihr, was sie sah? Agota benetzte den Zeigefinger mit Spucke und legte ihn in Magdas Bauchnabel. »Gefällt dir das?«, fragte sie.

Du gefällst mir, dachte Magda, sagte aber nichts, sondern küsste Agota auf die Schulter. Diese nahm ihren Finger wieder weg und schob Magda zur Chaiselongue. Magda setzte sich, nahm die Beine hoch und stützte sich auf die Lehne. »Gut so?« Sie schaute in das kalte, gläserne Kameraauge.

»Nicht so streng«, wies Agota sie an. »Zeig mir dein schönstes Lächeln.«

Magda rang sich ein Lächeln ab, sie wusste selbst, dass es eher gequält wirkte, doch Agota drückte trotzdem ab. »Mach einfach irgendwas«, sagte sie. Begleitet vom wiederholten Klicken der Kamera, drehte Magda sich auf den Bauch, auf die Seite, auf den Rücken, bis das letzte Foto auf dem Film geschossen war. Zum Glück sind die meisten Bilder wahrscheinlich eh verwackelt, unscharf oder unterbelichtet, dachte Magda.

»Genug Fotos für heute«, meinte Agota schließlich. »Lass uns was anderes machen.«

»Was schwebt dir vor?«

Agota hatte ihren Schlüpfer aufgehoben und zog ihn an. »Irgendwas unternehmen. Ausgehen. Tanzen.«

Auch wenn es dafür noch ein wenig zu früh war, der Vorschlag gefiel Magda. »Komm mit!«

»Wohin?«

»Wirst du schon sehen.«

Magda lief mit Agota nach oben in ihr Schlafzimmer vor den Kleiderschrank und holte das Dior-Kleid heraus.

Agota gingen fast die Augen über. »Das sieht ja umwerfend aus!«

Magda wunderte sich. Wieso tat sie so überrascht? Sie kannte das Kleid nicht nur, sie hatte es bei ihrem letzten Besuch sogar schon anprobiert. Als sie Agota darauf hinwies, wirkte sie für einen Moment verunsichert. »Oh ... ja, richtig ...«, sagte sie nur. »Jetzt erkenne ich es wieder.«

»Zieh es an. Wir gehen erst fein essen, danach in eine Bar. Du wirst dich vor Tanzpartnern kaum retten können«, verhieß Magda ihr. »Suchen wir noch für mich ein Kleid aus. Was hältst du davon?« Sie zog ein tief dekolletiertes rotes Cocktailkleid aus dem Schrank.

»Gefährlich wie eine entsicherte Waffe«, sagte Agota.

»Also genau richtig.«

Sie wählten noch passende Schuhe aus, dann zogen sie sich an und begutachteten das Ergebnis in der Spiegeltür des Schranks. »Wir passen zusammen wie die Nacht und die Sünde«, meinte Magda. Agota lachte vergnügt.

Am Schminktisch gaben sie ihrem Äußeren den letzten Schliff.

Sie waren schon auf der Treppe nach unten, da drang von der Auffahrt her das Geräusch eines Autos ins Haus. Blohm mit Peterle. Mist, dachte Magda. Sie hatte weg sein wollen, bevor er kam, um sich lange Erklärungen zu ersparen. Blohm war in letzter Zeit unleidig, irgendwas trieb ihn um, über das er jedoch nicht sprechen wollte. Überall witterte er plötzlich Undank und Verrat, sogar bei Magda, wie sie aus manch spitzer Bemerkung entnahm. Als er nun in der Haustür stand und sie und Agota so schön zurechtgemacht sah, verhärtete sich seine Miene. Peterle stand auch mit offenem Mund da und schaute seine Mama an.

Magda schickte Agota voraus, um mit Blohm allein zu reden.

»Wo wollt ihr hin?«, fragte er.

»Nur was essen und danach auf einen Sprung in eine Bar. Ein reiner Damenabend.«

Blohm sah sie an. »Wirklich?«

»Was denkst du denn, wer noch kommt?«

»Dein lieber Onkel vielleicht?«

»Du bringst mich glatt auf eine Idee. Aber Karl zählt nicht. Er ist Familie.«

Blohm trat einen Schritt näher, packte sie am Handgelenk und bohrte seinen Blick in den ihren. »Ich will nicht, dass sie dieses Kleid trägt. Hast du vergessen, was es bedeutet? Niemand darf es tragen außer dir.«

»Es ist mein Kleid, oder etwa nicht? Du hast es mir geschenkt.«

»Ja.«

»Also. Wenn es mir gehört, bestimme ich, was damit geschieht.«

Sie verharrten einen Moment so, ein Kräftemessen, ausgetragen nur mit Blicken. Schließlich ließ Blohm sie los. Aber es war nur ein vorläufiger Sieg.

Magda drückte Peterle zum Abschied an sich, dann nahm sie den Schlüssel ihres Cabriolets vom Haken und verließ das Haus.

»Alles in Ordnung?«, fragte Agota.

»Alles bestens.« Mit einem Lächeln schlang Magda ihren Arm um Agotas schlanke Taille. »Wir werden einen herrlichen Abend haben!«

Gisela glaubte vermutlich, sie bestrafe ihn durch ihre Abwesenheit, aber eigentlich hatte sie Karl mit ihrem spontanen Ausflug einen Gefallen getan. *Bin mit Benno am Starnberger See*, hatte sie auf den Zettel auf dem Küchentisch geschrieben, *komme erst morgen Abend wieder*. Karl hatte beim Lesen geseufzt und den Zettel an die Blumenvase gelehnt, so wie er ihn vorgefunden hatte. Am liebsten hätte er für die Zeiten, in denen er und Magda sich sahen und liebten, die Verbindung mit Gisela ausgesetzt, denn eigentlich fehlte ihm fürs Lügen und Betrügen die nötige Skrupellosigkeit. Bei allem, was man an Gisela kritisieren konnte, war sie doch ein feiner Mensch, der es nicht verdient hatte, hintergangen und zum Narren gehalten zu werden. Dafür komme ich eines Tages in die Hölle, dachte Karl von Zeit zu Zeit, dafür und für so manches andere.

Er hatte sich eine Flasche Wein aufgemacht und die Platte

aufgelegt, die Magda ihm aus Amerika mitgebracht hatte: *Louis Armstrong Sings the Blues*. Wenn Gisela zu Hause war, konnte er sie nicht spielen, sie fand diese, wie sie es nannte, *Negermusik* schrecklich. Danach hatte er sich aufs Sofa gesetzt und war seine Notizen durchgegangen. Ein ziemlich magere Ausbeute, gemessen am Aufwand. Er hatte in einem Sekretär eine Korrespondenz zwischen Blohm und Čierny gefunden, doch daraus ergab sich lediglich, dass Blohm die Nähe des Slowaken gesucht hatte, angeblich aus Verbundenheit mit der alten Heimat und aus Hass auf die Kommunisten. Karl hoffte, dass Čierny Blohm durchleuchtet hatte und sich in seinen slowakischen Unterlagen etwas über dessen Vergangenheit fand, das sich gegen Blohm verwenden ließ. Er hoffte nur, dass der Übersetzer, den Ludwig aufgetan hatte, sich beeilte.

Die Zigarette im Mundwinkel, legte Karl sich aufs Sofa und lauschte der Musik, die ihr Übriges tat, um sein Blut in Wallung zu bringen. Wenn Blohm fällt, dachte er, ist Magda frei. Und dann sag ich ihr die Wahrheit über ihre Herkunft. Die Heimlichtuerei, die Lügen, das Betrügen haben ein Ende, und alles steht uns offen. Wir könnten nach Amerika gehen, wo uns keiner kennt. Schreiben kann ich überall …

Das Klingeln des Telefons ließ Karl auffahren. Er musste eingenickt sein. Wie lange hatte er geschlafen? Aus dem Lautsprecher des Plattenspielers kam nur das Knacken des in der Rille zurückspringenden Tonarms. Er setzte sich auf. Die Zigarette im Aschenbecher war zu einem kalten grauen Aschefinger geworden. Schlaftrunken wankte er in den Flur, wo das Telefon stand, und nahm ab.

»Du bist es selber, Karl. Wie gut!«

Magdas Stimme. Sofort war er hellwach. Sie klang aufgeregt, und im Hintergrund war es ziemlich laut.

»Was ist denn los? Wo bist du?«

»Wir sind im *Balkan Grill* in Schwabing beim Essen und wollten nachher tanzen. Kommst du?«

»Wer ist wir?«

»Agota und ich. Das Mädel ist wie ausgewechselt, sag ich dir. Du wirst sie nicht wiedererkennen. Kommst du?«

»Das lass ich mir bestimmt nicht entgehen. Wo finde ich euch?«

»Agota will unbedingt ins *Coconut*.«

»Zu Veit? Und was sagst du?«

»Was anderes wäre mir lieber, aber wenn sie es unbedingt will. Wir müssen uns ja nicht mit Veit an einen Tisch setzen. Sehen wir uns? Sagen wir um halb zehn?«

Eine Stunde später verließ Karl die Wohnung. In seinem schicksten Anzug, frisch rasiert und nach Rasierwasser duftend. Unten stieg er in den Wagen, startete jedoch nicht gleich den Motor, sondern zündete sich erst eine Zigarette an und nahm ein paar Züge. Gisela war fort, die andere Seite des Bettes frei. Diese Nacht gehörte ihm und Magda. Blohms kaum verhohlene Drohungen verblassten vor den hochfliegenden Gefühlen, die diese Aussicht in ihm weckte. Er ließ den Motor an und fuhr los.

Magda trat auf die Bremse, aber es war wohl zu spät. Das Geräusch hatte sich nicht gut angehört. Schlagartig war sie wieder stocknüchtern. Agota kurbelte das Fenster herunter und schaute hinaus. »Du hast ihn nur gestreift«, sagte sie.

Nur gestreift, dachte Magda, du bist witzig.

Sie stieg aus und ging zum Heck. Ja, sie hatte den Hydranten gestreift. Der Kotflügel war auf der linken Seite eingedrückt. Sie wusste selbst nicht mehr, wie sie so weit auf die linke Straßenseite geraten war, und dann war auch schon der andere Wagen vor ihr aufgetaucht. Sie hatte das Lenkrad zu weit herumgerissen, war über den Rinnstein geholpert, und da hatte auch schon der Hydrant gestanden.

»Fahren können wir ja noch«, sagte Agota, die auch ausgestiegen war. »Von einer Delle lassen wir uns doch die Laune nicht vermiesen.«

Agota hatte recht. War ja nur ein Blechschaden und außerdem nicht mehr zu ändern.

Sie stiegen wieder ein und fuhren weiter.

Als sie vor der *Coconut Bar* ankamen, wartete Karl bereits, eine Zigarette zwischen den Fingern. Sie hatten ein Stück entfernt geparkt, von dem kleinen Malheur mit dem Auto würde sie ihm später erzählen, oder vielleicht auch nicht.

»Ich war schon drin«, sagte Karl, »aber Veit hat gesagt, dass ihr noch nicht da seid.«

»Wir wurden aufgehalten«, erwiderte Magda.

»Von einem Hydranten«, ergänzte Agota.

Karl schaute sie verdutzt an.

Magda winkte ab. »Erzähl ich dir später.«

Karl schnippte die Zigarette fort. »Ihr beiden seht übrigens hinreißend aus.« Er gab Magda einen Kuss auf die Wange und wollte Agota die Hand reichen, doch sie küsste ihn auch auf die Wange. Ich hoffe, es gibt heute Abend nicht noch einen Unfall, dachte Magda.

Karl bot beiden Damen die Arme zum Unterhaken an, und so schritten sie auf den Eingang zu.

»Hältst du Veit ein bisschen von mir fern?«, flüsterte Magda ihm zu. »Er schmeißt sich immer so an mich ran.«

Doch sie wusste selbst, dass das schwierig werden würde. Bereits am Eingang erwartete er sie, mit Armen so weit ausgebreitet, wie sein Grinsen breit war. »Sieh sich einer diese bezaubernden Damen an«, rief er. »Ihr bringt wahrlich Glanz in meine Hütte. Du bist ein Glückspilz, Karl.«

»Ja, ja«, tat Karl Veits Worte ab und stellte Agota vor. Doch Veit hatte nur Augen für Magda. Im Vergleich zu früher hatte er sich zu seinem Vorteil verändert, das musste man zugeben. Doch selbst der teure Anzug wirkte an ihm irgendwie billig. Von dem Bärtchen und dem glänzenden Brillantine-Haar ganz zu schweigen. Er verstieg sich sogar dazu, Magda einen galanten Handkuss zu geben. Karl zog sie in Richtung Garderobe. »Jetzt lass die beiden Damen doch erst einmal ablegen«, sagte er.

»Wir haben volles Haus«, verkündete Veit sichtlich stolz. »Ihr seid selbstverständlich meine Gäste. Bestellt, was ihr wollt, es geht alles aufs Haus. Aber jetzt muss ich. Ich lass euch zum Auftakt eine Flasche Champagner bringen. Original französisch, versteht sich.«

Die Anspannung löste sich in Magda, als er endlich weg war. Wie Agota schlüpfte sie aus ihrer Jacke, schob sie über den Tresen und ließ sich dabei von Karl begehrlich mustern. Doch galten seine Blicke wirklich nur ihr? Oder nicht auch Agota?

»Dein Onkel ist ein ausgesprochen attraktiver Mann«, raunte Agota ihr zu. »Du erlaubst doch, dass ich gleich als Erste mit ihm tanze?«

Übernimm dich nicht, Mädel, dachte Magda, während sie das Garderobenbillett für ihre Jacke einsteckte, sagte aber mit einem süßen Lächeln: »Natürlich. Lass mir aber was von ihm übrig.«

»Fertig, die Damen?«

Magda und Agota drehten sich gleichzeitig um. Karl bot ihnen wieder die Arme, und so betraten sie, unter dem Schmettern einer Jazz-Trompete, die Bar, wo sie sofort alle Blicke auf sich zogen.

»Pause!«, rief Karl atemlos und sank erschöpft auf den Stuhl. Agota tanzte noch ein wenig vor ihm herum, um ihn zum Weitermachen zu animieren, doch dann sprang schon ein junger Mann herbei und löste Karl ab. Winkend ließ Agota sich zurück auf die Tanzfläche führen, während die Jazz-Combo den Song seinem furiosen Finale entgegenführte. Das Mädel hatte eine Energie, da konnte Karl kaum mithalten. Kein Wunder, sie war ja auch erst Anfang zwanzig und nicht Mitte vierzig wie er. Zum ersten Mal in seinem Leben fühlte Karl sich alt. Er löste seinen Krawattenknoten, schüttelte eine Zigarette aus der Packung und zündete sie an. Eine Hand strich ihm über die Schultern. Er schaute hoch. Es war Magda. Sie ließ sich auf dem Stuhl neben ihm nieder.

»Agota nimmt dich ganz schön in Beschlag«, sagte sie.

»Wer hätte das gedacht. Der reinste Wirbelwind.« Karl kniff die Augen zusammen. »Eifersüchtig?«

Magda lächelte, schüttelte schließlich den Kopf. »Pass trotzdem auf. Sie ist nicht ungefährlich, die Kleine.«

»Ungefährlich bin ich auch nicht. Ich hab's dir noch gar nicht erzählt.« Karl neigte sich zu ihr, seine Lippen berührten fast ihr Ohr, als er flüsterte: »Gisela ist über Pfingsten am Starnberger See. Wir haben die Wohnung ganz für uns.« Unter dem Tisch schob er seine Hand auf ihr Knie und von dort etwas höher. Zu gern hätte er sie geküsst, doch so öffentlich wie hier durfte er nicht, was sie umso begehrenswerter machte.

»Ob das klug ist?«, fragte Magda. »Die Nacht bei dir zu bleiben, meine ich. Blohm verhält sich in letzter Zeit irgendwie merkwürdig. Er ahnt vielleicht schon länger was, aber mir scheint, er ist nicht mehr bereit, darüber hinwegzusehen.«

»Und wenn schon. Was kümmert uns Blohm? In so einer Nacht?«

»Er ist immer noch mein Mann.«

Karl zog seine Hand weg und lehnte sich zurück. »Tu mir das nicht an, sonst …«

»Was? Nimmst du Agota mit in dein Ehebett?«

»Quatsch. Ich vergreif mich doch nicht an einem Kind. Außerdem ist es kein Ehebett.«

»Stimmt. Wie heißt es noch mal offiziell richtig? Konkubinat?«

Sie grinste. Karl hatte große Lust, ihr den vorlauten Mund mit einem Kuss zu verschließen. Aber das würde warten müssen.

»Na, ihr beiden. Ist alles zu eurer Zufriedenheit?«

Karl dreht sich um. Veit stand da und rieb sich die Hände.

»Alles bestens.« Karl musste zugeben, dass Veit den Laden im Griff hatte. Nach ein paar Bauchlandungen mit ähnlichen Etablissements hatte er die entscheidenden Lektionen wohl gelernt.

Magda stand auf. »Ich geh mich frischmachen.«

Veit betrachtete sie, wie sie an ihm vorüberschritt, in ihrem verwegenen roten Kleid, und da Blicke Bände sprechen, war Gedankenlesen keine Kunst. Karl musste sich beherrschen, um seinem Bruder nicht mittels einer Ohrfeige eine Nachhilfestunde in angemessenem Benehmen zu erteilen. Nachdem Magda im Getümmel verschwunden war, ließ Veit sich auf dem Stuhl nieder, auf dem sie gesessen hatte.

»Ich wollte dir noch sagen«, begann er, »was mir eben der Konni geflüstert hat. Der Barmann.« Er wies mit dem Kinn hinüber zu dem jungen Mann hinter dem Tresen. »Das Mädel, das ihr dabeihabt, das ist die, wegen der es damals Streit gab mit dem Mann.«

Karl verstand nicht. »Wovon redest du?«

»Na, der Mann, von dem du mir neulich das Foto aus der

Zeitung gezeigt hast. Den sie tot aus dem Eisbach gezogen haben.«

Da fiel Karl beinahe die Zigarette aus dem Mund. »Was? Ist er sicher?«

»Kannst ihn selber fragen. Und er sagt, dass sie davor öfter hier war. Also, vor dem Streit. Sie ist ihm gleich bekannt vorgekommen.«

»Und da war sie auch mit dem Mann hier?«

»Nicht jedes Mal, aber immer, wenn er aufgetaucht ist, gab's irgendwas. Der Konni hat gedacht, das war vielleicht ihr Vater. Vom Alter her hätte es gepasst.«

»Danke, Veit. Ich geh gleich rüber und rede mit ihm.«

»Jetzt ist es schlecht. Er hat gerade alle Hände voll zu tun. Aber er ist bis um drei in der Früh da. Übrigens war in der Zwischenzeit auch mal die Polizei bei uns und hat wegen dem Mann gefragt. Hast du was damit zu tun?«

Ludwig, dachte Karl sofort. Der musste seinen Kollegen einen Tipp gegeben haben, nachdem Karl ihm von der Aussage des Barmanns erzählt hatte.

»Von mir haben sie es nicht. Was hast du ihnen gesagt?«

»Mit denen rede ich nicht.« Veit klopfte zweimal auf den Tisch. »Ich muss wieder.«

Gerade als Veit verschwand, endete die Musiknummer, und der Sänger kündigte einen Rhythmuswechsel an hin zu ein paar ruhigeren Stücken. Der junge Herr, der Karl bei Agota abgelöst hatte, brachte, ganz der vorbildliche Kavalier, seine Tanzpartnerin an den Tisch zurück. Agota streckte wenig damenhaft die Beine von sich, blies die Backen auf und fächelte sich mit beiden Händen Luft zu. Sie genoss den Abend in vollen Zügen.

»Kann es sein, dass es Sie in zwei Ausführungen gibt?«, fragte Karl.

Sie schaute auf, wirkte irritiert. »Wie bitte?«

»Sie wirken wie ausgewechselt. Hätte nicht gedacht, dass das in Ihnen steckt. Sie machten bisher eher einen …«

»Langweiligen Eindruck?«

»Zurückhaltend. Geheimnisvoll.«

»Oh, verstehe. Na, dann verrate Ihnen mal ein Geheimnis.« Sie beugte sich vor und winkte Karl zu sich heran. Als sich ihre Köpfe beinahe berührten, flüsterte sie: »Ich habe noch eine langweilige Schwester, die habe ich heute in den Schrank gesperrt und bin auf und davon.« Sie lachte laut.

Karl verzog den Mund. »Sehr witzig. Allerdings glaube ich, dass Sie wirklich ein Geheimnis haben.«

»Hat das nicht jede Frau?«

Agota ließ sich zurücksinken.

Während die Musik wieder anhob, hielt Karl nach Magda Ausschau. Er fand sie auch – auf der Tanzfläche mit Veit. Anscheinend hatte er sie auf dem Rückweg von der Toilette abgefangen und ihr keine andere Wahl gelassen, als mit ihm zu tanzen. So, wie er die ganze Zeit schon um sie herumscharwenzelte, war es unvermeidlich gewesen, dass er sie irgendwann auch kriegt, und sie fügte sich nun offensichtlich in ihr Schicksal.

»Wir müssen über etwas reden, Agota«, sagte Karl. »Ernsthaft.«

Sie lächelte gequält. »Müssen wir das?«

»Allerdings.«

»Ich will aber lieber tanzen als reden.«

Sie sprang auf, griff sich Karls Hand und zog ihn auf die Tanzfläche. Dort schlang sie ihm die Arme um den Nacken, schmiegte ihren Körper an seinen, und ehe er sichs versah, hatte er seine Hände an ihre Hüften gelegt, während die samtigen Klänge einer Bluesnummer sie beide in weiche Schwingung versetzte. Agota schaute ihn selig lächelnd an, und die Blicke, die Magda ihnen zuwarf, wollte er lieber nicht sehen, es reichte, sie wie giftige Pfeile in seinem Rücken zu spüren.

»Sie haben mich belogen, Agota«, sagte Karl.

»Na gut, ich geb's zu. Ich habe keine Schwester.«

Er fragte sich, ob sie ihn wirklich nicht ernst nahm oder ob sie mit ihrer Ausgelassenheit nur unangenehmen Fragen ausweichen wollte. Wie auch immer, er würde sich davon nicht beirren lassen.

»Erinnern Sie sich an das Foto, das ich Ihnen gezeigt habe? Auf dem Markt am Elisabethplatz, nach unserem ersten Gespräch mit Herrn Čierny? Ich meine das Foto mit dem Mann, den Sie angeblich nicht kennen? Jemand hat Sie hier mit ihm gesehen.«

»Wie bitte? Ich kann Sie nicht verstehen? Die Musik ist so laut!«

Er neigte sich näher an ihr Ohr und wiederholte die Frage, spürte dabei ihre Finger, die zärtlich in seinem Nacken spielten. Da begriff er, dass er so nicht weiterkam. Er schob sie von der Tanzfläche, packte sie am Handgelenk und zog sie mit sich fort, hinaus aus der Bar und auf die Straße. Sie protestierte, ließ es jedoch geschehen.

»Schluss mit den Spielchen«, herrschte Karl sie an. »Sie haben meine Frage sehr gut verstanden. Und ich will jetzt eine Antwort.«

»Ich hab keine Ahnung, was Sie von mir wollen«, gab sie genervt zurück.

»Aber Sie erinnern sich an das Foto, das ich Ihnen gezeigt habe?«

»Kann sein.«

Zum Glück hatte er den Zeitungsausschnitt immer bei sich. Er holte ihn heraus und reichte ihn ihr. Sie stellte sich so, dass das Licht der Straßenlaterne darauf fiel, und betrachtete das Bild.

»Der Barmann hat Sie mit ihm gesehen. Sie hatten einen Streit, und er ist dazwischengegangen. Wer ist das?«

»Niemand. Nur so ein Kerl, der mehr wollte, als er gekriegt hat. So was kommt vor.«

»Sicher. Aber dieser Kerl wurde tot aus dem Eisbach gezogen. Und kein Mensch kennt ihn, nur Sie.«

Sie reichte den Ausschnitt zurück. »Ich kenne ihn auch nicht.«

»Ich wünschte, ich könnte Ihnen das glauben.« Karl steckte das Papier wieder ein.

»Was interessiert er Sie überhaupt?«

»Das hab ich Ihnen schon mal erzählt. Spielen Sie jetzt nicht die Vergessliche.«

»Ich hab's wirklich vergessen. Erzählen Sie es mir eben noch einmal.«

Karl schaute sie verärgert an. Er nahm ein Päckchen Zigaretten aus dem Jackett, riss es auf, zog eine heraus und zündete sie an. Und dabei überlegte er die ganze Zeit, was an dieser Agota nicht stimmte. Denn dass etwas an ihr nicht stimmte, wurde immer deutlicher.

»Der Mann hat mich angerufen«, sagte er nun. »Ich hab zugesehen, wie er von zwei Männern abgeführt wurde. Verschleppt. Was weiß ich.«

»Vielleicht war er ein Verbrecher. Ein Verräter.«

Agota griff in die Tasche seines Jacketts, holte die Zigaretten heraus, nahm sich eine und steckte sie in den Mund. »Geben Sie mir Feuer?«

»Ich dachte, Sie rauchen nicht.«

»Zu besonderen Anlässen schon.«

»Und was macht das hier zu einem besonderen Anlass?«

Sie antwortete nicht.

Karl nahm ihr die Zigarettenpackung aus der Hand, vertauschte sie in seiner Jacketttasche gegen das Feuerzeug und gab ihr Feuer.

Schweigend sogen sie an ihren Zigaretten, ließen den Rauch in die Nachtluft steigen. War es dieses gemeinsame Rauchen, das plötzlich eine unerwartete innere Nähe zu Agota stiftete? Er bemerkte, dass sie ihn heimlich aus dem Augenwinkel ansah. Und beobachtete er sie nicht ebenso?

»Ich muss dir etwas sagen, Karl«, begann sie.

»Zu dem Mann?«

»Nein. Zu uns.«

In Karl schrillte eine Alarmglocke. Ihm war nicht entgangen, dass Agota ihn geduzt hatte. Magda hatte also recht gehabt, sie schien Gefühle für ihn zu hegen. Doch er würde so ein Gespräch nicht mit ihr führen. Auch wenn sie wie eine erwachsene Frau aussah, war sie doch beinahe noch ein Kind. Besser, er ersparte ihnen beiden ein peinliches Gespräch und stellte die Verhältnisse sofort klar.

»Hören Sie zu, Agota«, sagte er. »Egal, was Sie für mich zu empfinden glauben, es ist nicht real. Es gibt kein Uns. Und es wird niemals ein Uns geben. Das ist unmöglich. Wir stehen im Leben an viel zu unterschiedlichen Punkten. Verstehen Sie das?«

Sie sahen sich an. Agota lächelte tapfer, während ihr eine Träne über die Wange rollte. Sie räusperte sich, ehe sie sagte: »Sie haben natürlich recht. Wie dumm von mir.«

»Es ist nicht dumm von Ihnen, so zu fühlen. Doch es wäre unverzeihlich und dumm von mir, Ihre Gefühle auszunutzen. Tun wir einfach so, als hätte es dieses Gespräch nicht gegeben.«

Da erklang hinter ihnen das laute Klacken hochhackiger

Schuhe, Karl drehte sich um und sah Magda in ihrem roten Kleid, und er war sofort wieder von diesem Anblick gebannt.

»Ich geh da nicht noch mal rein«, empörte sie sich. Mit Veit zu tanzen hatte ihr offenbar die Laune verdorben. Sie war so aufgewühlt, dass sie gar nicht mitbekam, wie Agota rasch die Träne abwischte und wie eine Maske ihr übliches Lächeln aufsetzte.

Gut so, dachte Karl. Wir spielen alle weiter unsere Rolle.

»Lasst uns gehen«, bat Magda.

Karl überlegte. Eigentlich hatte er noch mit dem Barmann reden wollen, aber das konnte er auch ein anderes Mal tun.

»Meinetwegen können wir sofort verschwinden«, sagte er.

»Ich bleib noch«, verkündete Agota.

»Und wie kommst du nach Hause?«, fragte Magda.

»Irgendjemand wird mich schon heimbringen, und wenn nicht, kann ich mir auch ein Taxi nehmen.«

»Dann pass bloß auf dich auf«, sagte Karl.

»Um mich musst du dir keine Sorgen machen«, gab sie zurück. »Um mich nicht.«

Ohne großen Abschied wandte sie sich um und ging zum Eingang des Nachtclubs. Karl wandte den Blick von ihr ab und Magda zu.

»Und was machen wir beide jetzt?«

Pfingstmontag, 30. Mai 1955

ALS MAGDA ERWACHTE, war es noch dunkel. Sie hatte nicht tief geschlafen. Karls Arm lag über ihr, sein Kopf an ihrer Schulter. Neben ihr tickte ein Wecker. Sie knipste die Nachttischlampe an. Es war kurz vor halb vier Uhr morgens. Vorsichtig befreite sie sich von Karls Arm. Karl drehte sich um, schlief aber weiter. Den Schlaf des Gerechten, dieser alte Sünder. Er hatte sich aber auch sehr verausgabt. Genau wie sie. Und sie hatten nicht genug voneinander bekommen können. Kaum war die Wohnungstür ins Schloss gefallen, waren sie noch in der Diele übereinander hergefallen.

Magda schlüpfte in den Morgenmantel, der über dem Stuhl am Frisiertisch hing. Was Gisela wohl dazu sagen würde, wenn sie wüsste, wer gerade in ihrem Morgenmantel durch die Wohnung schritt? Oder wenn sie einen Blick in den Flur werfen würde, wo zwischen Karls Kleidungsstücken ihr Schlüpfer, der Strumpfhalter, die Nylons, ihr Büstenhalter, das Kleid und die Schuhe lagen. Während sie ihre Sachen einsammelte, entdeckte sie Karls Schlüsselbund auf dem Boden. Er musste ihm aus der Hosentasche gefallen sein. Sie legte ihre Sachen wieder ab und hob die Schlüssel auf.

Der Brief fiel ihr ein, den Karl ihr nicht hatte zeigen wollen, weil er angeblich nur Georg Borgmann betraf. Sie kannte Karl inzwischen gut genug, um zu erkennen, wann er log. Nun bot sich unversehens die Chance, der Sache auf den

Grund zu gehen. Die würde sie nicht ungenutzt verstreichen lassen.

Wenig später saß sie im Schein der Leselampe an Karls Schreibtisch und schloss die einzige abschließbare Schublade auf. Vor ihr lagen mehrere Mappen und Kuverts. Sie erkannte den Umschlag wieder, nahm ihn und zog ein dickes Dossier heraus.

Das formlose Anschreiben hatte keinen Briefkopf, es stand dort nur: *Hochverehrter Herr Borgmann, anbei sende ich Ihnen per Boten, wie zugesagt, die Unterlagen betreffs Walter Blohm, zu Ihrer Verwendung. Ich weise Sie und Herrn Wieners ausdrücklich darauf hin, dass dieses Material der Geheimhaltung unterliegt. Nach Gebrauch bitte alles vollständig zurück an mich. Mit vorzüglichster Hochachtung* … Die Unterschrift war unleserlich.

Was folgte, waren offenbar Abschriften von Berichten über Blohm, wie es schien aus den Akten eines Geheimdienstes. Ihr Blick verfing sich an einer Stelle gleich im ersten Bericht, wo es hieß: … *im KL Buchenwald gehörte Herr Blohm der Gruppe der Berufsverbrecher an, fand jedoch Anschluss bei den Politischen, insbesondere den Kommunisten. Sie brachten ihn rasch auf ihre Linie, und dieser Linie blieb Herr Blohm, wie im Folgenden unwiderlegbar gezeigt wird, auch nach dem Zusammenbruch treu. Sogar seiner gesamten Laufbahn als Schieber und Schmuggler darf der Antrieb zugrunde gelegt werden, dem deutschen Volk in jeglicher Hinsicht zu schaden, sich selbst dabei zu bereichern und den internationalen Bolschewismus zu fördern. Zahlreiche Kontakte zu Personen, die dem Umkreis des sowjetischen Spionagerings Rote Kapelle zuzuordnen sind, lassen keine andere Deutung zu. Man darf also davon ausgehen, dass Herr Blohm auch aus seinen politischen Aktivitäten für den Feind persönliche Vorteile gezogen haben wird. Das entspricht ganz seinem Naturell. Außerdem …*

»Was machst du hier?«

Magda schreckte hoch. Karl stand vor ihr und sah sie finster an. Er trug nur seine Hose, der Oberkörper war nackt. Sie ließ sich von seiner vorwurfsvollen Miene nicht beirren und fragte: »Was ist das alles?«

»Das sind streng vertrauliche Geheimdienstdokumente, die nicht für deine Augen bestimmt sind.«

»Offenbar sind sie Teil unserer Recherche. Also gehen sie mich sehr wohl was an«, beharrte sie mit wachsendem Groll. »Mal abgesehen davon, dass ich mit dem Mann, um den es hier geht, verheiratet bin.«

Karl kam um den Schreibtisch herum, nahm seine Schlüssel an sich und versuchte, auch nach den Papieren zu greifen, doch Magda schob sich dazwischen.

»Würdest du wohl aufhören, mich wie ein kleines Kind zu behandeln, dem man die Wahrheit nicht zumuten kann?«, empörte sie sich.

»Wenn du wie ein kleines Kind in meinen Sachen herumwühlst, muss ich dich auch so behandeln«, gab er zurück. »Hat dir niemand beigebracht, dass sich das nicht gehört?«

»Wenn wir beide nur das täten, was sich gehört, säßen wir wohl nicht hier.«

Karl sah sie an, rieb sich das Kinn und meinte: »Das stimmt allerdings.« Er lehnte sich an die Schreibtischkante. »Ich hab dir gesagt, dass Blohm in unser Visier geraten könnte. Das hier ist nur die Bestätigung. Du hast also keinen Grund, böse auf mich zu sein.«

Sie erinnerte sich an das Gespräch im Hofgartencafé. Aber noch während er redete, dämmerte ihr, dass er vielleicht nicht die ganze Wahrheit gesagt hatte. »Kann es sein, dass ihr – ich meine du und Borgmann –, dass ihr es von Anfang an nur auf Blohm abgesehen habt? Dass es euch nie um Agenten und Schleuser und all das ging, sondern nur darum, Blohm zu schaden?« Sie nahm das Anschreiben zur Hand. »Hier steht *Unterlagen betreffs Walter Blohm*. Sonst nichts.«

Karl sah sie an wie ein ertappter Schulbub. Er räusperte sich, ehe er erwiderte: »Wäre das denn so schlimm? Du kannst ihn doch auch nicht leiden.«

»Selbst wenn, das berechtigt dich zu gar nichts. Was du auch gegen ihn vorbringst, er war immer gut zu mir … und immer da, wenn es darauf ankam. Was ich von dir nicht sagen kann.«

Karl schwieg betroffen. Sie bereute ihre Worte, weil sie nicht wie eine nachtragende, beleidigte Geliebte klingen wollte.

»Ich sollte besser gehen«, sagte sie und stand auf.

Eilig verließ sie das Büro, hob im Flur ihre Sachen auf und verschwand damit im Schlafzimmer. Sie bereute es, dass sie diese Dinge gesagt hatte.

Es dauerte ein wenig, bis Karl zu ihr kam. Einen Moment blieb er in der Tür stehen und sah ihr zu, wie sie die Nylons am Strumpfhalter befestigte. Dann erst trat er ein, setzte sich auf die Bettkante und zündete sich eine Zigarette an.

»Wenn du willst, blase ich die Geschichte ab«, sagte er nach einer Weile. »Ich werfe Schorsch den Krempel vor die Füße. Soll er sich wen anders suchen.«

»Für mich musst du das nicht tun.« Magda schlüpfte in die Träger ihres Büstenhalters und drehte ihm den Rücken zu. Während er die Häkchen schloss, schlängelte sich von hinten der Rauch seiner Zigarette um ihren Hals. »Für mich musst du überhaupt nichts tun.«

Als er fertig war, fasste er sie an beiden Schultern und drehte sie um. »Ich tu aber nun mal alles für dich, Magda. Das meiste davon ist anscheinend falsch, aber es ist trotzdem nur für dich.« Die Zigarette tanzte beim Sprechen in seinem Mundwinkel.

Sie nahm sie ihm aus dem Mund und küsste ihn. Sie war verloren an ihn. Hoffnungslos.

Sie gab ihm die Zigarette zurück und schlüpfte in ihr Kleid.

»Wir sollten uns in den nächsten Wochen besser nicht sehen«, sagte sie. »Auch nicht telefonieren. Gar nichts.«

»Was soll das heißen?«

»Nur dass wir vorsichtig sein müssen. Blohm ist gerade äußerst wachsam. Er hört das Gras wachsen.«

Schweigend zog sie sich fertig an, Karl rauchte seine Zigarette und zündete danach gleich die nächste an.

»Was wirst du Blohm wegen heute sagen?«, fragte er.

»Dass ich bei dir übernachtet habe, weil ich Angst hatte, dass er wegen des Blechschadens böse auf mich sein würde.«

»Wird er dir glauben?«

»Bei Blohm weiß man das nie.«

»Und dann? Wie geht es dann weiter? Mit der Reportage? Und mit uns?«

»Irgendwie«, sagte sie, »so wie immer.«

Montag, 6. Juni 1955

DAS GESCHREI WAR schon von weitem zu hören. Blieb nur zu hoffen, dass eine der Kehlen, aus der diese Schreie kamen, dem kleinen Rudi Daxenhofer gehörte. Der hatte ihm versichert, dass er und eine Handvoll Kameraden nach der Schule immer auf einem Bolzplatz zwischen den Kleingartenanlagen an der Deisenhofener Straße Fußball spielten. Hinter einem Haselnussstrauch tauchten die Fußballer endlich auf, sechs waren es insgesamt, die barfuß einem braunen Lederball nachrannten, zwei Mannschaften mit jeweils drei Spielern. Die Tore hatten sie mit ihren Schulranzen abgesteckt. Ludwig stellte sich an den Rand und wartete, bis Rudi ihn bemerkte. Zufall oder Absicht, irgendwann schoss Rudi den Ball genau zu ihm herüber. Ludwig hob ihn auf und hielt ihn fest.

»Kennst du mich noch?«, fragte er, als Rudi nahe genug heran war. Der nickte. Die anderen Buben hielten Abstand. »Wir haben was zu reden.« Ludwig warf den Ball zu seinen Kameraden hinüber. »Kannst gleich wieder mitspielen. Komm, gehen wir ein kleines Stück.«

Sie nahmen einen der Wege zwischen den eingezäunten Kleingärten, wo Tomaten, gelbe Rüben, Kopfsalat, Kohl und noch einiges andere heranwuchsen.

»Haben Sie schon was rausgefunden?«, fragte Rudi.

»Wie man's nimmt. Ich hab noch ein paar Fragen an dich.

Ferdl war doch mit ein paar Burschen unterwegs, die so einiges angestellt haben.«

»Der Seppi und die anderen«, bestätigte Rudi.

»Der Seppi und die anderen«, wiederholte Ludwig. »Was weißt du über die?«

Rudi hatte die Hände tief in seine weiten Hosentaschen geschoben. »Über die weiß ich nix. Die machen halt so ein bisserl Gaudi. Sie wissen schon.«

»Bloß Gaudi? Oder lassen sie hier und da auch mal was mitgehen? Brechen einen Kiosk oder ein Auto auf? Machen sie so was auch?«

Rudi zuckte mit den Schultern. »Kann schon sein. Aber nix Genaues weiß ich da nicht. Die lassen mich ja nicht mitmachen, und der Ferdl hat nie was erzählt.«

Das durfte man ihm glauben. Ferdl war sicher klug genug gewesen, seinen kleinen Bruder nicht in kriminelle Aktivitäten einzuweihen. Doch das musste nicht heißen, dass Rudi völlig ahnungslos war.

»Und dein Vater und deine Mutter, wissen die was Genaues? Und gab es auch deswegen Streit?«

»Kann schon sein. Da müssen Sie sie selber fragen.«

Ludwig blieb stehen, wandte sich Rudi zu und schaute ihn eindringlich an. »Tu nicht so. Du bist doch ein waches und schlaues Bürscherl, du hast sicher was mitgekriegt, noch dazu, wo du so eng mit dem Ferdl warst. Hat er sich mit Seppi und den anderen immer gut vertragen? Oder gab's auch da Streit? Wollte er vielleicht nicht mehr mitmachen?«

Rudi starrte auf seine schmutzigen Zehen und zuckte einmal mehr mit den Schultern. »Sie sollen nicht rausbringen, was der Ferdl gemacht hat, sondern dass unser falscher Vater den Ferdl umgebracht hat«, maulte er. »Deswegen war ich bei Ihnen.«

»Schon. Aber man weiß bei so einer Ermittlung am Anfang nie, was am Ende rauskommt. Also, hast du was von einem Streit mitgekriegt?«

Rudi zuckte schon wieder mit den Schultern. »Kann sein. Aber unser falscher Vater hat den Ferdl deswegen drangsaliert. Zur Polizei geht er, hat er gesagt, wenn der Ferdl beim Seppi und den anderen weiter mitmacht.«

Ludwig war sicher, dass Rudi sehr viel mehr wusste, als er zugab. Doch er wollte seinen Bruder um jeden Preis schützen, selbst nach seinem Tod noch. Sicher wusste er auch über das ausgebombte Haus Bescheid.

Sie waren inzwischen so nahe an der Deisenhofener Straße, dass man den Verkehr deutlich hörte. Deshalb machte Ludwig mit Rudi kehrt.

»Du kennst sicher das kaputte Haus bei euch in der Nähe. Wo Ferdl und die anderen sich immer getroffen haben.«

»Ich war aber noch nie dort«, sagte Rudi sofort und mit Nachdruck, was nur bedeuten konnte: Er log.

»Weiß dein Vater über das Haus auch Bescheid?«

In diesem Moment bogen mehrere Fahrräder mit schrillenden Glocken um einen Strauch. Vorneweg Seppi, dahinter einige andere aus der Blas'n. Sie schossen heran und bremsten abrupt ab, umstellten Ludwig.

»Du sagst gar nix mehr zu dem«, befahl Seppi, packte Rudi am Arm und zog ihn von Ludwig weg.

»Schön langsam, Herrschaften«, rief Ludwig. »Ihr habt hier keinem was zu befehlen!«

»Du aber auch nicht.« Seppi schlug Ludwig den Hut vom Kopf. Ludwig ließ ihn liegen.

»Wieso redest du mit dem?«, fragte Seppi Rudi. »Wir haben doch ausgemacht: zu keinem ein Wort.«

»Das ist ein Detektiv«, ließ Rudi die Katze aus dem Sack.

»So wie Nick Knatterton. Der soll rausfinden, dass der Ferdl umgebracht wurde!«

»Saudummer Kerl, du.« Seppi gab ihm einen Klapps auf den Hinterkopf. »Das geht keinen was an. Und jetzt schleich dich!«

Er stieß Rudi weg. Der trottete davon, sah sich nur noch kurz nach Ludwig um.

Seppi dagegen nahm nun Ludwig aufs Korn. »Soso. Ein Detektiv sind Sie also. Dann sag ich Ihnen mal was, Herr Detektiv. Für Sie ist der Fall erledigt. Ab jetzt übernehmen wir. Wenn wir Sie hier noch einmal sehen, dann kracht es gewaltig. Verstanden?«

Ludwig hatte große Lust, in dieser munteren Runde ein paar Watschen zu verteilen. Doch sie waren in der Überzahl, und er hätte mit ziemlicher Sicherheit den Kürzeren gezogen. Deshalb verkniff er sich die Watschen, hob den Hut auf und ging davon. Nach außen die Ruhe in Person, doch innerlich brodelnd.

»Habe die Ehre, Herr Detektiv«, rief Seppi ihm höhnisch nach, ein anderer stimmte johlend ein: »Beehren Sie uns recht bald wieder!«

Mittwoch, 8. Juni 1955

BARMANN KONNI WAR ein vielbeschäftigter Mann. Obwohl er diese Woche gar nicht in der Bar arbeitete. Schon mehrfach hatte Karl in den letzten Tagen an der Adresse, die Veit ihm gegeben hatte, angeklopft, aber es hatte immer nur Konnis Mutter aufgemacht. Wo ihr Sohn sich rumtrieb, wusste sie nicht. »Wo wird er schon sein?«, meinte sie nur missgelaunt. »Bei irgendwelchen Weibern.« Aber damit lag sie falsch. Oder nur zum Teil richtig, wie Karl nun, da er ihn endlich antraf, erfuhr. Konni hatte ein Auto überführt, einen funkelnagelneuen Mercedes 190 SL ins Ruhrgebiet, und die glückliche Besitzerin hatte er gleich mit überführt. Angeblich alles legal, nur die Frau selbst sei kriminell scharf gewesen, wie er grinsend erklärte, »die hat mich gar nicht mehr weggelassen«. Doch wie dem auch sei, Karl interessierten andere Dinge. Er setzte sich zu Konni an den Küchentisch, wo der sich als spätnachmittägliches Frühstück eine Scheibe Presssack mit scharfem Senf und Brot einverleibte, während die Mama in der Kittelschürze um ihn herumwuselte, in Sorge, ihm könne etwas fehlen oder nicht recht sein.

»Sie wissen, worum es geht?«, fragte Karl.

Konni nickte. »Hat der Veit gesagt. Um diesen Kerl, der mit dem Mädel … Geh, Mama, gib mir doch noch ein Bier her. Und Sie wollen sicher keines?«

Karl verneinte und zückte das Zeitungsfoto. »Die Frau,

mit der er Streit hatte, sagt, sie sei belästigt worden, eine Zufallsbegegnung, wie es in solchen Bars halt vorkommt.«

»So hat das für mich nicht ausgeschaut.« Er warf einen flüchtigen Blick auf das Foto, dann spießte er mit dem Messer ein Stück Presssack auf und schob es sich in den Mund, während die Mama das Bier hinstellte. »Die haben sich schon länger gekannt. Er war auch nicht zum ersten Mal da. Stimmt schon, er wollte was von ihr, aber nicht das Übliche, wenn Sie verstehen.«

Natürlich verstand Karl. »Woraus schließen Sie das? Und was wollte er stattdessen?«

»Wenn man lange genug hinter der Bar steht, kennt man die Leute irgendwann. Der Mann hat sich eher verhalten wie ein Vater, der seine Tochter vor der bösen Welt beschützen will. Aber das Töchterlein will gar nicht beschützt werden. Das Töchterlein will Spaß.« Er grinste, was Karl auf den Gedanken brachte, dass Konni für diesen Spaß zuständig gewesen sein könnte.

»Sie haben aber nicht mit ihr …?«

»Ich? Nein! Hinter der Bar bin ich professionell. Gäste sind tabu.«

Karl bedankte und verabschiedete sich. Auf dem Weg zum Auto überlegte er, was er als Nächstes tun sollte. Am besten nahm er sich Agota noch einmal vor, und zwar gleich. Dafür musste er nach Schwabing. Also einmal quer durch die Stadt. Er schaute auf die Uhr. Kurz vor halb fünf. Feierabendverkehr. Das hieß schon unter normalen Umständen verstopfte Straßen, Hupkonzerte, Schritttempo; und seit sich in diesem Frühjahr die Innenstadt in eine einzige Baustelle verwandelt hatte, ging gar nichts mehr.

Während er sich wenig später schicksalsergeben der träge dahinfließenden Blechwalze überließ, jeder Umleitung folgte und sich nur hier und da erlaubte, auf einen Schleichweg auszuweichen, den freilich auch andere kannten, weshalb es dort kaum schneller ging, blieb ihm reichlich Zeit, über Agota nachzudenken. Seit Pfingsten hatte er nichts mehr von ihr gehört. Der Abend hatte ja aus verschiedenen Gründen zwiespältige Gefühle in ihm hinterlassen. Hauptsächlich wegen Magda, die seit ihrem Abgang Funkstille wahrte und ihn mit Schweigen strafte. Und dann war da noch das gewisse Gespräch mit Agota, das ihn beschäftigte. Wie sollte er sich ihr gegenüber verhalten? So, als wäre nichts gewesen? Oder sollte er ihre Gefühle ausnutzen, um mehr über den mysteriösen Unbekannten zu erfahren sowie über Čierny und seine Verbindung zu Blohm? Die feine Art wäre das sicher nicht. Und gewiss nicht sein Stil. In diesem Metier kann man sich Skrupel nicht leisten, hörte er Georg in seinem Kopf sagen. Und vielleicht hatte er recht.

Weil ihre Wohnung näher lag als Čiernys Büro und es schon spät war, wollte er es als Erstes dort versuchen. Das Haus, in dem sie wohnte, war eines von den wenigen Häusern in der Gegend, die den Krieg wie durch ein Wunder fast unbeschadet überstanden hatten. Er parkte den Wagen auf der gegenüberliegenden Straßenseite, stieg aus und schaute zu den Fenstern im zweiten Stock hinauf. Dort befand sich ihre Wohnung. Zumindest hatte sie das gesagt, als er sie nach dem Abend in der Tizianstraße nach Hause gebracht hatte. Hinter einem der Fenster schien sich etwas zu bewegen. Sie war also zu Hause.

Wenig später klingelte Karl an der Tür, an der auf einem Messingschild der Name Agota Vanagaitė stand. Er wartete eine kleine Weile, doch es tat sich nichts. Er klingelte noch einmal. Wieder rührte sich nichts. Hatte er sich getäuscht, und sie war gar nicht zu Hause? Oder wollte sie ihn nicht sehen, weil ihr ihre Gefühle für ihn peinlich waren? Der Vorteil, den er sich ausgerechnet hatte, verwandelte sich eben in einen Nachteil. Es wäre wohl besser, wenn Magda mit ihr redete. Zu dumm nur, dass die gerade nicht mehr mit ihm redete.

Unschlüssig, was er tun sollte, stand er einen Moment da, dann ging er die Treppe hinab. An der Haustür stieß er beinahe mit einer Frau zusammen – und hatte ein Déjà-vu-Erlebnis: Plötzlich war er wieder in Berlin Prenzlauer Berg, Kastanienallee 94, und die junge Frau vor ihm war Heidi. Noch bevor er sie heiraten und sie ihm zwei Töchter schenken würde. Gleichzeitig wusste er, dass es nicht ihre blauen Augen waren, in die er blickte. Es waren Agotas Augen. Sie war genauso überrascht wie er über diese unverhoffte Begegnung und starrte ihn sprachlos an, ehe sie fragen konnte: »Wollen Sie zu mir?«

»Äh ... ja ...«, stammelte Karl. »Ich muss mit Ihnen reden, Agota. Haben Sie eine Minute Zeit?«

»Eigentlich nicht ...«

»Ich komme kurz mit nach oben, es dauert nicht lange.«

Sie zögerte, überlegte angestrengt. »Da fällt mir ein«, sagte sie, »dass ich noch etwas beim Metzger holen muss. Sie können mich gern begleiten. Es ist gleich um die Ecke.«

Das war eindeutig ein Vorwand. Sie wollte ihn nicht in ihrer Wohnung haben. Er fragte sich, wieso. Hatte sie einen Besucher in der Wohnung, den er nicht sehen sollte?

Karl nahm Agota das mit Brot, Zwiebeln, Gurken und Mehl gefüllte Einkaufsnetz ab und folgte ihr Richtung Schellingstraße, wo sich eine Vinzenz-Murr-Metzgerei befand. Von der überschäumenden Energie, die sie an dem Abend in Veits Bar versprüht hatte, war nichts mehr zu spüren. Heute war sie wieder ganz das schüchterne Reh.

»Ich hoffe, Sie hatten in der Bar noch Spaß, nachdem Magda und ich uns davongemacht haben«, begann er.

»Ja, ja, sicher«, nuschelte sie, »war noch sehr nett.«

»Das freut mich. Nach unserem« – er räusperte sich – »kleinen Gespräch dachte ich schon, ich hätte Ihnen die Laune verdorben. Wenn ich zu schroff war, bitte ich um Entschuldigung. Ich wollte Sie nicht verletzten. Und es heißt nicht, dass ich Sie nicht reizvoll fände.«

»Wie bitte?«, fuhr sie auf und sah ihn entsetzt an. »Wovon reden Sie?«

Karl bereute, dass er das Thema aufgebracht hatte. »Nicht so wichtig«, wiegelte er ab.

»Doch. Ich versteh nicht, was Sie meinen.«

»Sie waren dabei, mir ... nun ja, Ihre Gefühle zu gestehen.«

»Das gibt's doch nicht«, entfuhr es ihr, ehe sie sich besann und wieder an Karl wandte. »Egal, was ich gesagt habe ... Um ehrlich zu sein, ich kann mich kaum noch daran erinnern ... Tun Sie mir bitte den Gefallen und vergessen Sie es. Es hat nichts zu bedeuten. Wenn ich getrunken habe, rede ich manchmal dummes Zeug.«

Karl nickte nur. Er verstand, dass sie nichts mehr davon wissen wollte. Er hätte wirklich nicht davon anfangen sollen.

»Wollten Sie deshalb mit mir reden?«, fragte Agota.

»Nein. Es geht um die andere Sache, über die wir auch gesprochen haben. Ich war eben bei Konni, Veits Barmann, und hab ihm das Foto gezeigt. Sie wissen schon, welches.«

Karl entging nicht, dass sie einen Stoßseufzer nur mühsam unterdrückte. Auch dieses Thema behagte ihr offenbar nicht.

»Er behauptet, Sie und diesen Mann öfter gesehen zu haben. Und jedes Mal hat es was gegeben.«

»Da hat er sich getäuscht.«

»Er meint auch, dass der Mann Sie nicht mit gewissen Absichten belästigt hat, sondern eher wie ein … besorgter Vater.«

Agota zuckte nur mit den Schultern. »Na und?« Sie klang trotzig. »Ich verstehe nicht, warum Sie das nicht auf sich beruhen lassen. Sie wissen ja noch nicht einmal, was Sie gesehen haben. Ob der Mann, der angeblich vor Ihren Augen verschleppt wurde, und der Tote aus dem Eisbach wirklich ein und dieselbe Person sind. Und der Barmann kann sich täuschen. Ich bin mir jedenfalls nicht sicher, ob der Tote auf dem Foto aus der Zeitung derjenige war, der mich im *Coconut* belästigt hat.«

Karl wünschte, er hätte ihr das glauben können. Doch je emotionaler sie wurde, desto überzeugter war er, dass sie etwas verbarg. Genauso sicher war er allerdings, dass sie nicht reden würde. »Vielleicht haben Sie recht«, sagte er. »Nicht jedes Rätsel findet eine Lösung. Manchmal muss man eine Sache tatsächlich auf sich beruhen lassen.«

Er hatte nichts weniger vor als das.

Donnerstag, 9. Juni 1955
Fronleichnam

»WENN DER ZIRKUS in der Stadt vorbei ist«, rief Blohm aus dem Bad herüber, wohin er verschwunden war, um sich vor dem Spiegel die Krawatte zu binden, »dann fahren wir raus nach Starnberg. Ein wenig Schifferlfahren auf dem See. Was meinst du? Das Wetter ist traumhaft.«

Mit dem Zirkus meinte Blohm die Fronleichnamsprozession, bei der ein Bauunternehmer wie er natürlich in den vorderen Reihen gesehen werden musste. Und das Wetter war wirklich herrlich, der starke Föhn trieb das Quecksilber schon am frühen Morgen in die Höhe. Trotzdem war Magda wenig begeistert. »Mal sehen«, antwortete sie, während sie sich im Spiegel am Schrank betrachtete. Dieses Dirndlkleid war unverschämt tief dekolletiert. Sie musste sich einen Schal umlegen, sonst kam der Weihbischof noch mit seinem Latein durcheinander. Oder vielleicht zog sie gleich eine Weste an, im Frauendom war es bestimmt um einiges frischer.

Als sie sich umdrehte, bemerkte sie, dass Blohm schon wieder zurück war. Er betrachtete sie – oder besser gesagt einen gewissen Teil von ihr – wie hypnotisiert. »Herrgott, hast du Titten«, sagte er.

»Das hast du schon mal galanter ausgedrückt«, antwortete Magda pikiert und ging zu einer Kommode, um eine passende Weste herauszusuchen.

Blohm lachte polternd. »Entschuldige, der Anblick hat mich eben nur überwältigt. Das bringt das Urvieh in mir zum Vorschein.« Er trat von hinten an sie heran und presste sie an sich. Sein feuchter Atem streifte ihren Hals.

»Pack das Urvieh besser wieder ein«, sagte sie. »Wir müssen fahren.«

Doch er ließ sie nicht los. Im Gegenteil. Er legte seine Hände auf ihre Brüste, presste sie so fest zusammen, dass es weh tat. »Ich hab's satt, dass du vor mir jedes Mal, wenn ich dich anfasse, zurückzuckst wie vor einem Aussätzigen. Als würdest du dich vor mir ekeln.«

Magda bekam es mit der Angst. »Das tu ich nicht, Walter.« Sie überlegte einen Moment, ihr wurde klar, wie beleidigend ihr Verhalten für einen stolzen Mann wie ihn sein musste. Gleichzeitig empörte es sie, dass er anscheinend glaubte, das gebe ihm das Recht, sich im Vorübergehen zu nehmen, was ihm angeblich zustand. Um ihn nicht noch mehr gegen sich aufzubringen, sagte sie dennoch: »Machen wir wenigstens die Tür zu. Peterle sitzt drüben in seinem Zimmer und ...«

Blohm stieß sie von sich, sie geriet ins Straucheln, fing sich in letzter Sekunde.

»Sieh nur, was du aus mir machst«, sagte er.

»Nichts, was du nicht schon bist.«

Blohm wandte sich ab, nahm den Trachtenjanker, der auf dem Bett lag, und schlüpfte hinein. Dann sagte er, als sei nichts gewesen: »Wir könnten Karl und Gisela fragen, ob sie zum Starnberger See mitkommen. Was meinst du?«

Eine Sekunde lang war Magda von diesem abrupten Stimmungswechsel irritiert, dann antwortete in ebenso beiläufigem Ton: »Fragen können wir ja«, nahm die Kleiderbürste von der Kommode und bürstete Blohms Janker ab.

Danach ging sie, um nach Peterle zu sehen. Der Bub hockte in seinem Zimmer auf dem Boden und blätterte in aller Seelenruhe in einem Bilderbuch. »Auf geht's«, mahnte sie, »wir müssen fahren. Lass dich mal anschauen.« Er sah zum Anbeißen aus in seiner Lederhose, dem karierten Hemd, der Weste und den Kniestrümpfen. »Musst du noch mal bieseln?«, fragte sie ihn. Er schüttelte nachdrücklich den Kopf. »Na gut, dann los!«

Als sie vor das Haus traten, hatte Blohm den Wagen schon vorgefahren. Mit regungsloser Miene beobachtete er, wie Magda erst Peterle auf den Rücksitz verfrachtete, danach selbst einstieg. In angespanntem Schweigen fuhren sie der Innenstadt entgegen, während Peterle sich auf dem Rücksitz murmelnd selbst eine Geschichte erzählte.

Die Frauenkirche war zum Bersten voll, doch Blohm hatte ein paar seiner Leute vorausgeschickt, um Plätze für ihn und die Seinen zu belegen. Magda zwang sich, nicht nach Karl Ausschau zu halten. Auch nach der Messe, als die Prozession sich auf dem Frauenplatz formte, ließ sie ihre Blicke nicht umherschweifen. Es war Peterle, der Karl entdeckte. »Schau mal, da drüben sind Benno und Karl und Gisela«, rief er. Magda sah in die angegebene Richtung, winkte aber nur kurz. Doch schon der flüchtige Blick genügte, um ihren Puls in die Höhe zu treiben. Zum Glück würde man sich rasch wieder in der Menge verlieren, denn Blohm drängte in die Nähe der Stadt- und Bauräte und ihrer Familien, die ihrerseits so nahe wie möglich am Weihbischof mit der Monstranz bleiben wollten. Dort waren auch die Ministranten mit ihren Weihrauchfässern, die sie mit einer Inbrunst schwenkten, als wollten sie ganz München ausräuchern. Zum Glück zerstreute der immer wieder auffrischende Wind die Rauchwolken rasch. Während Magda Peterle erklärte, was in der Monstranz war – das Allerheiligste in Form der geweihten Hostie – und was das für ein seltsamer Teppich auf den Stangen war, unter dem der Bischof mit den Ministranten würdevoll stand – ein Baldachin, den man Himmel nannte –, war sie selbst weniger von der geistigen Präsenz des Allerheiligsten oder des Heiligen Geistes durchdrungen, als vielmehr von der Anwesenheit Karls und von dem Verlangen, das diese in ihr weckte. Nach zwei Wochen ohne jeden Kontakt zu ihm war sie wie ausgehungert nach seiner Nähe.

Die Prozession setzte sich in Bewegung, Kreuz- und Fahnenträger gingen voraus, dann kam der Weihbischof mit der Monstranz, danach die Honoratioren und schließlich das Kirchenvolk. Die Kaufingerstraße war festlich geschmückt mit Tüchern, Fahnen und Blumengestecken, zu Tausenden standen die Menschen am Straßenrand, einige schlossen sich an. Zunächst ging es bis zum Marienplatz, der ersten von vier Stationen, an denen ein Altar auf sie wartete. Magda bedeutete all das nichts, doch die Gebete auf Deutsch und Lateinisch, die Bewegung, der Geruch des Weihrauchs, der zuweilen ungestüme Föhnwind versetzten sie in eine Art Trance. Plötzlich war sie wieder in der Kammer in Bayerisch Eisenstein, in dem schmalen Bett, zusammen mit Karl, sie spürte seine Haut auf ihrer, seine Finger, seine Küsse, und es erregte sie, als würde es gerade jetzt geschehen.

Ein Zupfen an ihrer Weste brachte sie zurück in die Gegenwart. Sie beugte sich zu Peterle hinab. »Ich muss bieseln«, flüsterte er.

Sie überlegte, wo hier in der Nähe eine öffentliche Toilette oder zumindest ein Café war, in das sie rasch verschwinden konnten. Doch wozu große Umstände machen? Wenn ein

Hund sich an jeder Ecke erleichtern durfte, sollte das auch einem Buben im Notfall erlaubt sein. Sie sagte Blohm Bescheid und verschwand mit Peterle in eine Seitenstraße. Als der Bub sein Geschäft über einem Gully erledigt hatte und sie sich wieder auf den Rückweg machten, entdeckte sie Karl. Offenbar hatte er beobachtet, wie sie weggegangen war. Die Hände in den Hosentaschen, stand er da und wartete, bis sie bei ihm war.

»Na, junger Mann«, sagte er zu Peterle und fuhr ihm durch die Haare. Und zu Magda sagte er: »Na, junge Frau.« Doch ihr fuhr er nicht durchs Haar, obwohl sie es gern gehabt und er es sicher auch gern getan hätte. »Ich muss dir was verraten. Das heißt, falls wir noch zusammen an der Reportage arbeiten.«

»Was ist?«

»Ich werte das als ein Ja.« Er trat einen Schritt näher und dämpfte die Stimme. »Ich bin bei Herrn Čierny eingestiegen. Hab sein Büro durchsucht. Ludwig hat mir geholfen. Am Pfingstsonntag.«

»Was?«

»Ich hätte es dir vorher erzählen sollen, ich weiß, aber du hättest mitkommen wollen, ich brauchte aber Ludwig, wegen der Ausrüstung. Zum Beispiel seine Spezialkamera, um Dokumente zu fotografieren.«

Magda war nicht überrascht. Sie konnte sich nicht einmal darüber aufregen. So waren Männer eben. Sie machten, was sie wollten, und erzählten einem davon, wann es ihnen in den Kram passte. Blohm war so, und Karl war in diesem Punkt auch nicht viel besser. Vorwürfe halfen nichts. Nicht einmal Liebe half. Sie fragte sich, was passieren musste, damit sich das einmal änderte.

»Wir gehen besser zurück«, erwiderte sie nur, nahm Peterle an der Hand und wandte sich um, doch Karl hielt sie am Arm fest.

»Tut mir leid. Ich weiß, ich hätte dich einweihen sollen.«

Sie sahen sich in die Augen. Ein Blick, der tief in sie eindrang. Der sie milder stimmte, jedoch nicht alles wiedergutmachte.

»Ist schon gut. Du hattest deine Gründe. Und ich bin nur für die Fotos zuständig.« Sie löste sich aus seinem Griff und ging los.

Karl blieb dicht an ihrer anderen Seite. »Wann sehen wir uns?«

»Ich weiß nicht. Irgendwann. Ach, übrigens: Blohm wird dich fragen, ob ihr später mit zum Starnberger See kommt. Du sagst besser nein.«

»Ist er immer noch so misstrauisch?«

»Mehr denn je. Er ist überhaupt anders.«

Als sie auf den Marienplatz kamen, formte sich die Prozession gerade zum Weitergehen. Gisela erwartete Karl voller Ungeduld, wie es schien. Bennos Blick badete in Magdas Ausschnitt. Sie zog die Weste zu. Da trat von der anderen Seite unerwartet Blohm an sie heran.

»Onkel und Nichte, unzertrennlich«, sagte er süffisant.

»Reiner Zufall, dass wir uns über den Weg gelaufen sind«, wehrte Karl ab.

»Es gibt keine Zufälle.« Blohm trat einen Schritt an Karl heran. »Ich dachte, du wolltest mich mal interviewen. Wegen deiner Reportage.«

»Das kommt noch, keine Sorge. Du stehst auf meiner Liste ganz oben.«

Blohm grinste. »Und du auf meiner. Was hältst du von heute? Wir fahren später nach Starnberg, zu einer kleinen Dampfertour auf dem See. Kommt doch auch. Und wir beiden Herren setzen uns für ein halbes Stündchen oder so abseits und reden ein bisschen. Bring einfach deinen Block mit. Was meinst du?«

»Klingt gut. Gisela wollte heute ohnehin einen Familienausflug machen. Ich frag sie.«

»Fein«, freute sich Blohm.

Magda sah Karl verärgert an. Aber er schaute einfach weg. Er war unverbesserlich. Wie alle Männer.

Karl ließ den Hut lieber im Auto, ehe ihn der Föhnwind wegblies, der hier am Wasser noch kräftiger wehte als in der Stadt. Auch die Krawatte brauchte er nicht, es war viel zu warm, er öffnete sogar den obersten Hemdknopf. Gisela beobachtete ihn aufmerksam, zog eine Augenbraue hoch, sagte jedoch nichts dazu, sondern meinte nur: »Schön ist es hier ja, bloß die vielen Leute. Und dann der Wind die ganze Zeit.« Sie hielt ihren Sonnenhut fest, obwohl sie ihn zuvor schon mit einer Hutnadel gesichert hatte. Es waren nicht die Leute an sich, die sie störten, sondern wohl eher diejenigen, mit denen sie am Steg verabredet waren. Karl ignorierte alles, schloss den Wagen ab und setzte die Sonnenbrille auf. »Gehen wir«, sagte er, »wir sind schon zehn Minuten zu spät.«

»Wegen denen fang ich nicht auch noch an zu rennen.«

Benno eilte voraus, um die Ankunft anzukündigen, vor allem aber, weil er es nicht erwarten konnte, Magda wiederzusehen. Und da ging es ihm wie Karl. Ihr Ärger darüber, dass er sich über ihre Warnung hinweggesetzt hatte, hielt hoffentlich nicht zu lange an. Aber ihm schien, dass sie sich eher verdächtiger machten, wenn sie Blohm mit leicht durchschaubaren Ausreden aus dem Weg gingen. Je unverkrampfter sie sich benahmen, desto weniger Verdacht erregten sie.

»Schau ihn dir an, den Poussierstängel«, sagte Gisela, als

sie den Steg betraten. Sie meinte Benno, der mit hochrotem Kopf vor Magda herumtänzelte und gar nicht wusste, wohin mit seinen Blicken. »Pfundig schaust du in dem Dirndl aus«, hörte Karl ihn schmeicheln, »richtig pfundig!«

»Ist schon recht«, ging Gisela dazwischen, »jetzt lass die Magda auch wieder in Ruhe mit deinem Charme.«

Magda schob ihre Sonnenbrille ins Haar und schenkte Karl einen kurzen, aber intensiven Blick. Dann kam Blohm mit den Billetts für das Schiff, Magda setzte die Sonnenbrille wieder auf. Blohm nahm Karl ins Visier, nickte wie in stillem Einverständnis. Karl hatte keine Ahnung, was das bedeuten sollte.

Ein Ausflugsdampfer legte an, erst drängten die einen Fahrgäste herunter, danach die anderen hinauf. Gisela griff nach Karls Hand. »Ist das ein Tanzschiff?«, fragte sie, als aus Lautsprechern Musik über das Deck klang. Karl antwortete nicht. Sein Blick blieb an Magda haften, die mit Blohm und Peterle vorausging. Sie fanden Plätze auf dem Sonnendeck und warteten auf das Ablegen. Blohm hatte seinen Arm um Magdas Schultern gelegt, Gisela hielt wieder Karls Hand, und niemand sagte ein Wort. Der Wind blies Röcke und Kleider hoch und blähte Hemden und Jacken, er wirbelte Damenhüte über das Deck, den einen oder anderen davon auf Nimmerwiedersehen ins Wasser. Nachdem der Dampfer den Steg hinter sich gelassen hatte, begrüßte der Kapitän die Passagiere und beschrieb die Route. Benno nahm Peterle in seine Obhut, vor allem um bei Magda Punkte zu sammeln.

Als das Land hinter ihnen immer mehr verschwand, während vor ihnen die Berge immer näher zu kommen schienen, meinte Blohm: »Was hältst du davon, wenn wir beide uns nach unten begeben und sehen, ob wir hier irgendwo einen Cognac bekommen?«

Karl stimmte zu, und so ließen sie Frauen und Kinder allein zurück und saßen wenig später im Restaurant auf dem Hauptdeck, mit zwei Gläsern Cognac zwischen sich, Blohm mit einer Zigarre, Karl einer Zigarette zwischen den Fingern.

»So lässt es sich aushalten«, meinte Blohm breit grinsend und lehnte sich zurück. »Raus mit dem Block und her mit den Fragen!«

Karl brauchte keinen Block, er hatte ein gutes Gedächtnis. »Tomáš Čierny«, begann er. »Was kannst du mir über ihn sagen? Und was ist dein Interesse an ihm?«

Blohm paffte seine Zigarre, ehe er antwortete: »Herr Čierny ist ein Patriot, und er hasst die Kommunisten in seinem Land. Deshalb hilft er Menschen bei der Flucht. Er hat ein ganzes Netz von Informanten und Fluchthelfern aufgebaut.«

»Auch Spione?«

Blohm zuckte mit den Schultern. »Da geht eines ins andere über. Die Amerikaner wollten ihn und sein Netz kaufen, aber sie wollten nicht genug dafür zahlen. Er braucht das Geld nicht für sich. Es kostet einiges, alle möglichen Leute zu entlohnen oder zu bestechen. Außerdem haben die Amerikaner die schlechte Eigenschaft, sich nirgendwo unterzuordnen. Sie wollen immer das Sagen haben. Und das will Herr Čierny auch. Ich unterstütze ihn, vor allem finanziell, aber auch durch meine Kontakte in die Geschäftswelt.«

»Und in die Unterwelt«, ergänzte Karl.

Blohm lächelte, sog an seiner Zigarre und blies den Rauch in die Luft. Keine Antwort war in diesem Fall wohl auch eine Antwort.

»Es heißt, Čierny, und überhaupt die Opposition, habe Leute verloren. Überläufer, aber auch enttarnte Informanten, Fluchthelfer, Spione. Es soll in Bratislava noch in diesem Jahr einen großen Prozess geben.«

Blohms Miene wurde ernst. »Schrecklich. Das macht allen große Angst. Das gesamte Netz könnte auffliegen. Mit unabsehbaren Folgen. Wen sie erwischen, den stellen sie vor Gericht. Wen sie nicht erwischen, weil er im Ausland sitzt, mit dem machen sie erst recht kurzen Prozess.« Blohm schoss eine Fingerpistole ab, aber Karl hatte auch so verstanden.

»Dann fürchtet wohl auch Herr Čierny um sein Leben.«

»Allerdings.«

»Und wie schützt er sich dagegen?«

»Gar nicht. Die deutsche Polizei will er unbedingt raushalten, und die könnte ohnehin wenig tun. Seine Möglichkeiten sind also begrenzt. Ich habe ihm angeboten, ein paar Leute abzustellen, die auf ihn achten, doch auch das hat er abgelehnt.«

Blohm nahm einen Schluck Cognac, Karl ebenfalls.

»Was hast du eigentlich heute noch für Verbindungen nach drüben?«, fragte Karl. »Und wie stehst du selbst zu den Kommunisten? Zu der Lehre als solcher?«

Zum ersten Mal wirkte Blohm überrascht. »Was soll die Frage?«

»Ist dir die Rote Kapelle ein Begriff?«

Blohm leerte sein Glas mit einem Zug und signalisierte dem Kellner, dass er Nachschub wünsche. Dann beugte er sich vor und sagte mit gedämpfter Stimme: »Jetzt sag ich dir mal was zu den Kommunisten und zur Roten Kapelle. Ich war in Buchenwald. Nicht weil ich der große Widerständler gewesen wäre, nein, als unbelehrbarer Berufsverbrecher. Solche wie ich waren dort Kapos. Weißt du, was das bedeutet? Kapos waren die Handlanger für die SS und meistens noch schlimmer als die. Die haben die Drecksarbeit gemacht, und das auch noch gern. Da habe ich mich rausgehalten. Ein Menschenschinder war ich nie. Dafür habe ich Kontakte zu den

Kommunisten im Lager geknüpft. Von Marx und Lenin hatte ich keine Ahnung und habe ich bis heute nicht, aber das waren andere Leute. Die haben zueinandergestanden. Parteidisziplin gehalten, sogar im Lager. Und das hat Leben gerettet. Viele Leben. Nicht zuletzt das zahlreicher Kinder.«

Der Cognac wurde gebracht. Blohm hielt inne, wartete, bis der Kellner weg war, dann fuhr er fort: »Und was die Rote Kapelle angeht, dieses angebliche Spionagenetz für die Russen – das war ein reines Hirngespinst der Gestapo. Niemand unter den Kommunisten im Lager oder anderswo wusste davon. Mit diesem Popanz wollte sich die Gestapo größer machen, als sie war, sich bei ihren Führern in ein besseres Licht rücken. Natürlich gab es Spione, natürlich wurden Informationen an die Alliierten weitergegeben, auch an die Sowjets. Um die Nazis zu stürzen und den Krieg zu beenden. Aber ein ganzes Netzwerk, von Moskau aus gesteuert? Unfug!« Er schlug mit der Hand auf den Tisch. »Und nach dem Krieg haben sich diese Nazis und Folterpolizisten bei den Amerikanern und Briten mit ihren erfundenen Geschichten wichtiggemacht, haben ihnen weisgemacht, dass sie gar nicht für Hitler gefoltert haben, sondern nur für Deutschland. Und dass die Todesurteile der Militärgerichte und des Volksgerichtshofs angemessen waren. So haben sie sich selbst reingewaschen und sich den neuen Machthabern angedient. Ich weiß das aus vielen Berichten vertrauenswürdiger Leute. Vielleicht wird diese Lüge ja eines Tages aufgeklärt. Aber solange die auf der anderen Seite des Eisernen Vorhangs diese Opfer der Gestapo für sich vereinnahmen und zu Helden ihrer Sache, ihres Staates machen, werden sie hier weiterhin als Volksfeinde angesehen.«

Karl war erstaunt über Blohms Erregung bei diesem Thema. Das war nicht aufgesetzt, das war echt. Nun griff er nach dem Glas und kippte den Cognac in einem Zug hinunter, während Karl den Rest von seinem trank.

»Mir ist heiß geworden. Gehen wir an die frische Luft.«

Blohm winkte den Kellner herbei und bezahlte auch Karls Rechnung. Wieder im Freien, erfasste sie sogleich der kräftige Föhnwind. Karl wollte zurück aufs Oberdeck zu den anderen, doch Blohm hielt ihn am Oberarm fest.

»Eines noch. Zu Čierny. Weil du mich vorhin gefragt hast, ob er Angst vor der Bedrohung hat und wie er sich dagegen schützt. Es gibt nämlich noch eine Möglichkeit, wie er sich schützen kann.«

»Was meinst du?«

»Durch Verrat. Er könnte zum Feind überlaufen, alle anderen ans Messer liefern und dafür die eigene Haut retten.«

Čierny ein Verräter? Das war, nach Karls Eindruck von dem Mann, schwer vorstellbar. Doch wenn das eigene Leben auf dem Spiel stand, verschoben sich zuweilen die Prioritäten.

»Du denkst ernsthaft, dass das sein Plan ist?«

»Noch weiß ich es nicht. Aber vielleicht kannst du mir helfen, es herauszufinden.«

»Ich? Was hätte ich für Möglichkeiten, die dir fehlen?«

»Nur keine falsche Bescheidenheit!«

In diesem Moment stürmte Benno zu ihnen, er lief, wie sich zeigte, Magda als eine Art junger Herold voraus. »Sie kommen gleich«, rief er über die Schulter gegen den Wind, als er die beiden Männer erblickte. Im gleichen Moment erschien Magda auch schon oben auf den Stufen. Der Wind wehte ihr eine Strähne über das Gesicht, die sie zurückstrich.

»Was heckt ihr eigentlich aus?«, fragte sie.

»Gar nichts«, erwiderte Blohm. »Wir haben nur geredet. Wo ist Peterle?«

»Gisela passt auf ihn auf. Sie vermisst dich, Karl.«

Blohm und Karl nahmen Magda in die Mitte, und Karl konnte es sich nicht verkneifen, mit dem Handrücken beiläufig über ihre Hüfte zu streichen. Bei Gisela angekommen, entschieden sich Blohm und Magda, mit Peterle in den Salon auf dem Oberdeck zu gehen, um eine Kleinigkeit zu essen. Benno schloss sich ihnen an. Karl und Gisela blieben. Er legte ihr den Arm um die Schultern.

»Peterle ist so ein netter Bub«, sagte Gisela. »Kaum zu glauben, dass Benno auch mal so klein war. Man vergisst zu schnell.«

Karl schwieg und schaute auf den See hinaus.

»Aber er kommt ganz nach euch, der Peterle«, fügte sie nach einer kleinen Weile hinzu. »Vom Vater hat er gar nichts. Ich könnte mir vorstellen, dass du als kleiner Bub so ausgesehen hast.«

»Ach was«, tat Karl die Bemerkung ab.

Was Frauen sich immer einbildeten. Peterle konnte überhaupt keine Ähnlichkeit mit ihm haben, weil der Bub keinen Tropfen Wieners-Blut in den Adern hatte. So wenig wie Magda. Aber das konnte Gisela natürlich nicht wissen.

Trotzdem hätte Karl die Idee gefallen. Er schaute zum verglasten Salon hinüber, sah Peterles Gesicht, das an der Scheibe klebte, und für einen Moment schien es ihm auch so, als gäbe es eine gewisse Ähnlichkeit.

Dienstag, 14. Juni 1955

RAUCHEND SAH LUDWIG über seinen Schreibtisch hinweg zu, wie Karl die in Tomáš Čiernys Büro abfotografierten Dokumente durchblätterte. Es waren nur die deutschsprachigen, die slowakischen lagen bei einem Übersetzer. Ludwig hatte halbe Nächte damit zugebracht, die Filme zu entwickeln und Abzüge anzufertigen. Bin wirklich gespannt, dachte er, ob ich für die Stunden jemals Geld sehe.

»Die Übersetzungen sind nicht vor Ende nächster Woche fertig«, sagte er. »Es dauert halt alles seine Zeit.«

Karl schaute auf. Er wirkte nicht zufrieden. Zu Recht. Ludwig hatte die Dokumente nicht gelesen, nur hier und da ein paar Passagen überflogen. Hauptsächlich waren es Briefe von oder an Blohm, doch kaum mehr als die üblichen Floskeln und Freundlichkeiten. »Hoffentlich geben die slowakischen Unterlagen mehr her«, sagte Karl. »Das hier sieht nach gar nichts aus.«

Na, wunderbar, dachte Ludwig, und dafür habe ich mir die Mühe gemacht.

Er schaute überdeutlich auf die Uhr. Das hielt Karl jedoch nicht davon ab, sich eine Zigarette anzuzünden. »Wie läuft es eigentlich mit deiner Vorzimmerdame?«, fragte er. »Ich habe sie mir vorher, als ich gekommen bin, ein bisschen genauer angeschaut und muss sagen: So uneben ist die nicht. Wenn die sich rausputzt …«

Übellaunig unterbrach Ludwig: »Die kann sich rausputzen, so viel sie will, das interessiert mich kein bisschen. Du, Karl, ich muss langsam sausen. Nach Giesing. Wir können miteinander runtergehen.«

Ludwig stand auf, nahm den Überzieher vom Garderobenständer und schlüpfte hinein. Nach den schon sommerlichen Tagen der letzten Woche hatte über das Wochenende die Schafskälte Einzug gehalten, und sie würde wohl auch noch ein paar Tage bleiben. Karl trug trotzdem nur einen Anzug, aber er konnte auch gleich in sein Auto steigen. Im Vorzimmer ignorierte Ludwig Fräulein Skudelny hartnäckig. Trotz oder gerade wegen des leichten Kribbelns in der Bauchgegend. »Auf Wiedersehen, die Herren«, grüßte sie, als die Tür schon fast hinter ihnen ins Schloss gefallen war. Weder Karl noch Ludwig hatten sich von ihr verabschiedet.

»Die Sache mit Daxenhofer hat übrigens eine sehr unschöne Wendung genommen«, sagte Ludwig im Treppenhaus. »Da will ich jetzt hin.«

»So? Wie denn?«, fragte Karl.

»Erzähl ich dir später, das geht schlecht zwischen Tür und Angel. Aber es ist so eine Geschichte, wie sie die Zeitungsleser gernhaben, damit sie sich in ihrem eigenen Mitleid für die armen Leute gefallen können.«

»Ist doch wunderbar.«

»Ist es nicht, Karl. Überhaupt nicht. Tragisch ist es, tragisch und sonst gar nichts. Und das geht eigentlich keinen was an.«

»Heißt das, ich soll doch nicht über deine glorreiche Lösung des Falles schreiben?«

Ludwig wusste es selbst nicht. Wenn seine Vermutungen stimmten, würde die Sache auf jeden Fall ins Licht der Öffentlichkeit gezerrt werden. »Mal schau'n«, sagte er und hielt Karl die Haustür auf.

»Wie du meinst. Wenn du nach Giesing rausmusst, kannst du die Tram vergessen. Da bist du ewig unterwegs, bei all den Baustellen. Ich fahr dich.«

Ludwig nickte. Obwohl er nichts gegen einen Aufschub gehabt hätte, denn das Gespräch, das er gleich führen würde, würde eines von der unangenehmen Sorte werden. Er hatte lange überlegt, ob er nicht einfach Zöllner Bescheid geben sollte, aber dann hatte er es von einem Tag auf den nächsten geschoben und sich schließlich entschieden, doch vorher selbst mit den Daxenhofers zu reden. Ein bisschen persönlicher Ehrgeiz, so viel musste er sich eingestehen, war auch dabei. Er wollte den letzten Rest des Rätsels lösen, wollte sich die Bestätigung für die Geschichte, wie er sie sich zusammengereimt hatte, selbst abholen und nicht von Zöllner erfahren.

Karl fuhr ihn bis vor die Haustür der Daxenhofers. Trotz der Kälte streckte die Radlmeierin schon wieder den Kopf aus dem Fenster. »So, noch mal ein Besuch beim alten Kameraden«, sagte sie, »nur ohne Bier diesmal.« Wortlos zog Ludwig den Hut und ging ins Haus, mühte sich die Stiege hinauf, die ihm heute schmaler und steiler als beim letzten Mal vorkam, und verharrte einen Moment vor der Wohnungstür. Das alte Gefühl stellte sich ein, das ihm die Arbeit bei der Kripo zuletzt verleidet hatte: Die Erfolge fühlten sich in menschlich so schwerwiegenden Fällen viel zu oft wie Misserfolge an, das Gelingen sah dem Scheitern manchmal zum Verwechseln ähnlich. Was hatte er davon, wenn der Seppi und seine Blas'n in eine Jugendstrafanstalt kamen, wenn sie, statt eine Lehre als Automechaniker oder Schreiner abzuschließen, bei Berufsverbrechern eine neue Ausbildung anfingen?

Ludwig klingelte, und es dauerte nicht lange, bis die Tür geöffnet wurde. Er hatte mit Hans gerechnet, doch es war

Rosi. »Der Hans ist nicht da«, sagte sie gleich, »erst am späten Nachmittag wieder. Der fährt heute Bier aus.«

»Macht nichts«, erwiderte Ludwig, »dann reden wir beide. Ist vielleicht eh besser, für den Anfang.«

Mit leicht besorgter Miene machte sie die Tür frei, und Ludwig trat ein. Er ging voraus in die Küche, in der er schon einmal gesessen hatte, mit Hans Daxenhofer, so lange war das noch gar nicht her.

»Erst einmal wollte ich Ihnen gestehen«, begann er, »dass ich nicht der bin, für den ich mich ausgegeben hab. Also kein Kriegskamerad Ihres Gatten. Wenn er sich nicht an mich erinnern konnte, dann deshalb, weil wir uns vor meinem ersten Besuch nie gesehen haben. Das hab ich alles erfunden.«

»Sind Sie von der Polizei?«, fragte Rosi beklommen. Ihre Angst war mit Händen zu greifen. Auch wenn sie nichts verbrochen hatte, konnte er verstehen, wieso. Von der Polizei war ihr und den Ihren selten Gutes widerfahren.

»Ich bin Privatdetektiv.«

»Privatdetektiv?«, wiederholte sie. »Ja … wie das …? Wer schickt Sie denn?«

»Ihr Bub.«

»Der ist doch tot.«

»Der andere. Der Rudi.«

»Der Kleine …« Sie sackte auf einen Stuhl. »Wie das …? Jetzt versteh ich gar nichts mehr …«

Weil das hier etwas länger dauern würde, legte Ludwig den Überzieher ab und setzte sich zu ihr. Dann erzählte er ihr die ganze Geschichte von Anfang an: wie Rudi zu ihm ins Büro gekommen war, was er ihm erzählt hatte, was er wollte. Sogar die dreiundsechzig Pfennig, die er ihm bezahlt hatte, erwähnte er. »Er meint, dass der Hans nicht sein Vater ist, sondern ein kommunistischer Spion, und dass er Ferdl umgebracht hat, weil der das herausgefunden hat. Außerdem denkt er, dass der Hans Sie hypnotisiert hat, so dass Sie nicht merken, was los ist.«

Fassungslos und zunehmend verzweifelt folgte Rosi seinen Worten. Dann rief sie aus: »Das ist doch … ein Schmarrn! Das glauben Sie doch nicht.«

»Selbstverständlich nicht. Ich dachte mir, dass vielleicht etwas anderes nicht stimmt, und dem wollte ich nachgehen. Nur um mich zu vergewissern, dass der Rudi in Sicherheit ist. Und ich hab wirklich etwas herausgefunden, nämlich dass er in einem Punkt recht hat. Ferdl ist nicht von der Brücke gesprungen. Der Selbstmord wurde nur vorgetäuscht, um einen Mord zu vertuschen.«

»Einen Mord?«

Ludwig nickte bedeutungsschwer. »Der Ferdl ist in dem ausgebombten Haus zu Tode gekommen, in dem er und seine Blas'n sich immer getroffen haben. Jemand hat dort eine Falle für ihn aufgebaut. Wie es im Einzelnen zugegangen ist, weiß ich auch nicht, jedenfalls hat jemand die beiden obersten Stufen einer Kellertreppe angesägt, so dass der Ferdl eingebrochen und runtergefallen ist. Ob er schon nach dem Sturz tot war oder ob jemand den Rest besorgt hat, weiß ich nicht. Außerdem hab ich alte Blutflecken gefunden. Die Leiche wurde mit einem gestohlenen Fahrzeug weggeschafft und von der Brücke geworfen, damit es aussieht, als wäre Ferdl in den Tod gesprungen. Den angeblichen Abschiedsbrief in seiner Hosentasche kann jeder geschrieben haben.«

Rosi hatte wie erstarrt zugehört. »Wer soll denn …?« Ihre Stimme brach, sie räusperte sich, begann von neuem: »Wer soll denn das getan haben?«

Ludwig konnte sich kaum vorstellen, dass Rosi so ahnungslos war, wie sie sich gab. Sie kannte die Burschen ja alle. Vielleicht wollte sie die Wahrheit aus dem Mund eines Fremden hören, weil sie so leichter anzunehmen war. »Der Ferdl war in kriminelle Machenschaften verstrickt. Zusammen mit der Blas'n, allen voran diesem Seppi. Einbrüche, Diebstähle, Autos knacken. Und wer weiß, was sonst noch. Vielleicht wollte er aussteigen. Oder es gab was anderes. Das findet die Polizei heraus, machen Sie sich keine Sorgen.«

Rosi atmete schwer, stand auf, holte aus dem Buffetschrank eine Flasche Obstler und zwei Gläser und schenkte in beide randvoll ein. Ihren Obstler trank sie in einem Zug und schenkte gleich nach.

»Sie täuschen sich gewaltig, Herr Privatdetektiv«, sagte sie. »Die Burschen haben nichts getan. Das sind gute Kameraden vom Ferdl. Und die Geschichte, die Sie sich zusammengereimt haben, klingt zwar einleuchtend. Sie hat aber einen Fehler: Sie stimmt hinten und vorne nicht. Der Ferdl ist von der Brücke gesprungen. Freiwillig. Das ist die einzige Wahrheit, die es gibt.«

Ludwig sah sie an. Damit hatte er nicht gerechnet. Wieso deckte sie die Freunde ihres toten Sohnes? Oder war er wirklich auf dem Holzweg? Er hatte keinen Beweis, dass das Blut an der Kellertreppe von Ferdl stammte. Nein, sein alter Kriminaler-Instinkt irrte nicht, er war auf der richtigen Spur.

»Erzählen Sie mir, was passiert ist«, sagte er ruhig, ein Angebot an Rosi, sich alles von der Seele zu reden.

Doch ihr Blick wurde abweisend, ja feindselig. »Von mir erfahren Sie nichts. Ich muss nicht mit Ihnen reden.«

»Mit mir nicht, aber mit der Polizei. Glauben Sie's mir, ich war selbst lange genug einer von denen: Sie halten auf Dauer nicht durch.«

Rosi lachte verächtlich auf. »Ich hab die Gestapo überstanden, da machen Sie mir keine Angst.« Sie stand auf und wies mit dem ausgestreckten Arm zur Tür. »Da hat der Zimmermann das Loch gemacht. Raus!«

Ludwig kippte den Obstler hinunter und erhob sich. »Mich können Sie rausschmeißen, die Polizei nicht. Und eines ist Ihnen hoffentlich klar: Wenn die erst mal richtig zu suchen anfangen, drehen sie jeden Stein um. Und dann kommt alles raus.«

Er nahm den Überzieher, schlüpfte jedoch nicht hinein, sondern legte ihn über den Arm. Als er an der Küchentür war, eilte Rosi ihm nach und hielt ihn zurück.

»Warten Sie!«

Er blieb stehen, schaute in ihre Augen, die sich mit Tränen füllten.

»Ich bitte Sie, gehen Sie nicht zur Polizei. Lassen Sie die Sache auf sich beruhen. Es ist für alle das Beste.«

»Nicht für den Ferdl. Und auch nicht für den Rudi.«

Jetzt griff sie sogar nach seinen Händen und beschwor ihn noch eindringlicher: »Ich bitte Sie von Herzen: Lassen Sie's gut sein.«

Ludwig hatte den Polizeidienst quittiert, weil er es nicht mehr ausgehalten hatte, dass das Recht und die Gerechtigkeit allzu oft nicht in eins fielen. War das hier wieder so ein Fall?

»Vielleicht kann ich es gut sein lassen«, sagte er, »aber nur unter einer Bedingung: Sie müssen mir erzählen, was wirklich passiert ist.«

Rosi schaute ihn lange an, und als sie begriff, dass er in diesem Punkt nicht nachgeben würde, nickte sie. Danach setzten sie sich beide wieder an den Tisch, Rosi schenkte Obstler nach. Sie stürzte den ihren hinunter und begann: »Der Hans und der Ferdl haben sich dauernd gestritten, vor allem wegen der Blas'n. Wir haben ja gewusst, was die treiben und wo das hinführt. Ich war in der Sache ganz auf der Seite vom Hans, mir wär's auch lieber gewesen, der Ferdl hätte sich vom Seppi ferngehalten. An dem Abend ... dem letzten ... da hat der Rudi dem Hans erzählt, dass der Ferdl und die anderen wieder in dem ausgebombten Haus sind und was planen. Da ist der Hans sofort hin, aber alles, was er gefunden hat, war der Ferdl ... leblos und tot ... unten an der Kellerstiege.«

Sie nahm ihr Schnupftuch aus der Schürze und wischte sich damit die Tränen ab. Danach fuhr sie fort: »Der Hans hat erst gedacht, dass es ein Unfall war, doch dann hat er gesehen, dass die obersten Stufen angesägt waren. Aber wer hätte dem Ferdl so eine Falle stellen sollen? Natürlich hat es zwischen den Burschen in der Blas'n immer wieder Streit gegeben, wie es halt so ist. Aber nicht so einen, dass einer den anderen dafür umbringt. Die waren eigentlich dicke Freunde. Dann hat sich der Hans besonnen, wer ihn in das Haus geschickt hat, und da hat er Bescheid gewusst.«

Wieder musste sie unterbrechen. Deshalb war es Ludwig, der ungläubig flüsterte: »Der Rudi?«

Rosi nickte. »Weil der Ferdl seinen Vater gehasst hat, hasst der Rudi ihn auch. Ein paar Tage vorher hat der Ferdl zu seinem Vater gesagt, dass der Rudi ihn am liebsten umbringen würde und dass er sich sogar schon ausgedacht hat, wie. Das hat natürlich keiner ernst genommen. Aber jetzt war sich der Hans auch deshalb so sicher, weil der Rudi besonders betont hat, dass die Burschen im Keller sind.«

Sie trank einen Schnaps, dann erzählte sie weiter: »Der Hans war so außer sich, dass er den Rudi am liebsten zu Ferdls Leiche geschleift hätte, damit er sieht, was er angerichtet hat. Aber dann ist ihm bewusstgeworden, was das für den Buben bedeutet hätte, und da hat er ihm auf einmal nur noch leidgetan. Der Rudi würde ja seines Lebens nimmer froh, wenn er wüsste, dass er schuld ist am Tod seines geliebten Bruders. Da war's dem Hans lieber, wenn der Rudi ihm die Schuld daran gibt. Deshalb hat er den Seppi und die anderen zusammengeholt und verlangt, dass sie den Ferdl möglichst weit wegschaffen sollen. Er selber ist zurück zum Rudi und hat aufgepasst, dass er auch daheimbleibt.«

Ludwig nickte. Er verstand. »Die Idee, einen Selbstmord vorzutäuschen …«

»Ich weiß nicht, von wem die war«, fiel Rosi ihm vehement ins Wort, »und ich will's auch nicht wissen. Die Vorstellung, dass sie meinen toten Buben wie einen Sack Kartoffeln da hinaufgekarrt und runtergeschmissen haben …«

Sie wischte sich wieder mit dem nassen Schnupftuch über die Augen.

»Wo waren Sie eigentlich, als das alles passiert ist?«, fragte Ludwig.

»Wo werde ich schon gewesen sein? Wo ich immer bin: im *Ochsenwirt*.«

»Dann wissen Sie das alles vom Hans?«

Sie nickte. »Er wollte mir anfangs nichts sagen, um mich zu schonen, aber irgendwann war es ihm halt doch zu schwer, das Wissen allein zu tragen. Und so hart es auch ist, ich bin froh, dass er es mir gesagt hat.«

Ludwig war wie erschlagen von dem, was er gehört hatte. Er würde ein wenig Zeit brauchen, um die richtigen Schlüsse daraus ziehen zu können. Doch wenn die Geschichte stimmte, würde es nicht viel bringen, die Polizei einzuschalten. Rudi war strafunmündig, für die Vertuschung würde es allenfalls Bewährungsstrafen geben, sofern ein Staatsanwalt den Fall überhaupt zur Anklage brachte und nicht befand, dass die Leute allesamt mehr als genug bestraft waren.

»Wegen mir müssen Sie sich keine Sorgen machen«, versicherte Ludwig.

Dann stand er auf, nahm seinen Mantel und schlüpfte hinein.

Rosi begleitete ihn an die Tür. Während sie sich schweigend gegenüberstanden, fiel Ludwigs Blick auf die Tür, die Hans bei seinem Besuch abgeschlossen hatte und die laut Rudi auch immer verschlossen blieb.

»Bevor ich gehe, hätte ich noch eine Bitte«, sagte Ludwig. »Sie wird Ihnen seltsam vorkommen, eigentlich ist sie auch eine Zumutung.«

»Jetzt machen Sie mich neugierig.«

»Rudi hat erzählt«, sagte er, »dass der Hans sich im Schlafzimmer einschließt und viel Zeit dort verbringt. Und keiner weiß, was er dort macht. Wissen Sie es?«

Rosi lachte bitter auf. »Ich zeig Ihnen, was er macht. Kommen Sie mit.« Sie schloss die Tür auf. »Sagen Sie dem Hans ja nicht, dass ich Sie hineingelassen hab.«

Ludwig trat ein. An dem Zimmer war nichts Ungewöhnliches. Ein Doppelbett, ein Schrank, in der Ecke eingezwängt Stuhl und Tisch, darauf ein Volksempfänger und mehrere Keksschachteln.

»Ihr Mann isst wohl gern Kekse«, sagte er.

»In den alten Schachteln hebt er irgendwelchen Kleinkram auf«, erklärte sie.

Unter dem Tisch, an der Wand, stand ein kleiner Koffer. Doch es waren nicht diese Dinge, die Ludwigs Blick anzogen, sondern die seltsamen Figuren auf dem Fensterbrett. Erst als er nahe herangegangen war, sah er, dass sie aus Streichhölzern bestanden.

»Das macht der Hans, wenn er sich hier einschließt«, erklärte Rosi. »Bastelt Figuren. Aber nicht zum Spaß.«

»Sondern?«

»Um seine Nerven zu beruhigen. Wenn er Angstzustände

kriegt. Da hilft es ihm, sich auf was Einfaches zu konzentrieren. Das soll natürlich keiner wissen. Weil es eine Depperlarbeit ist, meint er.«

Sie verließen das Zimmer, Rosi schloss ab. Sie standen wieder an der Wohnungstür, Ludwig verabschiedete sich, wünschte alles Gute und ließ sie allein zurück in ihrem seelischen Elend.

Das ist kein Ende von irgendwas, dachte er auf dem Weg nach unten. Das Leben geht weiter, irgendwie, das ist zuweilen ein Trost und zuweilen eine Qual und manchmal beides zusammen.

Freitag, 17. Juni 1955
Tag der deutschen Einheit

DA HAT MIR Gisela ja einen schönen Floh ins Ohr gesetzt, dachte Karl, schob den Sparkassenkalender von 1950 zur Seite, ließ sich gegen die Stuhllehne fallen und griff nach den Zigaretten, doch die Packung war leer. Er knüllte sie zusammen und schleuderte sie in die Ecke seines Büros. Zuerst hatte er Giselas Bemerkung über Peterles Ähnlichkeit mit der Wieners-Familie noch abgetan, aber dann war ihm mehr oder weniger zufällig sein Kommunionbild in die Hände gefallen, und auch wenn er damals schon acht Jahre alt gewesen war, ließ sich die Ähnlichkeit mit Peterle nicht leugnen. Doch das ganze Tage-, Wochen- und Monatezählen war für die Katz, wenn er nicht sagen konnte, wann genau er damals mit Magda geschlafen hatte. Ansonsten wusste er noch jede Einzelheit – auf dem Rücksitz eines geliehenen noblen Horch war es gewesen, tief in einem oberbayerischen Wald, sie hatte sich auf seinen Schoß gesetzt, und dann hatte alles seinen Lauf genommen. Sogar die Gerüche hatte er noch in der Nase – die Waldluft, das Leder der Sitze, Magdas Schweiß und ihr Parfum. Doch das exakte Datum wollte ihm partout nicht einfallen. Wie auch, nach fünf Jahren. Im Mai war es gewesen, da war er sicher. Doch selbst wenn ihm das Datum eingefallen wäre, hätte es ihm wenig genutzt. Was wusste er als Mann schon über Schwangerschaften, das ging doch nur Frauen an. Neun Monate dauerte eine Schwangerschaft bekanntlich, und wenn er von Peterles Geburtstag zurückrechnete, war es tatsächlich nicht ausgeschlossen, dass der Bub sein Sohn war. Wieso hatte er eigentlich nie selbst an diese Möglichkeit gedacht? Irgendwie hatte er wohl angenommen, dass Magda es ihm schon gesagt hätte, wenn er der Vater ihres Kindes gewesen wäre, und damals hatte sie sich ja auch von ihm zurückgezogen – nun ja, zurückgezogen hatte sich eigentlich er. Nur wenig später hatte sie, zur Überraschung aller, Blohm als ihren künftigen Gatten aus dem Hut gezaubert. Und damit war die Sache für ihn sowieso erledigt gewesen. Als sie sich nach einiger Zeit dann doch wieder annäherten und anfingen, miteinander zu schlafen, hatte er nur das im Sinn gehabt und den ganzen Rest ausgeblendet.

Karl verließ sein Büro und ging in die Küche, wo Gisela sämtliche Schränke und Regale ausräumte, um auch an den Stellen zu putzen, die sonst zu kurz kamen. Nebenher lief das Radio, ein pathetischer Vortrag über die Geschehnisse des 17. Juni vor zwei Jahren in Ostdeutschland. Der Arbeiteraufstand.

»Ich geh Zigaretten holen«, sagte Karl.

»Heute hat alles zu«, antwortete sie, deutete auf das Radio und ergänzte: »wegen des Feiertags.«

»Irgendwo wird schon was aufhaben.«

Auf dem Weg nach unten waren seine Gedanken sofort wieder bei Magda, Peterle und seiner möglichen Vaterschaft, und schon bekam er eine Gänsehaut. Er hatte sich immer einen Sohn gewünscht, zumindest bis seine beiden Mädchen geboren wurden, danach hatte er es sich nicht mehr anders vorstellen können und wollen. Aber nun waren diese alten Wünsche wieder da. Ein Sohn war für einen Mann doch noch mehr Teil von ihm selbst als eine Tochter. Zumindest dem Gefühl nach. Auch wenn seine Gefühle für Peterle bislang eher zwiespältig waren. Sicher, er war ein netter Bub, ein bisschen verträumt vielleicht, aber Karl hatte vor allem Blohms Anteil in ihm gesehen, und das hatte ihn auf Abstand gehalten.

Als Karl auf die Straße trat, fuhr ihm die frische Luft unter das Jackett. Wann hörte diese verfluchte Schafskälte endlich auf und machte dem Sommer Platz? Er beeilte sich, ins Auto zu kommen, wo es allerdings nicht viel wärmer war, und startete den Motor. Am besten fuhr er zum Hauptbahnhof, dort hatte sicher ein Tabakladen geöffnet.

Wegen des Feiertags war wenig Verkehr, er kam gut voran und würde in wenigen Minuten dort sein. Wurde auch Zeit, sein Körper verlangte nach Nikotin. Schon jetzt wiesen Schilder darauf hin, dass der Bahnhofplatz noch immer gesperrt war. Um nicht in labyrinthische Umleitungsstrecken zu geraten, parkte Karl einige Straßen davor und lief das letzte Stück zum Bahnhof zu Fuß.

Am Kiosk in der Bahnhofshalle überlegte er, welche Marke er nehmen sollte. Anders als andere Raucher, die stets auf dieselbe Marke schworen, war er weniger treu und wechselte von Zeit zu Zeit. Er entschied sich für Nil, nahm gleich mehrere Packungen und dazu Streichhölzer, denn er hatte sein Feuerzeug auf dem Schreibtisch liegenlassen. Kaum hatte er bezahlt, riss er schon die erste Schachtel auf. Seine Finger und seine Lippen erinnerten sich sofort wieder an die ovale Form der Nil-Zigaretten. Rauchend spazierte er an der Bahnsteigsperre entlang und genoss es, wie sein Körper sich entspannte. Er betrachtete die Reisenden, die sich an den Häuschen stauten, in denen zumeist Kriegsgeschädigte saßen und die Fahr- und Bahnsteigkarten kontrollierten. Nachdem er die Zigarette geraucht hatte, zündete er sich sofort eine neue an, und erst da fiel ihm ein, dass er Heidis Marke rauchte, und er fragte sich, ob er sie deshalb unbewusst ausgewählt hatte.

Von einem Moment auf den nächsten senkte sich die Trauer wie ein Schatten über ihn. Seine beiden Mädchen: Gundi und Gerti. Ihre Namen – so lange nicht mehr ausgesprochen, ja nicht einmal gedacht. Wie einen Nachgeschmack auf der Zunge spürte er es am Morgen, wenn er in der Nacht von ihnen geträumt hatte, doch an die Träume selbst erinnerte er sich nicht. Seine beiden Töchter wären jetzt in dem Alter, in dem sie sich verlieben und bald auch heiraten würden, um danach Mütter zu werden. Er überlegte, welche jungen Frauen er kannte, die ungefähr in diesem Alter waren. Nur eine fiel ihm ein: Agota. Sie war auch noch derselbe Typ: blond und zart. Es war schwer, an sie alle zu denken, ohne dass ihn die Gefühle übermannten.

Eilig verließ Karl den Bahnhof. Magda und Peterle wären ein Neuanfang, den er nicht verdiente, weil für seine Töchter alles zu Ende gewesen war, ehe etwas beginnen konnte. Diese Schuld, sie alle überlebt zu haben, würde er niemals tilgen können.

»Was sagst jetzt du zu so was, Ludwig?«

Traudl legte eine Trambahnfahrkarte vor Ludwig hin, die Rückseite, auf der eine Reklamezeichnung mit dem Detektiv Nick Knatterton abgebildet war, nach oben. Er vermutete, dass es nicht die berufliche Gemeinsamkeit zwischen ihm und der erfundenen Figur war, um die es Traudl ging, sondern das Drumherum: zwei Badenixen mit üppigem Vorbau und ein Nick Knatterton, der in seiner Sprechblase sagte: *Sie ähneln den städtischen Bädern … blitzsauber, schön in der Anlage und ein Quell der Freude*.

»Ja, mei«, meinte Ludwig. Unter ihm knirschte die alte Springfeder im Kanapee.

»So was ist doch eine Sauerei! Jeder, der mit der Trambahn

fährt, muss sich das anschauen. Auch die Kinder.« Sie nahm den Fahrschein, betrachtete mit verkniffener Miene die Zeichnung und schüttelte den Kopf. »Ein Quell der Freude …«

Wenn wir keine anderen Probleme haben, dachte Ludwig missmutig.

Er stand auf. »Ich muss noch mal weg. Nach Giesing. Kannst du auf die Buben schauen? Wann ich wiederkomme, weiß ich noch nicht.«

»Hast du nicht gesagt, nach Giesing musst du nicht mehr? Das hat sich erledigt?«

»Noch nicht ganz. Etwas ist mir noch eingefallen.«

Traudl sah ihn an wie eine beleidigte Ehefrau. »Ich hab gehofft … wir unternehmen am Nachmittag was miteinander, die Buben, du und … ich.«

Ludwig wusste natürlich, was sie meinte. Vom Völkerkundemuseum war die Rede gewesen, doch ohne dass etwas Festes ausgemacht worden wäre. Die Buben waren auch schon wieder fort, beim Schussern vor dem Haus.

»Hilft ja nix. Ein anderes Mal.«

Mit der Zeitung in der Hand verließ Ludwig die Küche, um in seinen Überzieher zu schlüpfen. Ein bisschen tat Traudl ihm leid, weil er ihre Erwartungen ein ums andere Mal enttäuschte; ein bisschen gönnte er ihr den Verdruss aber auch, denn schließlich hatte er nichts getan, um bei ihr diese Erwartungen zu befördern. Freilich auch wenig, um sie zu entmutigen. Dennoch würde die Sache zwischen ihnen, das war ihm klar, über kurz oder lang vor dem Altar enden. Auch wenn er noch auf der Bremse stand und weiter nichts Romantisches zwischen ihnen passiert war. Vor allem weil er sich vor sich selbst genierte und vor Annerl, die ihm von der anderen Seite aus zuschaute. Trotzdem war die Richtung so deutlich wie ein Verkehrsschild. Für die großen Gefühle war er mit seinen vierundvierzig Jahren ohnehin ein bisschen zu alt und zu gesetzt, hatte er auch zu viel gesehen, nicht zuletzt bei seinen Ermittlungen. Dieses Spiel sollten die Jungen spielen.

Traudl legte ihm die Hand auf den Oberarm, etwas länger als nötig, schaute ihn mit Rehblick an und sagte: »Ich warte, bis du kommst, egal, wie lange.«

Dann war er zur Tür hinaus. Vor dem Haus befahl er den Buben, zu denen noch ein paar andere gestoßen waren, Traudl brav zu folgen, »ja, ja«, sagten sie und ließen sich nicht weiter in ihrem Spiel stören. Ludwig ging vor zur Arnulfstraße, wo an der Ecke der braune Opel-Olympia-Kastenwagen parkte, der an der Seite die Aufschrift *Bäckerei Flierl* und die Rufnummer trug. Von Zeit zu Zeit lieh ihm der Bäckermeister den Wagen für Observationen, die nur vom Auto aus zu machen waren. Ludwig schloss auf, stieg ein und genoss den feinen Duft von Kümmel und Brot, der ihn sofort umhüllte.

Traudl hatte recht gehabt. Eigentlich hatte er gedacht, mit Giesing habe er nach Rosi Daxenhofers Geständnis abgeschlossen. Doch ein paar Dinge bekam er nicht aus dem Kopf. Etwa dieser kleine Koffer unter Hans Daxenhofers Tisch. Er ähnelte auf verdächtige Weise dem, den er und Karl in Tomáš Čiernys Büro gefunden hatten, beinahe wie ein Zwillingsbruder. Vielleicht galt das ja auch für den Inhalt. Hans hatte Ferdl vermutlich nicht ermordet, doch er konnte trotzdem ein Spion sein. Einer, der mit der anderen Seite in Funkkontakt stand, Botschaften übermittelte und Anweisungen empfing. Pianisten hatte man solche Leute bei der Abwehr genannt, und mehrere Pianisten ergaben eine Kapelle. Eine Rote Kapelle, in diesem Fall.

Ludwig hatte gehofft, er werde Rudi wieder auf dem Bolzplatz an der Deisenhofener Straße antreffen, aber heute war schulfrei, und da trieben die Buben sich wohl woanders herum. Nach einer Stunde beschloss er, dass weiteres Warten keinen Sinn hatte, faltete die Zeitung zusammen und fuhr zu dem Haus, in dem die Daxenhofers wohnten. Irgendwann würde Rudi hier hoffentlich auftauchen, und dann musste er ihn sich nur greifen.

Er nahm die Zeitung zur Hand, kam mit der Lektüre jedoch nicht weit, denn schon bald entdeckte er einen von Rudis Spielkameraden auf dem Bolzplatz. Ludwig kurbelte das Fenster herunter, pfiff auf zwei Fingern und winkte den Buben zu sich. Der schien ihn zu erkennen, zögerte erst, folgte der Aufforderung aber doch, als Ludwig ihm zurief, dass er was verdienen könne.

Der Bub blieb auf Abstand. Ludwig versprach ihm eine Mark, wenn er Rudi holte: fünfzig Pfennig gleich und die anderen fünfzig, wenn Rudi da war. »Du darfst aber nur dem Rudi sagen, dass ich auf ihn warte, sonst niemandem«, schärfte Ludwig ihm ein. »Hast du das verstanden?«

»Verdoppeln Sie, und wir sind im Geschäft«, sagte der Bub frech.

Ludwig konnte sich ein Grinsen über so viel Geschäftstüchtigkeit nicht verkneifen, stimmte zu und bezahlte den Vorschuss.

Der Bub verschwand in einer Durchfahrt zu einem Hinterhof, und es dauerte nicht lange, bis er mit Rudi zurückkehrte. Ludwig zahlte die zweite Mark aus, der Bub verschwand.

»Steig ein«, sagte Ludwig.

Rudi blieb, wo er war. »Ich darf nicht zu Fremden ins Auto steigen, sagt die Mama.«

»Da hat sie auch recht. Aber ich bin kein Fremder.«

Zögernd ging Rudi um das Auto herum, Ludwig machte ihm von innen die Tür auf, er stieg ein. Seine nackten Füße waren ganz schwarz vom Straßendreck, das Hemd hing ihm halb aus der Hose, an der der Hosenstall falsch zugeknöpft war. Kurz musste Ludwig daran denken, wie er bei ihrer ersten Begegnung ausgesehen hatte, mit den viel zu großen Stiefeln und der Rotznase.

»Eigentlich darf ich gar nicht mit Ihnen reden«, sagte Rudi, als er neben Ludwig saß.

»Sagt das der Seppi oder deine Eltern?«

»Der Seppi.«

»Glaubst du immer noch, dass dein Vater ein Spion ist?«

Rudi nickte.

»Du hast vielleicht recht. Aber dafür brauchen wir einen Beweis. Hilfst du mir, einen zu beschaffen?«

»Und wie?«

»Habt ihr ein Telefon?«

Er nickte.

»Und du weißt auch, wie man es benutzt?«

»Freilich. Ich bin doch nicht deppert!«

»Gut. Ruf mich an, wenn deine Eltern beide länger weg sind. Dann komme ich, und wir suchen nach Beweisen. Bist du dabei?«

Rudi nickte heftig und lächelte, stolz darauf, dass er selbst etwas tun konnte. Ludwig gab ihm eine von seinen Visitenkarten, und weil darauf nur die Telefonnummer aus dem Büro stand, schrieb er die von zu Hause auf die Rückseite. Rudi steckte die Karte in die Hosentasche, dann sprang er aus dem Auto und lief über die Straße davon.

Montag, 20. Juni 1955

MIT SCHARFEM BLICK betrachtete Magda die Aufnahmen von Agota, die sie vor sich auf dem Boden ausgelegt hatte. Schon auf den Kontaktabzügen hatte sie erkannt, wie großartig die Fotos geworden waren, doch erst in der Vergrößerung kam die Qualität richtig zur Geltung. Die Nächte in der Dunkelkammer hatten sich gelohnt. Agota konnte zufrieden sein. Was für eine Schönheit sie schon jetzt war, und dabei war sie gerade erst am Erblühen. Und doch bereits von solcher Raffinesse. Eine Verführerin, mal kindlich unschuldig, dann wieder ein sündiges Versprechen, und stets mit einer innigen, fast schon erotischen Verbindung zur Kamera. Doch wer und was war Agota wirklich? Die Agota hinter all diesen Rollen? War es die auf den Schnappschüssen, die Magda eine Woche zuvor gemacht hatte? Die mit dem erschrockenen Blick? Die auf einem anderen Bild schamhaft die Arme vor der Brust verschränkte? Magda hob eine dieser Aufnahmen hoch und drehte sie in besseres Licht. Was war das für eine Linie auf der Haut? Sie nahm eines der Aktfotos, das dieselbe Stelle etwas größer zeigte. Dort war nichts zu sehen. Vermutlich ein Entwicklungsfehler, oder das Negativ hatte an der Stelle einen Kratzer. Sie musste sich das später auf dem Lichttisch genauer ansehen. Magda legte beide Fotos wieder hin und nahm eine der Aktaufnahmen, die sie selbst zeigten. Ein Körper in voller Blüte. Sie war zufrieden mit sich. Obwohl ihre eigenen Posen etwas Unwahres hatten. Etwas, das sie zeigte und zugleich verbarg. Doch wie würde die echte, die wahre Magda aussehen? Diese Magda verbirgt sich lieber hinter der Kamera, dachte sie.

»Anscheinend komme ich genau im richtigen Moment.«

Magda zuckte vor Schreck zusammen.

Karl stand in der Tür zum Wintergarten. Wo kam der denn her? Er trat ein paar Schritte näher und schaute auf die Fotos, die auf dem Boden ausgebreitet waren. »Ist das Agota?«

Magda packte die Fotos hastig zusammen. »Das ist nicht für deine Augen bestimmt. Wie bist du reingekommen?«

»Durch die Terrassentür.«

»Wir hatten doch gesagt …«

»Ja, ja, dass wir uns eine Weile nicht sehen.« Er trat dicht zu ihr und berührte ihre Hand. »Du fehlst mir.«

Sie stand vor ihm, die Mappe mit den Fotos fest unter den Arm geklemmt, und sah ihm in die Augen. Seine Nähe elektrisierte sie. »Du mir auch.«

Er wollte sie küssen, sie wollte es auch. Trotzdem wich sie ihm aus, kurz bevor seine Lippen die ihren berührten.

»Du solltest besser gehen.«

Sie wandte sich ab, doch Karl hielt sie fest und fragte unvermittelt: »Ist Peter von mir?«

Magda verschlug es die Sprache. Ja, die Frage traf sie mit solcher Wucht, dass ihr die Mappe aus der Hand rutschte und einige der Fotos sich über den Boden verteilten. Sie bückte sich eilig, um sie einzusammeln. Karl half ihr. Eines, das sie nackt zeigte, behielt er in der Hand und betrachtete es, bis sie es ihm wegnahm.

»Bin ich Peters Vater?«, fragte er noch einmal.

Sie erhoben sich. »Wie kommst du darauf, mich das zu fragen? Ich meine, jetzt, nach fünf Jahren?«

»Antworte einfach.«

Magda schnaufte. Schon erstaunlich, wie lange viele Männer brauchten, um sich die naheliegendsten Fragen zu stellen. Und wie er sie ansah! Als hinge auf einmal sein Leben davon ab.

»Nein«, erlöste sie ihn, »du bist nicht Peterles Vater.«

Doch er sah überhaupt nicht erlöst aus. Eher enttäuscht. »Wie kannst du dir so sicher sein? Zeitlich könnte es passen.«

»Denkst du, ich hätte es dir nicht gesagt, wenn es so wäre?«

Karl sah sie an. Er wirkte, als wolle er noch etwas sagen, doch dann beließ er es dabei. Trotzdem machte er keine Anstalten zu gehen.

»Du verschwindest jetzt besser«, forderte sie ihn auf. »Blohm könnte jederzeit auftauchen.«

»Da ist noch etwas. Genauer gesagt brauche ich deine Hilfe.«

»Ach. Und wobei?«

»Ich muss noch einmal in eine fremde Wohnung.« Er lächelte auf diese unwiderstehliche Art.

»Bei wem willst du diesmal einbrechen?«

»Das sag ich dir nur, wenn du mitmachst.«

Ich spreche viel von Anne und von mir selber und wenig von meinem Vater; aber nicht, weil seine Rolle in diesem Drama nicht die wichtigste gewesen wäre oder weil er mir nicht am Herzen lag. Ich habe nie jemanden so geliebt wie ihn, und von allen Gefühlen, die mich damals beherrschten, waren meine Gefühle für ihn die dauerhaftesten, die tiefsten, die für mich wichtigsten.

Danuta blickte aus dem Buch auf. *Bonjour Tristesse* war wirklich ein sehr guter Roman, sie las ihn nun schon zum dritten Mal innerhalb weniger Wochen. Agota musste unbedingt neue Lektüre besorgen. Noch lieber würde Danuta das Radio anstellen und Musik hören. Was natürlich auf keinen Fall möglich war, zumindest nicht, wenn Agota aus dem Haus war. Manchmal tat Danuta es trotzdem, stellte es aber so leise, dass sie sich danebensetzen musste, um überhaupt etwas hören zu können.

Ans Fenster zu treten war natürlich ebenfalls verboten, aus gutem Grund. Trotzdem tat sie es manchmal. Gerade das Verbotene zog einen ja magisch an. Als sie sich nun hinter den Vorhang stellte, nur um sich kurz zu vergewissern, dass es die Welt da draußen noch gab, erblickte sie jemanden, den sie nicht erwartet hatte: Magda. Sie trat auf ein Auto zu, in das sie gleich einsteigen würde. Ein Auto, in dem, wie ihr ein zweiter Blick verriet, Karl saß.

Erschrocken machte Danuta einen Schritt nach hinten und überlegte fieberhaft, was die beiden wohl in diese Gegend führte. Ob sie zu Agota wollten? Aber sie wussten doch, dass sie um diese Zeit arbeitete. Also kein Grund, nervös zu werden. Sicher hatten sie nur etwas erledigt und würden gleich wegfahren. Vorsichtig schob Danuta sich so weit ans Fenster, dass sie sehen konnte, was auf der Straße vorging.

Karl warf einen Blick auf die Uhr. Wo blieb Magda nur? Es sollte lediglich ein Kontrollanruf sein, kein Plauderstündchen. Es hatte ihn einige Mühe gekostet, Magda dazu zu bringen, mit ihm Agotas Wohnung aufzusuchen. Schließlich betrachtete sie sie als eine Freundin. Karl hatte ja auch erst seine eigenen Skrupel überwinden müssen. Aber irgendwann war ihm klargeworden, dass der einzige Ort, an dem er mit etwas Glück mehr über den Toten aus dem Eisbach erfahren würde, Agotas Wohnung war. Denn er war inzwischen überzeugt: Sie hatte ihn nicht nur gekannt, er hatte ihr sogar nahegestanden.

Die Beifahrertür ging auf, Magda stieg ein.

»Und?«, fragte Karl.

»Sie ist bei Čierny. Hilft ihm, den Umzug in die Ainmillerstraße vorzubereiten. Das bedeutet, sie kommt sicher nicht so schnell nach Hause.«

»Dann los.«

Sie stiegen aus, überquerten zügig die Straße, betraten das Haus und gingen hinauf in den zweiten Stock, vor Agotas Tür. Magda steckte den Dietrich ins Schloss, während Karl sich vor sie stellte und die anderen Türen auf der Etage im Auge behielt. Innerhalb von Sekunden hatte sie das Schloss geknackt, und sie waren drin.

Magda schob eine Tür auf, das Badezimmer, wie sich zeigte. »Schau mal«, sagte sie und deutete auf die beiden Zahnbürsten am Waschbecken, die beide benutzt aussahen.

Karl öffnete die nächste Tür. Das Schlafzimmer, mit einer Glastür zu einem kleinen Balkon. Am Schrank hing das schwarze Dior-Kleid, das sie Agota für den Abend in Veits Bar geliehen hatte. Auf einem Frisiertisch stand ein Kunstkopf mit einer langhaarigen brünetten Perücke.

»Wann sie die wohl trägt?«, sagte Karl.

»Manche Frauen haben eben mehrere Seelen in ihrer Brust«, scherzte Magda. »Die eine ist blond, die andere brünett.«

Im Doppelbett waren beide Betten so militärisch akkurat gemacht, dass man nicht hätte sagen können, welches benutzt wurde. Magda durchsuchte die Schubladen, Karl zog einen Koffer unter dem Bett hervor, ließ die Verschlüsse aufschnappen und hob den Deckel. Schon am Gewicht hatte er erkannt, dass sich etwas darin befand. Männerkleidung, wie sich nun zeigte. Hemden, Hosen, Pullover, Wäsche, Socken. Nicht sauber gepackt, sondern einfach hineingestopft.

Er tastete die Hosentaschen ab, sie waren leer. Dafür stieß er ganz unten im Koffer auf eine Ledermappe. Sie enthielt, wie sich zeigte, mehrere Pässe. Einen westdeutschen, einen französischen, einen schweizerischen und einen österreichischen Pass. In jedem stand ein anderer Name. Nur das Passbild war immer dasselbe. Und es ähnelte dem Toten aus dem Eisbach. Der Mann, der bisher keinen Namen gehabt hatte, hatte ihrer nun zu viele. Karl holte Notizblock und Bleistift hervor, um alle Angaben in den Pässen abzuschreiben.

Magda war hinter ihn getreten, um auch einen Blick in den Koffer zu werfen. »Ich hab noch ein Foto für dich«, sagte sie nun.

Karl hörte auf zu schreiben und schaute hoch. Magda hielt ihm ein altes Hochzeitsfoto hin. Der Bräutigam war unverkennbar der Mann in den Pässen. »Er war also nicht nur ein väterlicher Freund«, sagte Karl, »sondern offenbar ihr Vater. Aber wieso berührt es sie nicht, dass er tot ist?«

»Vielleicht zeigt sie es nur nicht«, mutmaßte Magda. »Oder sie hasst ihren Vater.«

»Würde sie dann dieses Bild aufheben?«

»Auch wieder wahr.« Sie legte das Foto zurück in die Schublade, in der sie es gefunden hatte. Karl schrieb weiter die Namen aus den Pässen ab.

»Mach schnell«, mahnte Magda ihn, »wir sind schon viel zu lange hier. Ich geh nach nebenan.«

Als Karl alles abgeschrieben hatte, steckte er die Pässe zurück in die Mappe und in den Koffer, klappte ihn zu und schob ihn unter das Bett. Dann folgte er Magda in die Wohnstube.

»Irgendwas Besonderes?«, fragte er.

»Nur das hier.«

Sie deutete auf eine doppelt verschnürte Keksschachtel. Auf dem Deckel stand keine Anschrift, sondern, in einer rundlichen Handschrift, der Satz: *Die Nachtigall singt nicht mehr.*

»Vielleicht ein Geschenk«, sagte er, »und der Spruch ist irgendeine Anspielung.«

Die Enden der Schnüre waren so verknotet, dass man sie hätte durchschneiden müssen, um sie zu öffnen.

Neben der Schachtel lag eine Bahnfahrkarte, ausgestellt für einen Reisenden, einfache Fahrt nach Frankfurt am Main, am 25. Juni. »Das ist in genau einer Woche«, sagte Karl.

»Frankfurt.« Sie sagte es, als würde es etwas bedeuten.

»Was ist?«

»Sicher nur ein Zufall. Blohm und ich haben bei unserer Rückreise aus Amerika eine Nacht in Frankfurt verbracht. Er war dort sehr geschäftig, wollte aber nicht sagen, was ihn so umtrieb. Komm jetzt, verschwinden wir.«

Karl zögerte. Durch die offene Schlafzimmertür fiel sein Blick auf den kleinen Balkon, der auf den Hinterhof führte. Doch was sollte dort schon versteckt sein?

»Gut«, sagte er, »gehen wir.«

Danuta, die auf dem Balkon kauerte, atmete tief durch. Sie stand auf und streckte sich. Dann kehrte sie in die Wohnung zurück und zog den Vorhang an der Tür zu. Ihr Herz schlug noch immer wie wild. Unglaublich, was Karl und Magda sich erlaubten! Einfach so in eine fremde Wohnung einzudringen! Woher nahmen sie das Recht? Sie hatten den Koffer gefunden und die Pässe. Doch was sollten sie damit anfangen? Zur Polizei gehen? Und was wollten sie dort erzählen, wie sie an ihre Information gekommen waren? Nein, das würden sie nicht wagen. Da kam Danuta ein anderer Gedanke. Sie eilte ins Wohnzimmer – und war erleichtert. Die Keksschachtel war noch an Ort und Stelle, unberührt, wie es schien.

Allmählich wurde sie ruhiger. Was sollte sie tun? Den Vorfall melden? Auf neue Befehle warten? Nein, befand sie, das wäre überstürzt. Karl und Magda waren keine Gefahr. Sie stocherten nur unbeholfen im Nebel. Am besten, sie erzählte niemandem von dem kleinen Besuch. Auch Agota nicht. Ihr Schwesterherz suchte ohnehin nach Vorwänden, um die Mission abzubrechen, nun, da sie ahnte, worum es wirklich ging. Danuta wollte ihr keinen Grund liefern.

»Was denkst du?«, fragte Karl, nachdem sie ins Auto gestiegen waren.

Magda wusste es selbst nicht. Sehr viel klüger waren sie jetzt auch nicht. Fest stand nur: Was den mysteriösen Toten aus dem Eisbach anging, hatte Agota gelogen. Sie kannte ihn nicht nur, er stand ihr sogar nahe. Wieso verleugnete sie ihn?

»Agota ist eine Emigrantin«, sagte Magda, »sie ist aus ihrer Heimat geflohen. Vielleicht hat ihr Vater sie aufgespürt und wollte sie heimholen.«

»Und wer hat ihn dann auf dem Gewissen? Wer waren die Männer, die ihn verschleppt haben? Was wollte er mir erzählen?« Karl ließ den Motor an. »Und wieso hat Agota seinen Koffer mit den falschen Pässen unter ihrem Bett?«

»Ich weiß es auch nicht!« Magda war laut geworden. Ihr war klar, worauf er hinauswollte, und es gefiel ihr überhaupt nicht. Die Frage, die sich stellte, lautete: Hatte Agota etwas mit dem Tod des Mannes zu tun? Wie tief war sie darin verstrickt?

Karl fuhr aus der Parklücke. »Vielleicht ist Agota nicht so harmlos, wie wir denken«, sagte er. »Sie könnte auf Čierny angesetzt worden sein, und dieser Mann wollte sie auffliegen lassen. Deshalb wurde er beseitigt.«

Magda überlegte. Wenn Karl recht hatte, hieß das, dass Agota vielleicht nichts davon gewusst, den Mord schon gar nicht veranlasst hatte. Das waren die Drahtzieher hinter ihr gewesen. Eine kleine Erleichterung.

»Sollten wir Herrn Čierny vor ihr warnen?«, fragte sie.

Karl antwortete nicht. Er war in Gedanken versunken.

»Was ist los?«, drängte Magda. »Wieso sagst du nichts?«

»Ich frage mich gerade: Was, wenn Čierny längst weiß, dass Agota für die andere Seite arbeitet? Ich hatte doch bei unserem Ausflug an den Starnberger See ein Gespräch mit deinem Gatten. Er hat dabei Andeutungen gemacht, dass Čierny vielleicht überlaufen will.«

Magda horchte auf. »Blohm hat dir das gesteckt? Wieso hast du mir das nicht erzählt?«

»Weil wir uns seit längerem voneinander fernhalten. Auf deinen Wunsch hin.«

Magda verzog den Mund. Seinen sarkastischen Unterton hätte er sich sparen können. Doch sie ließ es auf sich beruhen und fragte nur: »Und was sollen wir jetzt machen?«

»Noch ist das alles reine Spekulation«, erwiderte Karl, »aber vielleicht kannst du Agota ja etwas entlocken. Schließlich bist du ihre beste Freundin.«

Mittwoch, 22. Juni 1955

»ZEFIX!«, FLUCHTE LUDWIG, als er den platten Vorderreifen an seinem Radl bemerkte. Und als er sah, dass auch der Hinterreifen keine Luft mehr hatte, fluchte er gleich noch einmal. Offenbar hatten sich ein paar Lausbuben auf seine Kosten einen Spaß erlaubt. Er fragte sich nur, wie die dreisten Attentäter sich hierher auf den Hinterhof verirrt haben konnten. Bei näherer Untersuchung entdeckte er, dass die Ventile nicht aufgeschraubt, sondern beide Reifen mit einem Taschenmesser aufgeschlitzt worden waren. Das sah nicht mehr nach einem Lausbubenstreich aus. Das war reiner Vandalismus!

»Kann ich helfen?«, sagte hinter ihm jemand.

Ludwig richtete sich auf und fand sich von der Giesinger Blas'n umringt. Seppi stand provozierend dicht vor ihm, fixierte ihn mit einem bohrenden Blick und kaute dabei auf einem Kaugummi herum.

»Wart ihr das?«, fragte Ludwig, obwohl sich die Frage eigentlich erübrigte.

»Wir haben dir beim letzten Mal gesagt, dass du dich in unserer Gegend nicht mehr blickenlassen sollst«, gab Seppi zurück. Dann stieß er Ludwig mit beiden Händen gegen die Brust, so dass der gegen sein Radl stolperte.

»Ihr müsst keinen Aufstand machen«, erklärte Ludwig, »ich weiß, was los ist. Wie der Ferdl zu Tode kam. Und wie ihr in der Nacht geholfen habt. Keine Sorge, von mir erfährt keiner was.«

»Dann frag ich mich, was das hier soll.« Seppi hielt Ludwig die Visitenkarte vor die Nase. Es war wohl die, die er Rudi vor ein paar Tagen gegeben hat. »Hast du wirklich geglaubt, wir kriegen es nicht mit, wenn du in unserem Revier unterwegs bist?«

»Das geht nicht gegen euch. Im Gegenteil. Der Ferdl hat immer daran gezweifelt, dass der Mann im Haus wirklich sein Vater ist. Und ich will immer noch rausfinden, ob er recht hatte. Der Ferdl war doch einer von euch.«

Seppi kaute ein paar Momente unbeeindruckt, dann sagte er: »So hart das klingt, aber der Ferdl ist Geschichte. Der Fall ist erledigt. Ob der Hans wirklich der Hans ist oder nicht, interessiert doch keinen.«

»Den Rudi schon.«

»Der soll zufrieden sein, manch einer hat es mit seinem Alten viel schlechter erwischt. Uns interessiert bloß, dass wir wieder unsere Ruhe haben. Also gib Ruhe. Sonst schlitzen wir demnächst mehr auf als nur ein paar Reifen.«

Er ließ ein Klappmesser aufspringen.

Ludwig war entsetzt über die Brutalität, die er in Seppis Augen erblickte. Das war nicht mehr der Blick eines fehlgeleiteten Halbstarken, das war bereits der Blick des Kriminellen.

»Ich hoffe, wir haben uns verstanden und du lässt dich bei uns nicht mehr blicken.«

Seppi wartete die Antwort nicht ab, sondern holte aus, im nächsten Moment spürte Ludwig einen heftigen Schmerz im Bauch. Ein anderer Bursche trat ihm gegen das Knie, so dass er zu Boden sackte, und als er auf der Erde lag, folgte noch ein Tritt. Dann zogen die Burschen ab. Ludwig drückte die Hand auf den Bauch. Er rechnete damit, Blut zu ertasten. Doch da war kein Blut. Es war nicht die Hand mit dem Messer gewesen, die ihn getroffen hatte.

Samstag, 25. Juni 1955

UM KURZ NACH acht näherte sich Ludwig mit einer Aktentasche unter dem Arm dem Tanz-Café. In der Tasche befanden sich die Übersetzungen von Čiernys Dokumenten, auf die Karl schon so dringend wartete. Nach der Schafskälte der vergangenen Woche lag nun die Sommerluft schwer und warm wie ein Daunenbett über der Stadt. Gewitterluft. Wenn der Sturm losbrach, wollte Ludwig zu Hause sein. Blieb zu hoffen, dass sich die Sache nicht allzu lange hinzog. In dem zweistöckigen Behelfsbau, der eine Lücke zwischen zwei großen Mietshäusern ausfüllte, befanden sich mehrere Lokale. Unten eine Taverne und eine Konditorei mit Café, oben das Tanz-Café und die Bar. Über eine Wendeltreppe gelangte Ludwig nach oben. Als er das Café betrat, spielte eine Musikgruppe gerade einen aktuellen Schlager. Er schaute sich kurz um, entdeckte den einen Tisch, den er reserviert hatte, setzte sich jedoch nicht dorthin, sondern ging hinaus auf den Balkon, wo er ebenfalls einen Tisch reserviert hatte. Von hier aus konnte er das Geschehen im Lokal gut im Auge behalten, da die gesamte Front verglast war, aber auch auf der Straße beobachten, wer kam und ging.

Er hatte kaum Platz genommen und sein Rauchzeug auf den Tisch gelegt, da huschte eine flinke Bedienung aus einem der beiden breiten, weit offenen Durchgänge nach draußen. Zuerst wollte er sein übliches Helles bestellen, doch dann entschied er sich um und nahm ein Viertel Spätburgunder. Er zündete sich eine Zigarette an und schaute in das Lokal.

Dann wandte er den Blick in die andere Richtung und sah unten auf der Straße einen blauen Wagen vor dem Café einparken, aus dem Karl ausstieg. Ludwig rief und winkte, Karl winkte zurück und saß wenig später mit am Tisch. Ludwig reichte ihm sofort die Aktentasche mit den Übersetzungen.

»Du bleibst doch noch ein wenig?«, sagte er. »Ich bin nämlich nicht privat hier und könnte etwas Deckung gebrauchen.«

»Freilich.« Ehe Karl sich versah, stand die Bedienung neben ihm. »Sie sind ja ganz schön flott hier«, meinte er und bestellte auch ein Viertel vom Spätburgunder. »Also, worum geht es?«

»Ein Auftrag, den ich Anfang der Woche bekommen hab, von einer Frau aus Straubing. Ein Heiratsschwindler hat sie um eine Stange Geld erleichtert, sie will aber nicht zur Polizei gehen, dafür schämt sie sich zu sehr. Alles, was sie wiederhaben will, ist ein silbernes Zigarettenetui, das ihr von ihrem Gatten geblieben ist und bei dem sie nicht mehr versteht, wie sie es überhaupt weggeben konnte.«

»Liebe macht halt blind und manchmal auch dumm.«

Ludwig schaute auf die Uhr. Zehn vor neun. »Ich hab einen Lockvogel engagiert, eine Bekannte von der Laienbühne bei uns draußen, die ist heute mit dem Schwindler verabredet. Sie hat verlangt, dass ich in der Nähe bin, wenn sie sich mit dem Mann trifft. So fühlt sie sich sicherer, sagt sie. Aber die beiden sind jetzt zwanzig Minuten überfällig.«

»Die kommen schon noch. Außer, der Mann ist Jack the Ripper und schlitzt sie gerade auf.«

»Sehr witzig.«

Karl erhielt seinen Wein. Sie prosteten einander zu und tranken.

Ludwig spähte angestrengt auf die Straße hinunter, wo Autos, Trambahnen, Radler und Motorradfahrer auf dem Kopfsteinpflaster vorbeiholperten. Doch weder von der Zielperson noch vom Lockvogel war etwas zu sehen.

»Zu dumm, wenn sie nicht kommen«, sagte er mit wachsendem Unmut. »Ich hab extra den Tisch da drinnen reserviert.« Er deutete mit dem Daumen über die Schulter nach hinten.

»So?«, erwiderte Karl. »Na, dann scheint der Lockvogel ja eingetroffen zu sein.«

Ludwig drehte sich um. Als er die Frau an dem reservierten Tisch sah, erschrak er heftig und wandte den Blick sofort wieder ab. Fräulein Skudelny! Mit offenem Haar, in einem eleganten Kleid und Handschuhen, die bis über die Ellbogen reichten und zugleich mondän und verrucht wirkten.

»Das ist nicht der Lockvogel«, sagte Ludwig schnell mit gedämpfter Stimme. »Anscheinend wurde der Tisch freigegeben.«

»Aber du kennst sie?« Karl schaute genauer hin. »Augenblick mal. Ist das nicht der Bleistift mit Dutt aus deinem Vorzimmer?«

»Abgesehen davon, dass das nicht mein Vorzimmer ist – ja, das ist das Fräulein. Und jetzt starr sie nicht länger an, sonst merkt sie noch was.«

»Das hat sie schon.« Karl hob sein Glas und prostete Fräulein Skudelny zu. Als Ludwig nicht mitmachte, fragte er: »Was hast du denn? Hat sie dir irgendwas getan? Noch nicht lange her, da hast du ihr Pfingstrosen geschickt.«

»Tulpen«, verbesserte Ludwig, obwohl es wirklich Pfingstrosen gewesen waren.

»Ich muss sagen«, fuhr Karl unverdrossen fort, »in dieser Aufmachung und mit den offenen Haaren schaut sie bildsauber aus. Wieso lädst du sie nicht auf ein Glaserl Wein ein? Und nachher noch einen Cocktail hinten an der Bar. Schwingst mit ihr das Tanzbein und schaust, was passiert. Wäre doch genau das Richtige für so einen lauen Abend. Dein Heiratsschwindler hat dich ja, wie's ausschaut, versetzt. Zusammen mit dem Lockvogel.«

Ludwig bebte innerlich. Und es baute sich ein Groll gegen Karl auf. Wieso versuchte er, ihn in etwas hineinzuschwatzen, das er nicht wollte? Wieso hielt er nicht einfach den Mund? Und wieso hörte er nicht auf, dauernd zu dem anderen Tisch hinüberzublinzeln?

»So einfach ist das nicht«, sagte Ludwig.

»Doch, genau so einfach ist das.«

»Es gibt jemand anders, verstehst du? Ich hab dir das noch nie erzählt, aber ich muss Rücksicht nehmen. Kann nicht einfach tun, was mir …«

»Jemand anders?« Karl lachte. »Jetzt wird's interessant. Wer ist die Glückliche?«

Ludwig drehte das Weinglas zwischen den Fingern und schaute auf die rubinrote Flüssigkeit darin. »Die aus unserem Haus. Die auf die Buben aufpasst. Du hast sie schon das eine oder andere Mal bei uns gesehen.«

Was rede ich denn da?, dachte er.

»Ach, die.« Karl schien sich zu erinnern, doch die Wahl begeisterte ihn offenbar wenig. »Na ja, die hat schon auch was. Aber du musst ja mit deiner Pfingstrose nicht gleich ins Bett hüpfen.« Karl boxte Ludwig gegen die Schulter. »Sei doch nicht immer so anständig, Herrgottsakrament! Da kommt man sich neben dir ja vor wie der schlimmste Wüstling. Anständig kannst du später im Himmel noch lange genug sein.«

Karl winkte die Bedienung herbei, nahm einen letzten kräftigen Schluck Wein und ließ den Rest stehen. Als das

Fräulein mit ihrer dicken Geldbörse an den Tisch trat, zahlte er Ludwigs Zeche gleich mit, stand auf, nahm die Aktenmappe und nickte Ludwig zum Abschied aufmunternd zu.

Zum ersten Mal wandte Ludwig sich zu Fräulein Skudelny um, lächelte verhalten.

Wenn es nicht so traurig wäre, wär's zum Lachen, dachte Karl, als er in sein Auto stieg. Es gab Leute, die standen sich selbst im Weg, und Ludwig war genau so jemand. Sein Interesse an dem hässlichen Entlein, das sich nachts in diesen Schwan da oben verwandelte, war mit Händen zu greifen. Die Geschichte mit dem anderen Fräulein aus seinem Haus war doch nur vorgeschoben. Die Frau aus seinem Haus, die ihn wirklich daran hinderte, sich auf eine andere einzulassen, war der Geist seiner seligen Annerl. Karl ließ den Motor an und rangierte den Wagen aus der Parklücke. Obwohl, dachte er dann, ein wenig Vorsicht war bei diesem Vorzimmerfräulein durchaus geboten. Als er im Hinausgehen an ihrem Tisch vorbeigegangen war und sie ihn angelächelt hatte, hatte er in ihrem überwachen Blick das Pervitin gesehen, das er von der Front her kannte. Man hatte es ihnen vor Kampfeinsätzen verabreicht, damit sie trotz völliger Übermüdung hellwach blieben. Eine Nacht mit so einer Frau konnte eine wilde Achterbahnfahrt werden, er hatte das in seinen ersten Berliner Jahren erlebt, allerdings war damals Kokain das Mittel der Wahl gewesen. Na ja, dachte er dann, es wird Ludwig sicher nicht schaden, wenn er mal ordentlich durchgerüttelt wird.

Je weiter Karl sich von dem Tanz-Café entfernte, desto mehr verschwand Ludwig aus seinen Gedanken, und die Aktentasche auf dem Beifahrersitz rückte in den Vordergrund. Hoffentlich brachten die Übersetzungen endlich Gewissheit, statt immer nur neuer Fragen. So wie der Einbruch in Agotas Wohnung, der auch nicht viel zur Erhellung beigetragen hatte. Er drückte heftig aufs Gaspedal, um so schnell wie möglich nach Hause zu kommen. Dort parkte er den Wagen und eilte nach oben. Noch bevor er die Tür aufschloss, nahm er wahr, dass etwas nicht stimmte. Weinte da jemand in der Wohnung? Jetzt bitte kein Theater, flehte er inständig und ging hinein.

In der Küche saß Gisela mit ihrer Schwester Inge. Karl seufzte innerlich. Was hatte Georg jetzt wieder angestellt? Am liebsten wollte er es gar nicht wissen. Es war ja immer dasselbe. Als Gisela Karl in der Küchentür erblickte, sagte sie: »Sie hat ihn verlassen. Diesen Schuft!« Inge drehte sich zu ihm um, zeigte Karl ihr verweintes Gesicht. Alle beide sahen ihn an, als sei es seine Schuld. Oder die Erbschuld aller Männer. Karl spürte keine Schuld, nur das Ziehen der Aktentasche an seiner Hand, die es nicht erwarten konnte, geöffnet zu werden.

»Das tut mir leid«, sagte er. »Ich lass euch dann besser in Ruhe.«

Er schlich zu seinem Büro. Horchte, ob Gisela ihm nachkam. Noch blieb alles still. Erst als er drin war und sich sicher fühlte, flog die Tür auf, und Gisela stand im Raum.

»Inge will sich scheiden lassen«, sagte sie.

»Hätte sie schon längst machen sollen. Wo hat sie eigentlich die Kinder?«

»Die schlafen in unserem Bett.«

Karl nickte. Eine Nacht auf dem Kanapee war für ihn völlig in Ordnung. Und er hatte ohnehin bis zum Morgengrauen zu tun.

»Du musst mit Georg reden«, verlangte Gisela.

»Mach ich. Aber nicht mehr heute.«

Gisela schaute ihn an, verkniff den Mund immer mehr und sagte: »Du kannst manchmal so kalt sein, dass es einen in deiner Gegenwart friert.«

Damit ging sie. Karl hatte keine Ahnung, was er Schlimmes getan hatte. Inge war schließlich Georg davongelaufen und nicht umgekehrt. Wo war da also Gefahr im Verzug? Die genauen Hintergründe dieser wenig originellen Geschichte erst morgen zu erfahren, reichte ihm völlig aus.

Er knipste die Schreibtischlampe an, öffnete die Aktentasche und holte ein Konvolut maschinengeschriebener Papiere heraus. Die Übersetzungen waren jeweils mit einer Büroklammer an die Originale angeheftet.

Da bin ich ja mal gespannt, dachte er und hatte alles andere vergessen.

»Ich hätte nicht gedacht, dass Sie so ein guter Tänzer sind.« Fräulein Skudelny ließ sich auf den Stuhl sinken, kleine Schweißperlen glitzerten an ihrem Haaransatz.

»Foxtrott ist meine Spezialität«, antwortete Ludwig heiter, »und wieso überhaupt hätten Sie mir das nicht zugetraut?«

»Nun ja, Sie wirken stets ... seien Sie mir nicht böse, wenn ich das sage ... ein wenig hüftsteif. Als hätten Sie ... nun ja ...«

»Einen Spazierstock im Hintern?«

Sie prustete los. Und Ludwig lachte mit. Ihr Lachen gefiel ihm. Sicher, sie war ein wenig beschwipst, nach drei Cocktails. Doch das war er auch. Und vor allem war er schon lange nicht mehr so ausgelassen gewesen.

»Ich finde es witzig, dass ausgerechnet Sie das sagen«, ergänzte er, als sie sich wieder ein wenig erholt hatte. »Ich meine, wie Sie immer an Ihrem Schreibtisch sitzen, ganz streng und mit Ihrem Dutt ...« Er imitierte ihre Haltung.

Sie setzte einen Schmollmund auf. War er zu weit gegangen? »Verzeihen Sie«, sagte er sogleich, »ich wollte Ihnen nicht zu nahe treten.«

Im nächsten Moment blühte ihr Gesicht wieder in Heiterkeit auf. »Sind Sie nicht. Ich veralbere Sie nur. Und Sie haben ja recht. Aber von Frauen an einer Stelle wie meiner wird erwartet, unscheinbar zu sein. Am besten unsichtbar. Alles andere wäre unseriös. Doch Dienst ist Dienst und Schnaps ist Schnaps.«

»Ein gutes Motto. Apropos Schnaps. Noch eine Lage?«

Sie nickte, und Ludwig signalisierte der vorbeieilenden Bedienung, dass sie noch einmal dasselbe wollten.

»Erzählen Sie doch mal von einem aufregenden Fall, den Sie ermittelt haben«, forderte Fräulein Skudelny ihn auf.

»Ach, meistens ist es wenig aufregend. Sogar langweilig. Aber zuletzt hatte ich einen menschlich sehr bewegenden Fall. Eigentlich eine Tragödie. Und eine Geschichte, wie sie nur unsere Zeit hervorbringt.«

Die Cocktails wurden gebracht, Ludwig nippte an seinem, dann erzählte er von Rudi, wie er in seinen zu großen Schuhen vor ihm gestanden hatte, von dem Auftrag und dem Vorschuss, der in Kleingeld und einem zerlesenen Comic-Heft bezahlt wurde, und schließlich von der Geschichte der Daxenhofers, des angeblich falschen Vaters, der vielleicht ein echter Spion war, vor allem aber von Rudi, der den Mörder seines Bruders suchte und es in Wahrheit selber war. Dass er noch einmal Besuch von einer Gruppe Halbstarker bekommen hatte, verschwieg er allerdings.

Nachdem er zu Ende erzählt hatte, schwiegen beide eine Weile, bis Fräulein Skudelny sagte: »Das ist wirklich sehr tragisch. Vor allem, wenn es wahr ist.«

Ludwig horchte auf. »Was meinen Sie damit?«

»Nun ja. Nur eine Überlegung. Wenn Rudis Verdacht stimmt und dieser Daxenhofer seinen Bruder Ferdl umgebracht hat, dann wäre es doch sehr geschickt zu behaupten, Rudi sei eigentlich schuld und die Lüge diene nur dazu, ihn davor zu schützen, dass er sich ein Leben lang Vorwürfe macht. Niemand will ein Kind in diese Verzweiflung stürzen. Schon gar nicht eine Mutter, die gerade einen Sohn verloren hat.«

Nachdenklich rieb Ludwig sich das Kinn. Vielleicht hatte sie recht. Hatten die Daxenhofers bereits bei der polizeilichen Vernehmung nach Ferdls vermeintlichem Selbstmord seinem alten Kollegen Vranitzky, der in dem Fall ermittelte, ganz im Vertrauen und unter vier Augen diese herzzerreißende Geschichte aufgetischt? Und hatte der, allen Verdachtsmomenten zum Trotz, aus welchen Gründen auch immer, diese Hintergründe nicht ins Protokoll aufgenommen und die Akte einfach geschlossen? Zumal Rudi ohnehin nicht belangt werden konnte? Denkbar war es, Vranitzky hatte schon früher einen Hang zu einsamen Entschlüssen gehabt. Allerdings waren damals die Begünstigten eher alte Kameraden gewesen.

Ludwig hatte zu viel getrunken, um noch beurteilen zu können, wie plausibel das war. Er würde morgen darüber nachdenken.

»Sie sind eine äußerst gescheite Frau, Elvira«, sagte er und schob eilig nach: »Ich darf Sie doch Elvira nennen?«

»Dürfen Sie. Aber nur heute Abend. Und nur, wenn Sie wieder mit mir tanzen.«

»Sehr gern.«

»Einen Augenblick noch.«

Sie griff in ihre Handtasche und holte ein Pillendöschen heraus. Pervitin, las Ludwig auf dem Etikett. Er kannte das Mittel von der Front. Ein Wachmacher, der der kämpfenden Truppe vor schweren Einsätzen verabreicht wurde. Hermann-Göring-Pillen hatten sie es genannt.

»Wollen Sie auch?«, fragte sie. »Man fühlt sich besser damit.«

Er zögerte, denn eigentlich fühlte er sich mit ihr schon ziemlich gut. Doch dann dachte er: Wieso eigentlich nicht?

Sonntag, 26. Juni 1955

UND PLÖTZLICH WAR das Gewitter da. Erst die Stille und die Luft wie elektrisiert, dann fegte der Sturm los, brach Äste von den Bäumen, riss Plakatständer um und hämmerte an Fenstern und Türen. Blitze zuckten, Donner rollte wie Kohlen auf der Rutsche, in Sturzbächen ging der Regen nieder. Und was tat sie? Rief: »Kommen Sie, Ludwig, kommen Sie!« und rannte mitten auf die Straße. Er konnte sie nicht einfach dort stehenlassen, also folgte er ihr. »Elvira!«, schrie er, doch sie hörte ihn nicht. Sie rief etwas in die Nacht, das er in dem Getöse nicht verstand, tanzte auf der Straße und patschte barfuß durch das Schmutzwasser. Immer wieder tauchte ein Blitz die bizarre Szenerie in ein grelles Licht.

Endlich bekam er sie zu fassen. Ihr Kleid, klitschnass, klebte wie eine zweite Haut an ihr, er spürte ihre Rippen darunter. »Elvira«, keuchte er in ihr Ohr, »kommen Sie von der Straße runter, bevor noch was passiert.«

»Was soll denn passieren?«

Sie legte ihm beide Arme um den Nacken, als wolle sie hier tanzen, er hielt sie an den Hüften, sie sang dicht an seinem Ohr: »Sah ein Knab' ein Röslein stehn, Röslein auf der Heiden, war so jung und morgenschön, lief er schnell es nah zu sehn, sah's mit vielen Freuden. Röslein, Röslein, Röslein rot, Röslein auf der Heiden.«

Was sollte er nur mit ihr machen? Sie war völlig überdreht,

zu viel Wein, zu viele Cocktails, zu viel Jazz und zu viel Pervitin. Er drückte sie an sich, ihren knochigen Leib, sie klammerte sich an ihn, als wolle sie ihn nie mehr loslassen. Hinter ihnen tauchten in der Sturzflut zwei Lichter auf, kamen rasch näher, eine Hupe jaulte, dann schoss der Wagen durch eine riesige Pfütze und spritzte sie von oben bis unten voll.

Nasser können wir nicht mehr werden, dachte Ludwig und rief: »Weg hier! Bevor uns noch einer über den Haufen fährt!«

»Mich fährt niemand über den Haufen. Ich bin unsterblich. Wussten Sie das nicht?«

Er lachte. »Woher hätte ich das wissen sollen? So lange kennen wir uns noch nicht.«

Sie lachte nicht. »Vielleicht kennen wir uns schon ewig.«

Den Arm fest um ihre Schultern gelegt, zog und schob er sie aufs Trottoir. Ihm war, als höre er im abflauenden Gewitter eine Turmuhr die volle Stunde schlagen. Er zählte mit, bis drei kam er, vielleicht waren es aber auch vier Schläge gewesen.

»Und wohin jetzt?«, fragte er.

»Ich wohne gleich hier«, rief sie, und er antwortete: »Ich weiß.«

Er half ihr beim Einsammeln ihrer Schuhe und der Handtasche, dann stolperten sie in Richtung Wallstraße. Der Sturm hatte an Kraft verloren, nur der Regen trommelte noch heftig auf Autodächer und Asphalt.

An der Haustür wollte er sich verabschieden, doch sie schob einfach die Tür auf, und als wäre es das Selbstverständlichste von der Welt, nahm sie ihn mit nach oben. Wo würde das enden? Vor ihrer Wohnung kramte sie aus ihrer tropfnassen Handtasche den Schlüssel heraus und schloss auf. Wieder zögerte er, wieder ging sie einfach voraus, schaltete drinnen das Ganglicht an und ließ die Tür hinter sich offen, als sei es ausgemacht, dass er mitkäme.

Und das tat er auch.

»Raus aus dem nassen Zeug«, sagte sie und schob die Träger ihres Kleides über die Schultern. »Sie auch, Ludwig. Bevor der Tod Sie noch holt.« Sie kicherte. »Nein, ich meine, bevor Sie sich den Tod holen. Was aber eigentlich dasselbe ist, oder?«

Ihr Kleid rutschte an ihr herunter zu Boden.

Unschlüssig, wie er sich verhalten sollte, stand er da und legte zögernd das nasse Jackett ab. Die Krawatte hatte er längst abgenommen, sie steckte in seiner Hosentasche. Elvira verschwand in einem der Zimmer, ließ wieder die Tür hinter sich offen.

»Wo bleiben Sie denn?«, rief sie nach einer Weile.

Er folgte ihr. Und seine Befürchtung, dass sie ins Schlafzimmer gegangen war, erfüllte sich. Sie saß nackt auf der Bettkante und trocknete sich mit einem Handtuch das Haar. Nur ihre Ziegenlederhandschuhe hatte sie noch an.

»Sie sind ja immer noch angezogen«, sagte sie.

Er löste den ersten Knopf seines Hemdes, fest entschlossen, nicht weiter als bis zur Unterwäsche zu gehen. Nein, er würde ihren Zustand nicht ausnutzen. Kurz überlegte er, ob er gehen sollte. Doch wie kam er von hier weg? Für ein Taxi hatte er kein Geld mehr, und die Tram fuhr erst wieder in ein paar Stunden.

»Jetzt machen Sie schon«, sagte sie, »mir ist kalt.«

Als er Hemd und Hose abgelegt hatte, sagte sie: »Unterwäsche auch. Das ist doch alles nass. So kommen Sie mir nicht unter die Decke!«

Sie legte sich ins Bett und wartete auf ihn. Er trocknete sich ab, und erst als er fast schon bei ihr war, streifte er die

Unterhose ab und ließ sich neben ihr in das viel zu weiche Bett sinken.

»Aber nicht, dass Sie die Situation falsch verstehen«, sagte sie.

Er sah sie an. Erst irritiert, dann belustigt. Was meinte sie mit falsch verstehen? Ein Mann und eine Frau, nackt in einem Bett. Was war daran falsch zu verstehen? Er musste lachen. Sie lächelte auch, strich ihm eine nasse Strähne aus der Stirn. Dann legte sie den Kopf an seine Schulter, schmiegte sich an ihn und begann, leise zu singen: »Knabe sprach: Ich breche dich, Röslein auf der Heiden! Röslein sprach: Ich steche dich, dass du ewig denkst an mich, und ich will's nicht leiden. Röslein, Röslein, Röslein rot, Röslein auf der Heiden.«

»Und der wilde Knabe brach's Röslein auf der Heiden«, setzte er in geflüstertem Singsang fort, »Röslein wehrte sich und stach, half ihm doch kein Weh und Ach, musst' es eben leiden. Röslein, Röslein, Röslein rot, Röslein auf der Heiden.«

Mit einem tiefen Stöhnen stand Karl vom Schreibtisch auf und drückte den verspannten Rücken durch. Dann öffnete er das Fenster einen Spaltbreit, um frische Luft in den verrauchten Raum zu lassen. Sogleich fröstelte ihn. Es war kühler geworden, und so, wie der Himmel im fahlen Morgengrauen aussah, hatte der Regen wohl nur eine kleine Pause eingelegt. Er wusste nicht, wie viele Stunden er über den Papieren gesessen hatte, bevor der Schlaf ihn überwältigte. Müde schaute er zum Schreibtisch, wo der Schein der Leselampe allmählich im Licht des heraufdämmernden Tages aufging. Die Papiere waren über den ganzen Tisch verteilt, am Rand standen eine Flasche Cognac und ein Glas. Er hatte auf einen unwiderlegbaren Beweis für eine schreckliche Missetat Blohms gehofft, doch was er bekommen hatte, war eher ein Mosaik, und auch davon nur einige wenige Teile. Am Ende war er zu müde und auch zu betrunken gewesen, die einzelnen Teile zusammenzufügen.

In diesem Moment hörte er, wie sich draußen etwas regte. Gisela und Inge redeten mit gedämpften Stimmen und gingen von einem Zimmer ins andere. Nach einer Weile knarrte die Wohnungstür leise. Wenig später klopfte es an seiner Tür.

»Nur herein«, sagte er.

Gisela trat ein. Noch in dem Kleid von gestern, mit leicht zerzauster Frisur. »Jetzt geht sie doch wieder zu ihm.« Sie klang müde und auch ein wenig enttäuscht.

»Ihre Entscheidung.«

»Sie sagt, es ist bloß wegen der Kinder. Wer's glaubt.«

»Solange sie selbst es glaubt.«

Eigentlich müsste Gisela, als die gute Katholikin, die sie war, es ja befürworten, wenn eine Frau zu ihrem Gatten zurückkehrte. Schließlich war die Ehe heilig und unauflöslich. Doch Gisela stellte das Gesetz nie über den Menschen, nicht einmal das göttliche. Sie war eher in den kleinen Dingen streng, in den großen Lebensfragen aber pragmatisch.

Karl breitete die Arme aus, sie ließ sich gern hineinfallen.

»Du hast alles getan«, beruhigte er. »Du bist ihr eine gute Schwester. Und mir eine gute Gefährtin«, fügte er hinzu. »Hat sie die Buben mitgenommen?«

»Die schlafen noch, sie holt sie später. Sie liebt ihn halt einfach, den Saukerl, den gemeinen. Während sie ihm wurscht ist. Derjenige in einer Ehe, der mehr liebt, ist nun mal der Depp, das weiß man ja.«

»Wenn beide sich gleich viel lieben, endet es aber erst recht tragisch.«

Er dachte an Magda und fragte sich, ob auch bei ihnen einer mehr liebte als der andere, und wenn ja, wer derjenige mit der größeren Liebe, der größeren Abhängigkeit war.

»Dann ist es also immer eine Tragödie?«, brach sie das Schweigen.

Er überlegte kurz, dann sagte er: »Ach, was weiß ich schon.«

Sie löste sich ein wenig von ihm und sah ihn an. »Du bist mir aber schon treu, oder? Ich kann nämlich viel verzeihen, nur Untreue nicht.«

»Freilich bin ich dir treu«, log er, küsste sie und löste sich dann von ihr. »Ich muss hier gleich wieder weitermachen, Schatzl. Bist du so lieb und bringst mir einen Kaffee? So stark wie möglich.«

Gisela verschwand, und Karl kehrte an den Schreibtisch zurück. Er hatte alle Papiere mit möglicherweise relevanten Hinweisen auf einen Stapel gelegt. Nun nahm er das oberste Blatt, eine Notiz Čiernys in seinem Kalender, und las: *ŠtB-Kontakt warnt: Akte enthält schwer belastendes Material als Druckmittel, die Werbung des Agenten ist möglicherweise schon erfolgt. Identität des Doppelagenten unbekannt. Sobald mehr bekannt ist, erfolgt weitere Meldung.* Offenbar hatte Čierny einen Mann bei der tschechoslowakischen Staatssicherheit, der ihm diese Botschaft per Funk übermittelt hatte. Nun folgte von Čiernys Hand eine Liste mit mehreren Namen. Der Kreis der Verdächtigen. Einer dieser Namen war Walter Blohm.

In diesem Moment ging die Tür auf, und Gisela kam mit dem Kaffee herein. »Das ging aber schnell«, sagte Karl.

»Ich hatte schon für Inge welchen gemacht.« Sie stellte die Tasse hin und ließ ihn wieder allein.

Der bloße Kaffeeduft genügte, um Karls Geist zu beleben. Bis jetzt hatte er bei der Durchsicht des Materials nur auf den Namen Blohm geachtet und alles mit diesem Namen aussortiert. Nun war klar, dass das nicht genügte. Er musste noch einmal ganz von vorn anfangen und nach Notizen und Funksprüchen suchen, in denen es um Verräter und Doppelagenten ging.

Es war schon hell, als Ludwig erwachte. Das Ticken des Weckers auf dem Nachtkästchen hatte ihn geweckt. Er wandte den Kopf. Halb acht. Draußen regnete es in Strömen. Elvira lag mit dem Rücken zu ihm. Vorsichtig löste er sich von ihr, rutschte unter der Decke heraus. Seine Unterhose lag gleich neben dem Bett. Sie war noch etwas klamm, er schlüpfte trotzdem hinein.

Er musste dringend telefonieren. Traudl machte sich bestimmt Sorgen, weil er nicht nach Hause gekommen war. Vielleicht hatte sie sogar bei der Polizei angerufen. Dass sie die Buben allein gelassen hatte, konnte er sich nicht vorstellen, bestimmt hatte sie auf dem Kanapee übernachtet.

Schon nach dem zweiten Läuten wurde abgenommen. »Bei Gruber.« Traudls Stimme.

»Ich bin's, Traudl – Ludwig.«

»Ja, wo bist du denn«, rief sie. Ihm war, als höre er in ihrer Stimme das Poltern der Steine, die ihr gerade vom Herzen fielen. »Ich hab mir solche Sorgen gemacht. Ist dir was passiert?«

»Nein, es ist alles gut. Ich hab nur einen alten Kameraden von früher getroffen, wir haben zu tief ins Glas geschaut, und dann ist das Gewitter gekommen, und drum hab ich lieber auf seinem Kanapee übernachtet. Zum Anrufen war's schon zu spät.«

»Da bin ich aber erleichtert!« Das war ihr anzuhören. Nicht jedoch, was sie mehr erleichterte: dass es ihm gut ging oder dass er vermeintlich bei einem Kameraden war, nicht bei einer Frau. »Wann kommst du denn heim?«

»Bald. Nimm du die Buben mit in die Kirche. Wenn ihr heimkommt, bin ich da.«

Er legte auf.

Dann kehrte er ins Schlafzimmer zurück, um Hemd und Hose zu holen. Elvira lag vor ihm, nur halb zugedeckt. Ihr linker Arm ausgestreckt. Der Handschuh war nach unten gerutscht. Ludwig erschrak. Auf ihrem Unterarm befand sich eine Tätowierung. Eine Nummer. Er wusste sofort, was das bedeutete: Auschwitz. Sie war eine Überlebende.

Ein Schauder ging durch ihn hindurch. Er kannte die Bilder ja. Und auch wenn er nie einen Fuß in eines dieser Lager gesetzt hatte, hatte er miterlebt, wie sie auch andernorts mit den Menschen umgesprungen waren. Und wer im Osten war wie er, der hatte an der einen oder anderen Stelle selbst mitgetan. Man hatte sich ja nicht so ohne weiteres entziehen können. Partisanenkampf, hieß das dann.

Elvira bewegte sich unruhig und stöhnte.

Panik ergriff ihn. Wenn sie gleich aufwachte, was sollte er sagen? Sollte er sie nach der Nummer auf ihrem Arm fragen? Doch darüber reden war unmöglich. Schon, weil sie ihn dann vielleicht auch fragen würde: Wo warst du? Was hast du getan? Was sollte er antworten? Klang nicht jede Erklärung wie eine Ausrede?

Hastig klaubte er seine Sachen zusammen, schlüpfte in das feuchte Zeug hinein, eilte aus der Wohnung, stürmte die Stiege hinunter und war endlich auf der Straße. Regen prasselte auf ihn herab, binnen kurzer Zeit war er wieder bis auf die Knochen durchnässt. Wie gut, dass es zwischen ihm und Elvira nicht zum Äußersten gekommen war. Sie hatten nur dagelegen, Körper an Körper, Haut an Haut, Elvira war wie bewusstlos gewesen. Typisch, wenn die Wirkung des Pervitin nachließ. Er fürchtete den Moment, in dem er sie wiedersehen würde. Morgen früh, im Büro. Es wäre auch so schon peinlich genug gewesen. Aber unter diesen Umständen. Er eilte durch den Regen Richtung Tram, genug Kleingeld für eine Fahrkarte hatte er wohl noch.

Sie weiß ja gar nicht, dass ich die Nummer gesehen habe, fiel ihm plötzlich ein. Sie hat ja geschlafen. Er atmete auf. Fühlte sich schon halb gerettet. Keine Fragen.

Dienstag, 28. Juni 1955

ALS KARL DAS Redaktionsgebäude des *Blitzlichts* betrat, bekam er eine Ahnung davon, wie man sich auf einem sinkenden Schiff fühlte. Und das nicht nur, weil es nun schon den dritten Tag in Folge wie aus Kübeln goss. Die Stimmen, die Schreibmaschinen, selbst das gelegentliche Klingeln der Telefone, das bis ins Treppenhaus zu hören war, wirkten müde, erschöpft, schicksalsergeben. Ohne zu läuten oder anzuklopfen, trat er ein. Die Bürotüren waren geschlossen, der große Konferenzraum verwaist, aber unaufgeräumt: volle Aschenbecher, benutzte Gläser, Papierkugeln und Notizzettel. Es war schlimmer, als Karl es sich vorgestellt hatte.

Im Vorzimmer saß eine unscheinbare, mittelalte Dame in einem grauen Kostüm und dürr wie eine Zaunlatte. Das sollte die neue Sekretärin sein, wegen der Georg seine Ehe aufs Spiel setzte?

»Mahlzeit«, sagte Karl, weil bereits Mittag war. »Ist er da?«

»Wartet schon auf Sie«, antwortete sie, bemühte sich aber nicht, ihn anzumelden oder ihm den nassen Schirm abzunehmen.

Karl klopfte und trat sofort ein. Georg saß in seinem ledernen Drehstuhl, die Füße auf dem Tisch, und blätterte in einem Magazin. Dem *Spiegel*, wenn Karl es richtig sah. Georg schaute hoch, warf das Magazin zu Boden, und seine eben noch finstere Miene hellte sich schlagartig auf.

»Karl! Ich hoffe, du bringst mir was Schönes! Lang genug gedauert hat es ja.«

»Du weißt selber, dass eine gute Recherche Zeit braucht.« Karl lehnte den Schirm in eine Ecke und legte den Regenmantel ab.

»Kleiner Cognac gefällig?«

Karl schüttelte den Kopf. Während Georg sich einen einschenkte, setzte Karl sich, nahm die Papiere aus der Aktentasche und sagte: »Gisela hat mir übrigens aufgetragen, dir wegen Inge ins Gewissen zu reden.«

Georg verzog das Gesicht und winkte ab. »Spar dir das. Was könntest du mir noch erzählen, was mir meine Alte nicht schon tausendmal vorgebetet hat?«

»Und die da draußen« – Karl deutete mit dem Daumen hinter sich – Richtung Vorzimmer – »die ist es jetzt?«

»Was heißt: Die ist es? Sie macht ihre Sache ganz gut. Man muss zufrieden sein.«

Karl wollte dazu lieber nichts sagen, schüttelte nur verhalten den Kopf, was Georg allerdings nicht entging.

»Was spielst du hier den Moralapostel«, rief er. »Ich vögle wenigstens nicht meine Nichte!«

Der Stachel saß. Karl war kurz davor, aufzuspringen, seinen Kram wieder einzupacken und Georg mit seinem Mist sitzenzulassen. Doch er begriff, dass er damit Georgs Verdacht nur bestätigt hätte. »Das tust du nur deshalb nicht, weil du keine Nichte hast«, witzelte er und fügte im Ton gelassener Selbstverständlichkeit hinzu: »Und ich tu das, wie du weißt, auch nicht.«

»Ist ja gut. Jetzt fang an.«

Karl deutete auf den Stapel Papier vor sich. »Das sind die Übersetzungen der Akten, die Ludwig und ich bei Čierny gefunden haben. Darin geht es um …«

»Bitte nur die Kurzfassung«, unterbrach Georg unwirsch, »und möglichst nur zu Blohm, alles andere interessiert mich nicht.«

Bornierter Hornochse, dachte Karl und meinte schmallippig: »Ich bin für dich zum Einbrecher geworden und hab Ludwig auch noch mit reingezogen, da wirst du dir wenigstens das ausführliche Ergebnis anhören können.«

Georg hob beschwichtigend die Hände.

»Čierny hat eindeutig ein Netz von Agenten, Kurieren und Zuträgern gespannt. Er hat von ihnen Personalakten angelegt, allerdings ohne Namen zu nennen, sie sind nur mit Nummern versehen, knapp dreißig Leute. Dazu Bewertungen, einmal heißt es zum Beispiel, einer sei ein feinfühliger Beobachter, ein anderes Mal geht es um Verlässlichkeit. Die Zahl der Grenzübertritte ist ebenso vermerkt wie die Zahl der Menschen, die herübergeschleust wurden. Alles in allem ergibt sich der Eindruck, dass Čierny eine Art Fluchthilfe- und Spionagedienst aufgebaut hat. Wem er damit dient, lässt sich nur vermuten, dazu findet sich in den Unterlagen nichts. Von dem Mann bei *Radio Free Europe* weiß ich, dass es Überläufer gab, und einige von ihnen standen offenbar in diesen Tagen in Prag vor Gericht. Womit wir zu Blohm kommen.«

Karl holte seine Zigaretten hervor und zündete sich eine an. Er ließ sich absichtlich Zeit, um Georg zu piesacken.

»Also«, drängte der, »was ist jetzt mit Blohm?«

»Es ist kein allzu großes Geheimnis, dass die Geheimdienste von drüben den Leuten, die sie nicht vor ihre Gerichte zerren können, anderweitig den Prozess machen. Kurzen Prozess. Čierny steht auf deren Abschussliste sehr weit oben. Er hat eine ganze Mappe voller Drohbriefe. Anonym natürlich, aber so, dass man trotzdem weiß, wer dahintersteckt. Blohm hat mir gegenüber behauptet, dass Čierny überlaufen will, um seine Haut zu retten. Das heißt, er würde alle seine Helfer, das ganze Netz auffliegen lassen und ans Messer liefern.«

Georg rieb sich das stoppelige Kinn. »Glaubst du ihm das?«

»Weiß nicht. Er will Genaueres nachliefern. Ich bin gespannt.«

»Alles gut und schön. Aber eigentlich wollten wir Blohm fertigmachen, nicht diesen Tschechen.«

»Slowaken.«

»Meinetwegen. Was hast du zu Blohm? Seiner kommunistischen Vergangenheit? Und was er heute treibt?«

Karl legte die Zigarette im Aschenbecher ab und zog aus dem Stapel ein paar Blätter heraus. Dabei sagte er: »Ich habe Blohm selbst zu seiner kommunistischen Vergangenheit befragt. Er leugnet, dass es so was wie die Rote Kapelle überhaupt gab oder gibt. Im KZ Buchenwald, wo er war, hat er allerdings Kontakt zu den Kommunisten dort aufgenommen, und er hat sie bewundert. Das gibt er offen zu.« Karl legte die Blätter neben den Stapel und tippte mit dem Finger darauf. »Das hier ist der Bericht eines Kontaktes von Čierny bei der Auslandsabteilung des tschechischen Geheimdienstes ŠtB.«

»Ein Doppelagent?«

»So nennt man das wohl. Er warnt Čierny vor einem Verräter in seinen Reihen. Jemandem, der erpressbar ist und so zum Werkzeug der Tschechen gemacht wurde. Name wird keiner genannt, aber einiges passt auf Blohm. Es ist zum Beispiel von einer bedeutenden Rolle auf dem Schwarzmarkt in München die Rede. Die hatte Blohm inne.«

Georg rieb sich erneut das schlecht rasierte Kinn. »Und das wäre das Geheimnis, das Blohm erpressbar macht?«

»Nein. Es gibt noch eine Notiz, die Čierny erst vor kurzem angefertigt hat und in der es um jemanden geht, der im KZ Buchenwald Gold aus jüdischem Besitz unterschlagen hat.«

»Judengold?«

»Ja. Zahngold, um genau zu sein.«

»Aber … wenn Blohm Häftling war …?«

»Wie derjenige an das Gold gekommen sein könnte, ist unklar. Aber du weißt selbst, wie es zugegangen ist. Da hat ein Leben noch weniger gezählt als zuvor, und jeder hat an sich gerissen, was er zu fassen gekriegt hat. Stell dir vor, wenn Blohms gesamter Wohlstand auf ausgebrochenen Goldzähnen beruht.«

Georg nickte. »Für eine Gangsterkarriere kein Problem. Für einen ehrenwerten Geschäftsmann ein hässlicher Fleck auf der weißen Weste, der einen alle öffentlichen Aufträge kostet.« Seine Augen glänzten selbst schon wie Gold. »Wenn wir das bringen, ist er erledigt.«

»Das können wir aber nicht bringen. Es gibt keinen Beweis. Noch nicht.«

Georg schlug mit der Hand auf den Tisch. »Was brauchen wir Beweise! Sind wir die Polizei? Oder die Staatsanwaltschaft?«

»Das wäre Rufmord. Wir haben nichts außer einer Vermutung. Blohm verklagt dich, und im Nu ist der Laden hier zu. Das muss ich dir doch nicht erklären.«

»Herrgott, ja«, fuhr Georg auf. »Dann bring mir Beweise! Und zwar schnell!«

Ludwig schüttelte den Regenschirm aus, dann stieg er langsam die Treppe hinauf. Mit einem mulmigen Gefühl im Bauch. Einen Tag hatte er sein Büro gemieden, doch sich einen zweiten Tag zu drücken, das wäre zu auffällig gewesen. Er hatte sich ausführlich überlegt, wie er sich verhalten solle, wenn er Elvira gegenübertrat. Besonders viel eingefallen war ihm nicht. Wie immer höflich grüßen und dann abwarten, wie sie reagierte. Würde sie, ganz wie es bisher ihre Art gewesen war, einfach so tun, als sei nichts gewesen? Vielleicht wäre es das Beste. Er wusste nur nicht, ob er das konnte. Dafür hatte er sich in den letzten beiden Tagen zu viele Gedanken über sie gemacht; hatte er mit zu vielen verwirrenden Gefühlen gerungen. Mitgefühl, Scham, Zuneigung, Angst, Sorge … Liebe?

Vor der Tür angekommen, atmete er tief durch, dann drückte er die Klinke herunter und trat ein. Schon im Vorraum hörte er deutlich das Klappern der Schreibmaschine hinter den Milchglastüren. Es klang ein wenig anders als sonst, doch das hatte sicher nichts zu bedeuten. Beherzt schob er die Türen auf und sagte lauter als sonst: »Grüß Gott, Fräulein …«

Das Geklapper brach ab, ein freundliches »Grüß Gott« erklang. Doch nicht von Elvira. An ihrem Schreibtisch saß eine Frau mittleren Alters, die er noch nie hier gesehen hatte. »Womit kann ich dienen?«, fragte sie freundlich lächelnd.

»Eigentlich mit nichts«, antwortete Ludwig. »Außer mir zu erklären, was Sie hier machen. Wo ist Fräulein Skudelny?«

»Sie hat sich gestern krankgemeldet. Wohl eine Sommergrippe. Kein Wunder, bei dem Wetter. Ich bin Maria Baumgärtel, die Aushilfe. Und Sie sind?«

»Der hier«, sagte er und deutete auf sein Büro. »Ludwig Gruber.«

»Ach so. Na dann … Wenn Sie was haben, geben Sie mir einfach Bescheid.«

»Sie arbeiten nicht für mich, Fräulein Baumgärtel, Sie werden nur von den Herren Anwälten bezahlt.«

»Es heißt *Frau* Baumgärtel«, stellte sie freundlich klar und beugte sich dann mit einem schelmischen Lächeln vor. »Geben Sie nur her, wenn Sie was haben. Die Herren Anwälte müssen es ja nicht erfahren.«

»Sehr freundlich.«

»Und Sie können gern Ihr Telefon auf meines umschalten, dann nehme ich für Sie ab. Ihr Telefon hat nämlich mehrmals geläutet, gestern schon und heute wieder.«

»Danke.«

Ludwig stellte den Schirm in den Ständer und hängte den Regenmantel an der Garderobe auf. Er konnte sich schon denken, wer angerufen hatte: die Klientin aus Straubing in Sachen Heiratsschwindler. Er würde sie gleich zurückrufen und ihr erklären, dass ihr Oberschlawiner das Treffen kurzfristig abgesagt habe, er aber sicher noch anbeißen werde, egal, wie sehr er sich ziere. Der Köder sei einfach zu sehr nach seinem Geschmack.

Ludwig ließ sich in seinen Drehstuhl fallen. Sommergrippe, dachte er. Daran sind schon Leute gestorben. Aber nicht sie. Sie hat selbst gesagt, dass sie unsterblich ist. Überhaupt glaubte er nicht, dass es wirklich eine Sommergrippe war. Sie wollte ihm aus dem Weg gehen. Etwa weil ihr die Nacht mehr bedeutet hatte, als sie sich eingestehen wollte? Eine vielleicht zu gewagte Annahme.

Er holte seine Zigaretten heraus.

Auf einmal hatte er wieder das Gefühl auf der Haut, dieses Gefühl, wie es war, ganz nahe bei ihr zu liegen. Ihm wurde erst jetzt klar, wie gut sich das angefühlt hatte. Und wie wunderbar diese verrückte Nacht mit ihr gewesen war. Für ihn. Doch wie war es für sie gewesen? Er sah die Nummer wieder vor sich, die Nummer auf ihrem linken Unterarm.

Freitag, 1. Juli 1955

AINMILLERSTRASSE 31. Das neue Domizil von Tomáš Čierny. Es war wirklich nur einen Steinwurf von der alten Adresse entfernt, ganz so, wie Agota am Telefon gesagt hatte. Magda parkte den Wagen, nahm die Tasche vom Beifahrersitz und stieg aus. Handwerker, die, den Geräuschen nach zu schließen, im Keller werkelten, hielten die Haustür mit einem Holzkeil offen, damit sie ungehindert rein- und rausgehen konnten. Als Magda die Treppe hinaufstieg, hörte sie ein Pfeifen durch das Treppenhaus hallen. Sie drehte sich um. Einer der Handwerker stand hinter ihr und grinste sie an. Idiot, dachte sie und ging weiter in den vierten Stock. Die Wohnung auf der linken Seite, hatte Agota gesagt. Weder an der Tür noch an der Klingel stand ein Name. Magda läutete, und wenig später stand Agota vor ihr.

»Komm rein«, sagte sie, »bin gerade beim Essen.«

Die Wohnung, wie die andere vermutlich möbliert gemietet, sah in etwa so aus wie die alte. Noch standen reichlich Kisten und Schachteln herum, die einen enthielten Hausrat, die anderen Ordner und Karteikästen. Agota ging voraus in die Küche. Auf dem Herd stand ein Topf mit heißem Wasser, in dem ein Würstchen schwamm.

»Ich habe die Kontaktabzüge und von den schönsten Fotos Vergrößerungen.« Magda holte das Kuvert mit den Bildern aus ihrer Umhängetasche. »Einige sind prima geworden. Du solltest eine Karriere als Mannequin in Erwägung ziehen.«

»Ach was.« Sie klang nicht geschmeichelt, schon gar nicht kokett, sondern eher genervt. »Ich will das jetzt nicht sehen«, sagte sie entschieden, als Magda das Kuvert öffnen wollte. »Sind die Negative auch dabei?«

»Nein.«

»Das hast du aber versprochen. Dass du mir die Negative gibst. Und zwar alle. So war es doch ausgemacht.«

Magda war irritiert. Wieso war Agota heute so dünnhäutig? So angespannt? Anscheinend machte etwas sie nervös. Oder genierte sie sich bloß für ihre Freizügigkeit beim Posieren? Wie auch immer, es war nicht gut, denn eigentlich hatte Magda gehofft, beim Betrachten der intimen Fotos würde eine Nähe entstehen, in der sie Agota das eine oder andere kleine Geheimnis entlocken konnte.

»Du bekommst die Negative«, versicherte sie. »Ich brauche sie noch für deine Abzüge. Wie gesagt, das hier sind nur Kontaktabzüge.«

»Ach so. Und wie lange dauert das?«

Magda sah Agota eindringlich an. »Was ist denn heute mit dir los?«

Agota wich ihrem Blick aus. »Gar nichts. Wahrscheinlich ist es nur der Umzug. Veränderungen machen mich immer nervös.«

»Das ist es nicht, Agota, und das weißt du.« Magda fasste sie an beiden Schultern. »Werdet ihr wieder bedroht?«

»Nicht mehr als sonst.« Sie ließ es wie einen Scherz klingen und lächelte bitter. Dann verschwand das Lächeln wieder, und sie sagte: »Ich hab dich wirklich gern, Magda. Obwohl wir uns noch gar nicht lange kennen, bist du für mich wie eine … große Schwester.«

»Mir geht es genauso mit dir. Du kannst über alles, was dich bedrückt, mit mir reden. Egal, was es ist.«

Obwohl jedes Wort davon stimmte, kam Magda sich wie eine Lügnerin vor.

Agota senkte den Blick. »Es gibt Dinge, über die kann ich mit niemandem sprechen. Auch mit dir nicht.«

»Versuch es einfach.«

Sie zögerte, rang mit sich. »Es geht um … Herrn Čierny …«

»Was ist denn mit mir?«, erklang die Stimme des Genannten.

Magda und Agota zuckten vor Schreck zusammen. Keine von ihnen hatte ihn kommen hören. Čierny stand breitbeinig in der Tür, mit einem angestrengten Lächeln und einem argwöhnischen Ausdruck in den Augen.

Agota, die eigentlich nie errötete, wurde binnen Sekunden knallrot im Gesicht. »Ich wollte Magda nur erzählen, wie sehr ich mich um Ihre Gesundheit sorge. Sie arbeiten einfach zu viel.«

»Ach was.« Er winkte ab. »Der Feind schläft ja auch nicht. Apropos Arbeit. Falls Sie und Frau Blohm nichts mehr weiter zu besprechen haben, wäre ich Ihnen sehr verbunden, wenn Sie mir im Büro zur Hand gehen könnten.«

»Ich bin sofort bei Ihnen.« Während Čierny verschwand, sagte Agota zu Magda: »Ich habe übrigens noch was für dich.«

Das Dior-Kleid auf dem Arm, trat Magda auf die Straße. Frisch gereinigt und mit Dank, dass sie es tragen durfte, hatte Agota es ihr zurückgegeben. Vorsichtig legte Magda es auf den Beifahrersitz. Sie stand noch immer unter dem Eindruck ihres Besuchs bei Agota und ärgerte sich, dass Čierny genau in dem Moment auftauchen musste, in dem Agota ihr Schweigen brechen wollte. War es die Mitschuld am Tod jenes noch immer namenlosen Mannes, die sie belastete? Agentin hin oder her, sie war kein Mensch, der achtlos über den Tod eines anderen hinwegging, noch dazu, wenn ihr dieser Mensch nahestand.

Diese Gedanken begleiteten Magda die gesamte Heimfahrt über und ließen sie erst los, als sie zu ihrer Überraschung das Tor an der Einfahrt offen und Karls Ford in der Auffahrt erblickte, direkt hinter Blohms Wagen. Bedeutete das etwas Gutes oder etwas Schlechtes?

Im Flur kamen ihr erst der Geruch von Blohms Zigarre, dann Franzi entgegen. »Ist irgendwas los?«, fragte Magda.

»Nicht, dass ich wüsste.«

»Wie lange ist Herr Wieners schon hier?«

»Eben erst gekommen.«

Magda reichte ihr das Dior-Kleid zur Aufbewahrung und ging zu den beiden Männern ins Wohnzimmer. Karl saß auf der Couch, Blohm stand an der Terrassentür, die Zigarre zwischen den Fingern und eine Hand lässig in der Hosentasche.

»Gerade haben wir über dich gesprochen«, sagte Blohm.

»Ich hoffe, nur Gutes«, antwortete sie.

»Was sollte man anderes über dich sagen als Gutes?« Sein Lächeln wirkte unecht. »Setz dich, bitte.«

Magda tauschte einen raschen Blick mit Karl, der ebenso irritiert wirkte, dann ließ sie sich nieder. War das hier ein Tribunal? Man durfte sich von Blohms Freundlichkeit nicht täuschen lassen. Ihr Puls beschleunigte sich. Karl wirkte äußerlich ruhig, doch sie spürte, dass er nicht weniger angespannt war als sie. Wieso war er überhaupt hier? Hatte Blohm ihn herzitiert?

Blohm ließ sich im Sessel nieder.

»Ich brauche eure Hilfe. Und kann euch zugleich bei eurer Geschichte helfen.«

Magda schaute zu Karl. Der zog seine Zigaretten hervor und sagte: »Worum geht es?«

»Du erinnerst dich sicher an das, was wir auf dem Starnberger See besprochen haben«, begann Blohm, an Karl gewandt, »über Tomáš Čierny. Wenn meine Quellen nicht lügen, ist er kurz davor, die Seiten zu wechseln. Mit schwerwiegenden Folgen für viele Menschen. Tödlichen Folgen. Wir müssen das verhindern.«

»Wir?«, fragte Karl.

Magda sagte nichts. Wenn Blohm recht hatte, erklärte das vielleicht auch Agotas Verhalten eben. Hatte sie nicht behauptet, der Umzug mache sie nervös? Vielleicht hatte sie damit nicht den Umzug von einer Straße Münchens in eine andere gemeint, sondern den Umzug auf die andere Seite des Eisernen Vorhangs, den sie und ihr Chef planten. Mit gravierenden, womöglich tödlichen Folgen für viele.

Blohm fuhr fort: »Ich weiß zufällig, dass Čierny in den nächsten Tagen ein Päckchen erhält, wichtige Informationen auf Mikrofilm, die er an Ort und Stelle an jemanden übergeben soll. Seine Eintrittskarte in ein anderes Leben. Das muss verhindert werden.« Er beugte sich vor, schaute von Karl zu Magda und wieder zu Karl. »Das ist der Plan: Čierny holt regelmäßig gegen drei Uhr postlagernde Sendungen im Postamt in der Agnesstraße ab. Du, Karl, wirst ihn dort erwarten. Natürlich ohne dass er dich sieht. Wie ich weiß, öffnet er alle Sendungen immer vor Ort. Du wartest also, bis er an einem der Pulte steht. Wenn er das Päckchen öffnet, gehst du zu ihm. Der richtige Moment ist wichtig! Du musst ihn sozusagen mit der rauchenden Pistole in der Hand erwischen.«

»Warum hältst du ihn nicht selbst auf?«, fragte Magda. »Oder einer von deinen Leuten? Du hast doch genügend Männer für so was.«

Blohm lächelte. »Natürlich habe ich die. Aber wie gesagt, ich möchte euch einen Gefallen tun. Ihr könnt hinterher groß darüber berichten. *Reporter überführen Doppelagenten!* So was in der Art. Ich würde euch nur bitten, meinen Namen rauszulassen. Ich darf nicht in Erscheinung treten.«

Magda verstand. Sie sollten für ihn die Kohlen aus dem Feuer holen. Bei zwei Reportern würde niemand fragen, wieso sie vor Ort waren, selbst wenn einer von beiden zufällig Blohms Frau war, während sich bei Männern, die auf Blohms Lohnliste standen, diese Frage sehr wohl stellte, sollte die Aktion jemals bekanntwerden. Und damit könnte die Vermutung aufkommen, dass Blohm selbst etwas zu verbergen hatte.

»Karl soll Čierny also in der Post auflauern«, sagte sie. »Und was mache ich?«

»Du wartest mit der Kamera im Auto auf der anderen Straßenseite und fotografierst jeden, der rein- oder rausgeht. Wenn der Kontaktmann bemerkt, dass Čierny nicht allein ist, wird er wahrscheinlich das Weite suchen, und so haben wir wenigstens ein Foto, um ihn identifizieren zu können. Was sagt ihr?«

Magda und Karl sahen sich an. Unschlüssig und mit einer Portion Misstrauen.

»Klingt interessant«, antwortete Karl zögerlich.

Blohm stellte fest, dass seine Zigarre ausgegangen war. Er stand auf und sagte: »Ihr könnt es euch ja noch überlegen. Aber viel Zeit habt ihr nicht. Ich geh wieder an meine eigentliche Arbeit.« Damit verschwand er in sein Büro.

»Was denkst du?«, fragte Karl.

Magda wusste es nicht. »Bei Blohm ist immer Vorsicht geboten. Andererseits würde es mich reizen. Und dass sich irgendwas anbahnt, habe ich gemerkt, als ich eben bei Agota war. Sie wirkte merkwürdig nervös. Ich hatte sie fast so weit, dass sie mir etwas über Čierny anvertrauen wollte, aber leider wurden wir unterbrochen.«

Karl nickte. »Es ist was im Busch. Lass uns Čierny auf den Zahn fühlen. Was soll schon passieren?«

Dienstag, 5. Juli 1955

»ER KOMMT!«, sagte Magda, die die Straße hinter ihnen im Rückspiegel beobachtete, während Karl das Geschehen vor ihnen im Blick behielt.

Er wandte sich um. Čierny schritt zügig, aber ohne Eile aus, überquerte hinter einem Getränkelaster die Straße und betrat das Postamt. Wie lange würde es dauern, bis er sein Postfach geleert hatte? Karl schaute auf die Uhr. Es war genau zwölf Minuten vor drei Uhr. Zwei, vielleicht drei Minuten war Čierny schon drin.

»Dann los«, sagte Karl und stieg aus.

»Viel Glück«, rief Magda ihm nach.

Er überquerte die Straße und betrat den Vorraum des Postamtes, wo sich die Telefonzellen befanden. Als Erstes verschaffte er sich einen raschen Überblick über die räumlichen Gegebenheiten. Ein offener Durchgang führte in die Schalterhalle mit den Post- und Schließfächern und zwei Stehpulten, jedes mit zwei sich gegenüberliegenden Schreibflächen und einem Werbeaufsteller in der Mitte als Sichtschutz. Karl lief am Durchgang vorüber in Richtung der Telefone und ließ seinen Blick dabei durch die Halle schweifen. Wenn er es richtig gesehen hatte, stand Čierny an einem der Schalter. Es ging wohl um das Päckchen, größere Sendungen passten ja nicht in das Postfach. Karls Herz schlug aufgeregt. Er holte seine Geldbörse heraus und tat so, als suche er nach Kleingeld zum Telefonieren. Dabei schaute er immer wieder hinüber zu den Schaltern, um zu sehen, wie weit Čierny war. Eben wurde ihm das Päckchen zugeschoben, er nahm es und ging damit zu einem der Pulte. Karl drehte sich weg, damit Čierny ihn nicht erkannte. Zu dumm, dass Čierny genau das Pult wählte, von dem aus er den Ausgang im Auge behalten konnte. Doch Karl konnte deutlich hören, wie er das Packpapier, in das das Päckchen gewickelt war, aufriss. Er wartete noch ein paar Herzschläge lang, dann drehte er sich um und betrat die Halle.

Magda hielt die Augen offen. Sie wusste nur zu gut, dass Leute, die aus dem Auto heraus fotografierten, leicht Aufmerksamkeit und sogar Argwohn erregten, deshalb tat sie so, als interessiere sie sich für die Architektur des Gebäudes: die gotisch anmutenden Spitzbögen über den Zugängen, die Steinfiguren auf Höhe des ersten Stockes. Und ganz nebenbei fotografierte sie auch die Leute, die kamen und gingen. Besonders viele waren es ohnehin nicht, und niemand sah irgendwie verdächtig aus. Schon gar nicht die Dame mittleren Alters, die in diesem Moment hineinging und vielleicht nur ihre Kriegswitwenrente abholte. Trotzdem machte Magda auch von ihr ein Foto. Man wusste nie, und Unscheinbarkeit war immer noch die beste Verkleidung. Sie ließ die Kamera gerade sinken, als sie ein Stück die Straße hinab ein bekanntes Gesicht zu erkennen glaubte. War das nicht Agota? Sie schien in Eile zu sein. Kam sie auch wegen dieses geheimnisvollen Päckchens, das ihr Chef heute erhalten sollte? Magda hatte in den letzten Tagen mehrmals versucht, Agota zu treffen, um an das unterbrochene Gespräch anzuknüpfen, doch Agota hatte sie jedes Mal vertröstet. Magda hob die Kamera und fing Agota im Sucher ein.

Da erschütterte ein gewaltiger Knall das Gebäude. Nur wenig später quoll aus den Türen eine graue Rauchwolke auf die Straße. Magda war wie erstarrt. Eine Explosion! Im Postamt!

Karl!

»Was war das denn für ein Rums?«, fragte die Bedienung im *Schellingsalon*.

»Vielleicht eine Gasleitung«, vermutete einer, ein anderer meinte: »Oder ein Blindgänger. Liegen ja noch genug Fliegerbomben rum.«

Blohm rührte nur in seinem Kaffee, ließ sich von der kreisenden Bewegung seines Löffels hypnotisieren. Friede ihrer Asche, dachte er. Doch er empfand keine Genugtuung. Im Gegenteil. Er spürte Bedauern, vielleicht sogar Trauer. Čierny hatte sich für eine gute Sache eingesetzt. Und Karl ... Er hatte ihn gemocht, und einem liebenden Mann musste man ohnehin so ziemlich alles vergeben. Was nicht bedeutete, dass man ihn mit allem durchkommen lassen musste. Und was war mit einer Frau, die liebte? Musste man ihr nicht auch alles verzeihen? Vielleicht. Eines Tages, wenn die Wunden vernarbt waren. Wie auch immer, für sie war ebenfalls gesorgt.

»Die Nachtigall singt nicht mehr«, hörte Blohm da jemanden neben sich sagen. Es klang wie ein Scherz, und das sollte es wohl auch.

Er schaute auf. Nun, da er das Gesicht, das zu Danutas Telefonstimme gehörte, vor sich sah, war er wenig überrascht. »Ich dachte mir schon, dass Sie es sind, Fräulein«, sagte er.

Sie setzte sich.

»Wie soll ich Sie nennen? Agota? Oder weiterhin Danuta?«

»Bilden Sie sich bloß nicht ein, Sie wüssten, wer ich bin«,

antwortete sie frech. »Aber bleiben wir bei Danuta. Alte Gewohnheiten soll man nicht ändern.«

Er war sich nicht im Klaren, wie sie das meinte, fragte aber nicht, denn von draußen drang Sirenengeheul herein. Polizei. Feuerwehr.

»War, scheint's, doch was Größeres«, meinte die Bedienung, die gerade zu ihnen kam. »Was darf's denn für das Fräulein sein?«

»Auch einen Kaffee.«

Sie nahm ein Zigarettenetui aus ihrer Handtasche und ließ es aufschnappen.

»Wie Sie und ganz Schwabing gehört haben, habe ich geliefert«, sagte Blohm, während sie eine Zigarette herausnahm.

»Das haben Sie.« Sie ließ sich von Blohm Feuer geben.

»Jetzt sind Sie dran.«

Danuta griff in ihre Handtasche, holte einen Umschlag heraus und legte ihn auf den Tisch. »Da ist alles drin, was Čierny über Sie hatte. Ich meine, alles, was Ihnen irgendwie gefährlich werden könnte.«

Blohms Pulsschlag beschleunigte sich. »Das soll alles sein? Čierny hatte doch nichts außer vagen Vermutungen.«

»Mehr habe ich nicht versprochen.«

Ihre Abgeklärtheit war entwaffnend. Er konnte es kaum fassen. »Ich habe für Sie die Bombe organisiert. Ich habe einen Mann im Eisbach versenkt, um zu verhindern, dass Sie auffliegen. Das alles habe ich für Sie getan. Und was bekomme ich?« Blohm musste alles an Selbstkontrolle aufbieten, was er konnte, um nicht laut zu werden. Oder Schlimmeres. Jetzt verstand er auch, wieso das Treffen an einem öffentlichen Ort wie diesem stattfinden sollte.

Danuta lächelte nur milde. »Ach, Herr Blohm, ich muss Ihnen doch wohl nicht erklären, dass es nicht darauf ankommt, was Sie für uns getan haben, sondern einzig und allein auf das, was wir gegen Sie in der Hand haben. Haben Sie ernsthaft erwartet, wir würden Ihnen diesen Trumpf einfach so überlassen?« Die Bedienung kam und stellte Kaffee und Milchkännchen auf einem kleinen Silbertablett ab. Als sie weg war, fuhr Danuta fort: »Mit dem, was wir haben, können wir Sie vernichten. Sie wissen, was Sie getan haben, Herr Blohm, und wir wissen es auch. Und wenn Sie verhindern wollen, dass alle Welt es erfährt, sollten Sie schön weiter das machen, was wir von Ihnen verlangen. Denn auch wenn es für Sie gerade nicht so aussieht, kann ich Ihnen versichern: Sie kämpfen auf der richtigen Seite. Für das Gute. Und seien Sie gewiss: Wir werden weiterhin alles tun, um Sie und Ihre Position zu schützen und Ihre Geschäfte zu fördern. Je erfolgreicher Sie sind, desto besser für uns.«

Blohm fügte sich. Das hatte er immer getan, wenn die Grenzen seiner Macht erreicht waren. Und es stimmte ja: Die Zusammenarbeit mit den östlichen Diensten war bisher auch zu seinem Vorteil gewesen. Er sah Danuta zu, wie sie einen Schluck Kaffee trank, schwarz und ohne Zucker, betrachtete ihr harmlos wirkendes Mädchengesicht.

»Wie alt sind Sie eigentlich?«

»Zwanzig.«

»Noch so jung und schon so ...« Er brach den Satz ab, denn ihm wurde bewusst, dass die Jugend oft am grausamsten und kältesten war. Wenn man daran dachte, wozu all die Hitlerjungen in ihrem Fanatismus fähig gewesen waren.

»Ich habe früh gelernt«, sagte Danuta. »Und nur von den Besten.«

»Bilden Sie sich bloß nichts ein. Sie sind lediglich Fußvolk. Und wie geht es jetzt weiter?«

»Es wird ein großes Geschrei geben. Polizei, Geheimdienste und die Presse werden viele Fragen stellen und wenige Antworten erhalten. Am Ende wird die Geschichte im Sande verlaufen. Aber all diejenigen, für die diese Botschaft bestimmt war, werden sie verstanden haben und künftig vorsichtiger sein.«

»Ich meinte, mit Ihnen.«

»Das soll nicht Ihre Sorge sein.«

Der Geschmack von Pulverschmauch auf der Zunge. Stimmen, wild durcheinander. Jammern. Weinen. Dumpf, wie hinter einem dicken Vorhang. Der Geruch von verbranntem Fleisch. Von Verwesung. Von Blut und Exkrementen. Von Alkohol und Jodtinktur. Das Feldlazarett. Er wand sich, doch schon die geringste Bewegung tat weh. Die Kameraden. Wo waren sie? Tot? Es war das Ende. Das Ende der Welt. Wir sterben. Und wofür?

»Karl …?«

Zaghaft leise klang die Stimme.

Dann eine Berührung an der Schulter.

»Karl … bist du wach?«

Die Lider waren so schwer, wie zugeklebt, er glaubte nicht, dass er es schaffen würde, sie zu heben. Aber es gelang. Er sah in ein bekanntes Gesicht, obwohl er nicht wusste, wer diese Frau war, die ihn so sorgenvoll betrachtete. Eine Krankenschwester? Aber wieso trug sie dann keine Rot-Kreuz-Tracht?

»Karl! Na endlich, ich dachte schon …«

Magda! Das war Magda!

Er war nicht im Lazarett. Das war ein Krankenhaus. Ein richtiges Krankenhaus. Er wollte sich umschauen, doch bereits bei der kleinsten Bewegung fühlte sich sein Kopf an, als werde er jeden Moment platzen.

»Ruhig, Karl.« Magda streichelte seine Wange. Tupfte ihm mit einem feuchten Tuch die Stirn ab. »Nicht bewegen.«

»Was ist denn …? Wo bin ich …?«

»Du bist im Krankenhaus Nord. Es wird gerade ein Zimmer für dich vorbereitet, deshalb liegst du noch hier auf dem Gang.«

Er nahm ihre Hand und küsste die Innenfläche. »Es ist so gut, dass du da bist.«

»Es gab eine Explosion, Karl. Du hattest großes Glück, sagt der Doktor. Eine Gehirnerschütterung, Prellungen, Schnittwunden. Du kannst vielleicht morgen oder übermorgen schon nach Hause.«

Er sah nur immer Magda an, ihr schönes, sorgenvolles Gesicht. Küsste ihre Hand wieder und wieder. So als verdanke er ihr und niemandem sonst sein Leben. Tränen rannen aus seinen Augenwinkeln. Und alles, was er stammeln konnte, war ihr Name.

»Alles wird gut, Karl«, sagte sie. »Mach dir keine Sorgen. Du stehst noch unter Schock. Ich hab Gisela angerufen, sie kommt so schnell wie möglich.«

»Du gehst aber nicht fort, oder? Du bleibst bei mir?«

»Ich verlasse dich nicht, Karl.«

Er glaubte ihr, und das erfüllte ihn mit Glück. Doch auch wenn er weiterleben würde, stand er dennoch an einer Schwelle. Dies war ein Moment der Wahrheit. Lügen hatten keinen Platz mehr. Angst hatte keinen Platz mehr. Geheimnisse hatten keinen Platz mehr.

»Ich muss dir etwas sagen, Magda.«

»Was ist denn?«

Er bedeutete ihr mit den Augen und einem Nicken, dass sie näher kommen solle. Sie beugte sich über ihn.

»Ich liebe dich«, flüsterte er. »Und jetzt wird alles anders.

Da ist etwas, das du wissen musst. Das ich dir schon längst hätte sagen sollen. Etwas, das alles zwischen uns verändert.«

»Karl«, rief eine vertraute Stimme durch den Flur. Gisela.

Magda richtete sich auf. »Wir reden später.«

Erst als Magda sich von Karls Bett entfernt hatte, spürte sie, dass die Ereignisse auch an ihr nicht spurlos vorübergegangen waren. Sie schwebte wie auf einer Wolke den Krankenhausflur hinab. Eine eigenartige Trance war das, in der ihre Gedanken verschwommen, ihre Sinne jedoch messerscharf waren. Die aufgeregten Stimmen, die hin und her eilenden Krankenschwestern, das Klappern metallener Rollwagen, ja selbst das Rascheln gestärkter Arztkittel – sie nahm alles überdeutlich wahr, doch ihr Gehirn verarbeitete es nicht.

Eine dieser Schwestern stand ihr plötzlich im Weg, etwas legte sich auf ihre Schulter – eine Hand.

»Geht es Ihnen gut, gnädige Frau? Sie sehen blass aus. Brauchen Sie etwas?«

»Schon gut«, rief da jemand. »Alles in Ordnung! Das ist meine Frau!«

Magda schaute hoch. Blohm kam auf sie zu. Sein Jackett war mit schwarzen Flecken gesprenkelt. Wassertropfen, wie sie erkannte. Anscheinend regnete es. Sie warf sich ihm an den Hals, und da überkam es sie, sie konnte es nicht mehr länger zurückhalten. Ihr Körper wurde geschüttelt, schluchzend sank sie ihm an die Brust.

»Es tut mir so leid.« Er legte seine Arme um sie. »Karl … hast du gesehen, wie er … Konntest du bei ihm sein?«

»Karl lebt«, brachte sie zwischen Schluchzern hervor. »Es ist ein Wunder.«

Blohm schwieg. Als sie sich wieder etwas gefasst hatte, sagte er: »Komm, ich bring dich nach Hause.«

Stumm wie die Fische, jeder in seinen Gedanken gefangen, verließen sie das Krankenhaus. Es tröpfelte noch ein wenig, auf dem Parkplatz hatten sich kleine Pfützen gebildet. Da Magda nicht im Krankenwagen hatte mitfahren können, war sie mit Karls Wagen gekommen. Nun holte sie rasch ihre Handtasche und ihre Fotosachen heraus. Als sie bei Blohm ankam, saß der schon im Auto und hatte den Motor gestartet. Sein Gesichtsausdruck war kalt und leer. Sie hatte ihre Autotür kaum zugeschlagen, da fuhr er auch schon los.

»Was ist da nur passiert?«, fragte sie nach einer Weile. »Kannst du mir das sagen? Du hast uns da doch hingeschickt.«

»Ich weiß noch weniger als du. Nur das, was ich aufgeschnappt hab. Erzähl mir, was los war.«

Magda musste kurz überlegen. Dann rekapitulierte sie, wie sie erst im Auto auf Čierny gewartet hatten, wie Karl ihm ins Postamt gefolgt war und wie es plötzlich einen gewaltigen Knall gegeben hatte. »Eines fällt mir gerade ein«, fügte sie hinzu. »Ich habe Agota gesehen. Sie wollte anscheinend auch in die Post.«

»Das kann nicht sein«, widersprach Blohm sogleich.

»Wieso nicht?«

Er wirkte einen Moment verunsichert, ehe er erklärte: »Nun, weil … ich sie in der Stadt gesehen hab. Zufällig. Kurz vor der Explosion. Wir haben es beide gehört und uns gefragt, was das wohl gewesen sei. Dann ist jeder wieder seiner Wege gegangen.«

»So. Dann muss ich mich getäuscht haben. Na ja, sie war ziemlich weit weg.«

Magda verfiel in Schweigen. Sie musste wieder an das denken, was Karl ihr zugeflüstert hatte. Dass er ihr etwas sagen müsse. Etwas, das alles zwischen ihnen verändere. Was konnte das sein? Wollte er sich endlich zu ihr bekennen? Offen, vor aller Welt? Besser, sie setzte nicht allzu viele Hoffnungen darauf. Er hatte unter Schock gestanden. Hatte Angst gehabt. Da gingen einem Sachen durch den Kopf, die später, bei klarem Verstand, nicht mehr galten.

Blohm schaltete das Autoradio an. Zuerst kam leichte Musik, dann ein Bericht zu dem Anschlag, der damit endete, dass die Hintergründe noch völlig unklar seien, für die Ermittlungen eine Sonderkommission aus Beamten des Landeskriminalamtes und der Kriminalpolizei München zusammengestellt worden sei, die bereits mit Hochdruck an der Aufklärung arbeite. Auch der Verfassungsschutz werde hinzugezogen.

Magda schaltete das Radio aus. Sie konnte das jetzt nicht hören.

Blohm sagte nichts, starrte nur geradeaus auf die Straße.

Als sie zu Hause waren, verschwand er in seinem Büro und begann zu telefonieren, wie Magda noch hörte. Sie begrüßte Peterle, der sofort spürte, dass etwas mit ihr nicht stimmte. »Mama ist nur sehr müde«, erklärte sie und wies Franzi an, sie wolle nicht gestört werden. Sie zog sich ins Schlafzimmer zurück, wo sie erschöpft aufs Bett sank und Sekunden später in einen tiefen Schlaf fiel.

Als sie mitten in einem Traum hochschreckte, wusste sie nicht, wie lange sie geschlafen hatte. Es war jedenfalls schon Nacht. Blohm war nicht da. Sie hatte das Gefühl, als habe sie wieder und wieder die Momente vor der Explosion durchlebt, jedoch mit dem Wissen, was gleich geschehen würde. Und der Qual, dass sie es nicht verhindern konnte. Das Letzte, was sie immer wieder sah, war Agota. Wie sie auf die Post zulief.

Obwohl sie es ja nicht gewesen sein konnte. Dann fiel ihr ein, dass sie ein Foto von dieser Frau gemacht hatte. Sie knipste das Nachttischlicht an und setzte sich auf.

Wo war eigentlich ihre Kamera?

Mittwoch, 6. Juli 1955

DIE MORGENAUSGABE DER *Abendzeitung* unter dem Arm, betrat Ludwig die Kanzlei. An Elviras Platz saß noch immer Frau Baumgärtel und lächelte ihm sogleich ihr »Guten Morgen« entgegen. Ihm war jedoch nicht zum Lächeln zumute. Auch ihr Gesicht wurde sofort wieder ernst. »Sie haben es auch gehört, oder?«, fragte sie. »Gestern, die Bombenexplosion.«

»Die Explosion selber hab ich nicht gehört«, antwortete Ludwig spitzfindig und schritt zügig auf sein Büro zu, »die Nachricht schon.«

»Eine wahre Höllenmaschine soll das gewesen sein.«

»Heißt es.«

Ludwig schloss auf und verzog sich in sein Büro. Nachdem er abgelegt und am Schreibtisch Platz genommen hatte, las er noch einmal die Berichte über das Attentat vom Vortag. Als er die Artikel zu Hause beim Frühstück das erste Mal gelesen hatte, war er nicht nur angesichts der unglaublichen Brutalität des Anschlags erschrocken, sondern mehr noch, als er den Namen eines der beiden Todesopfer las: Tomáš Čierny. Das war der Mann, bei dem er und Karl eingestiegen waren. Über den Karl seine Reportage schrieb. Er hatte Karl schon von zu Hause aus anrufen wollen, doch es hatte niemand abgenommen. Was ihn – er wusste nicht, wieso – beunruhigte.

Vorhin in der Tram hatte er an Hans Daxenhofer denken müssen. Obwohl er die Sache nach Seppis Drohung eigentlich abgeschlossen und jeden weiteren Gedanken daran verdrängt hatte. Aber der Stachel, dass er sich von einer Bande Halbstarker hatte ausbooten lassen, saß tief und würde noch lange schmerzen. Doch nun erinnerte er sich wieder an den Koffer im Schlafzimmer der Daxenhofers, der vielleicht ein Funkgerät enthielt. Wenn Hans wirklich ein kommunistischer Spion war, war er auch an dieser Sache irgendwie beteiligt, und sei es nur als Mitwisser. Denn ein Spion arbeitete nie allein, sondern immer als Teil einer Zelle. So wie die Rote Kapelle an verschiedenen Orten ihre Zellen gehabt hatte.

Ludwig betrachtete die Fotos, die das Postamt, Polizisten und Helfer im Einsatz, Schaulustige zeigten, überflog erneut den Artikel. Außer diesem Čierny hatte es noch ein zweites Todesopfer gegeben, eine Rentnerin, die zur falschen Zeit am falschen Ort gewesen war, daneben drei Schwerverletzte und einige leichter Verletzte, die alle ins Krankenhaus Nord gebracht worden waren. Vor allem zahlreiche Schnittverletzungen habe es gegeben, da das Glasdach über der Schalterhalle in Millionen Scherben zersplittert sei.

Ludwig griff zum Telefon und wählte Zöllners Durchwahlnummer in der Morddienststelle. Er konnte sich vorstellen, dass es dort jetzt drunter und drüber ging. Zum ersten Mal bedauerte er es, kein Kriminaler mehr zu sein, an der Sache hätte er zu gern mitgearbeitet. Nach mehrmaligem Läuten nahm Zöllner ab.

»Gruber hier«, meldete sich Ludwig, »Ihr alter Chef.«

»Ach, Sie. Geht's wieder um diese andere Sache? Seien Sie mir nicht böse, aber dafür hab ich gerade keine Zeit. Ich bin in der Soko wegen der Bombensache. Haben Sie ja sicher gehört.«

»Hab ich. So, Sie hat man also berufen. Respekt, Zöllner. Und meinen Glückwunsch.«

»Worum geht es denn?«

»In der Tat um Daxenhofer, aber anders, als Sie meinen. Es könnte wirklich sein, dass er ein Spion ist. Und dann wäre er vielleicht auch in Ihrer Bombensache interessant.«

»Haben Sie was Konkretes?«

»Eigentlich nicht. Nur so ein Gefühl.« Ludwig besann sich. »Wahrscheinlich habt ihr gerade unzählige Anrufe von Leuten, die bei jemandem so ein Gefühl haben, dass er mit dem Anschlag was zu tun haben könnte.«

»Haben wir wirklich. Ich schreib's mir gleich auf. Aber jetzt muss ich los. Wir reden ein anderes Mal weiter. Ich ruf Sie an.«

Ludwig legte auf. Dass Zöllner den Hinweis eine Sekunde später schon wieder vergessen hatte, war klar. Und recht hatte er. Sollte er der Sache selbst nachgehen? Alle Drohungen in den Wind schlagen und sich Daxenhofer noch mal zur Brust nehmen? Der Kriminaler, der immer noch tief in ihm schlummerte, erwachte und warnte zugleich: Nichts ist verachtenswerter als ein Außenseiter, der durch zu viel Engagement eine Spur ruinierte, vor allem wenn der Außenseiter auch noch ein Ehemaliger ist, der es eigentlich besser wissen müsste. Und doch war die Versuchung groß.

Um sich davon abzulenken, versuchte Ludwig es erneut bei Karl. Diesmal wurde auch abgenommen. Gisela war am Apparat.

»Karl ist nicht da«, sagte sie sofort, »der liegt in der Klinik.«

»Was hat er denn?«

»Die Bombe hätte ihn fast umgebracht. Zum Glück hatte er einen Schutzengel.«

»Bombe?«, fragte Ludwig verdattert. »Die gestern in Schwabing hochgegangen ist?«

»Genau die.«

Das fühlte sich an wie ein Bauchschuss. Ludwig brachte keinen Ton heraus. Und was sollte er auch sagen?

»Karl war wegen diesem Slowaken da. Wie es genau zugegangen ist, kann er nicht sagen, er weiß es nicht mehr.«

»Wie lang liegt er noch im Krankenhaus? Kann man ihn besuchen?«

»Er darf morgen schon wieder raus. Komm einfach zu uns, er freut sich bestimmt.«

»Das mach ich, Gisela. Bestell ihm Grüße.«

Ludwig legte auf. Mit einem Gefühl, als sei die Bombe gerade noch einmal explodiert, allerdings direkt neben ihm.

Aufgewühlt war Magda in die Amalienstraße gefahren und hatte bei Agota geläutet und an die Tür gehämmert. Niemand hatte geöffnet. Als sie die Treppe wieder nach unten gelaufen war, hatte eine Etage tiefer ein älterer Herr sie aufgehalten, der im Morgenrock in der Tür stand und den der Radau im Stiegenhaus aufgeschreckt hatte. Um seine Füße wuselte ein Rauhaardackel herum, der Magda aufmerksam musterte.

»Wenn Sie das Fräulein Vanagaitė suchen«, sagte der Mann, »kommen Sie zu spät. Die wurde heute in aller Herrgottsfrüh von der Polizei abgeholt. Kriminalpolizei.«

Also doch, dachte Magda und ging ohne ein Wort weiter. Aber immer noch wehrte sich etwas in ihr gegen die naheliegenden Schlussfolgerungen. Nein, es musste nichts heißen! Sie drehte sich zu dem Mann um, der in der Tür stand und ihr nachschaute.

»Wurde Agota verhaftet?«, fragte sie.

Der Mann rieb sich das Kinn. »Weiß nicht. Es wirkte nicht so. Sie ist jedenfalls ohne Handschellen rausgegangen.«

»Danke«, sagte Magda diesmal.

Als Herrn Čiernys Mitarbeiterin gehörte Agota zu Čiernys nahem Umfeld und war natürlich unter den Ersten, die die Polizei befragte. Und schon meldeten sich wieder bange Zweifel. Ob man wirklich nur eine Zeugin in ihr sah? Oder sie verdächtigte, an dem Anschlag beteiligt gewesen zu sein? Ob sie etwas damit zu tun hatte? Magda konnte nicht aufhören, an ihren Besuch in der Ainmillerstraße zu denken. An Agotas Nervosität. Hatte sie ihr einen Hinweis auf den bevorstehenden Anschlag geben wollen? Und das war nicht die einzige Frage, die Magda im Gepäck hatte. Noch nicht einmal die wichtigste.

Sie verließ das Haus, stieg ins Auto und zündete sich eine Zigarette an. So eine Vernehmung konnte eine Weile dauern. Vielleicht behielten sie Agota auch gleich dort. Was sollte sie also tun? Sie könnte Karl im Krankenhaus besuchen und es danach noch einmal versuchen. Allerdings war jetzt bestimmt Gisela bei ihm, und auf ein Wiedersehen mit der hatte sie wenig Lust. Während Magda noch überlegte, näherte sich ein Streifenwagen und hielt schließlich vor dem Haus an. Agota und ein Polizist stiegen aus.

»Halten Sie sich für weitere Befragungen zur Verfügung, Fräulein«, hörte Magda den Beamten in strengem Oberlehrerton sagen.

Agota nickte ergeben. Sie verharrte reglos am Bordstein, bis der Streifenwagen davongefahren war. Dann drehte sie sich um und ging zur Haustür.

Magda stieg aus und rief: »Agota.«

Die blieb stehen und wandte sich ihr zu. »Was machst du hier?«

»Ich muss mit dir reden.«

»Können wir das verschieben? Ich hab in den letzten paar Stunden so viel geredet.«

Magda hob ihre Tasche hoch. »Es gibt etwas, das ich dir zeigen möchte.«

Agota schnaufte resigniert. »Na gut. Komm mit rauf.«

Schweigend stiegen sie die Treppe hinauf, das Klimpern von Agotas Schlüsselbund klang übermäßig laut, als sie die Tür aufschloss. Kaum war sie hinter ihnen zugefallen, sackte Agota in sich zusammen, vergrub das Gesicht in den Händen und begann, heftig zu schluchzen. »Der arme Herr Čierny, das hat er nicht verdient!« Magda fragte sich, ob die Tränen echt oder ob es Krokodilstränen waren. Was bei ihr überhaupt echt und was gespielt war. Ihr Mitgefühl war plötzlich wie eingefroren. Unten auf der Straße hatte sie sich noch Sorgen gemacht, jetzt brachte sie es nicht über sich, Agota zu trösten. Stattdessen verschränkte sie die Arme vor der Brust und wartete, bis diese sich beruhigt hatte.

»Ich kann es noch gar nicht begreifen«, sagte Agota wenig später in der Küche, während sie Teewasser aufsetzte. »Erst gestern habe ich mit Herrn Čierny gesprochen, und heute …«

Magda wartete noch, bis sie zwei Tassen aus dem Buffetschrank geholt hatte, dann fragte sie: »Was hast du eigentlich beim Postamt in der Agnesstraße gewollt?«

Agota erstarrte in der Bewegung. »Wie kommst du darauf, dass ich dort war?«

»Deshalb.« Magda griff in ihre Handtasche und holte einen Umschlag heraus, aus dem sie ein Foto zog. Sie hatte letzte Nacht ihren Film entwickelt und Abzüge gemacht. »Das bist du doch, oder?«

Agota stellte die Tassen hin und betrachtete das Foto. »Wer hat das Foto gemacht?«

»Ich.«

Sie schaute überrascht. »Du warst da? Wieso?«

»Um Herrn Čierny zu beobachten. Karl war übrigens auch da. Im Gebäude. In der Nähe der Bombe.«

Agota wurde schlagartig blass. »O mein Gott …! Ist er …?«

»Er lebt, und es geht ihm den Umständen entsprechend sogar gut. Er hatte riesiges Glück.«

Agota atmete auf. Wie eben ihr Schreck, wirkte auch ihre Erleichterung echt.

»Wolltest du verhindern, dass Herr Čierny das Paket öffnet?«, fragte Magda mit Nachdruck. »Oder sichergehen, dass er es tut? Und dich am Chaos danach erfreuen?«

Agotas Miene verhärtete sich. »Ich habe für heute genug Fragen beantwortet. Und du hast kein Recht …«

»Das Seltsame ist«, fiel Magda ihr ins Wort, »dass mein Mann behauptet, er habe dich ungefähr zur Zeit der Explosion in der Stadt getroffen und sogar mit dir gesprochen. Wie kann das sein?«

»Wenn dein Gatte das behauptet, wird es wohl so gewesen sein.« Agotas Haltung versteifte sich noch mehr, ihre Miene, ihr Blick wurden kalt und abweisend.

»Wenn du in der Stadt warst und dort meinen Mann getroffen hast, wer ist dann die Frau auf diesem Foto?«

»Offensichtlich jemand, der mir sehr ähnlich sieht.«

Magda griff erneut in ihren Umschlag und holte weitere Fotos von Agota heraus und legte sie nebeneinander. »Diese Aufnahme habe ich gemacht, als du bei mir das Kleid anprobiert hast. Erinnerst du dich? Es war der Tag, an dem Karl und ich von unserer Tour in den Bayerischen Wald zurückkamen. Und das hier ist eines der Aktporträts, die wir an Pfingsten von dir aufgenommen haben.« Sie hatte erst auf das eine, dann auf das andere gedeutet, nun zog sie ein weiteres Foto heraus. »Hier Vergrößerungen von Details. Siehst du, worauf ich hinauswill?«

Wie hätte Agota es nicht sehen können? Es war auf der Vergrößerung überdeutlich. Das, was Magda zunächst für einen Kratzer auf dem Negativ gehalten hatte, hatte sich bei der genauen Betrachtung auf dem Lichttisch als eine Narbe erwiesen, die auf den später gemachten Aktaufnahmen fehlte.

Der Wasserkessel auf dem Herd pfiff. Agota wandte sich um, drehte die Flamme aus und goss den Tee in der Kanne auf.

»Du hast eine Zwillingsschwester, Agota«, gab Magda die Antwort, die Agota nicht geben wollte, »und es war ein ziemlich dreistes Spiel von euch beiden, abwechselnd bei mir aufzutauchen. Vor allem aber frage ich mich: Wieso das Ganze? Ging es euch nur um den besonderen Reiz? Oder hat es etwas mit dem Anschlag auf Čierny zu tun? Steckt ihr da beide mit drin?«

»Du hättest nicht herkommen sollen, Magda«, sagte Agota mit brüchiger Stimme. »Du bringst uns alle in eine schreckliche Lage.«

In diesem Moment hörte Magda Schritte in der Diele, und gleich darauf trat eine Frau in die Küche, die Agota wie ein Spiegelbild glich. Sie lächelte überlegen und sagte: »Schön, dass wir uns nun auch offiziell kennenlernen. Ich bin Danuta. Machst du mir auch einen Tee, Schwesterherz?«

Danuta trat an den Tisch und setzte sich. »Freut mich, dass wir uns noch mal treffen. Ich wollte dir so gern persönlich sagen, wie toll ich die Fotos finde. Du bist eine wahre Künstlerin. Du könntest als Fotografin eine große Karriere machen. Falls nichts dazwischenkommt.«

Magda wurde es mulmig. Allmählich dämmerte ihr, in was

für eine Gefahr sie sich mit diesem Besuch gebracht hatte. Wie hatte sie nur so leichtsinnig sein können!

»Meine Schwester sagte es schon«, fuhr Danuta fort. »Du bringst uns wirklich in eine sehr, sehr unangenehme Lage.«

Magda verschränkte die Finger, um ihr Zittern zu verbergen. »Ich kann ein Geheimnis bewahren«, sagte sie. »Wenn ihr euer kleines Doppelspiel gern weitertreiben wollt, wird es an mir nicht scheitern.«

»Dass ich mich als Agota eingeschlichen und fotografieren lassen habe«, sagte Danuta, »das war ein Spiel. Aber der ganze Rest nicht.«

»Was für ein Rest?«, fragte Magda unbeholfen.

Danuta lächelte nur.

Magda bekam es mit der Angst. Sie sah Agota an. »Ihr würdet mich doch nicht ... umbringen ...?«

»Sieh nicht sie an, sondern mich«, fuhr Danuta Magda an. »Nein, das würden nicht wir tun. Dafür gibt es Spezialisten. Das Problem ist, dass es nicht nur um dich geht, sondern auch um Karl.«

Magdas Herz sackte ab. »Ich schwöre, dass ich ihm kein Wort erzähle. Auch sonst niemandem.«

»Er weiß auch so schon zu viel. Ihr wart schließlich hier in der Wohnung und habt Dinge gesehen, die nicht für eure Augen bestimmt waren. Ich weiß das, weil ich auf dem Balkon war.«

Starr vor Schreck saß Magda da. Sie wusste, wovon Danuta sprach: der Koffer mit den Pässen; das Päckchen; die Fahrkarte nach Frankfurt.

Agota brachte die dampfende Teekanne und setzte sich.

Die beiden Schwestern unterhielten sich in einer fremden Sprache, ihrer Muttersprache Litauisch, wie Magda vermutete. Wahrscheinlich berieten sie sich, was sie mit ihr machen sollten. Magda versuchte, Tonfall und Gestik zu deuten, Danuta wirkte härter, Agota mäßigender. Immer wieder warf sie Magda einen bangen Seitenblick zu. Das letzte Wort schien jedoch bei Danuta zu liegen.

»Ich hab dich gern«, wandte diese sich schließlich wieder an Magda. »Wir mögen dich beide. Deshalb würden wir es wirklich sehr bedauern, wenn du … nun ja, du weißt, was ich meine. Agota und ich wollen nicht, dass das passiert. Ich mache dir einen Vorschlag. Du vergisst das, was du hier gesehen und gehört hast. Und die Fotos. Du gibst mir alle Abzüge und Negative. Alle, verstehst du? Du sprichst mit niemandem darüber. Und wenn ich niemand sage, dann meine ich niemand. Also weder mit deinem Mann noch mit Karl oder irgendjemandem sonst. Das hier ist nie geschehen. Wenn du dich nicht daran hältst, bringst du nicht nur dich in Gefahr, sondern alle, die du liebst. Auch deinen Sohn.«

Magda schauderte. Nur das nicht. Sie nickte und stand auf. Danuta begleitete sie zur Tür. Agota sah von der Küchentür aus zu. Magda glaubte, Tränen in ihren Augen glitzern zu sehen.

»Wir rufen dich an«, sagte Danuta, »wegen der Fotos und der Negative.«

Donnerstag, 7. Juli 1955

MAGDA LAG NOCH IM HALBSCHLAF, als sie bemerkte, wie jemand sich näherte, langsam unter ihre Decke kroch und sich an sie schmiegte.

»Na, du Räuber«, flüsterte sie und öffnete die Augen. Vor ihr, im grauen Licht, das durch die zugezogenen Vorhänge den Raum erfüllte, sah sie Peterles Gesicht. Sie zwirbelte ein paar Locken in seinem Haar.

»Willst du noch lange schlafen, Mama?«, fragte Peterle.

»Ein bisschen noch, wenn ich darf. Aber du kannst hierbleiben.«

Peterle legte seinen Kopf auf ihre Brust. Seinen Atem zu hören und zu spüren beruhigte sie. An Schlaf war sowieso nicht mehr zu denken. Auch in den Nächten konnte sie kaum noch schlafen. Und wenn doch, dauerte es nie lange, bis ein Albtraum sie wieder auffahren ließ. Es war einfach zu viel, das sie bedrängte: die Angst um Karl; Danutas Drohungen; die Kälte, die Blohm verströmte. Sie legte den Arm um Peterle und drückte ihn fest an sich. Er war gerade ihr einziger Halt.

Karl war ihr gestern fremd vorgekommen, wie er dagelegen hatte, im Krankenbett, mit den Pflastern im Gesicht. Äußerlich waren es nur ein paar Blessuren, doch sie hatte ihm angesehen, dass es noch andere Verletzungen gab. Weil Gisela mit Adleraugen über ihm gewacht und so ein Gespräch, das über Belanglosigkeiten hinausging, verhindert hatte, war Magda nach einer halben Stunde wieder gegangen.

Das Telefon klingelte. Ehe Magda sich erheben konnte, wurde schon abgenommen. Wenig später kam Franzi herbei. »Telefon für Sie, gnä' Frau«, sagte sie. »Das Fräulein Vanagaitė.«

Mit einem mulmigen Gefühl erhob sich Magda, schlüpfte in ihre Pantoffeln und ging ins Wohnzimmer, wo der Apparat stand. »Ja?«

»Hier ist Agota. Ich rufe wegen der Fotos an.«

»Wohin soll ich sie bringen?«, fragte Magda knapp.

»Ich hole sie ab. Allerdings würde ich ungern deinem Mann begegnen.«

»Komm in einer Stunde, dann ist er sicher aus dem Haus.«

»Gut. Bis später.«

Ein Klacken in der Leitung. Sie hatte aufgelegt.

»Wer war das?«, hörte sie Blohm in ihrem Rücken fragen.

Sie drehte sich zu ihm um.

Sein Gesichtsausdruck war leer und undurchdringlich. Er drehte den Ehering an seinem Ringfinger, so als versuche er, ihn abzunehmen. »Es werden sich in nächster Zeit ein paar Dinge ändern«, sagte er nüchtern. »Gravierend.«

»Was meinst du?«

Er trat einen Schritt näher, seine Miene wurde etwas weicher. »Erinnerst du dich, was ich auf dem Schiff zu dir gesagt habe? Auf unserer Rückfahrt von Amerika?«

Sie nickte.

»Ich stehe zu meinem Wort. Darauf kannst du dich verlassen. Ich sorge für dich und Peterle. Egal, was ist.« Er schaute auf die Uhr. »Ich muss fahren. Wir reden später. Du solltest aber anfangen, Dinge zu regeln, die du noch regeln willst.«

Wovon sprach er? Was sollten die düsteren Andeutungen?

Quälte er sie absichtlich? Wenn er schon damit anfing, wieso legte er dann nicht gleich alle Karten auf den Tisch? Doch ehe sie ihn fragen konnte, hatte er den Raum verlassen, und kurz danach hörte sie, wie die Haustür zufiel.

Magda kleidete sich an und holte den Umschlag mit allen Fotos, Kontaktabzügen und Negativen, die sie von Agota und Danuta besaß. Je eher das alles weg war, desto besser.

Genau eine Stunde nach ihrem Anruf klingelte Agota. Magda öffnete selbst. Agotas Anblick fachte das Fünkchen Glut, das noch in der Asche ihrer Freundschaft glimmte, ein wenig an. Dennoch konnte Magda nichts sagen außer: »Das ist alles, was ich habe«, und ihr den Umschlag hinhalten. Agota nahm ihn, blieb jedoch, wo sie war. Offenbar wollte sie hereingebeten werden. Als Magda nicht darauf reagierte, sagte Agota: »Können wir kurz reden?«

Magda führte sie ins Wohnzimmer, doch es war Agota, die alle Türen schloss, damit nicht ein einziges Wort an ein fremdes Ohr drang. Keine von beiden setzte sich. Es würde ein kurzes Gespräch werden.

»Du sollst wissen, dass es mir um Herrn Čierny unendlich leidtut«, sagte Agota. »Er war ein guter Mann, nur leider auf der falschen Seite.«

»Und deshalb habt ihr beschlossen, dass er sterben muss«, wandte Magda sarkastisch ein.

»Wir?« Agota lachte bitter. »Wir treffen doch keine Entscheidungen. Wir sind Fußvolk. Wir forschen Personen und ihr Umfeld aus, wir überbringen Briefe und Pakete, deren Inhalt wir nicht kennen. Niemand nennt uns Gründe. Dass Herr Čierny sterben sollte, erfuhr ich erst an dem Tag, an dem es passierte. Deshalb war ich bei der Post. Ich war außer mir und wollte den Anschlag verhindern.«

Also doch, dachte Magda, und obwohl es sie erleichterte

und ein wenig von ihrem Glauben an Agotas Menschlichkeit zurückbrachte, blieb sie äußerlich kühl. »Und wenn schon. Was macht es für einen Unterschied?«

»Der Unterschied ist die Sache, für die wir kämpfen«, trumpfte Agota auf. »Euch im kapitalistischen Westen wird beigebracht, dass im Osten nur Despoten herrschen, die ihre Völker knechten. Aber dort leben vor allem Menschen, die einfach nur arbeiten, Familien gründen und glücklich sein wollen. In Frieden. Ohne Krieg und ohne Unterdrückung.«

»Und ohne Freiheit.«

»Von was für einer Freiheit sprichst du? Sagen zu dürfen, was andere dir vorgesagt haben? Dinge zu kaufen, von denen dir die Reklame sagt, dass du sie brauchst?«

Magda erkannte, dass Agota gut geschult war und auf alle Fragen eine Antwort hatte. Und genau das war es, was ihr Misstrauen verstärkte, denn es gab nicht auf alle Fragen eine Antwort. Zäune, Mauern und Stacheldraht waren nur der äußere Ausdruck der Unfreiheit, die wirklichen Mauern steckten in den Köpfen. Es waren all die Gewissheiten, die angeblich keinen Zweifel zuließen. Die Zweifel zu Verbrechen erklärten.

»Wie auch immer«, sagte Magda. »Warum erzählst du mir das alles? Was spielt das noch für ein Rolle?«

Agota kam einen Schritt näher, sah Magda in die Augen und meinte: »Für mich spielt es eine Rolle. Du sollst meine Gründe kennen. Mich verstehen. Weil du mir wichtig bist.«

»Ich verstehe dein Anliegen, Agota«, erwiderte Magda versöhnlicher, »aber ich verstehe nicht, dass du dich einfach so zum Werkzeug machen lässt.«

»Das ist eben so, wenn man einer Sache dient.«

»Und du wirst dieser Sache weiterdienen?«

Agota nickte. »An dem Platz, an den man mich stellt.«

Magda bedauerte Agotas Verblendung, doch zugleich beneidete sie sie auch, denn schließlich besaß sie etwas, woran sie glaubte und wofür sie kämpfte. Etwas, das ihr eigenes kleines Leben überragte, ihm einen Sinn und eine Richtung gab.

Auch wenn sie sich vermutlich bei Čiernys Beisetzung noch einmal wiedersehen würden, war dies ein Abschied. Deshalb konnte Magda nicht anders, als Agota in die Arme zu schließen. Die hatte Tränen in den Augen. Als Magda wenig später die Tür hinter ihr schloss, spürte sie die Leere, die Agota in ihrem Leben hinterlassen würde. Wie nahe sie ihr in so kurzer Zeit gekommen war.

Das Telefon klingelte. Magda nahm selbst ab. Es war Karl.

»Wir müssen reden«, sagte er.

Schon der Zweite heute, dachte Magda, während Karl hinzufügte: »Es ist wirklich wichtig.«

Karl lag auf dem Sofa im Wohnzimmer, hörte die Louis-Armstrong-Platte und hing seinen Gedanken nach. Um ein Haar hätte er all das nie mehr wiedergesehen, hätte diese Musik nie mehr gehört, den Kuchen nicht gegessen, den Gisela ihm zur Feier seiner Heimkehr gebacken hatte. Und das war das Geringste, was sie für ihn getan hatte. Wie eine Löwin hatte sie im Krankenhaus alle Reporter von ihm ferngehalten, selbst die Polizeibeamten wollte sie abwimmeln, doch die ließen nicht locker. Allerdings konnte Karl ihnen wenig erzählen, die Explosion hatte sein Gedächtnis in viele Splitter zerspringen lassen. Manche davon waren vielleicht für immer verloren, andere fügten sich allmählich zu einem Gesamtbild zusammen. Je mehr er die Sache von allen Seiten betrachtete, desto klarer wurde ihm, dass Blohm von der Bombe gewusst, sie vielleicht sogar selbst an Tomáš Čierny geschickt hatte. Und diese Agota steckte mit drin. Die Sache mit den Mikrofilmen war ebenso eine Lüge gewesen wie Čiernys angeblicher Plan, die Seiten zu wechseln. Vielleicht hatte Čierny kurz davorgestanden, Blohms falsches Spiel und seine düstere Vergangenheit aufzudecken. Und ihn, Karl, hatte Blohm gleich mit erledigen wollen, weil er mitgekriegt hatte, dass auch er ihm auf der Spur war. Oder er wusste von ihm und Magda. Oder beides. Wie auch immer, Magda musste weg von diesem Mann. So schnell wie möglich. Denn sie war in Gefahr.

Es läutete an der Tür. Das war sie. Er hatte sie mit Bedacht für eine Zeit bestellt, in der Gisela und Benno außer Haus sein würden. Sein Herz schlug heftig. Die Dinge, die er ihr sagen wollte, würden ihrer beider Leben verändern. Er hoffte nur, dass es nicht zu spät war.

Langsam stand Karl auf und humpelte in den Flur. Ein Knie war geprellt und bereitete Schwierigkeiten, und wenn er den Kopf zu schnell bewegte, wurde ihm schwindlig. Er öffnete die Tür. Als er Magda vor sich sah, befiel ihn ein merkwürdiges Gefühl. Freude, aber auch Angst.

»Du siehst schrecklich aus«, sagte sie.

»Ich werde ein paar hübsche Narben im Gesicht behalten. Du siehst übrigens großartig aus. Wie immer.«

Er drückte die Tür ins Schloss. Dann küsste er sie. Wie hatte er es vermisst, sie zu spüren. Ihre Lippen auf den seinen.

»Setzen wir uns ins Wohnzimmer«, sagte er.

Sie nahm die Plattenhülle von der Musikkommode und betrachtete sie. Er trat hinter sie, sog den Duft ihres Parfüms tief ein.

»Die Platte hab ich von dir«, sagte er.

»Ich weiß.«

Sie legte die Hülle hin und setzte sich in den Sessel, Karl nahm auf dem Sofa Platz.

»Wie geht es dir?«, fragte sie.

»Schon besser. Und dir?«

Sie sagte nichts.

Karl griff nach der Zeitung und legte sie neben sich. »Hast du das gelesen? Den Bericht von der Pressekonferenz der Polizei?«

Magda schüttelte den Kopf. »Ich will davon nichts wissen.«

»Sie sagen, das Paket für Čierny kam aus Frankfurt«, fuhr Karl dennoch fort. »Sie wissen auch, wie groß es war. Es entspricht genau der Schachtel, die wir in Agotas Wohnung gesehen haben. Und du erinnerst dich sicher an die Bahnfahrkarte nach Frankfurt. Das kann doch kein Zufall sein.«

Karl wusste nicht genau, welche Reaktion er von Magda erwartet hatte. Sicher nicht, dass sie so völlig ungerührt dasaß. Was war mit ihr los?

»Ich denke nicht, dass das etwas bedeutet«, sagte sie schließlich zögerlich. »Solche Schachteln liegen in Millionen Haushalten herum, genau wie Tausende Bahnfahrkarten nach Frankfurt.«

Irritiert sah Karl sie an. Sie wich seinem Blick aus, schaute auf ihre Hände, die verschränkt im Schoß lagen. Da ging ihm plötzlich ein Licht auf.

»Hat Blohm dich bedroht?«, fragte er.

»Was? Nein! Wie kommst du denn darauf?«

»Ich denke, Blohm weiß über uns Bescheid. Und er wusste auch von der Bombe. Vielleicht hat er den Anschlag sogar geplant. Wie auch immer, er wollte meinen Tod.«

Magda starrte ihn erstaunt an. So als sei dieser Gedanke völlig neu für sie. Aber es konnte doch nicht sein, dass sie das bis jetzt nicht zumindest in Erwägung gezogen hatte.

»Du irrst«, widersprach sie. »Er würde mich nie in Gefahr bringen.«

»Deshalb solltest du ja auch unbedingt im Auto bleiben.

Erinnerst du dich, wie wichtig ihm das war? Du solltest dabei sein, wenn ich sterbe. Bevor er …«

»Hör auf«, fiel sie ihm lautstark ins Wort. »Dafür hast du keinen Beweis!«

Nun wurde auch Karl laut. »Es liegt doch auf der Hand. Wieso willst du es nicht sehen? Hast du etwa doch Gefühle für diesen Mann?« Sie hatte immer behauptet, dass es nicht so sei. Dass das Leben mit Blohm zunehmend unerträglich werde.

»Du hast das noch nie verstanden. Es ist nicht so einfach. Nein, ich liebe ihn nicht. Aber er hat mir viel gegeben. Und seine Liebe zu mir war immer echt. Das weiß ich.«

»Dann denkst du also, du bist sicher bei ihm?«

Magda schwieg und schlug die Augen nieder. Offenbar hatte sie also doch ihre Zweifel.

»Wie auch immer, es spielt sowieso keine Rolle mehr.«

Die Schallplatte war zu Ende. Karl stand auf und legte den Tonarm zurück an den Anfang. Die Musik begann erneut. Er setzte sich nicht wieder, sondern trat vor sie hin, streichelte ihre Wange und sagte dann: »Ich muss dir etwas gestehen, Magda. Vielleicht wirst du mich danach hassen. Und du hast allen Grund und jedes Recht dazu. Aber hoffentlich nicht für lange.«

Ihre Augen weiteten sich ängstlich, so als hätte sie schon zu viele Dinge erfahren müssen, die sie gar nicht wissen wollte.

Karl sah in dieses Gesicht, mit einem Anflug der Angst im Herzen, wie es wäre, Magda für immer zu verlieren. Ein Gefühl wie am Rande eines Abgrundes, über den er springen musste. Sein Knie schmerzte, doch er wollte sich nicht setzen. Er musste bleiben, wo er war; er musste sagen, was er schon längst hätte sagen sollen. Und dann mit den Folgen leben.

»Du bist nicht die, für die du dich hältst«, erklärte er umständlich.

»Was soll das heißen?«

Er setzte erneut an zu sprechen, seine Stimme brach. Er räusperte sich und sagte: »Alfons war nicht dein Vater.«

Sie sah ihn groß an. So als habe sie die Worte zwar gehört, verstehe aber ihre Bedeutung nicht. Und schon gar nicht die daraus resultierenden Folgen.

»Ich bin nicht dein Onkel. Wir sind nicht verwandt.« Der Schmerz in seinem Knie, das Schwindelgefühl in seinem Kopf wurden stärker, er sackte auf das Sofa. »Verstehst du, was das bedeutet?«

»Wer ist dann mein … Vater?« Ihre Stimme war kaum mehr als ein Hauch.

»Ich weiß es nicht. Niemand, der deiner Mutter etwas bedeutet hat. Sie warteten nur schon so lange auf ein Kind und …«

Magda sprang auf. »Das alles weißt du? Wie lange schon?«

Das war die steilste Klippe, über die er springen musste. Er fasste sich ein Herz und wagte es: »Deine Oma hat es mir erzählt vor … ein paar Jahren …«

Ihr langes Schweigen, das folgte, war wie ein Abgrund, in den er fiel.

»Wieso hast du nie etwas gesagt?«

»Ich …« Die Frage war so einfach und doch so schwer zu beantworten. Was konnte er schon vorbringen? Angst, Unfähigkeit, Egoismus.

»Spar dir die Erklärung!« Offenbar war ihr sein hilfloses Schweigen Antwort genug. »Ich muss hier weg!«

Sie fuhr herum, rannte aus dem Zimmer, und wenig später schlug die Wohnungstür mit einem Knall ins Schloss.

Sein Herz fing an zu rasen, während kalter Schweiß auf

seine Stirn trat. Er wollte ihr nachlaufen, doch der Schmerz fuhr wie ein Messer in sein Knie.

Magda stieß die Haustür auf und rannte ins Freie. Holte tief Luft. Sie hatte einfach nicht mehr atmen können. Wie unter Wasser. Jetzt kam das Wasser von oben. In dicken Tropfen, denen sie ihr Gesicht entgegenstreckte. Wie herrlich das kühlte. Sie blinzelte in den Regen. Bis der Boden unter ihr zu wanken begann. Ihre Hand suchte Halt und traf auf den Kotflügel ihres Autos, das vor dem Haus parkte.

Sie stieg ein. Saß da, unfähig, etwas zu tun. Starrte nur auf das Lenkrad.

Der schreckliche Mann, den sie ihr Leben lang für ihren Vater gehalten hatte … das Scheusal, das sie geschlagen und in den Keller gesperrt hatte … der dreckige Nazi, der ihre Gedanken mit seinem Gift verseuchen wollte … dieser Mann, den sie ihr Leben lang gehasst hatte – er war gar nicht ihr Vater? Er war nur irgendein Schweinehund, der nichts mit ihr zu tun hatte, außer dass er alle Macht über sie besaß? Mit dem sie nichts verband, außer dem gegenseitigen Hass?

Ihr Leben hatte also mit einer Lüge begonnen. Sie hatte sie buchstäblich mit der Muttermilch aufgesogen. Etwas in ihr hatte die Falschheit dennoch herausgeschmeckt und sich instinktiv dagegen aufgelehnt. Deshalb war alles Kampf, Zwang und Gewalt gewesen. Kein freundliches Wort, auf keiner Seite. Und ihre Mutter hatte es nicht nur zugelassen, sondern sich zur Komplizin dieses schrecklichen Mannes gemacht. Hatte ihr eigenes Kind wie einen Fehlgriff behandelt, einen Irrtum, den sie bereute, eine Missbildung, die ihr das Leben vergällte. Jetzt ergab das einen Sinn.

Und was folgte daraus? Sollte sie nicht froh sein? Erleichtert? Irgendwie war sie es ja auch. Als fielen plötzlich Ketten von ihr ab. Doch änderte es nichts daran, dass sie diese Ketten getragen hatte. Selbst wenn sie durchtrennt waren, so leicht wurde sie sie nicht los. Sie waren ihr ins Fleisch gewachsen.

Magda holte den Zündschlüssel aus der Handtasche und steckte ihn ins Schloss. Da ging die Haustür auf, und Karl trat heraus. Sein Gesicht war verzerrt. Wahrscheinlich das Knie. Dazu die Pflaster überall. Der reinste Schmerzensmann.

Sie sah ihn unverwandt an, aber ihr Herz war leer. Er hatte es gewusst, seit Jahren, doch kein Wort gesagt. Warum? Sie wollte es gar nicht wissen. Egal, was für Gründe er anführen mochte, am Ende blieb es doch Betrug. Er hatte sie und sich selbst um das glückliche Leben betrogen, das sie hätten führen können. Wenn er dachte, er könne die Zeit zurückdrehen, könne das, was Lüge gewesen war, in Wahrheit verwandeln, so irrte er sich. Dieser Betrug würde für immer zwischen ihnen stehen.

Sie drehte den Zündschlüssel um, legte den Gang ein und fuhr davon.

Freitag, 8. Juli 1955

UM HALB SECHS GAB MAGDA den Kampf verloren und stand auf. Sie würde nicht mehr schlafen können. Zu viel ging ihr im Kopf herum. Zu groß war das Chaos in ihrer Seele. Die Explosion im Postamt und die Angst um Karl; die Enthüllungen über Agota und Danutas Drohung – und dann musste auch Karl noch diese Bombe platzen lassen. Da war es geradezu ein Glück, dass Blohm sich in den letzten Tagen äußerst rargemacht hatte und sie in Ruhe ließ. Obwohl auch das eigentlich ein Grund zur Sorge war, so fürsorglich, wie er sich sonst bei weit geringeren Anlässen zeigte. Auch hier warf eine anstehende Veränderung schon seit einer Weile ihre Schatten voraus.

Da Haushälterin Resl erst um sieben Uhr kam, machte Magda selbst Kaffee. Um niemanden zu wecken, mahlte sie die Bohnen nicht mit der elektrischen Mühle, sondern von Hand. Beim Geräusch der Mühle stieg ein Bild in ihr auf, das sie am Ende des Krieges beobachtet hatte: eine ausgebombte Frau, die allein in einer Küche ohne Wände saß und Kaffee mahlte. Jetzt bin ich diese ausgebombte Frau, dachte sie. Denn wie diese Frau, die die Geborgenheit ihrer Küche nicht aufgab, nur weil die Wände fehlten, war auch sie nicht gut darin, sich aufzugeben, nur weil der äußere Anschein es vorgab. Doch auch jene Frau hatte sicher irgendwann begriffen, dass man nicht auf Dauer in einer Illusion leben konnte. Die einen fingen dann an, wieder Häuser mit Wänden aus Stein zu bauen. Die anderen brachten sich um.

So wie ihre Mutter es getan hatte, an dem Tag, an dem auch der Führer diesen Ausweg aus dem von ihm verursachten Weltenbrand gewählt hatte. Magda erinnerte sich noch, wie ihr ihre Mutter, in einer Mischung aus Trauer und Stolz, die Mitteilung machte: »Der Papa ist tot! Gefallen für Führer, Volk und Vaterland.« Wie erleichtert sie selbst sich fühlte. Und die Mutter sah das in ihrem Gesicht. Denn aus welchem anderen Grund hätte sie ihr eine Ohrfeige verpassen sollen, so heftig, dass ihr von dem Schlag die Lippe aufplatzte? Und nun hatte sich herausgestellt, dass dieser Mann überhaupt nicht ihr Vater gewesen war. Was ihr ein noch viel besseres Gefühl, eine noch viel größere Genugtuung bescherte. Hatten ihre Mutter und ihre Großmutter ihr deshalb die Wahrheit verschwiegen? Weil sie ihr diese Genugtuung missgönnten? Im Fall der Großmutter – möge sie in der Hölle schmoren – spielte sicher auch eine Rolle, dass Magdas gutes Einvernehmen mit den GIs und ihre Kontakte zum Schwarzmarkt ihr in den ersten Nachkriegsjahren das Überleben sicherten.

Mit einer Tasse dampfendem Kaffee und ihren Zigaretten ging Magda in den Wintergarten und ließ sich auf der Chaiselongue nieder. Die Stunden, die sie hier mit Agota – eigentlich Danuta, wie sie inzwischen wusste – verbracht hatte, kamen ihr beinahe wie ein Traum vor, in dem das Schöne auch unversehens in etwas Schreckliches umschlagen konnte. Die beiden – vor allem Danuta – machten ihr Angst, aber sie spürte keinen Hass auf sie. Wir sind alle nur Werkzeuge in den Händen anderer, dachte sie, vor allem wir Frauen. Und solange wir uns vom Wohlwollen der Männer abhängig machen, wird sich daran nichts ändern.

Sie nahm einen kleinen Schluck Kaffee. Er war noch immer heiß. Dann steckte sie sich eine Zigarette an.

Woher hatte Karl das Recht genommen, ihr über Jahre hinweg eine so wichtige Tatsache vorzuenthalten? Sie wusste nicht, ob sie ihm das jemals würde verzeihen können. Obwohl sie seine Beweggründe zu verstehen glaubte. Er konnte sich nicht für sie entscheiden, weil er über den Verlust seiner Familie nicht hinwegkam, er konnte aber auch nicht von ihr lassen. Er gab vor, sie zu lieben, und das tat er sicher auch, aber dennoch schaute er nur auf sich. Sah nur seinen Verlust. Seine Trauer. Sie war dessen so müde, hatte es so satt. Doch dann stellte sie sich vor, sie würde die Menschen, die sie am meisten liebte – Peterle und, trotz allem, Karl – nicht nur von heute auf morgen und für immer verlieren, sondern auch noch unter derart grausamen Umständen, wie es bei seiner Familie der Fall gewesen war, und sogleich war sie wieder milder gestimmt.

Da drang das leise Tappen nackter Füßchen an ihr Ohr. Sie wandte sich um und sah Peterle, seinen Schlafhasen Meister Lampe im Arm und einen Finger im Mund, in der Tür stehen und sie abwartend beäugen.

»Schon auf, kleiner Mann?«, fragte sie. »Na, komm her!«

Sie drückte ihre Zigarette aus, dann saß Peterle auch schon auf ihrem Schoß und schmiegte sich an sie. Und während sie ihr Spiegelbild in der Fensterscheibe betrachtete, wurde ihr bewusst, dass sie an Peterle dasselbe Unrecht beging, das ihr von ihren Eltern widerfahren war: Auch sie belog ihn über seine Herkunft, die sich im Licht ihrer neuen Erkenntnisse immer mehr klärte. In Peterles Kindergesicht kamen die typischen Merkmale der Familie Wieners durch, vor allem die Mundpartie und die Augen. Doch da, wie sich gezeigt hatte, von ihrer Seite her keinerlei Blutsbande zu den Wieners bestanden, konnte diese Ähnlichkeit nur über den Vater vererbt worden sein. Somit wurde aus ihrem jahrelangen Verdacht endgültig Gewissheit: Es war Veit gewesen, der sie betäubt und sich an ihr vergangen hatte. Er war Peterles Vater.

Eine Gänsehaut lief Magda über den Rücken. Im nächsten Moment drückte sie Peterle fest an ihn und küsste ihn auf die Stirn. Es gab Wahrheiten, die schrecklicher waren als jede Lüge.

Ludwig schob die Zeitung zur Seite und zündete sich nachdenklich eine Zigarette an. Was sollte man von der ganzen Sache halten? Da die Polizei sich über die Hintergründe des Anschlags auf Tomáš Čierny bedeckt hielt, schossen die Spekulationen natürlich ins Kraut. Die einen waren sicher, dass östliche Geheimdienste hinter der Sache steckten; andere vermuteten einen internen Streit zwischen verschiedenen Gruppen von Emigranten; wieder andere brachten private Motive ins Spiel, etwa verletzte Ehrgefühle oder Frauengeschichten oder beides. Für Ludwig deutete alles eher auf einen politischen Hintergrund hin. Schon dass die Polizei dazu so wenig sagte, war ein Indiz dafür. Wenn es politisch wurde, wollte sich kein Verantwortlicher den Mund verbrennen. Einen von östlichen Agenten verübten politischen Mord in München konnte die deutsche Regierung ebenso wenig hinnehmen wie die amerikanische. Das hätte Reaktionen erfordert, zu denen man vermutlich nicht bereit war. Denn auch wenn man auf die Tschechen eingeschlagen hätte, hätte man trotzdem die Russen getroffen. Und das wäre kurz vor der wichtigen Konferenz in Genf, bei der es um nichts weniger ging als die Wiedervereinigung Deutschlands, wenig hilfreich gewesen. Was wog dagegen schon das Leben eines slowakischen Exilanten und einer deutschen Soldatenwitwe? Die beiden würden durch eine Aufklärung des Falles auch nicht wieder lebendig werden. Nein, nein, wenn er die Zeichen richtig deutete, würde diese Sache ausgehen wie das Hornberger Schießen.

Immerhin hatte Zöllner ihn, wie versprochen, aber wider Erwarten, doch angerufen, um wegen Daxenhofer nachzuhaken. Ludwig hatte ihm von dem Koffer erzählt, der verdächtig wie ein Funkerkoffer aussah – wobei er die Hauptsache natürlich verschwieg, nämlich dass er einen sehr ähnlichen Koffer in Čiernys Büro gesehen hatte –, und auch die Keksschachteln auf dem Fensterbrett, die schätzungsweise die Maße des in der Zeitung beschriebenen Pakets gehabt haben dürften, hatte er erwähnt. Vielleicht würden die Daxenhofers sogar befragt. Doch egal, was dabei herauskam, man würde es wohl nie erfahren. Und das lag nicht an den alten Kollegen, das war dann schlicht und ergreifend Politik. Und Politik forderte eben Opfer.

Ludwig musste wieder an Karl denken, den er vor zwei Tagen besucht hatte. Für den waren anscheinend gleich mehrere Schutzengel zuständig, bei dem Glück, das er gehabt hatte. Und er sah, den Umständen entsprechend, sogar recht gut aus. Nur ein paar Pflaster im Gesicht, das war's. Aber wie einer, der in einen Abgrund geschaut hat, hatte er trotzdem gewirkt. Doch Karl würde sich schon wieder fangen. Hatte er das nicht immer getan?

Ludwig drückte seine Zigarette im Aschenbecher aus und stieß dabei versehentlich eine halb volle Tasse kalten Pfefferminztee um, die ihm Frau Baumgärtel ungefragt hingestellt hatte. »Zefix!«, fluchte er, lief in die Küche und holte ein Geschirrtuch. Frau Baumgärtel saß gerade nicht an ihrem Platz, war vermutlich bei einem der Herren Anwälte zum Diktat.

Es war nun schon die zweite Woche, die Elvira Skudelny krankgemeldet war. Eine langwierige Sommergrippe, hieß es. Er hatte zwei-, dreimal bei ihr angerufen, doch sie hatte nicht abgenommen. Hätte er sich bloß früher gekümmert. Aber anfangs, nach dem ausgelassenen Abend in der Tanzbar und der Nacht in ihrer Wohnung mit dem Schreck am Morgen, hatte er vor einem Wiedersehen Angst gehabt. Und wenn er sie jetzt besuchte, nach zwei Wochen, fühlte er sich erst recht schäbig. Doch er kam um einen Hausbesuch wohl nicht herum. Bis zum Montag gab er sich Zeit. Wenn sie dann noch immer nicht da war, würde er nach ihr sehen.

Ludwig wischte das Malheur an seinem Schreibtisch auf, schaute auch in der Schublade nach, ob es dort einen Wasserschaden gab. Dabei sprang ihm das Comic-Heft ins Auge, das ein Teil von Rudi Daxenhofers Honorar für die Detektivdienste war. *Jochen und Klaus in Afrika*. Ludwig nahm das Heft heraus und blätterte darin. An einer Stelle, an der zwei finstere Ganoven einen Mordplan ausheckten, blieb er hängen. Ihr Plan war es, an einer Leiter die Sprossen anzusägen, so dass ihr Opfer in die Tiefe stürzen und sich dabei das Genick brechen würde.

Ludwig schaute auf. Da hatte der Bub die Idee mit der angesägten Treppenstufe her. Rosis Geschichte stimmte also. Rudi hatte Hans eine Falle gestellt, in die sein Bruder getappt war – mit tödlichem Ausgang. Fragte sich nur noch, wieso Rudi ausgerechnet mit diesem Heft bezahlt hatte. In jungen Jahren hatte Ludwig sich eine Zeitlang für die Theorien Sigmund Freuds interessiert, und er erinnerte sich noch, dass Freud sagte, es gebe keine Versprecher und auch keine Fehler. Was hätte Freud wohl in diesem Fall gesagt? Vielleicht, dass Rudi unbewusst seine Schuld spürte und wollte, dass sie aufgedeckt wurde?

Ludwig klappte das Heft zu und legte es zurück in die Schublade. Ich bin nicht Freud, dachte er, und manchmal ist es ganz gut, wenn eine Schuld nicht aufgedeckt wird.

»Zum Wohl«, sagte Lindemeier vom *Kammererwirt* und stellte Bier und Schnaps vor Blohm hin. Es war nun schon die dritte Bestellung gewesen, und da Blohms Zeche stets auf Kosten des Hauses ging, nahm die Freundlichkeit von Mal zu Mal ab. Als Lindemeier nicht gleich gehen wollte, wedelte Blohm ihn fort wie eine lästige Fliege. Er kippte den Schnaps hinunter, genoss das Brennen vom Rachen bis in den Magen, wo es sich in wohlige Wärme auflöste.

Es war kein Zufall, dass es ihn ausgerechnet hierhergezogen hatte. An Magdas Ursprungsort. Den Ursprungsort seines Glücks. Das zugleich sein Unglück war. Er nahm einen Schluck Bier. Karl sollte tot sein. Wieso war der Kerl nicht tot? Der Plan, ihn zusammen mit Čierny zu beseitigen, war schlau gewesen. Zwei Fliegen mit einer Klappe. Doch manche Leute hatten mehr Glück als Verstand. Mehr Glück, als sie verdienten. Schweinehund! Ehebrecher! Blutschänder! Ein Onkel, der seine Nichte vögelte – es war ein Graus. Freilich gehörte dazu eine Nichte, die sich vögeln ließ. Magda war auch nicht besser, nur schöner. Blohm wünschte, er wäre ihr nie begegnet. Nein! Das wünschte er nicht! Seit wann war er so ein Jammerlappen? Hatte sie ihn dazu gemacht? Ein Walter Blohm bereute nichts, auch seine Fehler nicht. Nur musste irgendwann Schluss damit sein. Der Punkt, an dem es nicht mehr weiterging, war erreicht. Irgendwie musste es freilich weitergehen. Er konnte sich aber weder ein Leben mit ihr noch ein Leben ohne sie vorstellen. Seine Hoffnung war gewesen, dass alles gut werden würde, wenn Karl weg war. Inzwischen war ihm klargeworden, dass er sich damit was vorgemacht hatte. Es ging ja gar nicht um Karl. Es ging nur um Magda.

Von Anfang an hatte sie ihn für dumm verkauft. Ihm Peterle unterzuschieben, das war schon eine ziemliche Dreistigkeit. Er hatte sie sofort durchschaut. Sicherlich hätte er nicht darüber hinweggesehen, wenn er gewusst hätte, dass Karl der Vater war. Er hatte im Stillen auf ihren Verehrer Simon Herzberg getippt. Wie sich nun gezeigt hatte, konnte es jedoch kein anderer sein als Karl. Allerdings hatte Blohm sich nicht aus reiner Großherzigkeit blind und dumm gestellt, sondern aus Kalkül. Wenn er die Vaterschaft nicht anzweifelte, gehörte der Bub rechtlich ihm, und damit hatte er ein gewichtiges Faustpfand. Doch wie sollte er es jetzt einsetzen? Was nützte es ihm, wenn er sie in der Hand hatte, ohne sie jemals zu besitzen? War es nicht besser, sie ganz aus seinem Leben und seinem Herzen herauszureißen?

Die Sache muss aufhören, dachte er. Besser ein Ende mit Schrecken als ein Schrecken ohne Ende.

Er trank das Bier in einem Zug leer, dann verließ er den Gastraum, trat an das Telefon, das im Flur an der Wand hing, und rief in der Tizianstraße an. Franzi nahm ab. Sie sagte, die gnä' Frau sei im Garten, ob sie sie holen solle.

»Nein«, erwiderte Blohm etwas schroffer als beabsichtigt, »sagen Sie ihr bloß, dass sie mich in einer Stunde in Bogenhausen auf der Baustelle abholen soll, Buschingerstraße, der Wohnblock vis-à-vis der Läden. Mein Wagen streikt. Ich fahre jetzt mit dem Taxi hin. In einer Stunde soll sie da sein«, wiederholte er.

Blohm ging durch die Gaststube auf die Straße, ignorierte Lindemeier, als der sich unterwürfig verabschieden wollte. Es war noch helllichter Tag, aber auf der Baustelle würde niemand mehr sein. Und auch sonst weit und breit kein Mensch.

Er ging zu seinem Wagen, stieg ein und öffnete das Handschuhfach. Der Revolver lag griffbereit und geladen da. Eigentlich hatte er Leute für so was. Aber er musste es selber tun. Das war er ihr schuldig. Nein, nicht ihr, natürlich, sondern sich selbst.

Er startete den Motor und fuhr los.

In gemächlichem Tempo folgte Magda dem Bogen, den die Buschingerstraße machte, und hielt die Augen nach Blohm offen. Die Straße war zu beiden Seiten von vielgeschossigen Wohnblocks im Rohbau gesäumt, Baukräne überragten wie spindeldürre Riesen das gesamte Gelände. Weit und breit war kein Mensch zu sehen. Sie fühlte sich unbehaglich. Obwohl sie wusste, dass Blohm ein gefährlicher Mann war, hatte sie nie Angst vor ihm gehabt. Auch jetzt nicht. Und doch konnte sie Karls Verdacht, dass Blohm ihn ermorden wollte, nicht völlig ignorieren. Wenn Blohm das wirklich eingefädelt hatte, wozu war noch imstande?

Da erblickte sie ihn. Er stand an der Straße und hob grüßend die Hand. Sie ließ den Mercedes neben ihm ausrollen. Statt einzusteigen, winkte er sie zu sich. »Ich muss dir was zeigen«, sagte er. »Du kannst den Motor laufen lassen, es dauert nicht lange.« Sie stieg aus, blieb jedoch neben dem Auto stehen. Obwohl er wirkte wie immer, fühlte sie sich unwohl.

»Komm schon«, sagte er munter. »Du sollst nur mal sehen, wie der moderne Mensch wohnen wird.«

Über Pfützen hinwegsteigend, folgte Magda ihm in das aus dem Gebäudeblock vorspringende Treppenhaus. Blohm hielt ihr die provisorische Eisentür am Eingang auf und zog sie hinter ihr so kraftvoll zu, als solle sie sich nie mehr öffnen. Von draußen drang das gleichförmige Wummern des Motors herein. Blohm ging voraus in eine der Erdgeschosswohnungen.

»Erinnerst du dich noch, wie ich dir vor fünf Jahren schon mal eine Wohnung gezeigt habe?«, fragte er.

Wie hätte Magda das vergessen können. Es war ihre erste eigene Wohnung gewesen und zugleich die, aus der sie verschleppt worden war, und zwar an genau jenem Tag, von dem Blohm sprach.

»Seit ich dich das erste Mal sah, wollte ich dich haben«, bekannte Blohm. »Ich wollte für dich da sein, für dich sorgen. Mein Leben hätte ich für dich gegeben.«

»Das weiß ich, Walter«, antwortete sie sanft, »und ich werde dir ewig dankbar dafür sein.« Das war keine Lüge, auch wenn sie die Dankbarkeit in diesem Moment nicht spürte, denn etwas anderes bewegte sie mehr. Die Frage, wieso er das sagte? Wieso hier?

»Ich lebe gefährlich«, fuhr er fort. »Überall sind Feinde. Umstände, die mich zwingen, Dinge zu tun, die ich nicht tun will. Als ich bei unserer Reise sah, wie gut es dir in Amerika gefallen hat und wie perfekt du dorthin passt, habe ich Verbindungen geknüpft, dass du schnell dorthin verschwinden kannst, falls du durch mich in Gefahr geraten solltest. Ein Leben in Amerika – könnte dir das gefallen?«

Überrascht von dieser Wende, fehlten Magda die Worte. Das Erste, was sie nach ein paar Sekunden hervorbrachte, war: »Ohne Peterle gehe ich nirgendwohin.«

»Das versteht sich.« Er lächelte fein. »Auf mich könntest du eher verzichten, nicht wahr?«

Es wäre billig gewesen, ihm jetzt große Gefühle vorzuspielen. Doch das wollte sie nicht, und er war ohnehin zu klug, um die Absicht dahinter nicht sofort zu durchschauen. »Ich schätze dich, Walter«, sagte sie, »und ich bedaure dich. Du bist ein besserer Mensch, als du denkst, aber dir fehlt der Glaube an dich selbst. Du denkst, dein Weg war schwer, aber bist du nicht immer den leichteren Weg gegangen? Doch das musst du mit dir selbst abmachen. Ich hatte nie einen Grund, mich zu beklagen. Im Gegenteil. Du hast mir mehr gegeben, als ich erwarten konnte. Das weiß ich wohl, und ich bin dir für alles unendlich dankbar. Ansonsten … nun ja … es ist, wie es ist.«

Blohm ließ nicht erkennen, wie tief diese Worte ihn enttäuschten. Magda bedauerte es, dass sie ihm nicht mehr geben konnte. Zumal er immer gut zu Peterle gewesen war. Und jetzt eröffnete er ihr die Möglichkeit, von hier wegzugehen. Nach Amerika! Es wäre genau der Ausweg, der ihr Leben in eine bessere Richtung führen könnte.

»Du bist mir also dankbar«, wiederholte Blohm mit spitzem Unterton, sein Blick wurde stechend, »du hast mich schätzen gelernt. Wenn das stimmt, wieso hintergehst du mich dann? Wieso belügst du mich? Seit Jahren! Vom ersten Tag an!«

Schlagartig begriff Magda, worum es hier ging. Karl hatte recht: Blohm wusste Bescheid. Und er war nicht bereit, Untreue hinzunehmen. Er hatte Karl ermorden wollen. Und jetzt? War jetzt sie an der Reihe?

Sie sah in Blohms Augen, wie sehr er diesen Moment genoss. Er schien sich auf ihre hilflosen Versuche, ihren fortwährenden Ehebruch zu beschönigen, geradezu zu freuen. Doch sie hauchte nur: »Es tut mir leid.«

»Was tut dir leid?«, schrie er sie an. »Dass du mit deinem eigenen Onkel ins Bett steigst?«

»Nein«, widersprach sie, »das tut mir nicht leid. Das war der beste Teil meines bisherigen Lebens.«

Seine Miene verhärtete sich. In stummem Zorn sah er sie an.

»Aber das mit Karl ist vorbei«, fügte sie hinzu.

Er zuckte nur die Schultern. »Selbst wenn es so wäre, das löscht nicht aus, was schon passiert ist.«

»Ich gehe noch heute weg. Du siehst mich nie mehr wieder.«

Er packte sie am Handgelenk. »So stellst du dir das also vor? Du sagst einfach danke und verschwindest? Weißt du denn nicht, was man über mich sagt: dass Verträge mit mir unkündbar sind? Bis dass der Tod uns scheidet.«

In diesem Moment zog er eine Waffe aus dem Gürtel. Magda stockte vor Schreck der Atem. Das wird er nicht tun, dachte sie. Doch ein Blick in sein Gesicht zeigte ihr: Er war zu allem entschlossen.

Sie versetzte ihm einen Stoß, riss sich los und rannte davon. Nichts wie weg. Sie kam jedoch nur bis zur Eisentür. Egal, wie sehr sie an der Klinke zog, das Ding wollte nicht aufgehen. Deshalb hatte Blohm sie vorher so heftig zugeschlagen: Weil er wusste, dass sie dann klemmte. Es hatte einen Plan. Natürlich! Hätte er sie sonst hierherbestellt, mit einer Waffe im Gürtel? Was sollte sie tun?

Sie musste möglichst weit nach oben. Am besten aufs Dach. Die Treppen hatten keine Geländer, die Fenster waren nur mit wenigen dünnen Brettern gesichert. Die Hölle für jemanden mit Höhenangst. Stufe für Stufe, Treppe für Treppe, Stockwerk für Stockwerk stieg sie höher. Keuchend kam sie im obersten an. Sie hielt kurz den Atem an, um zu hören, ob er ihr folgte. Seine Schritte hallten durch das Treppenhaus. Er ließ sich nicht einmal von seinen eigenen Ängsten stoppen. So viel lag ihm daran, sie tot zu sehen.

Doch würde er sich auch auf das Dach trauen? Es gab keinen Zugang hinauf, nur eine Öffnung, die als Oberlicht gedacht war. Sie brauchte eine Leiter. Alles, was sie fand, war eine Kiste. Und Blohms Schritte kamen bedrohlich näher – er war schon im Stockwerk unter ihr! Sie schob die Kiste unter die Öffnung und stieg darauf. Ihre Hände erreichten die Oberkante der Luke, sie versuchte, sich hochzuziehen.

»Komm da runter«, sagte Blohm schwer atmend hinter ihr.

Sie erkannte, dass sie verloren hatte. Also ließ sie sich auf die Kiste herab und drehte sich zu Blohm um. Er richtete die Waffe auf sie, die Angst war ihm ins Gesicht geschrieben. Unter ihnen lagen sieben abgründige Stockwerke. Er blieb in einer Ecke, so dass er wenigstens auf zwei Seiten von Wänden geschützt war, doch sogar dort schien er sich nicht vollkommen sicher zu fühlen. Die Tiefe wirke wie ein Sog auf ihn. So hatte er es ihr einmal beschrieben.

»Dachtest du wirklich, du kannst vor mir weglaufen?«, fragte er.

Er hatte recht. Es gab kein Entkommen. Wenn sie ihm heute entwischt wäre, dann hätte er sie eben irgendwann anders gestellt.

»Ist das also das Ende?«, fragte sie.

»Du lässt mir keine Wahl.«

Er spannte den Hahn. Panik kam in ihr auf. Peterle fiel ihr ein. Sie würde ihn nie wiedersehen. Und Karl …

»Warte!«, rief sie.

Doch da hatte er schon abgedrückt.

Samstag, 9. Juli 1955

»ICH HOL MIR ZIGARETTEN«, sagte Karl und stand vom Mittagstisch auf.

Gisela sah ihn entgeistert an. »Iss doch wenigstens erst auf. Außerdem liegen im Wohnzimmer noch welche.«

Ohne ein weiteres Wort verließ Karl die Wohnung. Sie dachte, er sei wegen der Explosion so aufgewühlt und getrieben. Geradezu panisch. Weil dadurch schlimme Erinnerungen an den Krieg wiederaufgefrischt worden seien. Er ließ sie in dem Glauben. Sie konnte ja nichts von dem Gespräch mit Magda ahnen. Und davon, dass sie sich seither am Telefon verleugnen ließ. Ja, dass sie ihm sogar durch das Kindermädchen Franzi hatte bestellen lassen, er solle aufhören, ständig anzurufen, die gnädige Frau werde sich melden, sobald sie einen Grund dafür sehe.

Doch so wollte Karl sich nicht abfertigen lassen. Er sah ja ein, dass er einen Fehler gemacht hatte. Einen Riesenfehler sogar. Unverzeihlich. Doch sie musste wissen, warum er sich so verhalten hatte. Dann würde sie verstehen. Aber dazu musste sie ihn anhören. Er hatte schon daran gedacht, ihr alles in einem Brief darzulegen, davon jedoch Abstand genommen, denn sie hätte den Brief ungelesen in den Abfall geworfen.

In rasendem Tempo jagte er in die Tizianstraße, stellte den Wagen vor die Einfahrt zu Blohms Anwesen und läutete Sturm. Wenig später tauchte Blohm selbst an der Tür auf.

Wie konnte Magda nur ihn vorschicken! Hasste sie ihn noch mehr, als er angenommen hatte?

Mit gemächlichen Schritten kam Blohm die gekieste Auffahrt herab, bis an die schmiedeeisernen Gitterstäbe des Tors.

»Sie ist nicht da«, sagte er.

»Und wo ist sie?«

»Das spielt für dich keine Rolle, weil sie nicht mit dir reden will. Und sie will dich auch nicht mehr sehen.«

Blohm sah Karl auf eine Weise an, die er im ersten Moment nicht zu deuten wusste. Doch dann glaubte er zu begreifen. »Hast du … ihr was angetan?«

»Unsinn! Sie verlässt uns nur.«

Karl bekam Angst. Was wollte Blohm ihm wirklich sagen? Was meinte er mit: *Sie verlässt uns?* War sie schon fort? Hatte er sie beseitigt? Aus Rache?

Blohm wandte sich schon ab, da rief Karl: »Hast du Magda umgebracht? So wie du es schon bei mir versucht hast?« Blohm blieb stehen. »Denkst du, ich weiß nicht, dass du hinter dem Anschlag auf Čierny steckst?«, fuhr Karl fort. »Und dass du mich bei der Gelegenheit auch beseitigen wolltest?«

Blohm drehte sich wieder um und kam sogar noch einen Schritt näher an die Gitterstäbe heran. »Du hast zu viel Phantasie. Ist wohl ein Berufsleiden.«

»Vielleicht interessiert es die Polizei ja, wenn ich ihr erzähle, unter welchem Vorwand du mich in die Post gelockt hast. Und sie fühlen dir ein bisschen auf den Zahn.«

»Bemüh dich nicht. Die Polizei weiß längst alles von mir. Ich bin für die ein offenes Buch.«

Das nützte wenig, wenn die Hälfte der Seiten dieses Buches geschwärzt war. Dass Blohm sich so sicher fühlte, brachte Karl zusätzlich auf.

»Čierny hatte etwas gegen dich in der Hand«, behauptete

er, um Blohm aus der Reserve zu locken. »Er war dir auf der Spur.«

»Čierny ist tot«, sagte Blohm.

Und alle Beweise wurden beseitigt, dachte Karl bitter. Zu dumm, dass er nicht sämtliche Akten Čiernys hatte kopieren können. Sicher wäre dort noch viel mehr zu finden gewesen als die kümmerlichen Bruchstücke, auf die er durch bloßen Zufall gestoßen war.

»Und wenn ich das habe, was er hatte?«

Doch dieser Bluff entlockte Blohm nur ein süffisantes Grinsen. »Dann hast du gar nichts, weil er auch nichts hatte. Und noch was.« Völlig aus dem Nichts schnellte Blohms Hand vor, packte Karl am Kragen und presste sein Gesicht gegen die Gitterstäbe. »Du fickst meine Frau nicht mehr«, zischte er. »Nie mehr!«

In seinen Augen war der Ausdruck von Genugtuung, Triumph und etwas zutiefst Grausames zu erkennen, das Karls Angst erneut anfachte.

»Was hast du ihr angetan?«, brüllte er.

Blohm ließ ihn los, wandte sich um und ging davon.

»Ich bleibe so lange hier«, rief Karl ihm nach, »bis ich sie gesehen und mit ihr geredet hab.«

Ungerührt schritt Blohm die Auffahrt hinauf und verschwand im Haus.

Karl blieb hilflos zurück. Was sollte er jetzt tun? Wenn Blohm Magda auch nur ein Haar gekrümmt hatte, würde er dafür büßen. Und was, wenn sie wirklich nicht mehr mit ihm reden wollte? Völlig mit ihm gebrochen hatte? Genügend Gründe hatte er ihr dafür gegeben.

»Magda!«, schrie er und rüttelte an den Gitterstäben des Tors. »Komm raus und sprich mit mir!«

Er drückte wieder und wieder auf den Klingelknopf. Sollte

Blohm ruhig die Polizei rufen oder ein paar seiner Schläger, er würde sich nicht vertreiben lassen, zumindest nicht auf Dauer.

Nach einer Weile ging die Haustür auf. Er fürchtete schon, dass es wieder Blohm war, doch dann sah er sie: Magda. In einem einfachen, aber eleganten Kleid kam sie gemessenen Schrittes die Auffahrt herunter. Schöner denn je. Das Einzige, was ihm fehlte, war ihr Lächeln. Doch er war zufrieden, dass seine ärgste Sorge um sie offenbar unbegründet gewesen war.

»Tut mir leid, dass ich mich so unmöglich aufführe«, sagte er, »aber wir müssen reden.«

»Du benimmst dich wirklich unmöglich«, erwiderte sie streng. »Gehen wir ein paar Schritte.«

Sie kam durch das kleine Seitentor heraus auf die Straße, und er blieb an ihrer Seite, noch immer leicht humpelnd wegen seines Knies.

»Nach dem, was du mir erzählt hast, war ich wirklich sehr, sehr wütend auf dich, Karl«, sagte sie. »Vor allem aber war ich enttäuscht. Nicht bloß, weil du uns jahrelang die Möglichkeit verbaut hast, zusammen glücklich zu sein. Du hast mir außerdem keine Chance gegeben, mit meinem Leben ins Reine zu kommen. Du hast nur an dich gedacht, kein bisschen an mich.«

Ihre Worte waren, gerade in ihrer Nüchternheit, umso schmerzhafter. Das Schlimmste war aber, dass sie mit jedem davon recht hatte. »Es tut mir leid, Magda«, sagte er zerknirscht. »Ich wünschte, ich hätte früher den Mut gehabt. Es war auch nicht wegen dir oder uns, sondern …«

Er griff nach ihrer Hand, doch sie wich ihm aus.

»Du musst es mir nicht erklären, Karl, ich denke, ich verstehe es auch so. Es ist die Schuld der Überlebenden gegenüber den Toten. Wir alle kennen dieses Gefühl auf die eine oder andere Art.«

Er hätte erwartet, dass ihr Verständnis ihn erleichterte, doch das Gegenteil war der Fall. Etwas an ihr – die Art, wie sie sprach, sich bewegte und sich ihm entzog – irritierte und verunsicherte ihn. Sie wirkte, als sei sie längst jenseits von all dem und damit auch jenseits von ihm. Doch wo war sie dann?

Sie blieb stehen, sagte, ohne ihn dabei anzusehen: »Ich werde weggehen, Karl.«

Das saß. Wie ein Kinnhaken. »Weggehen? Was …? Wohin …?«

»Nach Amerika.«

»Amerika?«, echote er ungläubig.

Das Schweigen zwischen ihnen war wie eine Wand.

Er sah sie an, um ihren Blick einzufangen. Es wollte nicht gelingen, ihr Blick ging schon in Richtung Amerika.

»Ich verstehe kein Wort von dem, was du sagst …«

»Was gibt es denn da nicht zu verstehen«, fuhr sie auf, sah ihn zum ersten Mal direkt an, voller Verärgerung. »Ich gehe nach Amerika. Bald. Und bleibe sehr lange dort. Vielleicht für immer. So weit alles klar?«

»Gar nichts ist klar«, platzte nun auch er heraus. In ihm braute sich etwas zusammen. Seine eben noch gelähmten Gedanken überschlugen sich plötzlich. »Das ist doch Unsinn! Was willst du in Amerika? Warte«, unterbrach er sich, weil eine neue Idee aufblitzte. »Setzt Blohm sich ab? Zwingt er dich mitzugehen? Droht er …«

»Ich gehe allein«, fiel sie ihm ins Wort. »Mit Peter, aber ohne Blohm. Er kommt auch nicht nach. Es ist ein neues Leben für mich.«

Karl starrte ihr ins Gesicht, das immer abweisender wurde. Sie ging also sehr weit weg. Verließ Blohm. Für ein neues Leben. Eine Idee entzündete sich in ihm und überstrahlte im Nu alles andere. Das war doch wunderbar! »Gib mir etwas Zeit«, sagte er aufgeregt, »ich komme nach. Das wird unsere zweite Chance!«

»Nein«, rief sie und stampfte sogar mit dem Fuß auf, »es wäre nur deine zweite Chance! Aber du bekommst von mir keine zweite Chance!«

Er erschrak, war wie vor den Kopf gestoßen. Es war ihr Ernst. Nicht verhandelbar. Sie wandte sich von ihm ab. Entfernte ihn aus ihrem Leben. Wie konnte sie so grausam sein und das einfach so beschließen? Ihn vor vollendete Tatsachen stellen? Bedeutete ihr das, was sie zusammen hatten, denn gar nichts?

»Das kannst du nicht tun«, sagte er mit brüchiger Stimme. »Ich kann nicht … ohne dich leben …«

»Ach was, sei nicht albern! Das hast du doch bisher auch ganz gut geschafft. Es ist besser, wenn jeder seiner eigenen Wege geht.«

Tränen glitzerten in ihren Augen und straften den kalten Ton, in dem sie das gesagt hatte, Lügen.

Das letzte Fünkchen Hoffnung für ihn, das er sogleich anzufachen versuchte. »Ich konnte nur leben, weil ich wusste, dass es dich gibt. Und immer wieder eine Zeit mit dir. Ohne diese Aussicht …«

»Hör schon auf.«

Sie standen sich wieder eine Weile schweigend gegenüber, beide um Fassung ringend. Karl spürte wachsenden Zorn auf sie. Wie konnte sie ihn einfach so aus ihrem Leben ausschließen? Als wäre ihr neues Leben ein Arrangement, das sie mit Blohm getroffen hatte, um ihn zu quälen.

»Du hast kein Recht, einfach zu gehen«, sagte er. »Wegen Peterle. Er ist mein Sohn.«

Magdas Blick verfinsterte sich. »Ist er nicht. Das haben wir doch schon geklärt.«

»Und wie erklärst du die Ähnlichkeit? Sie ist unübersehbar. Und da du mit keinem aus der Familie Wieners verwandt bist …«

»Du redest dir was ein. Siehst, was du sehen willst. Das wäre nicht das erste Mal. Peterle ist Blohms Sohn. Mehr gibt es dazu nicht zu sagen.«

Karl schnaubte. Auch wenn sie das behauptete, entschieden war die Sache für ihn damit nicht. Er entfernte sich ein paar Schritte von ihr, blieb stehen. Das Herz in seiner Brust hämmerte wild. Er musste nachdenken. Vor allem aber brauchte er eine Zigarette. Mit zittrigen Fingern holte er eine aus der Packung und zündete sie an. Der erste Zug machte ihn etwas ruhiger. Er hatte ein Gespräch gewollt, er hatte eines bekommen. Nur ein ganz anderes als das, das er gesucht hatte. Geduldig verharrte Magda, wo sie war. Sie hat abgeschlossen, dachte er, während er Rauch in die Luft blies, mit allem, also auch mit mir. Nachdem er ruhiger geworden war, kehrte er zu ihr zurück.

»Wann gehst du?«, fragte er, nur äußerlich gefasst.

»Bald. Vielleicht schon in einer Woche.«

Die Worte trafen ihn wie ein Messer in den Rücken. Er ertrug es nicht mehr, sie anzusehen, und ging an ihr vorbei zurück zu seinem Auto.

Es ist aus, dachte er. Mein Leben ist aus.

Als Magda die Haustür hinter sich ins Schloss drückte, fühlte sie sich wie eine Marionette, der man die Fäden durchschnitten hatte. Das einzig Tröstliche: Das Schwerste lag hoffentlich hinter ihr.

»Wieder da?«

Sie erschrak. Blohm stand vor ihr. Seit er den Schuss auf sie abgegeben hatte, verursachte ihr seine Gegenwart jedes Mal ein Nervenflattern. Ein Echo der Todesangst, die er ihr eingejagt hatte. Dass er gestern an ihr vorbeigeschossen hatte, verdankte sie nur seiner Einsicht, dass Peterle seine Mutter brauchte.

»Hat er es kapiert?«

»Ich hoffe.«

Blohm trat an sie heran, seine Blicke waren wie Eis. »Wenn du ihn nicht zum Schweigen gebracht hast, dann muss ich es tun.«

Sie streckte die Hand nach ihm aus, berührte ihn jedoch nicht. »Er wird Ruhe geben. Ich verspreche es.«

Sie betete, dass die Kälte, die sie Karl gezeigt hatte, ihre Wirkung nicht verfehlte. Er musste sie sich aus Herz und Verstand reißen. So wie sie sich ihn aus Herz und Verstand reißen musste. Sie hoffte, dass er die Kraft dazu hatte. Die Kraft, die ihr fehlte.

»Wir werden sehen«, sagte Blohm.

Da stürmte Peterle herein und auf Blohm zu. »Du musst Fußball mit mir spielen, Papa«, rief er.

Blohm schaute auf ihn herab, seine Fingerspitzen berührten sachte den Kopf des Buben. »Wo ist denn Franzi?«, fragte er im nächsten Moment unwirsch. »Wofür bezahle ich ein Kindermädchen, wenn man am Ende alles selber machen muss?«

»Die Mama spielt mit dir.«

Magda zog Peterle von Blohm weg, woraufhin er ohne ein weiteres Wort verschwand. Auch mit dem Buben, den er stets wie einen eigenen Sohn behandelt, vielleicht sogar geliebt hatte, hatte er offenbar abgeschlossen. Er hatte die väterlichen Gefühle ausgeknipst wie mit einem Lichtschalter. Das musste man vermutlich können, um die Art von Mann zu sein, die Blohm nun einmal war.

Als Magda mit Peterle in den Garten hinaustrat, blendete grelles Sonnenlicht sie. Sie blieb auf der Terrasse stehen. Erst jetzt, mit großer Verspätung, spürte sie die Wunde, die das Gespräch mit Karl in ihr gerissen hatte. Tränen schossen ihr in die Augen, während der Schmerz wie eine Welle durch sie hindurchlief.

»Weinst du, Mama?«, fragte Peterle betroffen. »Bist du traurig?«

»Nein, nein, das ist nur die Sonne. Sie ist so grell.«

»Ich hol dir deine Sonnenbrille!«

Peterle lief nach drinnen.

Hastig wischte sich Magda die Tränen aus dem Gesicht. Von jetzt an durfte sie nur noch nach vorn schauen, nicht mehr zurück.

Amerika war kein Geschenk, das war ihr klar. Es war der Preis, den sie dafür zahlte, dass Blohm Karl am Leben ließ. Auch wenn Tausende von Kilometern zwischen ihnen lagen, würde sie unter Blohms Aufsicht bleiben und nur die Möglichkeiten haben, die er ihr zugestand. Welche das sein würden, ließ er völlig im Dunkeln.

Verträge mit Blohm enthielten keine Kündigungsklauseln. Sie war gerade dabei zu erfahren, was das bedeutete.

Montag, 11. Juli 1955

E. SKUDELNY stand auf dem Namensschild über dem Klingelknopf. Als Ludwig darauf drückte, hörte er drinnen jedoch kein Läuten. Unschlüssig wartete er einen Moment, dann klopfte er an die Tür.

»Fräulein Skudelny? Sind Sie da? Hier ist Ludwig Gruber.«

Es dauerte noch einmal ein paar Minuten, bis die Tür aufging und Elvira in einem nachtblauen Morgenrock und mit offenem, ungekämmtem Haar vor ihm stand. Obwohl er auch diese Elvira Skudelny inzwischen kennengelernt hatte, lag in ihrem Anblick noch immer etwas Überraschendes.

»Schreien Sie nicht gleich das ganze Haus zusammen«, sagte sie grummelnd.

»Ihre Klingel geht nicht.«

»Ja, und? Die ist schon länger kaputt. Na, worauf warten Sie! Kommen Sie schon rein!«

Ludwig trat ein und folgte ihr in die Küche, wo ein Wasserkessel pfiff, untermalt von Schlagermusik aus dem Radio. Er sah zu, wie sie Wasser in eine Kanne goss, in der ein Tee-Ei hing.

»Wie Sie an meinem Aufzug erkennen können«, sagte sie, immer noch in übellaunigem Ton, »habe ich nicht mit Besuch gerechnet.«

»Sie sehen bezaubernd aus.«

»Wenn Sie hier sind, um sich über mich lustig zu machen, können Sie gleich wieder gehen.«

Ludwig unterdrückte ein heiteres Lächeln. Wie sehr hatte er ihre Kratzbürstigkeit vermisst. »Ich hab mir Sorgen gemacht«, sagte er. »Sie gehen nicht ans Telefon.«

»Dachte mir schon, dass Sie das sind, der immer anruft. Ist nur eine Sommergrippe. Sie erwischt mich jedes Jahr. Auch einen Tee?«

Ehe er antworten konnte, hatte sie schon eine zweite Tasse aus dem bis zum Bersten vollen Buffetschrank geholt.

»Was stehen Sie denn da wie ein Ölgötze? Setzen Sie sich schon. Oder wollen Sie gleich wieder gehen? Haben Sie Angst, sich bei mir was zu holen?«

Der alte Stuhl knirschte, als Ludwig sich niederließ. Er ertappte sich dabei, dass er auf Elviras rechten Unterarm schielte, doch der Morgenrock reichte bis zum Handgelenk.

Elvira stellte die Tassen und die Kanne auf den Tisch und setzte sich ebenfalls.

»Sie werden es nicht glauben«, sagte sie, »ich habe von Ihnen geträumt. Dass wir tanzen waren, in ein Gewitter geraten sind und Gedichte aufgesagt haben, und dann waren Sie auch noch hier. Aber als ich aufgewacht bin, waren Sie fort.«

»Klingt nach einem Albtraum.«

»War's auch.« Ein kleines Lächeln schlich sich in ihre Mundwinkel.

Sie öffnete die Zuckerdose, gab zwei Löffel voll in ihren Tee und rührte um.

»Träume sind Schäume«, sagte sie. »Aber es ist sehr freundlich von Ihnen, dass Sie sich um mich sorgen.«

Sie verfielen in Schweigen. Nur die Musik aus dem Radio und das Klingen der Teetasse, in der unablässig gerührt wurde.

»Ich hab die Nummer auf Ihrem Arm gesehen«, sagte Ludwig. »Die Tätowierung.«

»Na und?« Sie hörte auf zu rühren und legte den Löffel weg. »Denken Sie, Sie wüssten jetzt über mich Bescheid?«

»Nein, aber … ich wüsste gern mehr darüber.«

Elvira schnaubte verächtlich. »Tun Sie doch nicht so, als würde es Sie interessieren. Bis jetzt sind alle mit dem dröhnenden Schweigen im Lande doch sehr gut zurechtgekommen.«

Beschämt senkte Ludwig den Blick. Es stimmte. Niemand hatte gefragt, nicht nach den Opfern und ihrem Leid, nicht nach den Tätern und ihrer Schuld. Er konnte sich an kein einziges Gespräch in seinem persönlichen Umfeld darüber erinnern. Stattdessen wurden die eigenen Schäden beklagt. Man fragte nicht, weil man selbst nicht gefragt werden wollte, und im Grunde wusste man ja auch alles, denn sie waren ja alle dabei gewesen, hatten daran in unterschiedlichen Rollen teilgenommen. Auch wenn diese Jahre im Rückblick gern eine dunkle Zeit genannt wurden, war doch jeden Tag dieselbe Sonne aufgegangen, die auch heute schien, und alles hatte sich in ihrem hellsten Licht zugetragen.

»Es interessiert mich halt, weil ich Sie gernhab«, hörte er sich sagen und erkannte im gleichen Moment, dass es so ziemlich das Dümmste war, was er vorbringen konnte, zumal er sich bis jetzt selbst nicht im Klaren gewesen war, dass er so für Elvira empfand. Wie kam er dazu, so etwas zu sagen?

Sie sah ihn an, ehe sie erwiderte: »Denken Sie, das ändert etwas, Ludwig? Denken Sie, es würde etwas ändern, wenn ich Ihnen sagte, dass ich Sie auch gernhabe? Das sind Worte und Gefühle, die sich zwischen uns verbieten, für diese und vielleicht alle kommenden Generationen.«

Ludwig nickte. »Sie haben recht.« Er begriff, wie unange-

messen seine Worte und Gefühle waren. So als sei alles – was immer dieses Alles war – vorüber und ausgestanden, bloß weil es Vergangenheit war. Dabei fragte er sich, ob es tatsächlich schon vergangen war. Ob es nicht in den Seelen der Menschen weiterwucherte. Er spürte plötzlich eine Enge in der Brust.
»Dann will ich Sie auch nicht länger …«, murmelte er.

»Sie dürfen Ihren Tee schon noch austrinken«, sagte sie.

Ludwig blieb sitzen und nahm einen Schluck, verbrannte sich jedoch fast die Zunge.

»Meine Familie stammt ursprünglich aus Breslau«, sagte Elvira, wie um ihn zu quälen, »war aber seit zwei Generationen in München ansässig. Schneider, später mit eigenem Geschäft in der Au. Mein Vater war ein deutscher Patriot, Kriegsfreiwilliger. Ließ sich fürs Vaterland ein Auge ausschießen und die Lungen verätzen bei einem Gasangriff, bei dem der Wind überraschend gedreht und das Senfgas in die eigenen Reihen getrieben hat. Später haben sie ihn dann wieder ins Gas getrieben, genau wie meine Mutter, meine Onkel und Tanten, Neffen und Nichten. Und da war es kein Versehen. Ich bin die Einzige, die übrig ist, durch einen dummen Zufall. Das Schicksal kann grausam sein.«

Ludwig verstand nicht, wie sie das meinte: ob der Tod ihrer Familie oder ihr Überleben die Grausamkeit des Schicksals zeigte. Dafür verstand er, dass sie ihre Geschichte nicht ihm erzählte und auch nicht sich selbst. Sie war einfach da, so wie die Nummer auf ihrem Unterarm.

»Ich wollte nicht nach Palästina, wegen der Hitze dort, und auch nicht nach Amerika. Auch in Deutschland wollte ich nicht bleiben. Weil mir von allen fremden Orten München der vertrauteste war, bin ich hierher zurückgekehrt. Ich gewöhne mich nicht gern an neue Dinge.«

Ludwig blies auf seinen Tee und trank erneut einen

Schluck. Jetzt passte die Temperatur. Er leerte die Tasse in wenigen Schlucken und stand danach sofort auf. Elvira begleitete ihn an die Tür.

»Nächste Woche sitze ich wieder an meinem Schreibtisch«, sagte sie, »und alles wird sein wie immer.«

»Wie immer«, sagte er. »Sicher. Also weiter gute Besserung.«

Dienstag, 12. Juli 1955

DIE AUFBAHRUNGSHALLE des Waldfriedhofes war brechend voll, Karl ergatterte nur mit Mühe einen Platz in den hinteren Reihen, viele schafften es nicht einmal mehr herein und mussten draußen bleiben. Es waren keineswegs nur die slowakischen Landsleute von Tomáš Čierny, die aus ganz Deutschland und Österreich angereist waren, auch deutsche und bayerische Politiker erwiesen ihm die letzte Ehre. Da Karl nicht nur aus privaten Gründen hier war, sondern um mit einem Eindruck von der Beisetzung seinen *Blitzlicht*-Augenzeugenbericht über das Attentat, den Georg von ihm verlangt hatte, abzurunden, nahm er seinen Block heraus und schrieb ein paar Namen auf. Das sollte Georg auch dafür entschädigen, dass es keine weitere Recherche über Blohm und seine Machenschaften und schon gar keinen Artikel dazu geben würde. Zähneknirschend hatte Georg Karls Entschluss hingenommen. Obwohl noch immer nicht ganz auf dem Damm, hatte Karl in den letzten Tagen an den Pressekonferenzen der Polizei teilgenommen, dabei erfahren, dass die in der Tagespresse nur noch Höllenmaschine genannte Paketbombe das Werk eines Fachmannes war, man aber sonst nichts über sie sagen könne, da sie keine Reste hinterlassen habe. Nur dass schätzungsweise siebenhundert Gramm TNT zum Einsatz gekommen und die Bauteile vermutlich aus dem Ausland beschafft worden waren. Und dass ein Osteuropäer sie in der Bahnhofspost in Frankfurt als Einschreiben aufgegeben habe, das wisse man ebenfalls. Wieso der sonst so vorsichtige, ja misstrauische Tomáš Čierny ein solches Paket völlig arglos an Ort und Stelle geöffnet habe, sei schwer zu erklären, selbst wenn man berücksichtige, dass er die Briefpost stets noch auf dem Amt durchsah. Karl schrieb mehr oder weniger das, was alle schrieben. Und kein Wort über Blohm, was Georg natürlich missfiel.

Nach der Trauerfeier formierte sich der Zug zum Grab. Erst jetzt konnte Karl einen unverstellten Blick auf den blumengeschmückten, von der slowakischen Nationalflagge bedeckten Sarg und die prominenten Trauergäste werfen. Nicht in vorderster Reihe, aber gleich dahinter ging Blohm, an seiner Seite, in einem schwarzen Kostüm, Magda und an ihrem Arm, ebenfalls in Schwarz, Agota, die sich mit einem weißen Taschentuch immer wieder die Tränen aus den Augen tupfte. Er fragte sich, ob die Tränen echt waren. Schließlich lag die Annahme nahe, dass sich in dem Paket mit der Aufschrift *Die Nachtigall singt nicht mehr* die Bombe befunden hatte. Doch es war besser und auf jeden Fall sicherer, sie nicht danach zu fragen. Im Grunde interessierte es ihn mit jedem Tag weniger. All sein Denken und Fühlen wurden von Magdas bevorstehendem Abschied in Anspruch genommen. Er konnte sich ein Leben ohne sie noch immer nicht vorstellen. Sterben konnte kaum schlimmer sein.

Am Grab unter hoch aufragenden Fichten warteten eine tiefe Grube und ein Berg von Kränzen auf den Sarg und die Trauergemeinde. Trauerreden wurden gehalten, Worte der Anteilnahme gesprochen, Tränen vergossen. Als der Sarg in das Grab hinabgelassen wurde, spielte ein Bläserquartett das Lied vom guten Kameraden, das Karl noch aus Kriegszeiten allzu vertraut war. Er hatte die ganze Zeit nur Augen für

Magda, deren Gesicht starr wie eine Maske war, und das Lied, das den endgültigen Abschied so vieler seiner Kameraden begleitet hatte, brach ihm schier das Herz. Still sang er mit: *Ich hatt' einen Kameraden, einen besseren findst du nit. Die Trommel schlug zum Streite, er ging an meiner Seite, im gleichen Schritt und Tritt.*

Während die Trauergemeinde sich auflöste, drängte Karl sich in Magdas Nähe. Er wartete einen Moment ab, in dem Blohm von einem Mann in Beschlag genommen wurde, um sie anzusprechen. Sie wirkte nicht überrascht, ihn vor sich zu sehen, denn sie hatte ihn natürlich längst bemerkt, auch wenn sie kein einziges Mal zu ihm herübergesehen hatte. Agota stand neben ihr, lächelte ihn verhalten an, sagte jedoch nichts.

»Was ist?«, fragte Magda nur.

»Ich will wissen, wann du fliegst.«

Sie runzelte die Stirn. »Ich weiß nicht, ob es klug ist, wenn du am Flughafen auftauchst.«

Jedes Wort ein Stich in seine wunde Seele. Er hätte am liebsten geschrien. »Was soll das?«, fuhr er sie an. »Wieso bist du so?«

»Das fragst du?«

In diesem Moment kehrte Blohm zurück und sah Karl mit einem scharfen Blick an. Wortlos drehte der sich um und schob sich zwischen den noch immer dicht stehenden Trauergästen hindurch. Alles fing an, sich um ihn herum zu drehen, er hatte das Gefühl, als würden all die Rücken ihn zerquetschen, als stürzten die Bäume über ihm zusammen. Er musste sich am Arm eines Mannes festhalten, entschuldigte sich, stapfte weiter. Seine Hände zitterten, wie sie nach dem Krieg lange gezittert hatten. Die Wut, die ihn beherrschte, kannte er gut. Es war die Wut, wenn man nicht nur besiegt, sondern auch noch gedemütigt worden war. Sollte das wirklich alles sein, was ihm blieb: diese Wut?

Dort drüben hatten sie ihn also rausgefischt. Mit einer roten Nelke in der Hand stand Danuta auf der kleinen Fußgängerbrücke über den Eisbach und betrachtete das Tivoli-Kraftwerk etwa hundertfünfzig Meter vor ihr, von wo das Rauschen des Wassers nur noch gedämpft an ihr Ohr drang. Sie hatte schon lange vorgehabt hierherzukommen, um ihm die Ehre zu erweisen. Wo sein Leichnam ruhte, wusste sie nicht, sie hatte sich nicht zu fragen getraut, um keinen Verdacht zu erregen. Sie hatte nicht gewollt, dass es so endete. Dass *er* so endete: ein geschundener Leichnam, aus dem Wasser gezogen zusammen mit Unrat, der sich in einem Rechen verfangen hatte. Dass die Herren in den langen Mänteln gleich bis zum Äußersten gehen würden, hatte sie nicht erwartet. Ob es die eigenen Leute waren? Oder die Tschechen? Oder gar Russen? Sie würde es nie erfahren, es war etwas, worüber nicht mehr gesprochen wurde. Und es war auch nicht wichtig. Wenn du es gewusst hättest, befragte sie sich, hättest du ihn dennoch gemeldet? Befürchtet hatte sie es sehr wohl. Doch welche andere Wahl hätte sie gehabt? Er war zu einer Gefahr für die gesamte Operation geworden. Und das aus rein persönlichen Motiven.

Danuta betrachtete die Nelke in ihrer Hand, drückte sie an die Lippen und warf sie ins Wasser. Hastig wischte sie die Träne, die sich in ihr Auge geschlichen hatte, ab.

»Ruhe in Frieden, Reinhard Gern«, sagte sie laut, denn sie wollte, dass sein Name wenigstens noch ein Mal laut ausgesprochen wurde, nachdem er zuletzt nur der tote Mann gewesen war, den sie aus dem Eisbach gefischt hatten.

Du warst viel mehr als nur ein Führungsoffizier, fuhr sie

in Gedanken mit ihrer Trauerrede fort, du warst uns der Vater, den wir nie hatten. Doch damit hast du deine Kompetenzen überschritten. Es war nicht deine Aufgabe, unseren richtigen Vater zu suchen. Es war nicht deine Aufgabe, uns nur deshalb eine nach der anderen nach München zu lotsen, weil wir ihn dort finden sollten. Und schon gar nicht war es deine Aufgabe, diesem ahnungslosen Vater gegen meinen erklärten Willen mitzuteilen, wer wir sind. Du hast dein Leben bei dem Versuch gegeben. Es ist dir misslungen und war das Opfer nicht wert. Für den Mann, den du für unseren Vater hältst, sind wir tot, er hatte ja nichts Eiligeres zu tun, als uns von Amts wegen für tot erklären zu lassen. Seine Gundi und Gerti sind wirklich tot, begraben mit all ihren bruchstückhaften Erinnerungen unter einem Meer aus Schweigen. Ein ganzes Jahr hat der Schrecken sie verstummen lassen, ehe sie als zehn Jahre alte Kinder bereit waren, von neuen Eltern eine neue Sprache zu lernen und in ein neues Leben hineinzuwachsen. Bis du kamst, Reinhard, und uns eine Aufgabe gabst. Es ist nicht deine Schuld, dass das, was als Ausspähaktion begann, mit einem Attentat endete. Dass damit genau das wahr wurde, wovor du uns bewahren wolltest: dass wir eines Tages Blut an unseren Händen haben würden. Und hier sind wir, ich hier oben, mit den blutigen Händen, und du irgendwo unter der Erde, hoffentlich mit einem reinen Gewissen. Ruhe dort, wo du bist, in Frieden, Reinhard. Ich hoffe, du kannst mir verzeihen, was ich an dir verschuldet habe. Denn auch wenn ich es nicht bereue, verzeihen werde ich es mir nie.

Während Danuta ihre innere Trauerrede hielt, blieb ihr Blick die ganze Zeit auf der Nelke haften, die langsam im Sog des Wassers von ihr forttrieb.

Und was, wenn ich mich Karl doch noch offenbaren

würde?, fragte sie sich plötzlich. Oder wenn ich Agota sagte, wer er ist und wer wir sind? Sie weiß ja nichts von all dem, Reinhard hat sein Wissen in kluger Voraussicht nur mit mir geteilt, weil er wusste, dass ich die Vernünftigere von uns beiden bin. Nein, widersprach sie der inneren Stimme sofort. Es würde nichts besser, nichts leichter, aber vieles schlechter und schwerer machen. Gerade für Agota, die nicht so viel tragen kann wie ich.

Die Heimfahrt in die Tizianstraße verlief in tiefem Schweigen. Obwohl es bei so einem Anlass geboten gewesen wäre, sich chauffieren zu lassen, saß Blohm selbst am Steuer. Da es ein sommerlich warmer Tag war, hatte er die Seitenscheibe heruntergekurbelt, den Ellbogen lässig in den Fensterrahmen gestützt, und pfiff leise eine Melodie vor sich hin, als kämen sie von einem Sonntagsausflug. Magda unterdrückte ihren Groll.

»Ich hab übrigens noch eine Überraschung für dich«, sagte Blohm, kurz bevor sie ihr Zuhause erreichten.

»Noch mehr Überraschungen«, erwiderte Magda mürrisch.

»Diese wirst du mögen.«

Magda hoffte, dass das nicht ironisch gemeint war.

Vor der Einfahrt hielt Blohm an, öffnete das Tor und fuhr bis vor die Tür. Magda stieg aus, doch Blohm war als Erster an der Tür. Drinnen kam ihnen Franzi entgegen.

»Ist unser Gast schon da?«, fragte Blohm sie.

»Vor einer halben Stunde eingetroffen«, teilte Franzi mit.

»Wer denn?«, wollte Magda endlich wissen.

»Geh ins Wohnzimmer und schau nach.«

Sie eilte ins Wohnzimmer und blieb in der Tür stehen, als sei sie gegen eine Wand geprallt. Auf dem Boden saß Peterle und baute mit Holzklötzen eine Burg. Dabei ging ihm, ebenfalls auf dem Boden sitzend, jemand zur Hand, den sie niemals in ihrem Haus erwartet hätte.

»Simon!«, rief sie aus. »Du hier?«

Simon drehte sich um. Sein Gesicht strahlte. Er sprang auf die Beine. Magda stürzte auf ihn zu und warf sich in seine ausgebreiteten Arme.

»Na, was sagst du?«, fragte er. »Überraschung geglückt?«

»Und wie! Nur der Zeitpunkt ist ungünstig. Ich verreise am Montag. Genau in die andere Richtung.«

Er gab ihr einen sanften Nasenstüber. »Deshalb bin ich doch hier.«

»Wie?«

»Ich soll euch nach Amerika begleiten. Euch in allen praktischen und sonstigen Angelegenheiten helfen.«

»Wirklich?«

»Simon wird auf euch aufpassen«, sagte Blohm hinter ihr. »Und er wird mir berichten. Wo du hingehst, wen du triffst, wen du anrufst oder wer dich anruft. Ich werde jede Einzelheit erfahren. Nur damit du nicht auf dumme Gedanken kommst.«

Damit ließ Blohm sie allein.

Magda sah Simon ungläubig an.

»Besser, ich mache es, als irgendein Fremder«, sagte Simon.

Auf den ersten Blick mochte es so scheinen. Doch dann begriff Magda Blohms perfides Kalkül, das Simon offenbar noch nicht durchschaut hatte: Indem Blohm Simon zu ihrem Aufpasser machte, zerstörte er ihre alte Freundschaft. So rächte er sich an ihr und bekam zugleich für Simons Verrat von vor fünf Jahren eine späte Genugtuung.

»Als Blohm in New York mit mir gesprochen hat, klang

sein Auftrag noch etwas anders«, erklärte Simon. »Hast du ihn irgendwie verärgert?«

»Mehr als das. Er hasst mich.«

Freitag, 15. Juli 1955

LUDWIG TIPPTE GERADE einen Zwischenbericht über den Stand der Ermittlungen in Sachen Heiratsschwindler und kämpfte dabei mit dem A, das in seiner Maschine ständig hängen blieb, als es an der Tür klopfte – Frau Baumgärtel. »Da ist ein Herr, der Sie sprechen will. Ein alter Kriegskamerad, sagt er.« Dass ihm seine Besucher angekündigt wurden, war ein Luxus, auf den er ab nächstem Montag, wenn Fräulein Skudelny zurückkehrte, wieder verzichten musste. Aber das beschäftigte ihn jetzt weniger, denn er fragte sich, wer dieser alte Kriegskamerad wohl war.

»Schicken Sie ihn rein.«

Ludwig staunte nicht schlecht über den Mann, der sein Büro betrat: Hans Daxenhofer. Was wollte er hier?

»Wird höchste Zeit, dass wir beide mal reden«, sagte Daxenhofer und trat bedrohlich nahe an den Schreibtisch.

Ludwig schluckte trocken. Was meinte er? Würde er ihm gleich ein paar Zähne ausschlagen? Oder noch Schlimmeres als das?

Doch Daxenhofer zog sich nur den Besucherstuhl heran und setzte sich. »Rosi hat mir erzählt, dass du bei ihr warst«, sagte er. »Du hast versprochen, dass du den Mund hältst über alles.«

Ludwig nickte. »Für mich ist der Fall erledigt.«

»Nicht ganz.«

Daxenhofer beugte sich vor und sah Ludwig scharf an. Der lehnte sich sicherheitshalber zurück. Hätte er nur Zöllner nichts von seinem Verdacht gegen Daxenhofer erzählt. Vielleicht hatte der inzwischen Besuch von der Polizei bekommen und war hier, um sich dafür zu revanchieren.

»Dass du dem Rudi helfen wolltest, obwohl bei der Sache nichts zu verdienen war, zeigt mir, dass du ein anständiger Kerl bist«, sagte Daxenhofer. »Deshalb komm ich jetzt mit meiner Bitte zu dir.«

Ludwig entspannte sich ein wenig. »Was willst du?«

»Ich muss verschwinden. Du fragst besser nicht nach den Gründen. Ist sicherer für dich.« Er machte eine Pause, sah Ludwig unverwandt an. Der Blick war keine Drohung, aber doch eine Warnung, die Füße still zu halten. Schließlich fuhr Daxenhofer fort: »Ich will, dass du den Rudi ein bisschen im Auge behältst. Der Rosi mit ihm hilfst.«

Ludwig verstand nicht, worauf Daxenhofer hinauswollte. »Die Rosi scheint mir eine patente Frau zu sein, die sich selbst helfen kann«, meinte er.

»Trotzdem ist sie bloß eine Frau. Und der Rudi hat was in sich, das eine starke Männerhand braucht. Führung, verstehst du? Sonst kommt er auf Abwege.«

Auch wenn er jetzt verstand, was Daxenhofer von ihm wollte, kam Ludwig die Sache immer noch spanisch vor. »Was soll ich da tun? Und wieso sollte der Bursche ausgerechnet auf mich hören? Der hört eher auf den Seppi und seine Rabauken.«

»Genau darum frag ich dich ja! Vor denen musst du ihn beschützen. Sonst geht der Bursche den gleichen Weg, auf dem der Ferdl schon war.« Daxenhofers Sorge war groß, das war ihm anzusehen. Und Ludwig teilte sie. In Rudi schlummerte etwas Gefährliches. Trotzdem gefiel es ihm nicht, wie

Daxenhofer auftrat. So als könne er einfach über ihn bestimmen. Zumal es in dieser Manier weiterging. »Ich hab der Rosi schon gesagt, dass du dich ein bisserl kümmerst«, erklärte er. »Du musst da nicht gleich einziehen, sei einfach der gute Onkel, der ab und zu vorbeischaut. Mehr verlange ich nicht.«

»Und was, wenn ich mich weigere?«, versetzte Ludwig. »Ich hab schließlich schon eine Familie, und einen Beruf hab ich auch.«

Daxenhofer stand auf. Ludwig sah ihn schon die Fäuste schwingen, doch er beugte sich lediglich weiter vor und sagte: »Du hast aber noch was, Ludwig, und das verpflichtet dich auch: ein Gewissen.«

Im Gegensatz zu dir, dachte Ludwig. Denn der Fall war ziemlich klar: Hans Daxenhofer – oder wer immer er war – war irgendwie in das Attentat verwickelt, und nun wurde ihm der Boden zu heiß. Doch er hatte schon recht: Je weniger man darüber wusste, desto sicherer war es. Deshalb verkniff Ludwig sich jede Frage dazu.

Daxenhofer richtete sich auf. »Ich verlass mich auf dich«, sagte er.

Ludwig erhob sich ebenfalls. »Kommst du jemals zurück?«

»Ich hoff's. Aber wissen kann man es nicht.«

Arme Rosi, dachte Ludwig, dann sagte er: »Ist recht, ich kümmere mich.«

»Die Hand drauf!«

Daxenhofer streckte seine Hand über den Schreibtisch, und Ludwig schlug ein.

»Jetzt ist mir wohler«, sagte Daxenhofer. »Ich danke dir. Leb wohl!«

»Eine Frage hätte ich noch«, sagte Ludwig, bevor Hans verschwinden konnte. »Nur aus Interesse, ich behalte es für mich: Bist du wirklich Hans Daxenhofer?«

Er zögerte einen Moment, dann meinte er: »Sagen wir so: Wenn ich es nicht bin, dann kann ich zumindest ehrlich behaupten, dass ich in der Zeit, in der ich es war, der Rosi ein guter Mann und den Buben ein guter Vater sein wollte. Habe die Ehre.«

Damit war er zur Tür hinaus, und Ludwig blieb in der Stille seines Büros zurück.

Montag, 18. Juli 1955

DER FAHRER TRUG die Koffer ins Auto. Das Bauchkribbeln nahm zu. Blohm hatte gesagt, sie solle nur das einpacken, was sie nach der Ankunft unbedingt brauchte, den Rest werde er per Schiff nachschicken. Also nur Kleidung, Toilettenartikel, die Fotoausrüstung. Ein Koffer war allerdings allein mit Spielsachen gefüllt. Peterle, der Glückliche, verschwendete keinen Gedanken an Amerika oder irgendwas sonst, er dachte nur daran, dass er hoch oben am Himmel in einem Flugzeug sitzen würde. Und so, wie Simon ihm vorgeschwärmt hatte, war die Vorfreude darauf riesengroß. Magda zwang sich ebenfalls, nicht über die Abreise hinauszudenken. Sie war unendlich froh und dankbar, mit Simon einen Lotsen an ihrer Seite zu haben, der sie durch all die Unannehmlichkeiten, die das Reisen mit sich brachte, führen würde.

Doch mit jeder Minute, die verging, bekam sie eine klarere Ahnung davon, was es bedeutete, für immer von Karl getrennt zu sein. Nicht mehr mit ihm sprechen, ihn nicht mehr sehen, spüren zu können; nicht mehr von ihm berührt zu werden. Ohne jede Aussicht, dass sich das jemals wieder änderte. Wie sollte sie das ertragen? Welchen Sinn hätte ein solches Leben? Panik stieg in ihr auf.

Blohm hatte sich schon am Morgen verabschiedet, in aller Kürze von ihr, etwas länger von Peterle, dennoch mit wenig Herzlichkeit und dem Versprechen, bald nachzukommen, einem Versprechen, das er hoffentlich nicht zu erfüllen gedachte. Dann hatte Blohm das Haus verlassen, um auf eine seiner Baustellen zu fahren, so als sei dies für ihn ein Tag wie jeder andere. Doch Magda wusste, dass es nicht so war.

Nachdem sie Abschied von Haus und Garten genommen hatte, trat sie vor die Tür, wo der voll bepackte Wagen wartete. Der Fahrer und Simon standen rauchend beieinander, während Franzi tränenreich von Peterle Abschied nahm. Peterle war die Szene sichtlich peinlich, er hatte kein Verständnis dafür, was ein Abschied für immer bedeutete. In seiner Vorstellung gab es stets ein vages Später, und irgendwann war eine Sache oder ein Mensch verschüttet unter neuen Erlebnissen und Alltäglichkeiten.

Magda erlöste ihn, indem sie sich an Franzi wandte. Alles in allem war sie eine verlässliche Seele, und zu Peterle war sie eher zu gut als zu streng gewesen. Sie tupfte sich rasch die Tränen aus dem Gesicht und sagte: »Gnä' Frau, es bricht mir das Herz …« Wieder brach ihr die Stimme, und es flossen erneut Tränen.

Sicherlich trug die Tatsache, dass Blohm sie noch heute Morgen entlassen hatte – es werde nun ja kein Kindermädchen mehr gebraucht –, zu ihrem Schmerz bei. Den Lohn zahlte er ihr nur bis Monatsende, bis dahin werde sie ja wohl eine neue Anstellung finden oder, wahlweise, einen Bräutigam, wie er süffisant hinzufügte.

Magda nahm Franzi in den Arm, drückte sie an sich und dankte ihr für alles, was sie getan hatte, vor allem für ihre aufrichtige Liebe und Güte, die sie Peterle erwiesen habe. Daraufhin nahm Magda zwanzig Mark aus ihrer Geldbörse, drückte sie Franzi in die Hand und das Kindermädchen noch einmal an sich, und dabei flüsterte sie ihr ins Ohr: »Rufen Sie Karl an. Sagen Sie ihm, er soll zum Flughafen kommen.

Drinnen liegt noch irgendwo mein Zettel mit allen Angaben zum Flug. Sagen Sie ihm, er soll bei den Damentoiletten warten. Tun Sie das für mich?«

Als sie sich von Franzi gelöst hatte, schauten sie sich an, und Franzi nickte verschwörerisch.

In heller Aufregung rannte Karl die Treppe hinunter. Magda wollte ihn noch einmal sehen, und das hinter Blohms Rücken. Denn wieso sonst hätte sie Franzi gebeten, ihn anzurufen? Wieso sonst sollte er sie bei den Toiletten in der Nähe ihres Flugsteigs erwarten? Sie hatte ihn doch nicht ganz aufgegeben.

Karl sprang ins Auto und raste los. Zum Flughafen in Riem musste er durch die ganze Stadt, an jeder Ecke von einer Baustelle eingebremst. Fieberhaft überlegte er, wie er die Verkehrshindernisse am besten umfuhr, als plötzlich – er war gerade in die Ludwigstraße eingebogen – der gesamte Verkehr ohne sichtbaren Grund zum Erliegen kam, Sirenen zu heulen anfingen und die Kirchenglocken läuteten. So, als sei eben ein Krieg ausgebrochen. Einige der Leute in den Autos hupten, andere stiegen aus und klatschten. Da fiel Karl ein, dass diese Aktion schon am Morgen in der Zeitung und im Radio angekündigt worden war. Es sollte ein sicht- und hörbares Zeichen des deutschen Volkes nach Genf sein, wo in diesen Minuten eine Konferenz der Siegermächte begann, in der über die Wiedervereinigung Deutschlands verhandelt wurde.

Verdammter Mist, dachte Karl. Ausgerechnet jetzt!

Für ein letztes Wiedersehen mit Magda hätte er im Moment ganz Deutschland verkauft.

Als die Protestminuten vorbei waren und der Verkehr wieder floss, drückte Karl aufs Gaspedal, schoss einige Zeit später die Prinzregentenstraße hinab zur Bundesstraße nach Riem.

Um kurz vor halb eins sah er endlich den rotbraun schimmernden Turm der Flugüberwachung vor sich.

Als Magda mit Peterle an der Hand in die hohe, lichtdurchflutete Empfangshalle des Flughafens trat, bekam sie weiche Knie. Das Hin und Her der distinguierten Menschen, zumeist Geschäftsleute in Maßanzügen und mit Aktentaschen, aber auch einige Damen, die sich offenbar in der Maximilianstraße eingekleidet hatten, kam ihr unwirklich und entrückt vor. »Schau mal, Mama«, flüsterte Peterle und deutete zu der gediegenen Kassettendecke.

»Sehr schön«, sagte Magda nach einem flüchtigen Blick.

»Ich will einen Flieger sehen!«

»Gleich«, sagte Simon hinter ihnen, der den Wagen mit den Koffern schob. »Wir müssen erst das Gepäck aufgeben. Aber vorher sollten wir hier noch jemanden treffen …« Er schaute sich um.

Magda erschrak. Wusste er, dass sie Karl erwartete? Von Franzi? Von Blohm? Aber wann hätte er es erfahren sollen? Oder war Blohm ihr gedanklich einen Schritt voraus, weil er sie einfach zu gut kannte?

»Ich bin hier«, rief da jemand.

Nicht Karl.

Magda wandte den Kopf. Agota. Erst dachte Magda, sie sei hier, um sich noch einmal zu verabschieden, doch dann sah sie die beiden Koffer, und ihr kam ein Verdacht.

»Schau an«, sagte Magda zurückhaltend. »Wohin geht bei dir die Reise?«

»Ich reise mit euch. Aufregend, oder?«

Sie strahlte, und ihre Wangen leuchteten in zartem Rosa.

Magda bemühte sich um ein Lächeln, doch sie wusste, dass es nicht sehr erfreut wirkte. Das war sie auch nicht. Sie erinnerte sich an das, was Agota ihr gesagt hatte: *Ich gehe dorthin, wohin man mich schickt*. Hatte sie also einen neuen Auftrag, nur diesmal in Amerika?

Magda drehte sich zu Simon um. »Wusstest du, dass sie mitkommt? Warum hast du nichts gesagt?«

»Blohm wollte es so. Sollte eine Überraschung sein.«

»Überraschung geglückt.«

Simon lud Agotas Koffer auf die anderen und ging voran in Richtung der Schalter für die Gepäckaufgabe. Magda wunderte sich, dass Agota einfach ausreisen konnte, während die Ermittlungen zum Anschlag auf Herrn Čierny noch liefen, doch im nächsten Moment fiel ihr ein, dass es sie ja zweimal gab. Sie fragte sich, wer wohl gerade neben ihr herging: Agota oder Danuta?

Karl schlug die Autotür hinter sich zu, eilte in die Empfangshalle und überrannte dabei fast ein junges Fräulein. »Passen Sie doch auf«, schimpfte sie unter ihrem ausladenden Strandhut. Ehe er sich entschuldigen konnte, hatte sie sich auch schon weggedreht und eilte weiter, er sah nur noch ihr langes braunes Haar im Rhythmus ihrer Schritte wippen. Obwohl er kaum etwas von ihr gesehen hatte, war sie ihm im ersten Moment bekannt vorgekommen. Als er zu Boden blickte, bemerkte er, dass ein zitronengelbes Stück Stoff vor ihm lag. Ein Schal aus Seide. Sie hatte ihn wohl beim Zusammenstoß verloren. Er hob ihn auf, schaute sich nach dem Fräulein um, doch sie war verschwunden. Vielleicht begegnet man sich ja noch einmal, dachte er und schob den Schal in die Tasche seines Jacketts. Dann besann er sich wieder auf Magda und hatte alles andere vergessen. Franzi hatte gesagt, Magda reise in Begleitung eines jungen Herrn aus Amerika, den sie von früher kenne, er habe wohl einmal in München gelebt. Blohm habe ihn eigens kommen lassen, damit die gnädige Frau jemanden an ihrer Seite habe. Ein Jude, hatte sie spitz hinzugefügt, aber nett. Karl fiel nur einer ein, auf den diese Beschreibung zutraf: Magdas alter Verehrer Simon Herzberg. Doch war der nicht damals aus Angst vor Blohm nach Amerika geflohen? Er nahm sich besser vor ihm in Acht, denn, alte Freundschaft zu Magda hin oder her, wenn Simon hier einfach so herumlief, war er inzwischen bestimmt wieder Blohms Mann.

Karl erfasste die gesamte Halle in einem raschen Rundumblick. Magda war nicht hier. Schilder wiesen ihm den Weg zu den Schaltern der Gepäckaufgabe und zu den Warteräumen. Schließlich entdeckte er sie. Ein junger Mann war bei ihr. Könnte wirklich dieser Simon Herzberg sein, dachte er. Und noch jemand: Agota. Was machte die denn her? Wollte sie sich verabschieden? Oder ging sie etwa mit nach Amerika?

Nachdem er sie entdeckt hatte, verschwand Karl in Richtung der Toiletten, um Magda dort zu erwarten.

Magdas Herz schlug so heftig, dass sie befürchtete, Agota oder Simon könnten es hören. Ob Karl schon da war?

»An alle Passagiere für den Flug der KLM nach New York«, klang eine Ansage aus den Lautsprechern, »wir bitten noch um etwas Geduld. Ihre Maschine ist in Kürze zum Einsteigen bereit.«

»Dann gehe ich vorher besser noch für kleine Mädchen«, sagte Magda und erhob sich aus dem Wartesessel. »Muss ich später nicht im Flieger.«

»Gute Idee.« Agota erhob sich ebenfalls.

Magda fluchte innerlich. Doch sie hatte auf die Schnelle keine Idee, wie sie sie abwimmeln konnte.

»Bist du wirklich Agota?«, stellte sie auf dem Weg die

Frage, die sie schon die ganze Zeit beschäftigte. »Oder Danuta?«

Die junge Frau an ihrer Seite lächelte schelmisch. »Finde es heraus.«

Sie betraten die Damentoilette, und jede von ihnen verschwand in eine freie Kabine. Magda wartete ein paar Sekunden, dann schlich sie wieder hinaus. Im Flur sah sie sich um. Gerade da trat ein Mann aus einer Nische hervor. Ihr Herz machte einen Satz: Karl!

Erleichtert fiel sie ihm in die Arme. Was immer sie getrennt hatte, war vergessen, zumindest für diesen Moment. Er ließ sie jedoch viel zu rasch wieder los, nahm ihre Hand und zog sie wie eine Puppe fort. »Hier hinein!« Eine Tür mit einem Schild, auf dem stand: *Zutritt verboten! Nur Personal!* Als er sie aufzog, schlug ihr der Geruch von scharfen Putzmitteln und alten Scheuerlappen entgegen. Aha, dachte sie, sehr gut! Er hatte die Wartezeit gut genutzt. Und sein Plan gefiel ihr ungemein. Sie zog die Tür hinter ihm zu.

»Wir haben nicht viel Zeit«, sagte sie.

»Was du nicht sagst.«

Er nahm ihr Kinn zwischen seine Finger und küsste sie. Dann drückte er sie gegen die Wand. In seinen Augen fand sie all ihr Verlangen, all ihre Erregung wie in einem Spiegel. Sie wollte ihn so sehr, wie er sie wollte, mehr als alles andere auf der Welt, doch …

»Blohm sagt, er bringt dich um, wenn …«

Er reckte das Kinn vor. »Soll er ruhig. Das ist es mir wert.«

Dann küsste er sie erneut. Ihre Lippen, ihren Hals. Sie seufzte schwer, ihre Finger suchten Halt in seinem Haar, während ihr Blick sich im Weiß der Decke verlor. Er hatte recht: Sollte Blohm sie alle töten, sollte er die ganze Welt auslöschen, das war kein zu hoher Preis für das Glück, Karl noch einmal so zu spüren. Ja, das war es, was sie brauchte. Brennende Ungeduld trieb sie voran. Fieberhaft nestelte sie an seinem Gürtel, an seinem Hosenschlitz. Er schob ihr Kleid hoch, beide Hände wanderten über ihre Hüften, unter ihren Schlüpfer.

Ich muss mir alles merken, dachte sie, als er wenig später in sie eindrang, alles, was er tut, alles, was ich fühle. Muss es aufbewahren wie edlen Schmuck in einem Kästchen. Doch schon nach wenigen Momenten trugen ihre Empfindungen sie davon, es war einfach zu viel, zu überwältigend …

… zu schmerzhaft schön, um sich nicht darin zu verlieren. Und kaum ebbte die Lust ab, schlug sie um in Trauer. Karl ließ seinen Kopf gegen Magda sinken, ihr Körper erschlaffte, ermattet hing sie an ihm. Es war vorbei, für dieses Mal und vielleicht für immer.

Wortlos lösten sie sich voneinander, zogen sich an. Unfähig, einander anzusehen, nicht aus Scham, sondern aus Angst vor dem, was nun kam.

»Was haben wir denn da?«, hörte Karl Magda hinter sich fragen. »Ist der von dir?«

Er drehte sich um. Sah den zitronengelben Seidenschal in ihrer Hand. Er musste ihm aus der Jacketttasche gerutscht sein.

»Den hat ein Fräulein verloren«, erklärte er. »Ich bring ihn nachher ins Fundbüro.«

Magda lächelte fein. »Du streckst wohl schon deine Fühler aus.«

Er zog sie an sich. Ihre Nasenspitzen berührten sich, dann ihre Lippen.

»Ich werde niemals jemand anderen lieben als dich«, flüsterte er.

»Natürlich wirst du. Wir sehen uns vielleicht nie wieder.«

»Sag das nicht. Wir sehen uns wieder.«

Sie lächelte, so als wolle sie es gern glauben, könne es aber nicht.

»Aufruf für die Passagiere des KLM-Fluges nach New York«, ertönte draußen die Durchsage. »Bitte finden Sie sich umgehend am Flugsteig ein. Ihre Maschine ist nun zum Einsteigen bereit.«

»Ich muss gehen.« Magda löste sich von ihm, faltete die Stola zusammen und schob sie ihm in die Tasche.

Er packte sie am Handgelenk. »Ich lass dich nicht fort.«

»Sei nicht dumm.«

Sie löste sich aus seinem Griff, mutlos sah er zu, wie sie sich noch rasch nachschminkte. Dann traten sie zurück ins Getriebe des Flughafens.

»Leb wohl«, sagte er.

»Leb wohl«, sagte sie.

Erst als ihre Hand aus der seinen glitt, bemerkte er, dass er sie gehalten hatte. Er sah ihr nach, bis sie den Wartebereich betrat.

Und jetzt? Konnte er sie einfach fortlassen? Er musste.

Da fiel ihm ein, dass es einen Besucherbalkon gab, von dem aus man aufs Rollfeld zu den Flugzeugen schauen konnte. Er hatte mit Gisela und Benno im letzten Jahr einen Sonntagsausflug gemacht, weil Benno die Maschinen hatte sehen wollen. Er lief hinauf und trat ins Freie. Gerade rechtzeitig, um zu sehen, wie Magda, Peterle, Agota und dieser Simon aus einem kleinen Bus stiegen.

Karls Blick blieb an Magda haften, beobachtete mit angehaltenem Atem, wie sie, Peterle an der Hand, zur Gangway ging, die Treppe langsam hinaufstieg und dabei mit Peterle redete, um schließlich im Flugzeug zu verschwinden. Danach folgte Simon Herzberg. Die Letzte war Agota. Sie reiste also wirklich mit ihnen. Und sie war die Einzige, die oben auf der Gangway stehen blieb und sich umdrehte. Sie beschattete ihre Augen mit der Hand und schaute zum Besucherbalkon herüber. Ob sie ihn bemerkt hatte? Nein, sie schaute nicht zu ihm. Jetzt winkte sie sogar. Karl folgte der Richtung ihres Blickes und entdeckte die Frau mit Sonnenhut und den langen braunen Haaren. Die Besitzerin des Schals in seiner Tasche. Schließlich drehte Agota sich um und verschwand in der Maschine. Als er seinen Blick wieder der Brünetten zuwandte, war auch sie fort.

Karl sackte innerlich zusammen. Blohm hat gewonnen, dachte er voller Bitterkeit und Hass. Erst wollte er mir ans Leben. Dann hat er mir Magda genommen. Aber damit wird er nicht durchkommen. Das lass ich nicht zu. Ich bring den Dreckskerl um. Irgendwann bring ich ihn um!

Mittwoch, 20. Juli 1955

»AUF WIEDERSEHEN, FRÄULEIN SKUDELNY«, sagte Ludwig, nachdem er die Tür zu seinem Büro abgeschlossen hatte. »Und einen schönen Feierabend.«

»Auf Wiedersehen«, antwortete sie. Seit Montag erschien sie wieder in der Kanzlei, wie immer mit strengem Dutt. Und doch war es nicht mehr ganz so wie früher. Er wusste nicht genau, was sich verändert hatte, wahrscheinlich kam es einfach nur durch die Dinge, die geschehen waren. Alles tat seine Wirkung.

»Sie gehen heute früh«, sagte sie, als er schon auf dem Weg nach draußen war. »Eine Observation?«

»Nein. Privat. Am Freitag war der letzte Schultag, und mein Ältester hat sich in fast allen Fächern verbessert, vor allem im Rechnen. Ein ehemaliger Volksschullehrer hat ihm Nachhilfe gegeben. Deshalb habe ich ihn, meine Buben und noch jemanden zur Feier des Tages in den *Augustiner Biergarten* eingeladen.«

»Soso, *noch jemanden*«, wiederholte sie, ließ ihm aber keine Zeit, das näher aufzuklären, sondern fuhr sogleich fort: »Das bietet sich ja an, bei dem schönen Wetter.«

»Dachte ich mir auch.«

»Dann viel Vergnügen.«

Ludwig verließ die Kanzlei. Er hatte lange über das nachgedacht, was Fräulein Skudelny in ihrer Wohnung erzählt hatte. Er war sogar in der Au gewesen und hatte nach dem Geschäft der Schneiderfamilie Skudelny geforscht. Die Bomben hatten nichts davon übrig gelassen. Ein wenig wunderte er sich auch immer noch über sich selbst. Einfach zu ihr hinzugehen und ihr zu sagen, dass er sie gernhatte – was war bloß in ihn gefahren? Und wie war es überhaupt dazu gekommen? Erst jetzt fiel ihm auf, wie oft er an sie dachte. Immer noch. Doch davon hatte niemand etwas.

Als er am *Augustiner Biergarten* ankam, wartete Traudl schon mit den Buben am Eingang. Kurz bevor er bei ihnen war, stieg er vom Rad und schob das letzte Stück, um ein wenig Zeit zu gewinnen. Traudls Augen glänzten vor Glück. Sie drückte ihm einen Kuss auf die Lippen, und er ließ sie nicht nur, er erwiderte den Kuss sogar. Seit ein paar Tagen war es so. Die Buben kicherten. Es war ungewohnt für sie. Genau wie für ihn.

Mal sehen, wohin das alles führt, dachte er. Manchmal muss man dem Rad des Lebens in die Speichen greifen; aber manchmal muss man ihm auch einfach seinen Lauf lassen.

Nachwort

Der Roman knüpft an ein reales Ereignis an: Am 5. Juli 1955 explodierte in einem Postamt in München-Schwabing eine Paketbombe. Ziel des Anschlags war der slowakische Exilpolitiker Matúš Černák. Obwohl ich die persönlichen Lebensumstände Černáks so authentisch wie möglich in den Roman eingearbeitet habe, heißt er im Roman Tomáš Čierny. Ich hielt diese Verschleierung der realen Person für nötig, weil die Quellen nur wenig Aufschluss darüber geben, was für ein Mensch Černák war, so dass ich hier die spärlich verfügbaren Fakten mit Fiktion ergänzen musste. Bei der Beschreibung der politischen Hintergründe Čiernys/Černáks und der mutmaßlichen Motive für das Attentat habe ich mich an die zeitgenössische Presse, vor allem aber an die im Hauptstaatsarchiv München zugänglichen Ermittlungsberichte des Polizeipräsidiums München und des Bayerischen Landeskriminalamtes gehalten. Der Rest der handelnden Personen und deren Geschichte sind meine Erfindung und ohne reale Vorbilder.

Sie können den nächsten Roman von

ANDREAS GÖTZ

kaum erwarten?

Wir informieren Sie über diese und weitere
spannende Neuerscheinungen
mit unserem kostenlosen Newsletter.

Hier können Sie sich anmelden:

fischerverlage.de/unterhaltungsnewsletter